POUR LA CONFIANCE DE SKYLAR

SILVERSTONE, TOME 1

SUSAN STOKER

Traduit de l'anglais (U.S.) par Samantha Ducos et Valentin Translation

Titre original : *Trusting Skylar (Silverstone, book 1)*

La version anglaise de ce titre était initialement publiée par Amazon Publishing.

DU MÊME AUTEUR

<u>Autres livres de Susan Stoker</u>

<u>Silverstone</u>

Pour la confiance de Skylar

Pour la confiance de Taylor (1 Sept)

Pour la confiance de Molly (1 Décembre)

Pour la confiance de Cassidy (1 Mars 2024)

<u>Sauvetage à Eagle Point</u>

Un sauveteur pour Lilly

Un sauveteur pour Elsie

Un sauveteur pour Bristol

Un sauveteur pour Caryn

Un sauveteur pour Finley (3 Oct)

Un sauveteur pour Heather

Un sauveteur pour Khloe

<u>*Le Refuge*</u>

Un soutien pour Alaska

Un soutien pour Henley

Un soutien pour Reese

Un soutien pour Cora (14 Nov)

Un soutien pour Lara

Un soutien pour Maisy

Un soutien pour Ryleigh

<u>Delta Force Deux</u>

Un refuge pour Gillian

Un refuge pour Kinley

Un refuge pour Aspen

Un refuge pour Jayme

Un refuge pour Riley

Un refuge pour Devyn

Un refuge pour Ember

Un refuge pour Sierra (1 Mai)

<u>Forces Très Spéciales : L'Héritage</u>

Un Sanctuaire pour Caite

Un Sanctuaire pour Brenae

Un Sanctuaire pour Sidney

Un Sanctuaire pour Piper

Un Sanctuaire pour Zoey

Un Sanctuaire pour Avery

Un Sanctuaire pour Kalee

Un Sanctuaire pour Jane

<u>*Hawaï : Soldats d'élite*</u>

Un paradis pour Élodie

Un paradis pour Lexie

Un paradis pour Kenna

Un paradis pour Monica

Un paradis pour Carly

Un paradis pour Ashlyn

Un paradis pour Jodelle (11 Juillet)

<u>Mercenaires Rebelles</u>

Un Défenseur pour Allye

Un Défenseur pour Chloé

Un Défenseur pour Morgan

Un Défenseur pour Harlow

Un Défenseur pour Everly

Un Défenseur pour Zara

Un Défenseur pour Raven

<u>Ace Sécurité</u>

Au Secours de Grace

Au Secours d'Alexis

Au Secours de Bailey

Au Secours de Felicity

Au Secours de Sarah

<u>Forces Très Spéciales Series</u>

Un Protecteur Pour Caroline

Un Protecteur Pour Alabama

Un Protecteur Pour Fiona

Un Mari Pour Caroline

Un Protecteur Pour Summer

Un Protecteur Pour Cheyenne

Un Protecteur Pour Jessyka

Un Protecteur Pour Julie

Un Protecteur Pour Melody

Un Protecteur pour l'avenir

Un Protecteur Pour Les Enfants de Alabama

Un Protecteur Pour Kiera

Un Protecteur Pour Dakota

<u>Delta Force Heroes Series</u>

Un héros pour Rayne

Un héros pour Emily

Un héros pour Harley

Un mari pour Emily

Un héros pour Kassie

Un héros pour Bryn

Un héros pour Casey

Un héros pour Wendy

Un héros pour Mary

Un héros pour Macie

Un héros pour Sadie

Un héros pour Annie

<u>Autre</u>

Un moment suspendu : Recueil de nouvelles

<u>AUDIO</u>

Un paradis pour Élodie

1

____

Carson Rhodes, surnommé Bull, marchait lentement et en silence vers le bâtiment cible. Il savait que ses coéquipiers de la Delta Force le suivaient de près. Ils assuraient ses arrières, tout comme il le faisait pour eux.

Ils s'étaient faufilés au Pakistan pour trouver une cible de grande valeur (HVT) que l'armée les avait chargés d'éliminer. Fazlur Barzan Khatun, le chef du groupe terroriste Harakat ul-Mujahidin, avait revendiqué l'embuscade et le meurtre de quarante-sept soldats américains et britanniques en Afghanistan l'année précédente. Le département d'État avait également appris que le groupe planifiait activement des massacres à grande échelle aux États-Unis et en France.

Khatun figurait en tête de la liste des personnes les plus recherchées par le FBI.

Le cœur de Bull battait à deux temps dans sa poitrine et il se sentait plein d'énergie. Lui et les autres étaient bons dans leur travail. Ils étaient les meilleurs des meilleurs, c'est pourquoi l'armée n'avait pas hésité à les envoyer sous couverture en territoire hostile. L'équipe avait été déposée près de la frontière pakistanaise il y a vingt-quatre heures et avait atteint le dernier endroit où Khatun avait été vu.

Bull fit signe à Smoke et Eagle de prendre position à gauche et à droite de lui. Ils avaient nettoyé des bâtiments comme celui-ci plus souvent qu'ils ne pouvaient le compter. Avec Gramps à l'arrière, ils formaient tous les quatre une machine bien huilée, avançant silencieusement dans le bâtiment de deux étages.

Ils pouvaient entendre des voix en haut. Sans un bruit, les hommes entrèrent dans la cage d'escalier et commencèrent à grimper. Levant le poing pour arrêter son équipe, Bull jeta un coup d'œil au coin de la rue une fois qu'ils atteignirent le deuxième étage. Ne voyant personne dans le couloir, il fit signe à tout le monde de le suivre.

Il s'arrêta devant une porte, où ils pouvaient tous claire-ment entendre une discussion animée. Ils ne pouvaient pas comprendre les mots, mais ça n'avait pas d'importance. Leur travail consistait à trouver Khatun, le tuer, et se retirer. Leurs caméras corporelles enregistreraient la conversation, et des linguistes traduiraient plus tard tout ce qui se disait.

Après avoir jeté un coup d'œil aux meilleurs amis qu'il ait jamais eus, Bull fit un signe de tête à Eagle. Il était le membre le plus important de l'équipe dans des moments comme celui-ci. Il avait l'étrange capacité de reconnaître n'importe qui après l'avoir rencontré ou avoir vu sa photo une seule fois. Il avait une mémoire quasi photographique. Si Khatun était dans la pièce, Eagle le saurait. Peu importe qu'il se soit coupé les cheveux ou qu'il ait essayé de changer son apparence, personne ne pouvait tromper Eagle. Il y avait eu plus d'une opération où Eagle les avait empêchés de tuer la mauvaise personne ou avait contribué à ce que la cible ne s'en sorte pas en disant qu'elle était quelqu'un d'autre.

Bull pointa deux doigts sur ses propres yeux, puis pointa du doigt la pièce. Eagle hocha la tête et leva son fusil.

En regardant vers Smoke et Gramps, Bull vit qu'ils s'étaient glissés derrière Eagle. L'équipe était prête à entrer dans la pièce. Prenant une grande inspiration, Bull fit le vide dans son esprit. À la seconde où ils entreraient dans cet espace, l'enfer se déchaînerait. Comme il dirigeait l'équipe, si les occupants étaient armés, il était probable qu'il serait abattu le premier. Mais il ne pouvait pas penser à ça. Il portait son gilet pare-balles et avait un travail à faire. À savoir, tuer Khatun.

Levant une main, Bull dressa trois doigts. Puis il compta à rebours.

Trois. Deux. Un.

Bull enfonça la porte, et lui et ses coéquipiers firent irruption dans la pièce.

Le chaos éclata immédiatement.

Il y avait environ dix hommes dans la pièce et une poignée de femmes. Les hommes se levèrent sur-le-champ et attrapèrent les armes qui étaient appuyées contre les murs autour d'eux.

— Ne bougez pas ! cria Bull d'un ton auquel on devait obéir.

Bien sûr, personne n'écouta, alors Bull fit ce qu'il faisait de mieux.

Il visa et tira.

Bull avait reçu son surnom lors de l'entraînement de base en raison de ses capacités au stand de tir. Lors de son cours de qualification aux armes, il avait obtenu un score maximum. Peu importe l'arme qu'il utilisait, il était parfait chaque fois. Pistolet, fusil, même la grenade. Porter un masque à gaz sur le champ de tir de nuit ? Parfait. Tout le monde avait commencé à l'appeler Bullseye, mais au fil des ans, on l'avait raccourci en Bull.

Et c'était la raison pour laquelle il menait l'assaut dans la pièce remplie de terroristes. Il touchait toujours sa cible. *Toujours.*

Prenant son temps, Bull abattit la main d'un homme qui cherchait à attraper une arme et porta immédiatement son attention sur celui à côté de lui, qui faisait de même. Les coups de feu étaient forts dans la pièce, et les cris et hurlements ne faisaient qu'ajouter à la confusion.

Après ce qui semblait être dix minutes, mais en réalité moins de soixante secondes, Bull leva le poing pour avertir l'équipe de cesser le feu. Dès que la scène fut sécurisée, Gramps se dirigea vers l'homme le plus proche et le poussa vers les autres. La fumée aida et, en peu de temps, les dix ennemis étaient à genoux, saignant tous d'une manière ou d'une autre, mais pas mortellement blessés, et regardant Bull et son escouade.

— Fazlur Barzan Khatun ? aboya Bull, sachant que le lâche n'admettrait pas qui il était, mais voulant quand même lui donner une chance de sauver les autres.

Comme il le pensait, aucun d'eux n'indiqua être celui qu'ils recherchaient.

— Troisième en partant de la droite, dit Eagle sur un ton que certains auraient pu prendre pour de l'ennui.

Mais Bull le connaissait mieux. Son ami était mortellement sérieux. Il n'y avait pas de discussion ou de questionnement avec Eagle. S'il disait que l'homme était Khatun, l'homme était Khatun. Bull et les autres n'avaient aucun doute.

Sans hésiter, et sans laisser au type le temps de nier qu'il était le terroriste le plus recherché par le FBI, Gramps leva son fusil et lui tira dessus entre les deux yeux.

L'individu vacilla sur ses genoux pendant un instant avant de tomber en arrière, le regard au plafond.

Les autres se mirent immédiatement à gémir. Bull avait envie de lever les yeux au ciel en voyant cette agitation, d'autant plus qu'il s'agissait probablement des conseillers les plus fiables de Khatun et qu'ils avaient eux-mêmes versé leur sang jusqu'au cou.

Ils avaient réussi leur mission, mais Bull n'était pas prêt à partir sans s'assurer qu'ils ne laissaient pas derrière eux quelqu'un d'aussi mortel et impitoyable que Khatun.

— Eagle ? demanda-t-il, sachant que son ami comprendrait ce qu'il voulait.

Alors que les types restants l'observaient, Eagle s'avança et étudia attentivement chacun de leurs visages. Il désigna le dernier individu de la file.

— Nabeel Ozair Mullah.

Si Bull n'avait pas regardé directement l'homme, il n'aurait pas vu son regard de surprise. Mais il ne l'avait pas manqué. Il était clair comme le jour qu'Eagle l'avait correctement identifié.

Mullah était aussi sur la liste des terroristes les plus recherchés par le FBI. Il était actuellement classé en numéro six, mais avec la mort de Khatun, toute l'équipe savait qu'il était le prochain à prendre sa place dans l'organisation terroriste.

— Non ! Je ne suis pas lui. Je suis Muhammad Amir. Un serviteur, dit le suspect dans un anglais étonnamment bon.

— Et je suis le roi d'Angleterre, grogna Eagle.

Le type se déplaçait étonnamment vite, prenant le dessus sur les quatre Deltas.

Il se pencha et saisit le bras d'une jeune femme qui les servait probablement avant que la réunion ne soit interrompue. Elle cria et se débattit contre Mullah, mais ne faisait pas le poids face à lui.

Gramps, Smoke et Eagle tournèrent leurs fusils vers les autres hommes, leur criant de rester où ils étaient, tandis que l'attention de Bull restait concentrée sur Mullah et l'otage qui pleurait. Elle tirait désespérément sur le bras autour de sa gorge, essayant de se libérer et probablement de faire entrer de l'air dans ses poumons.

— Je la tue ! menaça Mullah, et Bull savait qu'il pouvait facilement s'exécuter à mains nues.

— Laissez-la partir, ordonna Bull, laissant tomber son fusil pour le suspendre autour de son torse et sortant son pistolet.

Il n'avait aucune crainte qu'un des autres terroristes lui tire dessus. Ses coéquipiers assuraient ses arrières. Son seul travail à présent était d'éliminer le numéro six – maintenant cinq – de la liste du FBI, de préférence avant qu'il ne brise le cou de la jeune femme.

Mullah secoua la tête.

— Vous n'êtes pas autorisés au Pakistan, dit-il.

— Et pourtant, nous sommes là, répondit Bull calmement.

— Les Américains paient pour se fourrer là où il ne faut pas ! protesta Mullah.

— Vous et vos acolytes n'auriez pas dû tuer nos compatriotes, lui indiqua Bull.

— Ils le méritent. Ils n'auraient pas dû venir, ricana Mullah. Ils meurent comme des lâches. Pleurent comme des bébés !

L'adolescente dans les bras de Mullah avait fermé les yeux, et Bull pouvait voir qu'elle était sur le point de s'évanouir. Il n'avait plus le temps d'écouter ce connard dénigrer les hommes et les femmes courageux qu'il avait contribué à tuer. Mullah se servait de la femme comme d'un bouclier, mais il y avait beaucoup d'endroits de son corps qui n'étaient pas cachés derrière elle.

Bull tira avec son arme, arrachant l'oreille de Mullah.

L'homme cria et, comme Bull l'avait prévu, une main se leva pour recouvrir immédiatement l'hémorragie sur le côté de sa tête.

Comme Mullah bougeait, Bull tira de nouveau, arrachant plusieurs de ses doigts. Son emprise sur la femme se relâcha, et elle fit ce qu'il fallait faire en se mettant à genoux et en rampant pour échapper à son ravisseur.

Mullah n'était donc plus protégé des balles mortelles de Bull.

Tirant trois fois de suite, Bull toucha l'impitoyable terroriste deux fois au cœur et une fois au front. Mullah tomba comme une pierre, face contre terre.

Les autres hommes ne firent pas de bruit. C'était presque étrange de voir à quel point la pièce était silencieuse. C'était comme si chacun savait qu'il était à un mot, à un mouvement que le canon de l'arme de Bull se braque sur lui.

— En approche, dit Smoke à voix basse.

En hochant la tête, Bull rangea son pistolet et reprit son fusil. En tandem, les quatre hommes firent un pas en arrière vers la porte de la pièce.

Personne ne parla. Personne ne bougea.

Bull savait que Gramps aurait pris les photos nécessaires pour prouver qu'ils avaient éliminé deux des terroristes les plus maléfiques que le monde ait jamais connus. Ils n'avaient pas été chargés de tuer Mullah, ils avaient juste eu la chance de le trouver là. Deux terroristes impitoyables avaient été éliminés plutôt qu'un seul.

Les quatre amis redescendirent rapidement les escaliers et quittèrent le bâtiment. Ils pouvaient entendre des sirènes au loin, mais en raison de l'heure de la nuit et du quartier huppé où ils se trouvaient, personne ne rôdait.

Alors que son équipe disparaissait dans la nuit pakistanaise, Bull était fier de ce qu'il avait accompli avec elle. Lorsqu'il s'était engagé dans l'armée, il n'avait jamais pensé qu'il aurait un jour envie d'éliminer un autre être humain, mais après avoir vu de ses propres yeux ce dont des hommes comme Khatun et Mullah étaient capables de faire, la destruction qu'ils laissaient dans leur sillage, il n'avait aucun problème à tuer pour protéger son pays et toutes les vies innocentes en jeu.

Il ne se faisait pas d'illusions – des vies innocentes *étaient* bien en jeu. Avoir assassiné les deux belligérants ce soir ne serait pas vu d'un très bon œil, mais cela aurait probablement retardé d'au moins une décennie tout plan terroriste visant à attaquer des citoyens américains sur le sol américain. L'Harakat ul-Mujahidin devrait se regrouper, mettre en place une nouvelle direction, et cela pourrait prendre des années. Les luttes intestines et de pouvoir au sein de l'organisation seraient immenses et provoqueraient le chaos au sein du groupe.

Bull grimaça. Oui, lui et son équipe avaient, ce soir, porté à l'organisation terroriste un coup dont elle ne se remettrait pas facilement. Et même si peu de gens chez eux le savaient, même si leurs actions ne seraient jamais louées au journal télévisé, ils avaient accompli leur devoir patriotique.

* * *

Bull était au garde-à-vous à côté de Smoke, Eagle et Gramps, essayant de comprendre ce qui se passait.

Comment étaient-ils passés de l'euphorie de leur succès, il y a un mois, à ce qui équivalait à une audience au titre de l'article 15, aujourd'hui ?

Au lieu de se réjouir de l'issue de leur mission, leur commandant était furieux qu'ils aient tué Mullah. Cela n'avait aucun sens, et plus Bull et les autres avaient essayé d'expliquer l'importance de la mort de cet homme, plus l'état-major de l'armée s'était énervé.

Apparemment, la mort d'un terroriste était acceptable, mais deux en même temps... Dans un pays où les États-Unis n'étaient pas censés se trouver ? C'était suspect. Les accusations du gouvernement pakistanais selon lesquelles les États-Unis avaient déployé des espions dans leur pays avaient fusé, et le Président n'était pas content de n'avoir eu aucune idée de ce qui se passait.

Personnellement, Bull pensait que l'homme était simplement furieux de ne pas pouvoir s'attribuer le mérite de la mort de Khatun et Mullah, mais ce n'était qu'une pure spéculation de sa part.

En raison de leurs actions, Bull, Smoke, Eagle et Gramps étaient accusés de désobéir à un officier supérieur et durent se défendre devant la mission au Pakistan.

C'était tout à fait ridicule, et Bull était plus qu'énervé.

— Après avoir examiné les images de votre opération filmées par les caméras corporelles, il a été décidé que, bien que vous ayez accompli honorablement votre mission initiale, vous avez pris par la suite des décisions préjudiciables à la sécurité générale de ce pays. Vous avez tué un homme dont vous n'étiez pas sûr à cent pour cent qu'il s'agissait d'un terroriste, et vous avez mis en péril les relations internationales entre les États-Unis et les nations du Moyen-Orient. Il faudra des années avant que les gouvernements de cette région du globe fassent à nouveau confiance à l'armée américaine.

Bull serra les dents et se força à rester silencieux. Tout ce que le général disait était des conneries. Tous ceux dans la salle le savaient. Ils avaient besoin d'un bouc émissaire, et lui et son équipe étaient les cibles logiques. Tout le monde était ravi que Mullah soit mort, mais ils ne pouvaient pas l'admettre publiquement. Il s'obligea à prêter attention alors que son supérieur continuait à parler :

— Comme l'homme que vous avez éliminé *était* Mullah, il a été décidé que vous ne seriez pas puni par une rétrogradation ou un retrait de l'armée.

Bull poussa intérieurement un soupir de soulagement, mais se raidit lorsque le général poursuivit :

— Mais à la suite de vos actions, il a été décidé de dissoudre votre équipe. Vous allez tous être transférés de façon permanente dans différentes bases. Vous ne serez plus autorisés à faire partie d'aucune escouade de la Delta Force à l'avenir, et vous serez intégrés dans diverses unités d'infanterie. Vous rendrez compte aux capitaines en charge de vos nouvelles troupes, et même si nous ne vous retirons pas vos grades, vous serez sous le coup d'une suspension d'actions favorables et ne serez pas autorisés à vous réengager une fois votre mandat actuel dans l'armée américaine terminé. Des questions ?

Bull avait du mal à croire ce qu'il venait d'entendre. Ils les séparaient, lui et ses amis ? C'était une blague ? Il se fichait bien qu'ils soient obligés de quitter l'armée ; après tout ce qui s'était passé, il n'avait pas envie d'y rester de toute façon. Mais les séparer les uns des autres était un coup énorme.

— S'il n'y a pas de questions, vous pouvez disposer.

Bull se retourna sans saluer l'homme – il ne méritait pas son respect – et quitta la pièce. Il regarda ses amis et vit la même incrédulité et le même choc qu'il ressentait se refléter dans leurs yeux.

— Putain, souffla Smoke.

— Je ne le ferai pas, jura Eagle.

— Nous n'avons pas le choix, répondit Gramps avec un soupir. Aucun d'entre nous ne peut être réengagé. Nous sommes à leur merci jusqu'à ce que nous puissions sortir.

Bull avait envie de dire quelque chose de positif, de diriger son équipe comme il l'avait effectué depuis qu'ils étaient ensemble, mais les mots ne venaient pas. Il ne pouvait pas imaginer ne pas voir ces hommes tous les jours. Il leur confiait sa vie et savait qu'il n'aurait jamais ce genre de lien avec une autre formation. En ce qui concernait les punitions, ce que le général avait fait était pire que de leur retirer leurs grades et de les obliger à travailler en plus... et ce salaud le savait.

Faisant de son mieux pour se ressaisir, Bull prit une grande inspiration.

— Ce soir. On se retrouve chez Hank. On a besoin de temps pour digérer tout ça, puis on discutera de la suite des événements.

Les trois autres acquiescèrent, et, après s'être salués du menton, ils se dirigèrent vers leurs propres voitures sur le parking.

Quatre heures plus tard, Bull, Eagle, Smoke et Gramps étaient assis dans un coin sombre du bar et grill chez Hank près de Fort Hood. C'était un établissement minable dans un quartier aussi minable de la ville, mais il était privé, et ils ne rencontreraient personne qu'ils connaissaient sur la base. Il était en fait interdit au personnel de l'armée en raison du nombre de bagarres et de saisies de drogue qui s'y étaient produites, mais Bull et son équipe n'en avaient rien à faire. Ils avaient besoin de discuter de leur avenir, et c'était un endroit comme un autre.

— C'est des conneries, dit Eagle avec dégoût.

— Ils ne peuvent pas nous faire ça, rétorqua Smoke.

— Malheureusement, ils le peuvent. Et ils l'ont fait, regretta Gramps, avant de prendre une longue gorgée de sa bière.

Bull aurait aimé pouvoir leur indiquer qu'il avait trouvé un plan dans les heures qui s'étaient écoulées entre le moment où ils avaient appris leur destin et maintenant, mais il ne savait toujours pas quoi faire. Ils savaient tous que d'ici un jour ou deux, ils recevraient leur ordre de PCS et seraient envoyés aux quatre coins du pays. Et être mis dans des unités d'infanterie ordinaires était un pas en arrière. Puisqu'ils étaient sous le coup d'une réprimande de « suspension des actions favorables », ils n'étaient pas autorisés à prendre des positions de leadership et finiraient par servir dans des postes d'état-major mineurs.

Bien que les fantassins soient des durs à cuire à leur manière, ils n'étaient pas des Deltas. C'était comme envoyer un flûtiste professionnel jouer dans un orchestre de lycée.

Bull ouvrait la bouche pour déclarer quelque chose, il ne savait pas trop quoi, quand une voix l'interrompit.

— Je peux m'asseoir ici ?

Les quatre hommes levèrent les yeux pour voir un type debout à côté de leur table. Il portait un pantalon noir et une chemise blanche fermée presque jusqu'en haut. Seul le bouton du haut était défait. Il avait une paire de chaussures noires brillantes et de vrais boutons de manchette. Il semblait aussi peu à sa place dans ce bar miteux qu'un sans-abri dans un country club chic.

— Qui êtes-vous, bordel ? demanda Gramps.

L'homme ne sembla pas contrarié par son ton et se contenta de lever un sourcil en désignant d'un signe de tête le siège vide à la table.

Bull sourit. Il ignorait qui était ce type, mais il devait lui reconnaître un certain mérite. Il avait des couilles. Bull poussa la chaise et lança un signe de tête.

— Merci, dit l'individu avant de s'asseoir, comme s'il n'avait pas le moindre souci à se faire.

Il posa son verre sur la table en face de lui – du whisky, si Bull devait deviner – et se pencha en avant.

— Alors, reprit l'homme. J'ai entendu dire que vous n'aviez pas eu une bonne journée.

Bull fronça les sourcils. Leur audition n'était pas une affaire publique. Parce qu'ils étaient des soldats de la Delta Force, tout ce qui était partagé dans cette pièce aujourd'hui était censé être réservé à ceux qui avaient l'autorisation de sécurité la plus élevée. Et le fait que cet homme semble savoir ce qui s'était passé était intrigant... et très inquiétant.

Ne voulant pas donner d'informations, Bull se contenta de hausser les épaules.

L'homme hocha la tête, comme s'il était satisfait de sa réticence, et le dévisagea.

— Et si je vous offrais à tous les quatre un moyen de rester ensemble ? De pouvoir faire ce que vous faites le mieux sans que le gouvernement plane au-dessus de vos épaules, surveille et juge vos moindres faits et gestes ?

— Je vous dirais que vous êtes un menteur, répondit Bull sans hésiter.

Le type ricana et but une gorgée.

— Un cynique. Je ne suis pas surpris.

— Écoutez, vous devez soit en venir au fait, soit nous foutre la paix, prévint Eagle.

L'homme se tourna vers lui.

— Ah, l'œil de l'aigle ne sait pas qui je suis. Je suppose que je devrais m'en réjouir.

À chaque mot sortant de la bouche de l'individu, Bull était de plus en plus intrigué. Il savait manifestement qui ils étaient, y compris leurs surnoms et leurs compétences individuelles.

— Tu es bien silencieux, Smoke, déclara l'inconnu en inclinant la tête. Rien à dire ?

Smoke haussa simplement les épaules.

— Et vous, grand-père ? Bien que, pour la petite histoire, il est ridicule que vous ayez obtenu ce surnom simplement parce que vous êtes le plus vieux de votre équipe.

— Je veux quand même savoir qui vous êtes, bordel, insista Gramps.

L'homme hocha la tête, et Bull pourrait jurer qu'il avait vu du respect dans ses yeux.

— Je m'appelle Gregory Willis. Je travaille pour le FBI. Les renseignements. Et avant d'aller plus loin, je dois vous dire, au nom de tous les membres du FBI et de la Sécurité intérieure, que vous avez fait du bon travail avec Khatun et Mullah. Nous nous sommes tous démenés pour vous fournir des renseignements sur la localisation de Khatun, et nous étions ravis que Mullah soit assez stupide pour être là en même temps. Bien joué, Bull.

FBI...

Bull ne voulait même pas savoir comment cet homme les avait trouvés dans un bar miteux du Texas. Ils n'avaient décidé d'aller chez Hank qu'*après* leur audience.

— Vous allez rester assis là, à nous dire que non seulement vous avez visionné les images de nos caméras corporelles, mais que vous êtes responsable de l'obtention des informations dont nous avions besoin pour cette opération ? demanda Eagle avec scepticisme.

— Eh bien, pas le seul responsable, non. Ce serait sacrément prétentieux de ma part, n'est-ce pas ? Mais oui, j'ai eu accès aux images, et oui, j'ai aidé à recueillir des renseignements. Je dois admettre, cependant, que c'était *mon* idée d'inclure le dossier sur Mullah avec les renseignements sur Khatun que vous avez reçus avant de partir. Plutôt chanceux, hein, Eagle ? Vous n'auriez pas su que ce connard était là si vous n'aviez pas vu sa photo et son nom.

Bull s'était assis et observait l'agent du FBI. Il était de taille moyenne et avait un visage ordinaire. S'il ne s'était pas fait remarquer par les vêtements qu'il portait dans ce bar miteux, il se serait probablement fondu dans la masse, et personne n'aurait jeté un second regard sur lui. Il avait le sentiment que ce Willis s'était habillé comme ça exprès. L'intelligence dans ses yeux était difficile à manquer.

— Vous avez notre attention, lui annonça Bull.

— Bien, répondit Willis, et l'humour disparut de son expression.

Il prit le temps de regarder chacun d'entre eux dans les yeux avant de poursuivre.

— Je suis ici pour vous offrir une chance de continuer à faire ce que vous faites, mais pas pour l'armée. Il est évident que vous avez une connexion qui ne peut pas être feinte. La façon dont vous avez travaillé ensemble sur la mission Khatun n'était rien de moins que magnifique. Vous vous êtes à peine adressé la parole, et pourtant chacun de vous savait ce que l'autre allait faire avant qu'il ne le fasse. Bull, votre expertise avec une arme est tellement impressionnante. Eagle, votre compétence en reconnaissance faciale est quelque chose que je n'ai jamais vu auparavant et qui ne doit pas être gâché. Je sais que Smoke est le fantôme du groupe, qui peut apparaître et disparaître. Et Gramps, chaque équipe a besoin d'un gardien de la paix. Bull est peut-être le leader, mais vous êtes le ciment qui vous maintient tous ensemble.

— Oui, c'est évident que vous avez fait vos devoirs, grogna Smoke. Mettez tout sur la table.

— Bien. L'armée va livrer les papiers de votre PCS demain. Bull, vous vous rendez à Fort Bragg, en Caroline du Nord. Eagle, vous êtes affecté à Fort Lewis, dans l'État de Washington. Smoke, vous allez à Fort Carson, dans le Colorado, et Gramps, à Fort Benning, en Géorgie... comme instructeur adjoint de l'école des Rangers.

— Rien à foutre, murmura Gramps.

Willis continua, comme s'il n'avait pas choqué les quatre hommes assis en face de lui.

— J'ai été autorisé à vous faire sortir du reste de votre engagement dans l'armée. Si vous acceptez, vous serez libres de circuler où vous voulez, quand vous voulez.

— Quel est le piège ? demanda Eagle.

— Patience, fit Willis avec un sourire. Comme je l'ai dit, si vous êtes d'accord, demain vous serez libres de déambuler où vous le souhaitez et de faire ce que bon vous semble de votre vie. Smoke, je crois que votre oncle est récemment décédé – toutes mes condoléances –, et il vous a laissé son garage à Indianapolis. Il s'appelle Silverstone, c'est bien ça ?

— Vous le savez déjà, répondit Smoke avec méfiance.

— Et pas seulement ça, il vous a aussi laissé plus d'argent que vous ne pourrez jamais en dépenser dans cette vie. Environ cent millions de dollars.

Bull savait que ses yeux s'étaient écarquillés, mais il n'avait pas pu s'en empêcher.

— Il a fait ça ? Bon sang, Smoke, pourquoi tu n'as jamais rien dit ?

— Parce que ça n'a pas d'importance, répondit Smoke. Je n'allais pas quitter l'armée et quitter mon équipe.

— Putain, mec, dit Gramps.

Smoke jeta un regard furieux à Willis.

— Où voulez-vous en venir ?

Il était évident que leur coéquipier n'était pas à l'aise avec la révélation de son secret, mais Willis se contenta de sourire.

— Je veux dire que vous pouvez tous déménager à Indiana-polis, vous rendre à Silverstone et travailler pour vous-mêmes... avec l'aide du FBI, bien sûr.

— En faisant quoi ? demanda Bull pour ce qui lui semblait être la centième fois.

Il commençait à en avoir assez que Willis tourne autour du pot. Il ne pouvait pas nier que ce qu'il suggérait avait l'air bien. Foutrement bien. Bien mieux que d'aller à ce putain de Fort Bragg sans son équipe.

— Exactement ce que vous faites maintenant. Trouver et éliminer les HVT.

Ses mots semblaient flotter dans l'air autour de la table. Ils étaient à la fois choquants et attendus en même temps. C'était ce qu'ils faisaient maintenant. Ils traquaient et exécutaient les terroristes qui s'acharnaient à tuer tous ceux qu'ils pouvaient pour faire passer leurs idées tordues dans le monde.

— Pour qui travaillerions-nous ? demanda Gramps.

— Eh bien, c'est un peu délicat. Techniquement, vous êtes livrés à vous-mêmes... et c'est là que l'argent de Smoke est utile. Cependant, le FBI aimerait être informé des missions que vous entreprenez. Nous sommes prêts à vous aider à rassembler des informations et à vous faire entrer et sortir du pays si votre cible n'est pas américaine.

— Donc nous passerions d'un travail pour le gouvernement à un autre, mais nous devrions payer pour tout, résuma Gramps avec scepticisme.

— Oui et non, répondit Willis. Vous ne travailleriez pas pour nous, mais plutôt avec nous. Il y a une différence. Nous espérons que vous nous aiderez à retrouver les hommes et les femmes figurant sur notre liste des dix personnes les plus recherchées, mais ce n'est pas une obligation pour nous de vous aider. Évidemment, vous ne pouvez pas tuer tous ceux qui vous regardent de travers.

— Donc, vous voulez que nous soyons des assassins, dit Eagle.

Willis haussa simplement les épaules.

— Je me fiche du nom que vous utilisez. Tout ce qui m'intéresse, c'est de trouver et d'éliminer les trafiquants de sexe, les terroristes et les tueurs en série de ce monde.

— Qu'est-ce qu'on y gagne ? demanda Gramps.

— Vous restez ensemble, répondit rapidement Willis. Vous faites ce pour quoi vous êtes manifestement nés – utiliser vos compétences pour rendre le monde un peu plus sûr. Si ce n'est pas légalement, du moins avec le soutien du gouvernement fédéral. Nous pouvons utiliser notre influence pour vous faire entrer et sortir du pays avec la puissance de feu dont vous avez besoin. Nous pouvons vous donner des informations. Et surtout, vous ne serez pas soumis aux caprices du climat politique et de l'armée.

— Nous voulons une immunité totale pour tout ce qui pourrait se passer pendant que nous sommes en mission, dit Bull, son esprit faisant des millions de kilomètres à l'heure.

— Vous l'aurez… jusqu'à un certain point, dit Willis. J'ai été autorisé à faire cette offre en raison du budget spécial « noir » du ministère de la Justice. L'argent dépensé à partir de ce fonds est intraçable et non déclaré. En ce qui concerne l'immunité, il y a quelques règles à suivre. Il doit y avoir une identification positive par empreinte digitale et/ou ADN de toute cible que vous souhaitez éliminer, et nous pratiquerons un déni plausible si vous êtes capturés en dehors du pays.

— Donc si nous nous retrouvons dans la merde, vous allez nier notre existence et nous laisser à notre sort, dit sèchement Gramps.

Willis hocha la tête une fois.

— Ce n'est pas très différent que d'être Delta, répondit Eagle en haussant les épaules. Nous savions tous que nous étions plus ou moins livrés à nous-mêmes.

Tout le monde acquiesça. Ils connaissaient le risque avant chaque mission.

Les quatre hommes regardèrent Willis pendant un long moment, chacun étant perdu dans ses pensées.

Puis Bull l'interpella :

— Ça semble trop beau pour être vrai. Pourquoi devrions-nous vous faire confiance ?

À un moment donné de la conversation, Willis s'était détendu dans son fauteuil, comme s'il n'avait pas le moindre souci à se faire. Mais à la question de Bull, il se pencha en avant, et son expression devint sombre.

— Ma femme et ma fille ont été tuées en France il y a quelques années. Elles étaient parties faire du shopping pendant que j'étais resté à l'hôtel pour travailler. Elles ont été kidnappées et retenues en otage pendant deux semaines, leurs corps ont été retrouvés dans une ruelle. Elles avaient toutes deux été torturées et violées à plusieurs reprises. Et pour quelle raison ? Parce qu'un connard pensait que c'était amusant et voulait faire du mal aux Américains. Il se fichait que Molly n'ait que 13 ans. Et il se foutait que ma femme soit diabétique, qu'elle n'ait pas ses médicaments et qu'elle souffre. Il nous a fallu deux ans pour le retrouver, et quand nous l'avons fait, nous avons dû le traiter avec décence et le remettre au gouvernement français pour qu'il puisse le juger. C'était une putain de blague. Il a été condamné à quarante ans de prison – ils n'appliquent pas la peine de mort –, et, depuis un an, il mène une vie heureuse et saine derrière les barreaux. C'est comme le Club Med pour lui. Il mérite de mourir pour le sang qu'il a sur les mains, et je ferai tout ce qu'il faut pour m'assurer que cet homme paie pour ce qu'il a fait. Et pas seulement pour ma famille, mais pour *toutes* les vies qu'il a ruinées.

Bull acquiesça. C'était quelque chose qu'il pouvait comprendre. Ce type avait été lésé et voulait se venger. Ce genre de motivation semblait plus authentique que tout ce qu'il aurait pu leur dire.

— Nous allons devoir en discuter, annonça-t-il à Willis.

Et juste comme ça, c'était comme si un interrupteur s'était déclenché à l'intérieur de l'autre individu. Ses épaules se détendirent et il s'assit de nouveau sur sa chaise. Il reprit son verre et but une nouvelle gorgée.

— Bien sûr. Je comprends.

— J'espère que ce n'est pas un piège, dit Eagle. Comme vous le savez, je n'oublie jamais un visage. Gregory Willis n'est peut-être pas votre vrai nom, mais si vous nous baisez, je vous retrouverai… et vous paierez.

À sa défense, Willis n'avait même pas bronché.

— Je suis sûr que vous le ferez. Ce n'est pas un piège, et je n'ai pas l'intention de vous *baiser*. Nous sommes tous conscients qu'il y a des gens dans ce monde qui incarnent le mal absolu. Qui doivent être arrêtés. S'il y avait eu un groupe comme le vôtre dans le passé, peut-être qu'Hitler n'aurait pas pu tuer autant de Juifs qu'il l'a fait. Peut-être que Staline ne se serait pas élevé au pouvoir. Peut-être que Pol Pot n'aurait pas détruit la civilisation cambodgienne. Oussama ben Laden n'aurait pas tué plus de trois mille personnes le 11 septembre.

Il sortit alors une carte de visite qu'il posa face visible au milieu de la table. Il porta son verre à ses lèvres et le vida. Puis il fit un signe de tête vers la carte.

— Appelez-moi quand vous aurez pris une décision. Je peux avoir les papiers pour vous libérer de votre engagement militaire sur le bureau du général demain... au lieu des papiers pour votre PCS. Vous pouvez être à Indianapolis et travailler à Silverstone la semaine prochaine. C'est vous qui décidez. Messieurs, ce fut un plaisir de vous rencontrer. Encore une fois... bon travail sur l'affaire Khatun et Mullah.

Sur ces paroles, Gregory Willis se leva et se dirigea vers la porte. Bull le voyait différemment maintenant, après avoir entendu son histoire. Il avait perdu sa famille, et cette perte lui pesait énormément.

Étrangement, personne n'avait harcelé l'homme qui n'était pas à sa place alors qu'il se dirigeait vers la sortie. Personne ne l'avait interpellé, ne s'était moqué de lui ou n'avait tenté de le jeter à travers le bar.

Et Bull savait pertinemment que ce n'était pas parce que les types présents dans le bar n'en étaient pas capables. Ils en étaient capables. Il les avait vus faire. Il y avait quelque chose chez Willis lui-même. Une sorte d'aura palpable de danger qui entourait l'homme. Même en pantalon, chemise blanche et putain de boutons de manchette, il dégageait une atmosphère de « non-intervention ». Et tout le monde respectait ça.

Dès que la porte se referma derrière Willis, Bull reporta son attention sur son équipe.

— Alors ?

— Ça vient vraiment de se passer comme ça ? demanda Eagle en secouant la tête.

— Je veux parler des cent millions de dollars de Smoke, intervint Gramps, en fixant son ami du regard.

Smoke leva les mains en signe de capitulation.

— Je sais, je sais, j'aurais dû vous le dire. Mais honnêtement, ça ne signifie rien. Je n'avais pas l'intention de quitter l'armée ou l'équipe. Qu'est-ce que ça peut faire ?

— C'était important parce qu'on est amis. Des coéquipiers. On n'a pas de secrets les uns pour les autres.

Smoke hocha la tête en signe d'accord et d'excuse.

— Parle-nous de Silverstone, invita Bull. Si on veut envisager cette idée folle, il faut qu'on sache dans quoi on s'engage.

— Honnêtement, je n'en connais pas grand-chose. Vous êtes au courant que mon oncle m'a élevé après la mort de mes parents. J'étais conscient qu'il n'avait pas de problème d'argent, mais nous n'en parlions jamais. On vivait dans une grande maison avec une tonne de terrain, et je savais qu'il travaillait dans un garage, mais j'étais trop intéressé par ma propre merde pour y prêter attention.

— Alors, quelqu'un s'y connaît en matière d'automobiles ? demanda Bull.

Personne ne prononça un mot.

— C'est plutôt difficile de gérer un garage sans savoir comment réparer des voitures, reprit sèchement Bull.

— Pour autant que je sache, l'entreprise est fermée depuis la mort de mon oncle, admit Smoke. Je ne voyais pas l'utilité de la maintenir en activité après son décès. J'ai aidé les employés à trouver un autre boulot, et j'ai vendu la plupart des équipements.

— Donc... tu possèdes un garage qui n'en est pas un, grogna Eagle.

Ils se turent un moment, puis Smoke suggéra :

— Et si on rouvrait ? Pas comme un garage, mais quelque chose de similaire.

— Comme quoi ? demanda Gramps.

— Une entreprise de remorquage ? suggéra Smoke.

— En quoi est-ce différent d'un garage ? demanda Eagle.

— Parce qu'on ne travaillerait pas vraiment sur des voitures. On se contenterait de les tracter depuis le lieu de l'accident jusqu'à la casse ou la station-service choisie par le client. Si les gens ont un pneu crevé, nous pouvons les aider, mais pas pour les problèmes mécaniques. Nous les remorquerions simplement là où ils veulent aller. Nous pourrions acheter quelques dépanneuses et partir de là.

L'idée de Smoke avait du mérite, et Bull ne pouvait s'empêcher de ressentir une étincelle d'intérêt.

— Tu devras probablement payer la facture pendant un certain temps, jusqu'à ce que ça marche, prévint-il.

Smoke se contenta de hausser les épaules.

— Je n'ai pas besoin de cet argent. Je ne serai jamais capable de dépenser autant de pognon. Si ça peut nous aider à ne pas être expédiés aux quatre coins du pays et devoir répondre à un capitaine débutant, je suis tout à fait d'accord. En plus, tu vois Gramps passer le reste de sa carrière à former des aspirants Rangers ? Quel désastre !

Tout le monde gloussa. L'enfance de Gramps avait été difficile, et il n'était pas du genre à se taire quand il avait quelque chose à dire.

— Allons-nous vraiment faire confiance au FBI pour assurer nos arrières ? Je veux dire, pas si nous sommes pris en train d'entrer ou de sortir d'un pays qui n'est pas ravi que nous soyons là ; il a déjà expliqué que nous serions livrés à nous-mêmes, déclara Eagle. Mais pour nous donner des informations précises et nous aider à graisser les rouages lorsque nous devrons faire entrer des armes ou d'autres fournitures dans un pays étranger.

— Honnêtement ? Je ne sais pas. Mais tant que Willis est impliqué, je dirais qu'il y a de bonnes chances, dit Bull.

— Ça nous convient d'être des assassins ? demanda Smoke à voix basse.

Bull secoua la tête.

— Nous ne sommes pas des assassins, insista-t-il. Nous sommes les propriétaires de Silverstone Towing.

— Qui, de temps en temps, font de longs voyages à l'étranger, ajouta Eagle en riant.

— Que se passe-t-il si l'un de nous trouve une femme avec qui il veut passer le reste de sa vie ? Que dire à une fille qui veut savoir où nous allons et ce que nous faisons ? s'interrogea Smoke.

— Ne nous emballons pas, répondit Bull avec un grognement. Nous n'en avons pas vraiment eu qui ont frappé à notre porte.

— C'est une question pertinente, rétorqua Eagle. Je ne peux pas imaginer qu'une petite amie soit d'accord pour que nous agissions en secret sur nos déplacements ou nos activités. Elle supposera qu'on la trompe. On ne peut pas vraiment avouer à quelqu'un qu'on est des tueurs.

— Non, on ne peut pas. À un moment donné, il va falloir être honnête, déclara Bull. Pour ma part, je n'ai pas honte de ce que j'ai réalisé en tant que Delta. Nous venons d'éliminer l'un des pires terroristes que le monde ait connus depuis longtemps. Je refuse d'en avoir honte. Quand et si l'un d'entre nous trouve quelqu'un avec qui il veut passer le reste de sa vie, il devra être honnête. Si elle ne peut pas le supporter, alors ça ne doit pas se faire.

— Donc tu prétends que si tu aimes quelqu'un et qu'elle ne peut pas supporter que tu tues des gens, tu la laisseras partir ? questionna Gramps avec scepticisme.

— Oui, affirma Bull sans hésiter.

Les quatre hommes se regardèrent pendant un long moment, puis Smoke reprit :

— J'en suis. Je vais utiliser l'argent que mon oncle m'a laissé pour lancer Silverstone Towing. Pour être honnête... je suis un peu excité. On n'aura plus à regarder par-dessus nos épaules et à remettre en question ce qu'on nous demande de faire. On pourra choisir nos propres marques. Je crois qu'on peut y arriver.

— J'en suis aussi, ajouta Eagle. Mais avant de le faire savoir à Willis, je veux parcourir Internet et voir si je ne peux pas le trouver, m'assurer qu'il est bien celui qu'il prétend être. Et je vais vérifier l'histoire de sa femme et de sa fille aussi. Ça devrait être assez facile.

— J'en suis, déclara simplement Bull.

Tous les trois regardèrent Gramps.

Il soupira et hocha la tête.

— Je ne peux pas vous laisser vous débrouiller seuls, tous les trois. Il faut que quelqu'un vous surveille.

Une fois de plus, tout le monde éclata de rire.

Bull leva sa bière en guise de toast.

— À Silverstone Towing. Et à une sacrée nouvelle aventure.

— À Silverstone Towing, répondirent les trois autres à l'unisson en faisant tinter les bouteilles.

2

———————

Cinq ans plus tard

Bull s'assit sur le siège de l'avion privé et soupira. Ils venaient de terminer un travail à Lima, au Pérou, pour un bon ami qu'ils s'étaient fait depuis la création de Silverstone Towing... et leur travail secondaire en tant qu'équipe qui supprimait le pire de l'humanité.

Ils n'aimaient toujours pas s'appeler des assassins. Ils évitaient ce terme à tout prix.

Au fil des ans, Willis les avait aidés à mettre au point la logistique de leur nouvelle entreprise. Au début, ils ne poursuivaient et n'éliminaient que les personnes figurant sur la liste des *dix premiers* du FBI, mais les années passant, le groupe s'était familiarisé avec l'identification des cibles par elle-même. Ils avaient tué les plus riches des riches et les plus pauvres des pauvres. Ils avaient exterminé des tueurs en série, des trafiquants de sexe, des chefs de la mafia, des terroristes... tous ceux qui s'étaient avérés être mauvais à l'intérieur et à l'extérieur.

Del Rio était exactement le genre de personnes pour qui leur équipe était faite. Il était le plus bas de l'échelle, le chef d'un trafic sexuel qui n'avait aucun problème à réduire en esclavage femmes et enfants, filles *et* garçons.

Il y avait dix ans, il avait mis la main sur une dame dont le mari avait tout fait pour la retrouver, allant jusqu'à former sa propre troupe pour sauver les femmes et les enfants réprimés du monde entier. Il avait miraculeusement retrouvé son épouse en vie, et Bull et les autres avaient été heureux de se rendre au Pérou pour terminer le travail que leur ami Rex n'avait pu honorer parce qu'il était occupé à la faire sortir du pays.

Del Rio n'avait pas eu une mort facile. Silverstone s'en était assuré.

Et maintenant, ils étaient presque rentrés chez eux. De retour dans l'Indiana et dans l'entreprise qui avait eu plus de succès qu'ils n'auraient pu l'imaginer. Ils avaient fait de Silverstone Towing l'un des services de remorquage les plus fiables et les plus abordables d'Indianapolis. Ils arrivaient rapidement lorsqu'on les appelait et ne pratiquaient pas de tarifs exorbitants. Tout le monde, des forces de l'ordre aux associations automobiles, les avait en raccourci sur le portable.

Ils détenaient maintenant une douzaine de dépanneuses et plus du double de chauffeurs. Il semblerait qu'ils aient besoin d'embaucher six chauffeurs au cours du prochain semestre. Le garage que l'oncle de Smoke lui avait laissé avait été agrandi pour accueillir les véhicules coûteux qu'ils possédaient désormais. L'entreprise elle-même n'était pas dans la meilleure partie de la ville, et, de l'extérieur, personne ne se doutait que le bâtiment avait quelque chose de spécial. Mais Smoke et les autres avaient travaillé dur pour le rendre confortable et luxueux à l'intérieur.

Les hommes et les femmes qui travaillaient pour eux méritaient un endroit où ils pouvaient être en sécurité et se détendre lorsqu'ils n'étaient pas en poste. Il y avait une cuisine ultramoderne, des chambres, deux petites salles multimédias où les gens pouvaient jouer à des jeux vidéo ou regarder des films, et même un sous-sol aménagé.

Dans l'ensemble, Silverstone Towing était exactement ce

dont les amis avaient eu besoin lorsqu'ils avaient été forcés de quitter l'armée.

Ils étaient amers et désillusionnés, et leur nouvelle entreprise leur avait offert le sentiment de normalité auquel ils aspiraient entre deux emplois.

Bull n'avait aucun problème à s'assurer qu'un homme comme Del Rio sache qui était derrière sa mort – et pourquoi il avait été torturé avant d'être tué –, mais il était conscient que s'il se rendait directement dans son appartement stérile, il n'arriverait jamais à dormir.

— Je vais aller au garage quand on atterrira, annonça-t-il à ses amis.

— Tu es sûr ? demanda Gramps.

— Oui, confirma-t-il en hochant la tête.

Il n'avait pas besoin d'expliquer. Il n'avait pas besoin de dire à ses meilleurs amis qu'il était de plus en plus agité après leurs missions. Ils l'avaient vu. Smoke avait essayé de lui en parler, mais Bull n'était pas prêt. Ce n'était pas qu'il voulait arrêter ou qu'il était moralement dérangé par ce qu'ils faisaient. C'était juste que, après cinq ans, il voulait plus dans sa vie. Il n'avait aucune idée de ce qu'était ce « plus », ce qui rendait son agitation ridicule, même si cela augmentait son sentiment.

Smoke avait sorti son téléphone et avait cliqué sur quelques boutons avant de déclarer :

— On dirait que la soirée a été plutôt chargée jusqu'à présent. Bart est au dispatching, et la plupart des autres sont sur le terrain.

— Bien. Je vais dire à Bart que j'arrive et qu'il peut m'intégrer à la rotation. Quelqu'un conduit la vieille Betty ce soir ?

La vieille Betty était la première dépanneuse que l'équipe avait achetée quand ils avaient commencé Silverstone. Elle était vieille, comme son nom l'indiquait, et n'avait pas toutes les cloches et les sifflets des nouveaux camions. La plupart de leurs chauffeurs préféraient prendre les véhicules les plus récents, ce qui convenait à Bull. Il préférait la vieille Betty. Elle ne l'avait jamais laissé tomber, et il y avait quelque chose qui l'apaisait dans la légère odeur de fumée de cigarette de l'ancien propriétaire, dont ils n'avaient jamais réussi à se débarrasser, et dans le craquement des sièges en cuir lorsqu'il bougeait.

— Comme si quelqu'un voulait choisir la vieille Betty plutôt que les autres dépanneuses, pouffa Eagle.

Smoke opina.

— Eagle a raison. Elle est tout à toi.

Les employés se relayaient tous pour faire le dispatching. Lorsqu'ils avaient créé l'entreprise il y a cinq ans, les quatre hommes avaient discuté de ce qu'ils pensaient être nécessaire pour faire de Silverstone un succès. Un bon salaire et de bons avantages sociaux figuraient en tête de liste. Il fallait aussi que les salariés sachent comment effectuer tous les travaux du garage. Personne n'aimait le dispatching, mais savoir comment obtenir tous les détails pertinents d'un appelant et comment naviguer dans le logiciel et les cartes avait amélioré leurs compétences de chauffeurs, sur le long terme.

En raison du traitement de leurs effectifs – en plus de l'intérieur luxueux du garage, des salaires supérieurs à la moyenne et des politiques généreuses en matière de maladie et de vacances –, les hommes et les femmes qui y travaillaient étaient très fidèles. La dernière fois qu'une personne avait démissionné, c'était il y a un an, et c'était uniquement parce que la fiancée du jeune homme vivait à Chicago. Il avait été contrarié de partir, mais Silverstone lui avait rédigé une recommandation élogieuse, et, aux dernières nouvelles, il se débrouillait bien dans sa nouvelle ville.

Cinq ans auparavant, Smoke avait assumé lui-même tous les frais de l'opération. Mais Bull, Eagle et Gramps avaient utilisé l'argent qu'ils avaient gagné pour racheter l'entreprise, et ils étaient maintenant partenaires à parts égales. Ils honoraient tous leur quota de conduite et de répartition, se perdant dans les opérations quotidiennes de l'entreprise lorsqu'ils n'étaient pas en mission.

Ce soir, Bull avait besoin d'une distraction. Il avait besoin de se sentir... *normal*. De se connecter à des gens ordinaires faisant des choses banales. Parfois, répondre à un appel à l'aide n'était pas sans risque – il y avait eu plusieurs cas où des gens avaient essayé de voler le camion ou de dévaliser le conducteur –, mais Bull n'avait jamais cru que sa vie était en danger lorsqu'il prenait la route. En fait, il avait l'impression qu'aider les automobilistes en panne équilibrait l'autre partie de sa vie. Le côté sombre et sale des meurtriers, des terroristes, et de ceux qui s'attaquaient aux faibles et aux sans défense.

Une heure après l'atterrissage et les au revoir de Bull à ses coéquipiers, il se trouvait dans la grande salle de Silverstone Towing. Il regarda autour de lui et sourit. Il se sentait chez lui ici. Il y avait de la vaisselle sale dans l'évier, et il entendait le ronronnement du lave-vaisselle. Il savait que les réfrigérateurs étaient remplis pour les chauffeurs lorsqu'ils étaient entre deux missions. Il y avait une couverture abandonnée sur l'un des canapés en cuir et un oreiller qui avait encore l'empreinte de la tête d'une personne tombée sur le sol. Il était évident que quelqu'un avait fait une sieste lorsqu'il avait été envoyé en mission et qu'il était parti précipitamment.

Bull s'approcha, plia la couverture et ramassa l'oreiller. Il y avait deux fauteuils inclinables, qui ne manquaient jamais de l'endormir lorsqu'il s'y asseyait, ainsi que les deux grands canapés de la pièce. Le tapis duveteux sous ses pieds était rouge et jaune, apportant une ambiance lumineuse et joyeuse à la pièce. L'odeur du café était omniprésente ; Bull ferma les yeux et prit une profonde inspiration. Le simple fait d'être ici procurait du bien à son âme. Il se sentait plus proche des hommes et des femmes bons. Lui et ses amis avaient régulièrement affaire à la lie de la société, et il avait besoin de cette... bonté.

Dernièrement, en plus de son agitation, Bull avait commencé à se sentir un peu cynique. Personne en dehors de l'équipe ne savait ce qu'ils faisaient, et même s'ils en avaient connaissance, ils ne comprendraient pas. On les traiterait de tueurs, on les mettrait en prison et on jetterait la clé.

Ils ne se souciaient pas non plus des recherches interminables que lui et les autres effectuaient avant de choisir une cible.

Ils n'avaient sélectionné que le pire du pire pour leur propre justice. Et pour décider s'ils étaient vraiment *les pires*, ils devaient étudier les photos, les reportages, les récits de première main des crimes de leurs cibles potentielles.

Bull avait été marqué de voir des hommes, des femmes et des enfants torturés de la manière la plus horrible qui soit et de lire des articles sur la terreur que laissaient leurs victimes dans leur sillage.

Sa vie était remplie de mal, et, cinq ans plus tard, il peinait à être témoin de suffisamment de décence pour compenser. Il ignorait où trouver plus d'innocence, plus de bien dans le monde, mais il savait qu'il en avait besoin.

Prenant une profonde inspiration, il traversa l'espace calme et emprunta un long couloir en direction de la salle d'expédition. Bull ouvrit la porte, émettant suffisamment de bruit pour que Bart sache qu'il était là avant de s'approcher de l'autre homme. Trois grands écrans d'ordinateur lui faisaient face : l'un d'entre eux diffusait *Die Hard*, un autre affichait une carte d'Indianapolis avec des points clignotants indiquant où étaient les employés de Silverstone, et le dernier écran affichait le logiciel dans lequel le dispatcheur et les chauffeurs saisissaient leurs notes pour garder une trace de l'endroit où ils étaient allés et de ce qu'ils avaient fait.

Bart portait un casque et se retourna pour regarder Bull lorsqu'il s'approcha. Un énorme sourire traversa son visage.

— Hé, patron, le salua-t-il avec enthousiasme. Je ne t'attendais pas ce soir.

— Tu me connais, je me suis ennuyé, lui répondit Bull.

Les employés de Silverstone ne se doutaient pas que lorsque leurs patrons disparaissaient pendant plusieurs jours, ils étaient partis débarrasser le monde de malfaiteurs. L'équipe avait décidé dès le début de garder le secret sur leur seconde vie. Leurs familles, leurs amis et leurs employés. Les seules personnes qui pourraient un jour être mises au courant étaient les femmes avec lesquelles ils allaient éventuellement... espérer... passer le reste de leur vie.

— Je suis content de te voir, affirma Bart. Nous avons été inhabituellement occupés ce soir. On a commencé doucement, mais j'ai envoyé Alice il y a vingt minutes, et on a deux pickups en attente.

— Qu'est-ce qui se passe ? s'enquit Bull, heureux de pouvoir se mettre au travail et d'arrêter de penser aux ombres dans son âme qui commençaient à prendre le dessus sur tout le reste.

— La police est sur la scène d'un délit de fuite. La caisse a été détruite, la victime est en route pour l'hôpital. Et la seconde est une femme dont la voiture a commencé à faire des bruits bizarres sur la 465 près de l'aéroport. Elle s'est arrêtée, ne voulant pas empirer la situation, et patiente avant d'être remorquée dans un magasin.

— Je m'occupe de la femme, annonça Bull sans hésiter.

Rien qu'à l'idée d'une fille seule, assise dans son véhicule sur le bord de l'autoroute en pleine nuit, son instinct de protection se mettait en marche. Il était probable qu'elle allait bien et qu'elle pouvait prendre soin d'elle, mais il avait vu trop de cas de personnes dans des voitures en panne se faire abuser par des individus sans scrupules et désespérés.

Bart sourit.

— Je savais que tu choisirais celle-là. La vieille Betty est dans la baie et t'attend. Je vais envoyer la localisation sur ton portable.

— Ça me semble bien. Merci.

— Pas de problème.

— C'est quoi son nom ?

— La meuf ? Skylar, quelque chose comme ça.

Bull avait envie de rouler des yeux face à son employé. Il pensait que Bart savait exactement comment elle s'appelait, mais, en général, il ne donnait que les détails qu'il jugeait les plus pertinents. Et le nom de famille d'une personne ne figurait jamais en tête de sa liste d'informations importantes.

Bull lança un signe de tête à l'autre homme et quitta la salle de dispatching. Il trottina vers la porte qui menait à l'une des immenses baies abritant les dépanneuses. Il y avait deux autres bâtiments sur la propriété, mais la vieille Betty était toujours gardée dans celui qui était rattaché à l'édifice principal.

Il prit les clés sur un crochet à côté de la porte et sourit en s'approchant de la vieille dépanneuse. S'arrêtant juste le temps d'enfiler une salopette avec l'écusson de Silverstone Towing sur le haut à gauche de la poitrine, Bull monta dans la cabine. Il tourna la clé de contact, soulagé de voir que le véhicule démarrait. Il prit le temps de regarder autour de lui et de s'assurer que tout était en ordre. Faisant un signe de satisfaction lorsque ce fut le cas, il ouvrit la porte du garage et sortit dans la nuit noire de l'Indiana.

Il avait fallu environ vingt minutes pour arriver à l'emplacement de Skylar. Et quand il y fut, il avait froncé les sourcils, pas du tout heureux de ce qu'il voyait.

La Toyota Corolla brune, âgée de 10 ans, avait ses feux de détresse allumés, mais était à peine rangée sur le bord de la route. De plus, la femme s'était arrêtée juste à côté d'un grand et dense bosquet d'arbres. Le côté conscient de la sécurité de Bull savait qu'il serait facile de tirer quelqu'un dans ces arbres et de faire des choses innommables.

À cause de son travail avec Silverstone et de ses rapports avec les rebuts de la société, Bull voyait toujours le mal qui pouvait arriver dans n'importe quelle situation, son esprit sautant immédiatement aux images dépravées qu'il avait vues dans les reportages bien trop souvent. Ce qui était une partie de son problème.

Prenant une grande inspiration, Bull se força à se concentrer sur son travail. Il s'était garé de façon à ce que son camion empêche quiconque ne faisant pas attention de percuter la voiture en panne sur le bord de la route. Il alluma les projecteurs à l'avant de la dépanneuse, éclairant la voiture et les alentours comme en plein jour.

Il s'approcha de la Corolla par le côté passager, restant à une distance respectable du véhicule.

Avant qu'il ne puisse frapper à la porte, l'occupante – Skylar, supposa-t-il – était sortie du côté conducteur et avait levé la main pour protéger son visage des lumières du camion de remorquage.

— Bonjour, je suis tellement soulagée de vous voir ! J'ai l'impression d'être assise ici depuis une éternité, même si je sais que ça ne fait pas si longtemps que ça...

— Stop, ordonna Bull d'un ton bourru alors qu'elle commençait à contourner l'avant de sa voiture pour se diriger vers lui.

Elle se figea et le regarda d'un air incertain.

— Vous devriez vous assurer que je suis bien celui que vous pensez. Que je suis bien le véhicule d'assistance que vous avez appelé.

Elle fronça les sourcils, l'observa, se retourna vers la vieille Betty, puis revint vers Bull.

— Vous êtes dans une dépanneuse, dit-elle, confuse.

— C'est vrai, acquiesça Bull. Mais je pourrais être un conducteur au hasard qui a vu votre voiture et a décidé de s'arrêter. Je pourrais essayer de voler la vedette à l'entreprise qui vient vous aider ou, plus important encore, je pourrais être ici pour vous faire du mal.

Elle inhala brusquement.

— Les gens font *ça* ?

La profondeur de la naïveté de cette femme frappa Bull avec la force d'un marteau de forgeron. Il savait qu'il la dévisageait, mais c'était plus fort que lui. Était-elle vraiment *si* ignorante ?

— Oui, malheureusement, c'est le cas.

— OK. Je n'y avais pas pensé. Mais je suis parfaitement consciente que s'asseoir sur le bord de la route n'est pas très sûr. Je suis nerveuse depuis que je me suis arrêtée. J'étais soulagée de vous voir… mais maintenant je pense que vous êtes un peu un con. J'appellerais bien une autre société de remorquage, mais j'ai déjà attendu ce qui me semble être une éternité.

Bull n'avait pas pu s'empêcher de sourire. Il aimait qu'elle se défende. Il prit une grande inspiration.

— Je suis désolé d'avoir été si dur. C'est juste que… Je n'aime pas voir les gens, surtout les femmes, être exploités et blessés.

Ils se dévisagèrent pendant un long moment avant qu'elle ne déclare :

— Je suppose que vous êtes qui vous prétendez être, puisque vous me mettez en garde contre des gens qui feraient des choses sans scrupule.

— Je le suis. Mais vous devriez quand même appeler pour vérifier. Vous pouvez appeler Silverstone Towing. Demandez au chef du dispatching une description du chauffeur qui a été envoyé pour vous aider et si le conducteur est arrivé. Il y a des traceurs GPS dans tous les camions, donc il le saura.

La femme l'étudia pendant un moment avant d'acquiescer et de sortir son téléphone portable de sa poche, en le regardant pour appuyer sur une touche.

Il attendit qu'elle passe l'appel. Il apprécia qu'elle soit retournée du côté conducteur et qu'elle ait mis un peu d'espace entre eux pendant qu'elle parlait à la centrale. Il pouvait encore la bousculer et la traîner dans les bois le long de la route, mais au moins, elle essayait de se protéger.

Bull prit le temps de l'examiner pendant qu'elle parlait à Bart à Silverstone. Elle était toute petite, surtout comparée à son mètre quatre-vingts. Il l'estimait à un mètre soixante-cinq, maximum. Elle portait un pantalon noir et un chemisier crème avec des manches amples et un col en V qui laissait entrevoir un généreux décolleté. Il avait également remarqué ses talons avant qu'elle ne se retire, ce qui rendait son estimation de sa taille fausse d'au moins cinq centimètres.

Ses cheveux étaient attachés en un chignon austère à la base de son cou... et Bull avait l'étrange envie d'ôter la pince qui les retenait pour en connaître la longueur exacte. Il fit inconsciemment un pas de plus, le désir soudain d'en savoir plus sur elle l'emportant sur son bon sens.

Elle avait alors levé les yeux et souriait d'un air penaud.

— Il a dit que vous étiez là, lui expliqua-t-elle.

— Je suis là, répondit Bull.

Il lui tendit la main et se dirigea vers elle.

— On peut peut-être recommencer à zéro. Je n'ai pas fait une très bonne première impression. Je m'appelle Bull.

Elle fronça le nez.

— Bull ?

Il sourit légèrement.

— Mon vrai nom est Carson, Carson Rhodes, mais personne ne m'appelle comme ça.

— Même pas votre mère ? demanda-t-elle en mettant sa main dans la sienne.

Bull tressaillit légèrement à cause de la secousse qui avait semblé le traverser lorsque leurs paumes se touchèrent. Sa main était lisse et semblait incroyablement douce contre sa propre peau calleuse et rugueuse.

— Je n'ai jamais connu ma mère, répondit-il, en faisant à peine attention à ses mots. Elle est partie quand j'étais bébé. Il n'y avait que mon père et moi pour grandir. Il est mort quand j'avais 17 ans.

— Oh, mon Dieu ! s'écria-t-elle, les yeux écarquillés d'horreur devant son faux pas. Je suis désolée.

— Ce n'est pas grave. C'était il y a longtemps, dédramatisa Bull.

— Mais quand même. C'était extrêmement impoli de ma part. J'aurais dû le savoir.

Bull était parfaitement conscient qu'elle n'avait pas encore retiré sa main, et il était hors de question qu'il soit le premier à rompre ce qui semblait être une connexion inattendue entre eux.

— Et votre nom ? questionna-t-il.

Il le connaissait, bien sûr, mais le protocole devait être suivi.

— Oh ! C'est Skylar. Skylar Reid.

— Salut, Skylar, répondit Bull, désireux d'entendre son nom sur ses lèvres.

— Salut, Carson.

Ils se sourirent pendant un instant avant qu'elle ne lui tire doucement la main. Bull la lâcha à contrecœur.

— Alors…, dit-elle en regardant sa voiture.

— Que s'est-il passé ? demanda Bull, essayant de ramener les choses à un niveau professionnel.

Il ne pouvait s'empêcher de penser à la sonorité de son prénom dans sa bouche.

— Je ne sais pas, déclara-t-elle, la détresse étant facile à entendre dans son ton. Je rentrais du travail et…

— Le travail ? Si tard ? n'avait pas pu s'empêcher de s'étonner Bull.

Elle hocha la tête.

— Oui, j'enseigne à l'école primaire d'Eastlake, et nous avions des réunions parents-professeurs ce soir. Je suis restée plus tard que d'habitude parce que certains de mes parents n'avaient pas quitté leur boulot avant 6 heures.

— Vous êtes enseignante, reprit Bull. En quelle classe ?

Il savait qu'il était curieux, mais il ne pouvait pas s'en empêcher.

Skylar haussa les épaules.

— Maternelle.

Bull inspira profondément. *Bien sûr* qu'elle était institutrice en maternelle. L'espace d'une seconde, il avait envisagé de l'inviter à sortir, voire de sortir avec elle. Mais à quel point l'idée de *le* voir avec une institutrice de maternelle était ridicule ? Il savait que le stéréotype de toutes les femmes enseignant à des petits enfants, pures et innocentes, était ridicule, mais il ne pouvait s'empêcher de penser qu'il était bien trop blasé pour elle.

— Il y a quelque chose qui ne va pas avec ma profession ? questionna-t-elle, l'air un peu sur la défensive.

Réalisant qu'elle n'avait pas manqué sa réaction, Bull fit de son mieux pour rétropédaler.

— Bien sûr que non. Pas du tout.

— Oui, c'est ça, marmonna-t-elle en se détournant de lui.

Cela avait rendu Bull encore plus anxieux. Elle ne devait pas tourner le dos à un homme inconnu. Surtout pas lorsqu'il faisait nuit et qu'elle était bloquée sur le bord de la route, sans aucun moyen de s'échapper.

— Ne me tournez pas le dos, ordonna-t-il.

Elle jeta un coup d'œil par-dessus son épaule pour le regarder.

— Vous me donnez encore des ordres, sérieusement ?

Bull fit de son mieux pour adoucir son ton, pas sûr d'avoir réussi quand il ajouta :

— Vous ne devriez pas vous détourner de quelqu'un que vous ne connaissez pas. Surtout quand vous êtes sur le bord de la route, dans le noir, et qu'il y a un bosquet d'arbres à moins de 100 mètres dans lequel vous pourriez être entraînée.

Ses yeux devinrent énormes une fois de plus, et il la vit jeter un coup d'œil par-dessus ses épaules vers les arbres derrière lui. Elle se lécha les lèvres, et Bull réprima le gémissement qui menaçait de s'échapper. Il n'avait jamais été attiré par une femme dès qu'il l'avait rencontrée... mais il l'était par Skylar. Il ne savait pas ce qu'elle avait de particulier. Sa vulnérabilité ? Le fait qu'elle avait si manifestement besoin de son aide ? Son attirance de toujours pour les petites femmes ?

Il n'en avait aucune idée, mais il était extrêmement mal à l'aise.

Au lieu de lui arracher la tête pour son impolitesse ou pour l'avoir effrayée, Skylar Reid inclina le visage sur le côté et le regarda droit dans les yeux pendant un long moment. Lorsqu'elle prit la parole, elle le fit presque tomber à la renverse.

— Vous avez vu beaucoup de mauvaises choses dans votre vie, n'est-ce pas ?

Bull opina du chef une fois, n'étant pas sûr que sa voix fonctionnerait.

— Je sais que je ne suis pas aussi mondaine, lui raconta-t-elle. J'ai vécu ici toute ma vie. Je ne suis jamais sortie des États-Unis, et je n'ai visité que quelques États. Mais j'ai aussi assisté à ma part de mauvaises choses. Des enfants qui ont été battus à la maison et qui viennent à l'école avec des bleus, mais insistent pour prétendre que tout va bien. Des enfants qui ont tellement faim qu'ils volent des en-cas à leurs camarades de classe dès qu'ils en ont l'occasion. Certains de mes élèves portent les mêmes vêtements tous les jours. Et croyez-le ou non, l'intimidation commence dès la maternelle.

Bull acquiesça à nouveau, sans être surpris le moins du monde par ce qu'elle disait.

— Mais j'ai aussi vu le bon côté des gens. Ces enfants qui se font voler leur déjeuner ? Le lendemain, certains apportent de quoi manger à leurs amis. Et quand les élèves arrivent en portant la même chose que la veille, leurs camarades sont heureux de les aider à choisir une tenue dans l'armoire à « vêtements supplémentaires » que je garde pour que leurs tenues puissent être lavées pendant la journée d'école.

— Et les brimades ? demanda Bull.

Skylar haussa les épaules.

— Je fais de mon mieux pour les tuer dans l'œuf, mais malheureusement, il n'y a pas grand-chose que je puisse entreprendre.

— Je ne pense pas avoir déjà entendu cette phrase, « tuer

dans l'œuf », sortir de la bouche de quelqu'un dans la vraie vie, lui opposa Bull.

— Peu importe, marmonna Skylar. Ce que je veux dire, c'est que je suis consciente d'être naïve à bien des égards et que je n'ai pas vu ou vécu le genre de choses que vous avez probablement connues. Mais je suis capable de reconnaître un homme bon quand j'en croise un.

Bull ricana et secoua la tête.

— Vous n'en savez rien, ma jolie.

Au fond de lui, il était conscient que la dernière chose à laquelle il pensait était Del Rio, le Pérou et le travail qu'il venait de terminer. Il était concentré à cent pour cent sur Skylar. Elle avait en quelque sorte, juste par sa présence, fait passer au second plan les mauvaises actions qu'il avait vues et faites ces deux derniers jours.

— Peut-être pas, rétorqua-t-elle. Mais depuis le premier moment où vous avez parlé, même si vous avez été un peu con, vous n'avez eu que mes intérêts à cœur. Vous ne voudriez pas plus m'attaquer et me traîner dans les bois là-bas pour me violer que je ne ferais du mal à un enfant.

Elle pensait que le viol était la pire chose qu'il puisse lui infliger, ce qui était aussi révélateur que tout le reste. Skylar Reid était innocente jusqu'au bout des ongles.

Et Bull avait envie de faire tout ce qu'il fallait pour qu'elle le reste.

— Vous rentriez de votre travail d'institutrice de maternelle et votre voiture est tombée en panne ? s'enquit Bull, qui avait besoin de faire avancer les choses pour qu'elle ne soit plus sur le bord de la route.

Il était bien conscient des véhicules qui passaient à plus de 150 km/h.

Elle acquiesça, permettant le changement de sujet.

— Oui. Elle a commencé à faire un bruit de claquement, et j'ai eu peur qu'une roue se détache ou que le moteur explose. Alors je me suis arrêtée. J'ai ma voiture depuis des années, et elle a toujours été fiable. Je me suis dit que c'était plus intelligent d'appeler de l'aide que d'essayer de bidouiller quelque part et d'occasionner plus de dégâts.

Elle fit une grimace.

— Je n'ai pas vraiment les moyens d'en acheter une nouvelle en ce moment.

Bull avait entendu ce sentiment plus souvent qu'il ne pouvait s'en souvenir.

— Vous avez un garage où je peux la déposer ?

Skylar sourit de nouveau.

— Pourquoi les hommes font-ils ça ?

— Faire quoi ?

— Rendre toutes les voitures féminines.

Bull ricana.

— C'est juste un truc.

— Je suppose. Bref, il y a un garage pas très loin de chez moi qui pourrait convenir. Il s'appelle Jim's Autobody.

— Non, la coupa fermement Bull.

— Quoi ? Pourquoi pas ? demanda Skylar. C'est plus pratique.

— Mais Jim est un escroc. Il n'y a pas moyen que je vous conduise, vous ou votre voiture, là-bas.

Skylar soupira.

— Je ne connais pas d'autre endroit. Mon père apporte habituellement ma voiture chez son mécanicien, mais c'est tout en haut de Carmel. Je ne peux pas me permettre d'être aussi loin de mon travail.

— Vous habitez près de chez Jim ? questionna Bull, se disant qu'il n'était intéressé que de manière professionnelle, mais sachant qu'il mentait.

— Oui. Je vis dans les appartements de Southpoint.

Bull la regarda d'un air incrédule.

Elle leva la main.

— Ne commencez pas. Mon père m'a déjà raconté tout ça. Je sais que ce n'est pas le meilleur quartier de la ville et que les logements sont un peu merdiques, mais ce n'est pas loin du travail et c'est abordable.

— Ils ne sont pas merdiques, corrigea Bull. Ils sont *horribles*.

Skylar le dévisagea sans un mot de plus.

— Bien. Pourquoi pas Stanley Automotive ? C'est à mi-chemin entre Eastlake et votre appartement. Ils ont quelques voitures de prêt. Si une est disponible, vous pourrez l'utiliser pendant que la vôtre est au garage.

— Ça a l'air cher, remarqua Skylar.

Bull garda un visage impassible. Elle avait raison, ils n'étaient pas bon marché, mais Stan était juste. Il faisait de son mieux pour satisfaire ses clients, allant même à la casse pour trouver des pièces pour des modèles de voitures plus anciens lorsque c'était envisageable, juste pour maintenir leurs coûts aussi bas que possible.

Il échangerait un mot à Stan pour lui faire savoir qu'il aiderait Skylar à payer les réparations... en toute discrétion, bien sûr. Il avait le sentiment que la femme fougueuse n'accepterait jamais son concours.

— Stan est un bon gars, la rassura-t-il. Il sera honnête avec vous et ne fera pas de réparations dont vous n'avez pas besoin.

Skylar hésita et se mordit la lèvre en réfléchissant à ce qu'elle devait faire. Bull ne la pressa pas. Même s'il avait envie de lui dire de se dépêcher pour pouvoir la mettre en sécurité, il lui laissa le temps de prendre sa propre décision.

— Vous devez en savoir beaucoup sur les voitures, lui dit-elle.

Bull secoua la tête.

— Non. Je peux changer un pneu et vérifier l'huile, et c'est à peu près tout. Mais j'en connais beaucoup sur les garagistes qui sont honnêtes et ceux qui sont des salopards.

— Pourquoi m'aidez-vous ? s'étonna-t-elle. Je veux dire, je suis reconnaissante, ne vous méprenez pas, mais je ne peux pas imaginer que vous faites ça pour chaque personne que vous aidez sur le bord de la route.

— Pourquoi pas ? Peut-être que c'est le cas, insista Bull.

Skylar secoua la tête.

— Non, je pense que vous faites exactement ce qu'ils vous disent de faire, même si vous savez qu'ils commettent une erreur. Je suppose que vous ne prenez pas de plaisir à supporter les imbéciles, et si quelqu'un se montre supérieur, je parie que vous l'écartez complètement.

Elle avait tellement raison, c'était presque effrayant.

— Peut-être que j'ai juste pitié de vous, lui souffla-t-il, en mentant entre ses dents.

La dernière chose qu'il ressentait était de la pitié pour Skylar.

— Peut-être, accepta-t-elle. Mais je suis volontiers votre conseil. Les ateliers automobiles sont votre domaine d'expertise, pas le mien.

Bull poussa un soupir de soulagement. Il aurait apporté sa voiture chez Jim si elle avait insisté, mais il n'en aurait pas été heureux. Il lança un geste vers la vieille Betty.

— Je me sentirais mieux si vous attendiez dans le camion pendant que je prépare le dépannage, lui avoua-t-il.

Skylar acquiesça.

— Je peux prendre mes affaires d'abord ?

— Bien sûr, répondit Bull.

Elle fit le tour de la voiture et ouvrit la portière côté passager. Elle se pencha pour rassembler ses affaires et Bull faillit avaler sa langue à la vue de ses fesses. Elle avait de belles courbes et il dut se retenir de tendre la main vers son postérieur rebondi.

Pour autant qu'il puisse en juger, Skylar était parfaitement bâtie. Elle était en léger surpoids, mais ses formes lui donnaient un air doux, ce qu'il aimait, car il était tout le contraire.

Skylar se releva, et Bull poussa un soupir de soulagement. Il ne devrait pas la convoiter. D'abord, parce que c'était une cliente. Deuxièmement, parce que c'était impoli. Et enfin, parce qu'il venait de la rencontrer. Mais cela ne semblait pas avoir d'importance pour sa libido. Elle l'intriguait, l'excitait, cela faisait longtemps qu'une femme n'avait pas attiré son attention… et il savait que Skylar n'essayait même pas. Ce qui l'excitait encore *plus*.

Elle portait un énorme sac à l'épaule qui semblait plus lourd qu'elle. Bull voyait des papiers qui dépassaient, et ça le fit sourire. Elle avait également mis la sangle de son sac autour de sa tête et de son épaule et tenait un bouquet de fleurs sauvages dans sa main.

Au haussement de son sourcil, elle déclara :

— Un de mes élèves me les a données. Si je les laisse dans ma voiture, elles vont mourir.

Bull voulait lui dire que les fleurs avaient déjà l'air à moitié mortes, mais il se tut. Il marcha à côté d'elle jusqu'à la vieille Betty et grimaça lorsqu'elle se rendit compte qu'elle venait à peine de constater la hauteur de la cabine du camion. Elle se tourna vers lui et lui fronça le nez.

— Les hommes et leurs camions, s'esclaffa-t-elle.

Bull ne put s'empêcher de rire.

— C'est une dépanneuse. Il faut qu'elle soit grande pour pouvoir faire son travail.

— Je suppose que vous avez quand même un énorme pick-up garé dans votre propre allée.

— Vous auriez tort, lui rétorqua Bull qui ne s'inquiétait pas le moins du monde de partager des informations personnelles.

Il ne parlait jamais de sa vie privée aux femmes qu'il venait de rencontrer, mais avec Skylar, il n'arrivait pas à se taire.

— Je vis dans un appartement, comme vous, bien que ce soit dans un quartier plus sûr de la ville, et je conduis une Nissan Altima 2015.

Elle cligna des yeux vers lui.

— Mais c'est tellement… classique.

Bull ne put s'en empêcher, il éclata de rire. Quand il se ressaisit, il demanda :

— Vous vous sentirez mieux si je vous disais qu'elle est rouge ?

— Oui, en fait, répondit Skylar en souriant.

— Venez, je vais vous aider à monter, lui proposa Bull en lui tendant la main.

Sans hésiter, elle mit une fois de plus sa paume dans la sienne et le laissa lui donner un coup de pouce.

Il la voyait mieux dans la lumière de l'intérieur du camion quand il avait ouvert la porte, et il remarqua enfin que ses cheveux étaient d'une belle couleur auburn. Ses yeux verts semblaient pétiller lorsqu'elle le regardait.

Bull observa Skylar et prit une décision. Il allait l'inviter à sortir. Il ne savait pas si elle accepterait ou non – si elle était intelligente, elle refuserait et ils partiraient chacun de leur côté –, mais il avait très envie de passer plus de temps avec elle. Pour voir s'il se sentirait aussi léger plus longtemps, grâce à elle, qu'au cours des vingt dernières minutes.

Il n'avait aucune idée si l'attraction qu'il ressentait envers elle était due au travail qu'il venait de terminer et qu'il était désespéré par sa bonté, ou si c'était plus. Mais il voulait le découvrir.

— Tout va bien ? s'enquit-elle, incertaine, alors qu'il continuait à se tenir devant la porte et à la fixer sans prononcer un mot.

Il secoua mentalement la tête et se réprimanda.

— C'est bon, affirma-t-il, puis il ferma la portière et se précipita du côté du conducteur.

Il se hissa dans le camion et le plaça devant la Corolla.

— Restez ici, lui dit-il. Je vais accrocher votre voiture en un rien de temps, et nous partirons.

Sans attendre son accord, il sauta de la vieille Betty et claqua la porte. Il avait un travail à faire, et il devait s'y atteler.

Pendant qu'il attelait la voiture, Bull ne pensait qu'à une chose : comment l'inviter à sortir... et si elle serait assez courageuse, ou assez stupide, pour dire oui.

3

Skylar posa une main sur sa poitrine et espéra que son cœur battrait moins vite. Depuis qu'elle avait vu l'homme costaud à côté de sa voiture, il lui semblait qu'elle ne pouvait pas prendre une respiration complète. Elle avait essayé de se dire que c'était parce qu'il était si intimidant, mais elle était consciente que ce n'était pas ça.

Dès l'instant où elle avait mis sa main dans la sienne, elle s'était sentie en phase avec lui. Elle ignorait pourquoi ; il avait été un peu dur avec elle, et elle savait qu'il pensait qu'elle était beaucoup trop naïve. Mais il y avait quelque chose dans son regard qui l'attirait. Elle l'avait vu dans les yeux de certains de ses élèves au fil des ans. Un désespoir pour une connexion.

Mais Carson n'était pas un enfant. C'était un homme de part en part.

Il la dominait, ce qui n'était pas vraiment nouveau. Avec seulement un mètre soixante-deux, elle était plus petite que la plupart des gens. Mais se tenir à côté de Carson lui donnait l'impression qu'elle pouvait laisser tomber tous ses soucis. Peut-être était-ce dû au fait qu'il était si musclé, ou peut-être était-ce l'impression de protection qu'il avait dégagée dès les premiers mots qu'il avait prononcés. Quoi qu'il en soit, Skylar se sentait à l'aise avec lui.

Ses cheveux noirs étaient courts, mais encore assez longs pour être un peu ébouriffés, comme s'ils n'avaient pas vu un peigne depuis longtemps, et sa barbe le faisait paraître encore plus négligé. Mais il avait le regard si doux.

Et Skylar se doutait que si quelqu'un pouvait entendre ses pensées, il se dirait qu'elle était folle à lier. Des yeux doux ?

Mais elle savait qu'elle ne l'était pas. Vivre là où elle vivait et travailler à l'école avaient ses inconvénients. Elle avait été en contact avec beaucoup de locataires et de parents qui étaient ivres, défoncés, ou simplement énervés contre le monde. Et elle avait appris à ne pas s'en approcher quand ils avaient de la folie dans le regard.

Quand elle avait regardé dans ceux de Carson, elle avait vu un désir si intense qu'elle avait été attirée vers lui plutôt que d'être mise en garde. Elle voulait découvrir exactement quels étaient ses démons et tous les tuer. Ce qui était insensé. Carson n'était pas un homme qui avait l'air de laisser quelqu'un *se battre* pour lui. Il pouvait prendre soin de lui-même.

Secouant la tête, Skylar marmonna :

— Reprends-toi, Sky. Tu viens juste de le rencontrer, il remorque ta voiture. Il fait son travail.

Elle se retourna sur son siège pour regarder, par la fenêtre arrière, Carson accrocher sa petite voiture pour la remorquer jusqu'à Stanley Automotive. Elle n'était pas sûre de savoir comment elle allait rentrer chez elle après avoir quitté l'atelier, mais elle y aviserait quand elle y serait.

En étudiant son environnement pour essayer de détourner ses pensées de l'homme trop intrigant qui s'était présenté pour l'aider, Skylar remarqua le siège auto pour enfant à l'arrière de la dépanneuse. Il ne semblait pas à sa place, et elle ne pouvait s'empêcher de se demander pourquoi il était là. Elle avait également remarqué d'autres détails. L'intérieur de la camionnette était impeccable. Il n'y avait pas un seul déchet, et, lorsqu'elle inspira profondément, elle sentit un peu de vieille fumée, mais l'odeur du linge frais était beaucoup plus prononcée. Elle était quelque peu surprise, car elle avait pensé qu'un camion de travail comme celui-ci sentirait la graisse, la saleté, et peut-être beaucoup plus fortement la cigarette.

S'accrochant plus fermement aux fleurs en lambeaux, elle sursauta méchamment lorsque la porte côté conducteur s'ouvrit brusquement, interrompant ses pensées, et que Carson grimpa sur le siège à côté d'elle.

— Ça va ? s'enquit-il, voyant manifestement sa secousse.

— Oui. C'était rapide.

Ses lèvres se relevèrent en un demi-sourire.

— Je fais ça depuis un moment maintenant, ma chérie. Pas difficile d'accrocher une voiture. Prête ?

Elle aurait dû lui expliquer que l'appeler *chérie* était présomptueux puisqu'ils venaient de se rencontrer, mais elle hocha simplement la tête.

Carson fit un signe vers sa ceinture de sécurité.

— Bouclez-la.

Secouant mentalement la tête, Skylar attrapa la sangle. Elle ne pouvait pas croire qu'elle l'avait oubliée. Elle la mettait toujours. Toujours. Même quand elle était dans un bus scolaire, elle bouclait la ceinture abdominale. Elle était prudente par nature, et c'était un peu surprenant que le grand homme à côté d'elle ait dû lui rappeler de l'attacher.

— Laissez-moi les tenir, proposa Carson en attrapant le petit bouquet qu'elle serrait encore.

Ses doigts effleurèrent les siens lorsqu'il les saisit, et Skylar réprima de justesse le frisson de réaction qu'elle ressentit de nouveau à son contact. Quand il s'était présenté et qu'elle avait pris sa main, elle avait eu l'impression d'être sous tension. Une secousse l'avait traversée, et elle s'était sentie un peu déséquilibrée.

Elle boucla la ceinture de sécurité et reprit les fleurs à Carson, en prenant soin de ne pas le toucher cette fois.

— Pour votre information, lâcha-t-elle, je ne suis généralement pas si négligente avec ma sécurité.

Il cligna des yeux de surprise à ses mots, puis haussa les épaules.

— J'étais juste déstabilisée par la situation, insista-t-elle.

Carson alluma ses feux de détresse et commença à rouler sur l'accotement de l'autoroute. Une fois qu'il eut pris assez de vitesse, il s'engagea sur la route principale.

— Quand vous êtes agitée et incertaine, vous devez être encore plus prudente.

Skylar voulait être irritée, mais elle savait qu'il avait raison.

— Je sais. J'apprécie que vous m'ayez encouragée à appeler Silverstone pour vérifier que c'étaient bien eux qui vous avaient envoyé.

Elle n'était pas sûre de la réponse qu'elle attendait de Carson. Peut-être quelque chose comme quoi elle devrait être plus prudente la prochaine fois. Ou qu'il était heureux que tout se soit bien passé. Mais quoi qu'elle attende, ce n'était pas ce qu'il avait dit.

— Il y a trop de gens dans le monde qui cherchent à profiter de ceux qu'ils pensent être plus faibles qu'eux. Ils exploitent, volent et intimident qui ils peuvent pour obtenir ce qu'ils veulent, sans se soucier des conséquences.

Ses mots étaient lourds dans la cabine du camion, et Skylar n'était pas sûre de savoir quoi ajouter.

Mais elle n'avait pas besoin de prononcer quoi que ce soit.

— Désolé, marmonna Carson. Ça a été de longues vingt-quatre heures.

Et ça lui avait paru étrange. Il n'avait pas dit que la journée avait été interminable. Mais de longues vingt-quatre heures. C'était subtil, mais il y avait une différence entre les deux phrases.

— Quand avez-vous dormi pour la dernière fois ? demanda-t-elle doucement.

Maintenant qu'elle était plus près de lui, et plus ou moins au niveau des yeux, elle pouvait y discerner les cernes.

— Je suis en état de conduire, affirma-t-il au lieu de répondre à sa question. Je ne mettrais jamais vous ou quelqu'un d'autre en danger.

Skylar hocha la tête.

— OK.

Sa réponse n'en était pas une, et en même temps, un peu.

— Parlez-moi de vos élèves, proposa-t-il après un moment.

Clignant des yeux de surprise, Skylar répéta :

— Mes élèves ?

— Oui. Vous avez dit que vous étiez professeure de maternelle. Je parie que vous avez des enfants mignons dans votre classe.

D'habitude, elle ne parlait pas de ses enfants. Elle était protectrice envers eux, et comme il l'avait souligné plus tôt, les intérêts de chacun n'étaient pas forcément innocents. Mais elle ne pouvait pas s'empêcher de faire confiance à Carson. Elle ne savait pas ce qu'il avait de particulier, peut-être le fait qu'il ait tout mis en œuvre pour qu'elle soit plus consciente de sa sécurité, mais elle n'avait même pas hésité à répondre à sa question.

— Il y a quatorze enfants dans ma classe. Ils sont tous issus de familles à faibles revenus, en raison de la situation géographique d'Eastlake. Mais je n'ai jamais eu de parents aussi compréhensifs que cette année. Ils n'ont peut-être pas beaucoup d'avantages à la maison, mais ils veulent tous la même chose pour leurs enfants... qu'ils soient heureux et aimés. Et qu'ils fassent des études pour trouver un bon travail et sortir de la boîte dans laquelle leurs parents semblent être enfermés.

— C'est bien, murmura Carson.

Voyant qu'il semblait sincèrement intéressé, Skylar poursuivit.

— J'ai un important mélange d'ethnies dans ma classe. La répartition est assez égale entre les Hispaniques, les Afro-Américains et les Blancs. Ce que j'aime parce que j'espère pouvoir leur apprendre que ce n'est pas la couleur de la peau qui rend quelqu'un bon ou mauvais, c'est ce qu'il y a à l'intérieur qui compte.

Carson hocha la tête.

— Vous avez des chouchous ? demanda-t-il.

— Bien sûr que non, se défendit Skylar immédiatement. Je les aime tous de la même façon.

Elle ne put s'empêcher de sourire lorsque Carson lui lança un regard sceptique.

— C'est la ligne officielle du parti, je comprends. Mais allez, il doit bien y en avoir qui tirent plus sur la corde sensible que d'autres, la cajola Carson.

— Si vous le dites à quelqu'un, je le nierai, prévint-elle sévèrement, mais au fond d'elle, elle eut envie de sourire.

— À qui le dirais-je ? À Stan ? Je ne pense pas qu'il va se soucier de qui la petite professeure préfère.

— Bien. Voyons voir... Il y a Chad et Brodie, qui sont super adorables. Chad est noir, Brodie est blanc, et ils pensent sincèrement être des jumeaux. Ils sont inséparables et font tout ensemble. Un jour, ils portaient tous les deux des chemises bleu marine similaires, et ils sont venus vers moi, les bras autour de l'autre, en disant : « Regardez, Mademoiselle Reid, nous sommes jumeaux ! Je parie que vous ne pouvez pas nous différencier. » Alors, pour le reste de la journée, j'ai joué le jeu et je les ai appelés par leurs noms respectifs, en me frappant le front quand ils me disaient que je m'étais trompée. C'était hilarant et adorable... d'autant plus que Brodie a les cheveux roux et que Chad a la peau la plus foncée que j'aie vue depuis très longtemps.

Elle regarda Carson pour voir si elle l'ennuyait, et il hocha la tête avec un petit sourire, alors elle continua.

— Les parents d'Ignacio viennent du Mexique et, d'après ce que je sais, sont probablement en situation irrégulière dans le pays, mais il est né ici. Ils travaillent très dur, et c'est l'un des enfants les plus intelligents de la classe. Il a beaucoup d'obstacles à surmonter, mais j'ai le sentiment qu'il ira loin dans la vie. La mère de Gwen est strip-teaseuse la nuit, et serveuse le jour. C'est une mère célibataire qui passe chaque seconde de son temps libre avec sa fille, si l'on en croit ce que Gwen me dit. Elle a du mal à apprendre à lire, mais je pense que c'est parce qu'ils n'ont pas beaucoup d'argent pour les bouquins. Chaque centime sert à garder un toit sur leur tête et de la nourriture dans leur estomac.

— Laissez-moi deviner, vous avez réussi à trouver des livres à lui offrir, supposa Carson.

Skylar haussa les épaules.

— La bibliothèque publique réalise toujours des ventes sur les vieux stocks, et ils cèdent pratiquement les livres. Ce n'est pas un problème pour moi d'en récupérer quelques-uns et de les donner à mes enfants.

Elle aima le regard chaleureux qu'il lui adressa à ce sujet.

— De toute façon, Karlee et Marisol s'entendent comme larrons en foire... et s'il y a des problèmes, elles sont souvent impliquées. Elles sont super intelligentes, et je ne peux m'empêcher de rire de leurs tentatives de paraître innocentes lorsqu'elles sont prises sur le fait. Zahir est originaire d'Afghanistan, et, bien qu'il ne parle pas encore beaucoup l'anglais, je vois chaque jour qu'il le comprend de mieux en mieux. Lors de leur première semaine de classe, Cédric l'a saisi par la main et l'a amené dans la cour de récréation, lui montrant chaque équipement et son fonctionnement. Ils jouent maintenant ensemble tous les jours. Les parents de Keilani sont hawaïens et ont déménagé sur le continent l'année dernière lorsque son père a trouvé un emploi ici, à Indy. Je pense que la plage leur manque à tous. Keilani a toujours froid, alors je suis heureuse de me blottir contre elle pendant la sieste. Et puis il y a Sandra...

— Sandra ? intervint Carson quand elle s'était interrompue.

Skylar soupira.

— Sa mère est morte l'année dernière, et son père l'élève, sauf qu'il travaille tout le temps. Ses parents ne sont pas dans le coup, et je suppose que ses beaux-parents – qui sont riches – n'ont pas approuvé que leur fille épouse un homme blanc et refusent de l'aider de quelque manière que ce soit. Ils n'ont même jamais rencontré Sandra. Il a trois emplois et, bien que j'admire les efforts qu'il déploie pour subvenir aux besoins de sa fille, je crains qu'elle ne passe trop de temps seule. Elle participe au programme extrascolaire pour les enfants dont les parents finissent tard, mais elle est toujours la dernière à être récupérée, et, la plupart du temps, je reste après la fin du programme pour qu'elle ne soit pas seule jusqu'à ce que son père puisse venir la chercher. Elle semble assez heureuse, mais je peux voir l'inquiétude dans ses yeux. Elle est trop jeune pour s'inquiéter autant qu'elle le fait.

— Que fait son père ?

— Je ne l'ai rencontré qu'une fois. Il n'a pas pu venir aux réunions enseignants-parents parce qu'il travaille toujours, mais il m'a expliqué leur situation au début de l'année scolaire. Il officie comme cuisinier dans un restaurant le matin, puis retourne à leur complexe résidentiel et commence à œuvrer comme paysagiste... Il tond la pelouse, déblaie la neige et fait tout ce qui doit être fait. Le soir, une fois que Sandra est rentrée, il la nourrit, puis il va à son troisième emploi, celui de concierge.

— C'est beaucoup, siffla Carson. Est-ce qu'il laisse sa fille seule à la maison ?

— Oui, je pense. Mais ça arrive à beaucoup d'élèves, lui apprend-elle en secouant légèrement la tête. Je sais qu'il aime sa fille plus que tout. Elle m'a dit qu'il l'avait emmenée au salon de beauté pour que les dames lui apprennent à tresser ses cheveux. Elle est métisse, et je pense qu'elle ressemble beaucoup à sa mère, qui était afro-américaine... et elle a définitivement ses cheveux. Elle parle toujours de son père avec amour.

Elle n'est pas négligée, même si je pense qu'elle est en manque d'attention.

— Hmm, fit Carson. Quel est son nom ?

— Le nom de son père ?

— Oui.

— Euh... Shawn Archer. Pourquoi ?

Carson haussa les épaules.

— Je me demandais juste.

— Bref, il y a quelques autres enfants dans ma classe, mais je les aime tous. C'est un privilège de leur enseigner, et c'est passionnant de les voir grandir et devenir des garçons et des filles formidables. Je vais toujours aux remises de diplômes de CM2, et je pleure quand je constate que les petits enfants que je connaissais passent à autre chose.

Elle regarda Carson et remarqua qu'il avait un petit sourire alors qu'il conduisait.

— Quoi ?

Son regard se tourna vers elle avant de revenir à la route.

— Rien.

— Non, sérieusement, quoi ?

— J'espère qu'ils savent la chance qu'ils ont de vous avoir à leurs côtés.

Skylar savait qu'elle rougissait, mais elle espérait que l'obscurité le cachait.

— Ce sont de bons enfants. Ils ne sont peut-être pas nés dans des familles riches, mais ça ne veut pas dire que leurs parents ne sont pas impliqués. Ou qu'ils ne méritent pas d'avoir la meilleure éducation possible. Ils ont assez d'obstacles à surmonter, je ne veux pas que leur instruction ou leur manque d'instruction en soient un autre.

— Comme je l'ai dit, ils ont de la chance. Et vous ? Où avez-vous grandi ? Vous avez dit que vous avez habité dans la région d'Indy toute votre vie.

— Oui, en effet. J'ai grandi à Carmel, et j'ai suivi mes études à l'IUPUI, en ville. Je n'ai jamais vécu ailleurs. J'adore cet endroit. Eh oui, j'ai profité de tous les privilèges qu'un enfant peut avoir... et j'en suis très reconnaissante.

— Vos parents vivent toujours ici ?

— Oui. Ils sont toujours à Carmel.

— Que pensent-ils du fait que leur petite fille travaille et réside dans un quartier difficile d'Indianapolis ?

Skylar fronça le nez.

— Mon père veut payer mon loyer et me faire déménager dans un autre complexe d'appartements, mais même si le quartier n'est peut-être pas le meilleur, j'aime la plupart des gens qui habitent dans les logements autour de moi. Nous essayons tous de gagner notre vie et de nous en sortir le mieux possible. Au début, ils se méfiaient de moi à cause de la couleur de ma peau, tout comme je me méfiais d'eux, mais lorsque les appartements de l'immeuble voisin ont pris feu... nous nous sommes tous rapprochés. Ça aurait pu être nous. Depuis, on veille les uns sur les autres.

— Vous avez des frères et sœurs ?

— Non. Je suis fille unique. Mon père me taquine et dit qu'ils n'auraient pas pu gérer un autre bébé après moi. Je suppose que j'étais une sacrée terreur.

Carson eut un petit rire.

— Nous avons ça en commun.

— Vous aussi, vous étiez une terreur ? le taquina Skylar.

— Je voulais dire que nous sommes enfants uniques. Ma mère n'était pas ravie de m'avoir, et elle a clairement fait comprendre qu'elle ne voulait rien avoir à faire avec mon père, ou moi, en partant.

Skylar n'avait pas pu s'empêcher d'être surprise. Elle s'approcha et mit une main sur le bras de Carson.

— Je vous jure que je n'ai pas l'habitude de mettre les pieds dans le plat. Je suis vraiment désolée.

Carson la regarda, puis baissa les yeux sur sa main toujours posée sur son bras. Il couvrit enfin sa main avec la sienne et l'étreignit doucement.

Visiblement, Skylar se calma. Mais la sensation de sa paume chaude et calleuse sur la sienne lui fit serrer les cuisses et rouler le ventre. Sa main était plus petite que la sienne, et elle avait envie de tourner la sienne et de mêler leurs doigts.

Ce qui était fou.

Insensé.

Ridicule.

N'est-ce pas ?

Mais quand il recommença à parler, c'était presque comme s'il ne s'était pas rendu compte que sa paume était toujours posée sur la sienne. Il n'avait rien dit de suggestif. Il avait simplement continué à discuter, comme s'il ne tenait pas pratiquement la main d'une femme qu'il avait ramassée sur le bord de la route.

— Ne vous sentez pas désolée pour moi, lui dit-il. Mon père était génial. Il me manque tous les jours. Même si ma mère l'a traité comme une merde et l'a laissé avec un enfant qui hurlait, il n'a jamais été amer à ce sujet. Il a assumé son rôle de père comme si c'était la chose la plus facile au monde. On n'avait pas beaucoup d'argent quand j'ai grandi, mais il passait autant de temps que possible avec moi. Nous allions camper tout le temps, surtout parce que c'était gratuit, mais je n'oublierai jamais ces voyages. Il n'y avait que lui et moi, ainsi que le ciel immense au-dessus de nous. Il m'a dit que la vie était dure et que si je m'attendais à ce qu'elle soit simple, je serais forcément déçu et désillusionné. Il m'a inculqué qu'avoir de vrais amis était plus essentiel que d'avoir de l'argent, et que traiter les autres avec respect était la mesure d'un homme bon. Et surtout, il m'a appris que lorsque le moment serait venu, et que je trouverais une femme avec qui je voudrais passer le reste de ma vie, mon travail serait de la protéger... non pas parce qu'elle est faible, mais parce qu'elle est assez importante pour être protégée.

Skylar dévisagea simplement l'homme à côté d'elle. Elle venait juste de le rencontrer, mais, d'une certaine manière, elle avait l'impression qu'ils étaient amis depuis toujours. Elle n'avait aucune idée s'il était en train de lui jeter de la poudre aux yeux avec sa dernière phrase sur le fait de traiter sa femme comme si elle était remarquable, mais elle ne le pensait pas.

Il continua, comme s'il ne l'avait pas laissée sans voix.

— Quand il est mort, j'avais 17 ans, j'ai un peu flanché, mais j'ai fini par me bouger le cul, par obtenir mon diplôme et par m'engager dans l'armée. Là-bas, j'ai rencontré les meilleurs amis que je pouvais espérer avoir et j'ai compris, une nouvelle fois, que mon père avait raison. Avoir de vrais amis est plus important que tout.

— Vous êtes toujours en contact avec eux ? fit Skylar.

Il la regarda et sourit. C'était un sourire honnête et authentique qui semblait l'illuminer de l'intérieur.

— Oh oui ! Ils sont copropriétaires de Silverstone Towing avec moi.

Skylar cligna des yeux de surprise.

— Vous êtes *propriétaire* de Silverstone ? Je pensais que vous travailliez juste pour eux. Qu'est-ce que vous faites à secourir des automobilistes en panne ?

Il serra sa main, répondant à sa question de savoir s'il se rendait compte qu'il la touchait encore. Bien qu'elle ait le sentiment que, si elle tirait sur sa main ne serait-ce qu'un petit peu, il la relâcherait immédiatement.

— La meilleure façon de s'assurer que les choses se passent bien est d'aller au front, pour ainsi dire, expliqua-t-il. Et puis... j'avais besoin d'une distraction ce soir.

Skylar voulait demander pourquoi, mais Carson commença à ralentir en sortant de l'autoroute. Il lâcha sa main et posa les siennes sur le volant.

— Le garage de Stan n'est pas très loin d'ici. Je l'ai appelé quand j'ai attelé votre voiture, et il va nous y retrouver pour rédiger les papiers et vous donner les clés de votre véhicule de prêt.

— Ouah, vraiment ?

— Oui.

— Je comptais prendre un Uber ou quelque chose comme ça.

— Pas question, refusa Carson en secouant la tête. Si vous avez cru une seconde que j'allais simplement vous laisser là, vous avez eu tort.

— Eh bien... merci. J'apprécie.

— De rien.

— Je peux poser une question ? interpella Skylar.

— Bien sûr. Vous pouvez me demander n'importe quoi, lui déclara Carson.

— Pourquoi avez-vous un siège bébé à l'arrière ?

Elle l'observa attentivement pour voir s'il avait l'air coupable de quelque chose ou s'il essayait de lui mentir, mais l'expression de son visage n'avait pas changé le moins du monde.

— Nous avons des sièges auto dans environ la moitié de nos camions, et les répartiteurs sont formés pour demander si le dépannage comprend des enfants. Nous voulons juste être prêts à en transporter si nécessaire.

C'était une bonne réponse. Une très bonne réponse.

— Et sous votre fauteuil, il y a un sac avec des animaux en peluche, poursuivit-il. Nous sommes appelés sur beaucoup d'épaves, et parfois les enfants sont effrayés et bouleversés. Si les pompiers ou les flics ne leur ont pas déjà donné un jouet, on leur fait l'honneur de le faire.

— C'est... incroyable.

Carson haussa les épaules.

— Ça fait partie de la vie d'un être humain décent. Se soucier des autres. Mes amis et moi voulons que Silverstone soit un endroit sympa pour travailler et offrir un service sûr aux personnes dans le besoin. La plupart du temps, lorsque nos prestations sont nécessaires, c'est parce que quelqu'un ne passe pas une bonne journée. Rendre leur vie plus facile en leur procurant un siège auto ou faire sourire leur enfant en leur donnant un animal en peluche rend l'expérience juste un peu meilleure. Du moins, nous l'espérons.

Puis il sourit.

— Et s'ils ont une expérience agréable avec Silverstone, peut-être qu'ils l'indiqueront à leurs amis, et notre entreprise continuera de croître et de prospérer.

Skylar gloussa.

— Je dirais que ce modèle économique fonctionne pour vous. Silverstone est la première entreprise de remorquage à laquelle j'ai pensé quand je me suis arrêtée sur le bord de la route.

— Bien. C'est ce que nous voulons.

Carson mit son clignotant, et la prochaine chose que Skylar constatait, c'était qu'ils se garaient dans une station-service. Il manœuvra la dépanneuse avec sa voiture derrière lui aussi facilement que s'il conduisait une petite berline. Il s'arrêta à la porte d'entrée de l'entreprise et dit avant de sauter du véhicule :

— Attendez pendant que je fais le tour.

Skylar secoua la tête et détacha sa ceinture de sécurité. Elle pouvait très bien se débrouiller toute seule pour sortir du camion. Elle ouvrit sa porte…

Bon, peut-être qu'elle ne pouvait pas. Elle savait que la dépanneuse était haute, mais elle ne s'était pas rendu compte à quel point jusqu'à ce qu'elle regarde le sol de l'intérieur.

Puis Carson se tenait là, devant elle, avec un sourire entendu.

— Laissez-moi vous aider, proposa-t-il, sans faire de commentaire sur le fait qu'elle n'avait manifestement pas prévu de l'attendre.

Ne sachant pas trop comment cela allait se passer, Skylar poussa un cri de surprise lorsque de grands bras l'attrapèrent par la taille et la soulevèrent du siège. Elle réussit à garder la main sur les fleurs tout en s'accrochant à son biceps pour garder l'équilibre lorsqu'il la remit sur ses pieds.

— Merci, lança-t-elle un peu essoufflée.

— De rien, répondit-il.

Aucun des deux ne bougea pendant un long moment. Les mains de Carson restèrent à sa taille, et elle resta là, à lui tenir les bras tout en le regardant fixement, l'esprit complètement vide.

— Hé ! les appela une voix forte et joyeuse, les faisant sursauter tous les deux.

Mais au lieu de laisser tomber ses bras, comme s'il avait été surpris en train de faire quelque chose qu'il n'aurait pas dû, Carson déplaça simplement sa prise. Il se tourna pour se tenir à côté d'elle, et une de ses paumes se posa légèrement sur le bas de son dos.

Cela aurait dû être effrayant. Qu'un homme qu'elle ne connaissait pas vraiment pose ses mains sur elle. Mais ça ne l'était pas.

— Hé, Stan, réagit Carson, en tendant la main à l'autre type. Merci de venir si tard.

Le grand individu noir haussa simplement les épaules en serrant la main de Carson.

— Tu as indiqué que c'était important, et je sais que tu ne dis pas cette merde juste pour le dire. Alors je suis là.

— Ce n'était pas *si* important, protesta Skylar.

Les deux types l'ignorèrent.

— Skylar est institutrice en maternelle à Eastlake, et sa voiture a commencé à faire des siennes sur la 465. Elle faisait des bruits bizarres. Elle s'est arrêtée, et nous voilà. Elle a besoin d'un moyen de transport pour aller à Eastlake et revenir à Southpoint en toute sécurité jusqu'à ce que sa voiture soit réparée.

— J'ai un neveu qui va à Eastlake, rebondit Stan.

— Ah oui ? En quelle classe ? demanda Skylar.

— CM1. Son nom est Terrell Johnson.

— Je connais Terrell ! lança Skylar en souriant. Je ne l'ai pas eu dans ma classe, mais j'ai entendu dire qu'il est très intelligent.

Stan ricana.

— Un peu trop intelligent pour son propre bien parfois. Mais je l'aime bien. Vous vivez à Southpoint ? questionna-t-il.

— Oui, acquiesça Skylar. Et avant que vous n'émettiez quoi que ce soit de négatif, j'adore cet endroit. J'ai des voisins formidables, et nous veillons tous les uns sur les autres.

— Je n'allais rien dire, répondit Stan avec un sourire.

Skylar roula les yeux.

— Allez, pendant que Bull décroche votre voiture, vous pouvez remplir quelques papiers, et ensuite je vous laisserai choisir le véhicule que vous voulez utiliser pendant que je travaille sur le vôtre.

— Oh ! n'importe quoi fera l'affaire. Je ne suis pas difficile.

Skylar se retourna quand ils arrivèrent à la porte du bâtiment et vit que Carson n'avait pas bougé pour commencer à décrocher sa voiture. Au lieu de quoi, il la regardait attentivement. La chair de poule envahit ses bras, mais elle leva les sourcils pour l'interpeller.

Il esquissa alors un rictus, et elle aima cette image. Elle avait l'impression qu'il ne souriait pas beaucoup, et ça lui faisait du bien de savoir qu'elle pouvait lui permettre ça. Il lui lança un coup de menton et se détourna pour se diriger vers l'arrière de la dépanneuse.

Après dix minutes de paperasse et de taquineries de la part de Stan, Skylar le suivit à l'extérieur pour voir sa voiture garée sur une place de parking devant le garage. Elle avait laissé ses clés sur le contact et supposait que Carson l'avait déplacée.

— J'ai dit que j'allais vous laisser le choix du véhicule de prêt que vous souhaiteriez, mais j'ai changé d'avis, indiqua Stan en lui tendant un porte-clés. Vous prenez la Volvo.

Skylar ne se souciait guère de la voiture qu'elle conduisait, du moment qu'elle l'emmenait à l'école et à la maison en un seul morceau. Mais quand elle vit l'auto en question, elle ne put s'empêcher de grimacer. La voiture blanche, d'un modèle plus ancien, semblait avoir connu des jours meilleurs. La peinture s'écaillait, et il y avait de la rouille sur les bords. Elle ressemblait à un tas de ferraille, mais elle ne l'aurait jamais avoué à Stan.

— Ne jugez pas un livre à sa couverture, lui précisa Carson, voyant évidemment son désarroi. Elle ressemble à une merde, mais je peux garantir qu'elle ronronne comme un chaton. Si l'un de ses véhicules de prêt tombait en panne, Stan la prendrait personnellement.

— Je suis sûre que ça ira, affirma poliment Skylar.

Stan et Carson rirent tous deux.

— Elle a reçu un nouveau moteur il y a quelques mois, la rassura Stan. Elle a été complètement révisée. Vous ne conduirez jamais rien d'aussi doux qu'elle, je vous le promets. Mais vu que vous vivez à Southpoint, vous ne pouvez pas vraiment vous garer avec une Mercedes. Ça attirerait trop l'attention. Personne ne regardera cette merde de plus près. Ils n'essaieront pas de la voler, car ils supposeront qu'elle ne fonctionne pas bien. Allez-y, montez et démarrez-la. Vous verrez.

Skylar lui donna raison, même si elle n'était pas vraiment convaincue que la voiture ne s'effondrerait pas autour d'elle. Mais quand Carson lui tendit son bouquet de fleurs, elle n'eut pas tellement d'autres choix. Souriant à Stan, elle s'installa derrière le volant et inséra la clé dans le contact. Lorsque le moteur démarra, elle leva les yeux au ciel, surprise.

Une fois de plus, les deux hommes ricanèrent.

— Je vous l'avais dit, insista Stan.

— C'est tellement silencieux ! s'exclama Skylar.

— Oui. Elle vous emmènera où vous devez aller en toute sécurité. Elle n'a pas de lampe, mais vous n'avez pas besoin de plus d'attention sur vous que celle qu'on vous porte déjà.

Fronçant les sourcils, Skylar demanda :

— Qu'est-ce que ça signifie ?

Au lieu de lui répondre, Stan se tourna vers Carson.

— Elle est sérieuse ?

Carson hocha la tête.

— Oui.

— Merde. Très bien, j'ai votre numéro de téléphone. Je vous appellerai après avoir regardé sous le capot de votre voiture demain, lui indiqua Stan.

Skylar vit un regard passer entre les hommes qu'elle ne put pas interpréter. Elle avait l'impression qu'il y avait beaucoup de choses dont elle ignorait la signification, mais elle n'était pas prête à approfondir. Elle avait toujours été un peu paumée quand il s'agissait de sous-entendus, alors elle laissa couler.

— Ça m'a l'air bien, déclara-t-elle à Stan. Et j'apprécie vraiment que vous soyez venu ce soir pour nous retrouver ici.

— Bien sûr. Bull est un homme bon. Un des meilleurs. Si vous voyez Terrell, dites-lui que vous m'avez vu et que je lui ai demandé d'être sage, ajouta Stan.

Puis il se retourna vers son magasin. Il ferma la porte d'entrée et tourna au coin de la rue, probablement vers l'endroit où il avait garé son propre véhicule.

— Vous allez bien ? s'enquit Carson en lui tendant les fleurs qu'il tenait encore.

Il avait également récupéré sa sacoche et la lui avait rendue.

Skylar leva le regard vers lui après avoir posé le bouquet et le sac sur le siège à côté d'elle, se sentant désavantagée puisqu'il était si grand et qu'elle était assise dans la voiture.

Comme s'il pouvait lire dans ses pensées, Carson s'accroupit à côté de sa portière pour qu'ils soient plus ou moins les yeux dans les yeux.

— Je vais bien, lui répondit-elle. Merci d'être venu.

— Pas de problème.

Il marqua une pause, puis reprit :

— Je vais vous suivre jusque chez vous. Pas parce que je suis un pervers, mais parce que je veux m'assurer que vous arriviez à bon port.

— La voiture de prêt de Stan n'est pas aussi bonne qu'il le prétend ? s'inquiéta-t-elle.

— Non, ce n'est pas ça. Cette voiture vous permettrait d'aller jusqu'en Californie et d'en revenir sans aucun problème. Je veux juste m'assurer que vous rentrez bien chez vous. Il se fait tard et...

— Et vous n'aimez pas où j'habite, termina Skylar.

Il se contenta de hausser les épaules.

— Il n'est pas si tard, protesta-t-elle. Il n'est que 9 heures.

— Quand bien même, insista Carson.

— Rien de ce que je dis ne vous fera changer d'avis, n'est-ce pas ? riposta-t-elle.

Carson n'esquissa même pas un sourire.

— Si vous m'affirmez honnêtement que ça vous met mal à l'aise et que vous ne voulez pas que je vous escorte, je le respecterai. Mais je vous jure que je n'ai que votre intérêt en tête.

— Je suis d'accord pour que vous m'accompagniez, lui révéla Skylar.

Ses lèvres tressaillirent.

— Mais j'ai instauré comme règle de ne pas laisser les vagabonds rester s'ils me suivent chez moi, plaisanta-t-elle.

Le tressaillement se transforma en un vrai sourire, et son cœur se gonfla.

— Que diriez-vous si je vous proposais d'aller prendre un café ou déjeuner un jour ? tenta-t-il.

Skylar s'immobilisa. Elle n'arrivait pas à croire que ce bel homme lui demandait de sortir avec lui. Certaines personnes auraient pu penser qu'il essayait avec toutes les femmes qu'il rencontrait pour les remorquer, mais elle avait l'impression que ce n'était pas son genre. Et quand elle fit une pause un peu trop longue avant de répondre, elle sut avec certitude qu'il ne lançait pas ce genre d'invitations tout le temps. Un masque semblait tomber sur son visage, comme s'il ne ressentait rien du tout. Comme si sa réponse ne le perturberait pas d'une manière ou d'une autre.

Détestant ce masque vide plus qu'elle ne voulait l'admettre, surtout après l'avoir fait sourire et rire plusieurs fois ce soir-là, sa main se posa sur son avant-bras. Il l'avait appuyé sur son genou, et il se tendit à son contact.

— J'aimerais bien. Mais je ne suis pas libre avant le week-end... parce que, vous savez... je suis professeure.

— Vous n'avez pas de temps libre pour déjeuner à l'école ?

— Si, mais je mange généralement avec les enfants. Cela me donne l'occasion de rattraper le temps perdu avec les anciens élèves, ou si l'un des miens a besoin d'un peu plus d'affection. C'est le moment idéal pour lui en accorder sans être distraite par les leçons ou d'autres choses en classe qui accaparent mon attention pendant les heures de cours.

Il ne répondit rien pendant un long moment.

— Carson ? susurra-t-elle timidement. Est-ce que ça va ? Je ne vous laisse pas tomber.

— Je sais, la rassura-t-il. Je suis sûr que vous êtes une professeure extraordinaire. Vos élèves ont beaucoup de chance de vous avoir.

Skylar savait qu'elle rougissait une fois de plus.

— Je n'en suis pas si certaine.

— Moi si, insista-t-il fermement. Et si vous êtes libre ce samedi, j'aimerais vous emmener déjeuner.

Samedi. C'était dans trois jours. Skylar n'était pas sûre de pouvoir attendre aussi longtemps. Mais elle se força à sourire calmement.

— Ça me paraît bien.

Le regard vide avait disparu de son visage, et il semblait détendu et heureux de nouveau. Elle aima ça.

Avant qu'elle puisse lui demander son numéro ou lui donner le sien, il prit sa main sur son bras, l'embrassa sur le revers et se leva.

— Conduis prudemment, dit-il en la tutoyant, puis il ferma sa porte.

Skylar le regarda avec perplexité alors qu'il se dirigeait avec assurance vers sa dépanneuse. Elle n'était pas certaine de savoir comment ils allaient s'organiser pour leur rendez-vous. Elle ignorait où ils iraient, à quelle heure ils se rencontreraient, ou quoi que ce soit.

Mais même si elle ne connaissait pas Carson depuis très longtemps, elle avait le sentiment qu'il s'occuperait de tout ça. Il savait où elle travaillait, il était sur le point de découvrir exactement où elle vivait, et il connaissait l'homme qui détenait sa voiture. Ce n'était pas comme si Carson ne pouvait pas la retrouver.

Elle supposa qu'elle devrait être un peu plus préoccupée par ce que l'homme connaissait sur elle et ce qu'elle *ne savait pas* sur lui, mais il dégageait une certaine aura qui la faisait se sentir en sécurité.

Décidant de laisser les choses se dérouler naturellement et de s'inquiéter le samedi matin si elle n'avait pas de nouvelles de lui, Skylar sortit de sa place de parking et attendit que l'énorme dépanneuse soit derrière elle avant de se retirer et de se diriger vers sa maison.

Et Stan avait raison. Elle n'avait jamais conduit une voiture qui fonctionnait aussi bien que ce véhicule de prêt.

Souriant à elle-même, elle décida que, pour une nuit qui n'avait pas très bien commencé, elle était plutôt satisfaite de la façon dont les choses s'étaient terminées.

4

Bull était assis dans la salle des coffres de Silverstone Towing avec ses trois amis. C'était vendredi, deux jours après leur retour du Pérou, et il était temps de se remettre au travail. Tous les matins, ils se réunissaient pour scruter les nouvelles du monde entier et examiner les rapports du FBI et de la Sécurité intérieure que Gregory Willis envoyait en toute sécurité via des fichiers informatiques.

Il y a cinq ans, lorsqu'ils s'étaient assis pour discuter de la rénovation du garage, tous les quatre avaient décidé qu'ils se sentiraient plus à l'aise dans un espace dont ils pouvaient être sûrs à cent pour cent qu'il était inviolable. C'était l'une des meilleures décisions qu'ils avaient prises. Les employés connaissaient la pièce, puisqu'elle faisait partie du sous-sol, mais pas ce qui s'y passait.

Une table circulaire était posée à gauche de l'entrée, où Silverstone tenait la plupart de ses réunions. Elle était assez grande pour étaler des cartes et partager les briefings que Willis envoyait. Il n'y avait pas de fenêtre dans la pièce, mais sur le côté droit se trouvaient un évier, un micro-ondes et un petit réfrigérateur. Les armoires au-dessus de la kitchenette étaient remplies de MRE et d'autres produits alimentaires qui ne se gâteraient pas.

Un placard sur le mur du fond contenait des couvertures et des lits de camp au cas où ils devaient passer la nuit dans la chambre ou si l'une de leurs réunions se prolongeait et qu'ils ne voulaient pas rentrer chez eux, alors que les chambres de l'étage étaient occupées. Il y avait également une petite salle de bain derrière une autre porte.

Il y avait plusieurs ordinateurs dans la pièce, leurs écrans étaient tous tournés vers le mur opposé à la porte, juste au cas une personne non autorisée entrerait. Ils ne voulaient pas risquer que quelqu'un voie ce sur quoi portaient des recherches.

Dans l'ensemble, la pièce était assez utilitaire. Le confort des pièces situées à l'étage et juste derrière la porte, dans le sous-sol aménagé, n'existait pas ici. C'était un bureau où des choses très sérieuses se passaient.

En s'installant aussi confortablement que possible à la table, Bull examina les derniers dossiers qu'ils avaient reçus.

Ils portaient sur quelques hommes et une femme que Silverstone surveillait. L'individu qui figurait actuellement en tête de leur liste de personnes à abattre était Abubakar Shekau. Il était le chef de Boko Haram, une organisation terroriste djihadiste du nord-est du Nigeria. Il possédait également des liens avec Al-Qaïda. Le groupe s'était fait connaître après l'enlèvement de plus de deux cents écolières au Nigeria, car il estimait que les filles ne devaient pas être éduquées, mais plutôt devenir des épouses ou des esclaves.

Tout cela était inacceptable, mais ce qui avait attiré l'attention de Silverstone sur cet homme, c'était la nouvelle qu'il préparait un nouveau raid. Cette fois, dans une école primaire, avec l'intention de réduire en esclavage et de marier des filles âgées d'à peine 7 ans. Bull avait l'estomac secoué par cette situation, et il savait que ses amis étaient du même avis.

— Alors..., commença Eagle. Bart m'a dit que tu étais allé

travailler à notre retour du Pérou et que tu étais parti très long-temps... Puis, à ton arrivée, tu lui as indiqué que tu avais fini pour la nuit et tu as disparu. Tu veux nous expliquer ce qui se passe ?

Bull savait que son ami se moquait de lui. Il aimait Eagle et les autres comme s'ils étaient frères, et ils avaient discuté des femmes avec lesquelles ils étaient sortis par le passé, mais cette fois-ci, c'était différent. Skylar n'était pas comme toutes les autres qui l'avaient intéressé, et cela le mettait mal à l'aise de l'admettre. Alors il haussa les épaules et répondit :

— J'avais juste besoin de décompresser. J'ai remorqué une dame jusqu'au garage de Stan, je me suis assuré qu'elle était bien arrivée chez elle, et tout m'a rattrapé. Je suis rentré chez moi et je me suis effondré.

L'explication laissait beaucoup de détails de côté, mais Bull n'était pas encore sûr d'être prêt à parler de Skylar à ses amis.

Mais bien sûr, ils n'allaient pas laisser tomber le sujet.

— Tu t'es assuré qu'elle était bien rentrée ? reprit Smoke en levant un sourcil. Ça ne te ressemble pas. En fait, je me souviens que nous disions à nos employés qu'ils n'avaient pas le temps de s'occuper de ce genre de choses quand ils étaient au travail.

— Oui, eh bien, en tant que copropriétaire, je ne suis pas soumis aux mêmes règles que nos conducteurs, n'est-ce pas ? s'exclama Bull, un peu plus sur la défensive que la situation ne le justifiait.

— C'est bon, temporisa Gramps. Tu peux faire ce que tu veux, et tu le sais. Je suis sûr que tu avais une bonne raison de vouloir t'assurer qu'elle rejoignait bien son domicile.

La dernière phrase fut prononcée avec une inclinaison interrogative de la tête de Gramps.

Bull soupira. Il n'était toujours pas certain d'être prêt à exprimer ce que Skylar lui faisait ressentir, mais c'étaient ses amis. Sa famille. S'il ne pouvait pas leur parler, à qui le pouvait-il ?

— Elle vit à Southpoint, lâcha-t-il.

Les trois hommes autour de la table hochèrent la tête, comme si cela expliquait tout. Mais Bull savait que ce n'était que la partie émergée de l'iceberg en ce qui concernait ses sentiments.

— Elle prétend qu'elle s'y sent en sécurité, que ses voisins veillent les uns sur les autres, mais nous connaissons tous la réputation de ce complexe d'appartements.

Eagle hocha la tête.

— Le registre de la police indique que des coups de feu y ont été tirés la nuit dernière. Les flics ont enquêté, mais n'ont rien trouvé.

Les mots de son ami firent se contracter l'estomac de Bull, mais il poursuivit son explication.

— Skylar enseigne en classe de maternelle à l'école primaire d'Eastlake. Son moteur a commencé à émettre des bruits bizarres mercredi soir, alors qu'elle rentrait d'une réunion parents-professeurs. Il faisait nuit noire, et elle était bloquée sur le bord de la route. Je suis conscient que ce n'est pas nouveau pour nous, nous voyons des gens dans la même situation tous les jours. Mais quelque chose en elle m'a donné envie de m'assurer qu'elle rentrait bien chez elle.

— Elle est petite ? demanda Smoke, considérant que Bull avait un faible pour les petites femmes.

— Oui. Environ un mètre soixante ou soixante-cinq. Mais ce n'est pas ce qui m'a vraiment accroché.

Sachant qu'en admettant son intérêt pour Skylar, il s'exposait à de nombreuses critiques de la part de ses amis, Bull poursuivit rapidement.

— C'était l'aura d'innocence qui l'entourait comme un linceul. Elle était là, debout près de sa voiture en panne sur le bord de la route, un bosquet d'arbres juste derrière nous, des voitures filant à cent à l'heure, et elle se comportait comme si on se retrouvait à un putain de goûter. Elle serait montée dans mon camion sans appeler pour vérifier que je faisais partie de la société de remorquage qu'elle avait engagée. Après Del Rio, sachant ce qu'il faisait et avec quelle facilité il semblait mettre la main sur les femmes – y compris ici, aux États-Unis –, ça m'a dérangé. Beaucoup.

— Et ? demanda Gramps.

— Et quoi ? répliqua Bull.

— Ne te méprends pas. Del Rio était un salaud qui méritait tout ce qui lui est arrivé. Mais la plupart des gens que nous croisons sont aussi ignorants que cette femme. Ils ne pensent pas à appeler pour vérifier qui nous sommes. Qu'est-ce qui la rend si différente ?

Bull ne se vexa pas, car il voyait que Gramps essayait sincèrement de comprendre. Le problème, c'était que Bull ne savait pas s'il pouvait exprimer avec des mots ce qui, chez Skylar, l'avait tant frappé.

— Je ne peux pas l'expliquer, assuma-t-il un peu timidement. Quand tu la rencontreras, tu comprendras. Il y a quelque chose en elle qui me donne envie de la protéger du monde extérieur. Elle est... spéciale. C'est une foutue institutrice de maternelle, pour l'amour de Dieu.

— Ce qui ne veut pas dire grand-chose, fit remarquer Eagle. Je suis sorti avec une institutrice de maternelle une fois, et c'était la femme la plus perverse que j'aie jamais connue. Insatiable au lit. Je me suis retrouvé à inventer des excuses pour ne pas la voir, parce qu'elle m'épuisait. Enseigner à des enfants n'est pas automatiquement synonyme d'innocence, Bull.

— Je sais.

Bull était d'accord. Et il le savait. Intellectuellement, il était conscient que ce que quelqu'un faisait dans la vie ne signifiait pas qu'il était bon ou mauvais, candide ou blasé.

— Mais Skylar est différente. Elle *est* innocente. Et ça fait partie de son charme. Elle ne m'a pas reluqué comme le font beaucoup de femmes quand elles montent dans la cabine de la dépanneuse. En fait, elle a fait tout son possible pour *ne pas* attirer mon regard. Et vous auriez dû l'entendre parler des enfants de sa classe. Elle aime chacun d'entre eux pour ce qu'il est, pas à cause de la couleur de sa peau ou de son intelligence. Elle veut aider leurs parents, simplement parce que c'est la bonne chose à faire. Elle réside dans un complexe d'appartements de merde, mais elle s'est assurée que je savais qu'elle avait personnellement rencontré chacune des personnes qui vivent autour d'elle et qu'elles ont formé leur propre petite communauté. Combien d'entre vous connaissent *leurs* voisins ?

Ses trois amis haussèrent les épaules. Bull ignorait qui habitait dans les logements autour du sien. Quand il rentrait chez lui, il n'avait pas envie de fréquenter des inconnus. Tant qu'ils étaient calmes et qu'ils ne mettaient pas le feu à la maison, il se fichait de qui ils étaient.

— Tu l'as invitée à sortir ? demanda Smoke.

Bull hocha la tête.

— Déjeuner demain.

— Tu as l'air sérieux avec elle, remarqua Gramps. Tu as réfléchi aux conséquences à long terme de ta relation avec elle ? Que ce que tu fais pourrait être trop pour sa délicate sensibilité ?

Bull voulait être furieux que Gramps ait abordé le sujet, mais il ne pouvait nier qu'il y avait beaucoup songé depuis qu'il avait quitté l'appartement de Skylar. Aucun d'entre eux n'était sorti avec quelqu'un de sérieux depuis qu'ils avaient quitté l'armée et commencé Silverstone Towing… ou leur emploi secondaire. Et franchement, il était même ridicule de se projeter quant à la façon d'annoncer à Skylar que lui et ses amis effectuaient un travail de mercenaire louche pour le gouvernement.

Mais il n'avait pas arrêté de penser à elle en quarante-huit heures. Il n'avait jamais, pas une seule fois, été amoureux d'une femme au point de songer à elle jour et nuit. Il se demandait ce qu'elle faisait et si elle passait une bonne journée.

L'amour n'avait pas marché pour son père, mais ça ne

voulait pas dire qu'il ne l'avait pas voulu. Il n'avait pas enseigné à son fils la bonne façon de traiter une femme.

— Il est possible qu'elle ne puisse pas faire face, admit Bull.

— Et tu vas quand même prendre le risque, n'est-ce pas ? demanda Smoke.

Bull acquiesça.

— Oui. Quelque chose me dit qu'elle vaut la peine de faire l'effort d'apprendre à la connaître. Elle pourrait me rejeter lorsqu'elle découvrira ce que je fais, mais je dois tenter le coup.

— Tu vas l'amener ici pour qu'on puisse la rencontrer, hein ? questionna Eagle.

— Oui. Bien que... elle ait été extrêmement sceptique lorsque Stan lui a montré la voiture de prêt qu'elle allait utiliser. Je pouvais lire son visage facilement. Elle n'arrivait pas à croire qu'elle allait devoir conduire une telle merde.

Les autres pouffèrent ensemble.

— Stan adore faire ça, confirma Gramps. Faire en sorte qu'un véhicule qui a l'air d'être à bout de souffle fonctionne mieux qu'un neuf.

— Oui. Elle l'a démarrée et a été stupéfaite. C'était hilarant. J'ai hâte de lui montrer Silverstone, dit Bull en plissant les lèvres.

— Parce que de l'extérieur, on dirait un bâtiment sur le point de s'effondrer, mais à l'intérieur, c'est un somptueux palais ? interpréta Eagle avec un sourire.

— Somptueux ? fit écho Smoke. Tu es quoi, un putain de thésaurus maintenant ?

— Va te faire foutre, le railla Eagle.

— Oh ! il y a autre chose que je voulais vous soumettre, reprit Bull avant que les deux hommes ne soient trop enthousiastes à l'idée de se chercher des poux. Skylar a mentionné que l'un des enfants de sa classe est élevé par un père célibataire... et qu'il a du mal. Il a trois emplois et n'a pas beaucoup de temps à consacrer à sa fille.

— Qu'est-ce qu'il fait ? demanda Gramps.

— Cuisinier le matin, il travaille comme paysagiste l'après-midi, et il est concierge la nuit.

Smoke, Eagle et Gramps se regardèrent, et Bull vit à la seconde qu'ils étaient arrivés à la même conclusion que lui.

— Il me semble qu'un homme comme lui serait plutôt utile ici, suggéra Smoke.

— Oui, personne ne sait vraiment cuisiner, et j'en ai marre de sentir le brûlé, ajouta Eagle.

— Et même si tout le monde fait de son mieux pour nettoyer, parfois cet endroit sent comme le vestiaire d'un putain de collège de garçons, continua Gramps.

— Je suis d'accord pour que les buissons et autres soient un peu envahis par la végétation, mais l'autre jour, j'ai fait tomber mes clés, et j'ai failli les perdre dans les mauvaises herbes, ajouta Bull.

— Quand penses-tu qu'il pourra commencer ? interrogea Smoke.

Bull sourit. Il aimait ces hommes. De l'extérieur, c'étaient des durs à cuire. Ils avaient tous tué sans un instant de remords, mais ils n'hésitaient jamais à faire ce qu'il fallait pour quelqu'un dans le besoin. Smoke avait financé l'entreprise les deux premières années, mais maintenant, Silverstone Towing dégageait une bonne marge bénéficiaire, versait de très bons revenus. Et ce à quoi ils les consacraient – système d'épargne pour leurs employés, franchises d'assurance et salaires plus élevés que la moyenne – valait chaque centime. Les hommes et les femmes employés par Silverstone étaient loyaux et travailleurs. C'était une combinaison gagnant-gagnant.

— Je ne sais pas. Je vais devoir parler à Skylar et voir ce que je peux trouver sur le père de son élève. Nous devrons également vérifier ses antécédents et, bien sûr, lui faire passer un entretien... et ce, s'il est intéressé, expliqua Bull.

— Il sera intéressé, rebondit Eagle.

Bull savait qu'il avait raison. Ce travail lui permettrait de passer plus de temps avec sa fille, d'économiser pour sa retraite et de gagner autant d'argent, voire plus, qu'actuellement avec trois emplois distincts. Il serait fou de refuser l'opportunité de travailler pour Silverstone.

— Je suis heureux pour toi, dit tranquillement Gramps.

Bull grogna.

— Ne le sois pas. On n'a même pas encore eu un seul rendez-vous.

— Oui, mais je te connais. Si tu es si intéressé après l'avoir rencontrée une seule fois, c'est qu'elle a quelque chose de spécial. Et crois-moi, tu vas le regretter si tu la laisses partir sans faire au moins un effort pour découvrir ce que vous pourriez vivre ensemble.

Bull regarda son ami. Lui et son équipe de Silverstone étaient très proches, mais il ne se souvenait pas que Gramps eut jamais parlé d'une relation qui n'avait pas fonctionné dans son passé. Et lorsque celui-ci détourna rapidement le regard, Bull sut que ce n'était pas le moment d'insister pour obtenir plus de détails.

— Je vais voir si je ne peux pas trouver une excuse pour venir ici samedi après le déjeuner.

— Nous serons là, lui assura Eagle.

— Maintenant... pouvons-nous parler davantage d'Abubakar Shekau et de son projet d'enlever d'autres filles ? recadra Smoke.

Tous acquiescèrent et se tournèrent vers les informations que Willis leur avait envoyées.

Mais Bull s'accorda un moment de plus pour penser à Skylar et à la surprise qu'il lui réservait cet après-midi-là.

Skylar se tenait derrière Sandra et la poussait alors qu'elle s'amusait sur la balançoire dans la cour arrière de l'école. L'endroit était plus petit que le terrain de jeu principal et était surtout utilisé par les élèves des classes inférieures. Il était

17 h 45 et le père de la petite fille était en retard pour venir la chercher... encore. Mais comme cela ne la dérangeait pas de jouer avec Sandra, Skylar ne pouvait pas s'énerver.

Alors qu'elle poussait distraitement Sandra de plus en plus haut, l'esprit de Skylar avait dérivé vers Carson, comme souvent ces derniers temps. Quand elle était arrivée chez elle mercredi soir, elle avait déverrouillé sa porte et s'était retournée pour le saluer. Il avait levé deux doigts du volant de la grosse dépanneuse et était parti.

Et elle n'avait pas pu s'empêcher de penser à lui depuis. Elle n'avait pas été aussi excitée par un rendez-vous depuis longtemps.

D'accord, c'était en partie parce que ça faisait des années qu'on ne lui avait pas *proposé* de rencard. Mais pour la première fois de sa vie, elle désirait vraiment que ça fonctionne. Elle ne voulait pas dire quelque chose de stupide lors de leur rencontre ou lui donner une raison de ne pas l'inviter de nouveau. Skylar savait qu'elle pouvait *lui* demander de sortir avec elle, mais elle était vieux jeu à bien des égards, et, plus encore, elle préférait ne jamais s'imposer à quelqu'un s'il n'était pas intéressé.

— Mademoiselle Reid, arrêtez de pousser ! cria Sandra, extrayant Skylar de ses pensées. J'ai envie de jouer là-bas !

Skylar attrapa les chaînes de la balançoire et l'arrêta, riant alors que Sandra sautait de son siège et courait à toute allure vers le bord de la petite cour pour se suspendre aux barres de singe. Sachant que la fillette trouverait autre chose pour se divertir dans une minute ou deux, Skylar ne la suivit pas. Elle observa de loin l'une des dernières voitures qui sortaient du parking des professeurs et du personnel derrière l'aire de jeux. Presque tout le monde était parti pour le week-end, mais Skylar avait l'habitude d'être l'une des dernières à quitter le bâtiment.

Elle supposait qu'elle devrait être impatiente de rentrer chez elle, mais elle n'avait littéralement rien à faire dans son modeste appartement. Personne ne l'attendait. Pas de grands projets pour un vendredi soir. Elle avait espéré avoir des nouvelles de Carson avant leur rendez-vous, mais jusqu'à présent, elle n'avait pas reçu un seul e-mail, texto, message Facebook ou appel téléphonique. Bien sûr, ils n'avaient pas vraiment échangé d'informations...

Soupirant, elle regarda Sandra tomber à genoux, puis, une milliseconde plus tard, se relever et lever le pouce dans la direction de sa professeure. Skylar lui rendit le geste avec un sourire.

Du coin de l'œil, elle crut voir quelqu'un debout au fond du parking des professeurs.

Sandra choisit ce moment pour crier quelque chose. Le temps que Skylar se retourne pour considérer son élève, puis le parking, la personne avait disparu.

Haussant les épaules et supposant qu'elle s'était trompée ou qu'elle était victime d'hallucinations, Skylar fit signe à Sandra de se diriger vers les portes du bâtiment. D'après la note qu'elle avait reçue de la secrétaire du principal, le père de Sandra arriverait dans environ vingt minutes. Elle devait préparer Sandra à partir, y compris mettre un tas de livres dans son sac à dos pour l'aider à se divertir pendant le week-end. Shawn allait probablement travailler, et même si Skylar voulait protester que Sandra était trop jeune pour être laissée seule, elle savait que l'homme n'avait pas d'argent pour une baby-sitter.

Elle n'aimait pas nombre de situations qui arrivaient à ses élèves, mais cela ne voulait pas dire qu'elle pouvait les changer.

Sandra courut vers elle et jeta ses petits bras autour de la taille de Skylar. Elle leva les yeux vers sa professeure et déclara :

— Vous allez me manquer ce week-end. J'aimerais pouvoir aller à l'école tous les jours !

Skylar sourit simplement. Une semaine de travail de sept jours lui semblait être un enfer, mais elle comprenait pourquoi

Sandra le souhaitait. Elle devait se sentir seule enfermée dans leur appartement pendant que son père travaillait. Seule et probablement inquiète aussi.

— Je sais, tu vas me manquer aussi, lui répondit Skylar en l'accompagnant vers les portes de l'école.

Elle garda un bras autour des épaules de la petite fille en indiquant :

— J'ai des livres spéciaux pour toi à ramener à la maison. Mais tu dois en prendre grand soin. Est-ce que tu peux faire ça pour moi ?

Sandra acquiesça solennellement.

La petite fille était extrêmement intelligente. Et, sauf lorsqu'elle courait dans la cour de récréation, elle se comportait généralement de manière beaucoup plus mature que ses 5 ans. Elle avait eu beaucoup de responsabilités sur ses jeunes épaules à cause de leur situation financière.

— Et tu sais quoi d'autre ?

— Quoi ? demanda Sandra.

— J'ai un rendez-vous demain.

Sandra s'arrêta et regarda sa professeure avec étonnement.

— Avec un *garçon* ?

Skylar gloussa.

— Oui. Il s'appelle Carson, mais ses amis l'appellent Bull, le taureau.

Sandra fronça le nez.

— C'est un nom bizarre.

— Je sais bien. J'ignore ce que ça signifie.

— Est-ce qu'il a un anneau dans le nez comme Ferdinand ?

Skylar sourit de nouveau. Elle venait de lire *L'Histoire de Ferdinand* à sa classe, et Sandra songeait évidemment à l'anneau dans le museau du taureau.

— Non, répondit-elle.

— Est-ce qu'il a des cornes ?

Cette fois, Skylar éclata de rire.

— Non. Que penses-tu de ça ? Je vais lui demander pourquoi ses amis l'appellent comme ça, et je te le dirai lundi.

Sandra rayonna.

— D'accord !

Dans le passé, Skylar avait déclaré des choses comme ça à ses élèves, s'imaginant qu'ils oublieraient tout pendant le week-end, mais à sa grande surprise, le lundi matin, les enfants s'en souvenaient toujours. Ils cherchaient toujours à connaître ce qu'elle avait promis de leur expliquer dès qu'ils la voyaient. Elle savait que Sandra ne serait pas différente. Elle s'était engagée à clarifier auprès de Carson la raison de son surnom... et si pour une raison quelconque il annulait leur rendez-vous, elle devrait inventer une histoire pour apaiser la fille.

Elle entra avec Sandra et l'aida à remplir son petit sac à dos d'occasion avec autant de livres qu'il pouvait en contenir. Skylar y avait également glissé quelques-uns des en-cas qu'elle stockait dans sa classe pour les enfants qui n'avaient pas pris de petit-déjeuner ou qui ne pouvaient pas passer la journée sans manger. Elle voulait faire davantage. Elle aimerait proposer de faire du babysitting gratuitement, mais elle savait qu'elle avait besoin des deux jours de repos que lui offrait le week-end. Sandra s'en sortirait. C'était une petite fille intelligente qui ne désobéissait jamais à son père.

À 17 h 45, Skylar accompagna Sandra hors de la classe jusqu'au bureau de l'école. Son père les retrouvait toujours là après avoir annoncé à la secrétaire qu'il était venu chercher sa fille. Cette fois, cependant, quand elle s'approcha du bureau, elle vit qu'un autre homme y était debout avec M. Archer.

À la seconde où celui-ci se retourna, Skylar sursauta. C'était Carson.

Elle n'avait aucune idée de ce qu'il faisait là, mais alors qu'elle regardait, il serra la main de M. Archer. Shawn souriait d'une oreille à l'autre, et, quand il vit Sandra, son sourire ne fit que grandir.

— Comment va ma fille ? s'enquit-il en ouvrant ses bras.

Sandra courut directement vers son père, sauta dans ses bras et poussa un cri de joie quand il la souleva et la fit tourner en rond. Sandra tenait peut-être beaucoup de sa mère, mais il ne faisait aucun doute qu'elle et son père avaient un lien spécial.

Skylar suivit un peu plus calmement et sourit à M. Archer.

— Désolé, je suis encore en retard aujourd'hui, s'excusa l'homme.

— C'est bon. On a joué un peu dehors. Sandra a tout préparé avec des livres supplémentaires et d'autres choses.

— J'apprécie tout ce que vous faites, Mademoiselle Reid, la remercia Shawn.

— Tout le plaisir est pour moi, lui répondit-elle, faisant de son mieux pour ne pas s'agiter sous le regard de Carson qu'elle pouvait littéralement sentir sur elle.

— J'espère que ma chance va bientôt tourner, et que je ne serai plus aussi pénible, lui déclara Shawn de façon énigmatique en jetant un coup d'œil à Carson, puis à Sandra.

— Vous n'êtes pas un problème, le rassura Skylar honnêtement.

Oui, rester tard pour surveiller des enfants n'était pas dans son contrat, mais ce n'était pas vraiment une difficulté. Elle aimait vraiment Sandra.

— Prête à rentrer à la maison, ma puce ? demanda Shawn à sa fille.

Sandra hocha la tête avec enthousiasme.

— Je suis tombée et je me suis écorché les genoux, dit-elle à son père.

— Encore ? Je suppose que tu vas vouloir un pansement, hein ?

Sandra secoua la tête.

— Mlle Reid m'en a déjà donné un. Il y a même Elsa dessus !

— Cool, s'exclama son père en regardant Skylar quand ils sortirent, avant de lancer un « Merci ».

Skylar les salua et se tourna finalement vers Carson.

— Salut, souffla-t-elle de façon un peu incertaine.

— Salut, répondit-il, sa voix grave faisant des choses bizarres à l'intérieur d'elle.

— Tu connais M. Archer ? s'enquit-elle, se rappelant que les deux hommes se serraient la main lorsqu'elle s'était approchée.

— Je viens de le rencontrer, affirma Carson sans hésiter.

Skylar haussa mentalement les épaules.

— Qu'est-ce que tu fais ici ? s'intéressa-t-elle alors qu'il n'ajoutait rien.

Il regarda la secrétaire, qui les observait tous les deux de l'autre côté de la pièce avec à la fois de l'impatience et un peu trop d'intérêt.

— Tu es prête à rentrer chez toi ? s'informa-t-il au lieu de répondre à sa question.

— Oui. Je dois juste retourner dans ma classe et prendre mes affaires.

Elle hésita, puis demanda :

— Tu veux venir voir où je passe la plupart de mes journées ?

— J'ai cru que tu ne proposerais jamais, accepta-t-il, les lèvres tressaillant.

Ce n'était pas un vrai sourire, mais Skylar s'en accommoda.

— Sandra était la dernière élève à être récupérée, précisa la secrétaire. Je vais y aller... si ça ne vous dérange pas.

— Désolée que vous ayez dû attendre, lui répondit Skylar. Je vous verrai lundi.

— Au revoir !

Carson regarda l'autre femme prendre son manteau alors qu'ils quittaient le bureau. Il se tourna vers elle.

— Tu es souvent la dernière à sortir, n'est-ce pas ? supposa-t-il.

Skylar haussa les épaules alors qu'ils marchaient dans le couloir vers sa classe.

— Oui. La plupart des autres professeurs sont mariés et ont des enfants, alors ils veulent partir d'ici le plus vite possible. Rentrer chez eux, auprès de leurs familles.

— Ce n'est pas prudent de se rendre jusqu'à sa voiture quand il fait nuit.

Skylar hocha la tête.

— Je sais, mais je n'ai pas le choix.

— Pas de service de sécurité ?

— Pour une école primaire ? Non. Les collèges et lycées ont des agents de ressources, mais ils ne sont généralement pas affectés aux écoles primaires. Le terrain de derrière est bien éclairé, et j'essaie de ne pas me garer sur les dernières places près des arbres, où il fait plus sombre.

Elle le dévisagea pendant qu'ils avançaient.

— Je sais que je suis petite, et une femme, mais le monde n'est pas aussi effrayant que tu sembles le penser.

— Faux, réfuta-t-il du ton le plus sérieux qu'il avait jamais employé avec elle. Il est plus effrayant. Mais je ne peux m'empêcher d'aimer que tu ne connaisses rien de cet aspect de la vie. Je souhaiterais que ça reste ainsi. Tu as une lampe de poche ? Une matraque ? Ton portable sorti et le 911 déjà composé quand tu vas à ta voiture ?

— Euh... Je garde mes clés dans ma main avec l'une d'elles qui dépasse de mes doigts, lui dit-elle.

Carson secoua la tête.

— Ce n'est pas suffisant. Si tu dois frapper quelqu'un, tu te blesseras plus que lui si tu tiens ta clé comme ça. Tu ferais mieux d'avoir du spray au poivre.

— Je ne me sens pas à l'aise avec ce truc dans mon sac. Je n'arrête pas d'imaginer qu'il se déclenche accidentellement et que je doive évacuer ma classe pour que mes élèves ne tombent pas malades.

— Ils ont des interrupteurs de sécurité, lui précisa Carson.

— C'est vrai, des interrupteurs qui sont probablement à l'épreuve des enfants et qui ne me serviraient à rien si je devais trouver comment le faire fonctionner si quelqu'un me fonçait dessus dans un parking. Je laisserais tomber cette chose stupide et je serais attaquée de toute façon, rétorqua-t-elle.

Skylar ne savait pas pourquoi elle se défendait si fort. Elle ne pouvait pas s'imaginer porter un jour du spray au poivre sur elle.

— Je ne peux même pas ouvrir ces fichues bouteilles d'aspirine avec sécurité enfant. Et ne me lance pas sur les couvercles de boîtes à dosettes de détergent. Une fois que j'ai enlevé le truc la première fois, je ne parviens pas à le remettre.

Elle vit ses lèvres se contracter de nouveau et se réjouit d'avoir failli obtenir un autre sourire.

— Bien. Et le spray anti-guêpes ?

Skylar leva les yeux vers lui avec surprise lorsqu'ils atteignirent sa classe.

— Quoi ?

— De l'insecticide pour guêpes. On en trouve partout, et je suppose que tu ne le trouves pas aussi effrayant que du spray au poivre.

Elle fronça les sourcils.

— Ce n'est pas effrayant. Ce sont les guêpes qui me font peur.

— Faux, réfuta-t-il encore. Je veux dire, pas à propos des guêpes, je déteste ces petites merdes. Mais le spray anti-guêpes est tout aussi efficace que le spray, peut-être même plus. Il est conçu pour être précis à grande distance, tu peux donc frapper un agresseur au visage, ou au moins à la poitrine, de très loin. C'est caustique et ça pique atrocement. Cela te donnerait l'occasion de faire du bruit, d'utiliser ton téléphone pour appeler à l'aide, ou simplement de courir. Et maintenant que j'y pense, tu devrais garder ce truc dans ta chambre en cas de situation de tir actif.

Skylar ne put s'empêcher de secouer la tête.

— Tu veux que je tienne un spray anti-guêpes d'ici à ma voiture sur le parking ?

Cette fois, il n'esquissa même pas un sourire.

— Non. Je veux que tu sois en sécurité. Que tu fasses ce que tu dois faire pour te protéger. Je suppose que tu passes tout ton temps à t'inquiéter pour tes enfants et leurs familles et pas assez pour toi-même.

— Je vais bien, Carson, lâcha doucement Skylar, se rendant compte pour la première fois qu'il était sérieux à cent pour cent dans ses propos.

Il ne plaisantait pas, même un peu. Il ne formulait pas de suggestions à la légère.

— Je veux juste que tu restes comme ça, lui précisa-t-il.

— Je serais stupide de ne pas penser à la sécurité de mes enfants. J'aimerais pouvoir dire que personne ne viendra jamais à Eastlake pour tirer dans le tas, mais malheureusement, je ne peux pas. Et je dois admettre que je suis bien plus à l'aise avec une bouteille de spray anti-guêpes dans la classe qu'avec n'importe quoi d'autre.

— Bien, réagit-il en hochant la tête. Nous trouverons quelque chose pour ton trajet vers ta voiture dans le noir. Nous réfléchirons à un moyen de défense avec lequel tu es à l'aise et qui reste efficace si quelqu'un essaie de te sauter dessus.

Skylar n'avait pas envie d'imaginer cette scène, alors elle changea de sujet.

— Je n'étais pas sûre que tu sois sérieux pour demain. Je n'ai pas eu de nouvelles de toi, lâcha-t-elle.

— Oh, je suis très sérieux, la contredit Bull, l'air sérieux. Je ne voulais pas te faire peur en faisant exploser ton téléphone avec des textos « Je suis impatient de te voir » et « J'ai hâte d'être à samedi ».

— Mais tu n'as pas mon numéro, rétorqua-t-elle bêtement alors qu'ils arrivaient dans sa classe.

Carson sourit, et cela illumina son visage. Skylar savait qu'elle entreprendrait tout ce qu'elle pourrait pour lui rendre ce sourire à l'avenir.

Il sortit son portable de sa poche arrière et le manipula pendant un long moment, ses doigts survolant les touches.

De l'autre côté de la pièce, dans son sac à main, le téléphone de Skylar sonna avec la tonalité spéciale qu'elle avait attribuée aux SMS.

— J'ai ton numéro, lui annonça Carson.

Skylar ne put détacher ses yeux des siens.

— Oh ! c'est vrai.

Bien sûr. Elle avait confirmé son numéro auprès du répartiteur de Silverstone lorsqu'elle avait appelé pour un remorquage.

— Putain, tu es mignonne, s'exclama Carson, en brossant une mèche de cheveux qui s'était détachée derrière son oreille. Quel âge as-tu ?

— Tu veux dire que tu n'as pas déjà cherché cette information ? demanda Skylar avec effronterie.

Son sourire s'élargit.

— Non. Je voulais que *tu* me parles de toi.

— J'ai 32 ans, lui indiqua-t-elle immédiatement, appréciant qu'il semble sincère.

Qu'il désire lui *parler* pour en savoir plus sur elle.

— Et avant que tu n'ajoutes quoi que ce soit, je sais que j'ai l'air plus jeune. Je pense que c'est parce que je ne porte pas beaucoup de maquillage et que je suis petite. Quel âge as-tu ?

— Tu es parfaite comme tu es, la rassura-t-il. Et j'ai 36 ans. Je mesure un mètre quatre-vingts, et je suis copropriétaire de Silverstone Towing depuis cinq ans.

— Tu étais dans l'armée avant ça, non ?

Skylar savait qu'elle devait prendre ses affaires pour pouvoir rentrer chez elle, mais elle ne pouvait s'empêcher de poser des questions. Elle voulait en apprendre le plus possible sur l'homme qui se tenait devant elle. De plus, quand ils seraient partis, elle devrait retourner dans son appartement ennuyeux. Parler avec Carson était beaucoup plus intéressant et excitant.

— Oui. Mes amis et moi avons servi ensemble.

Skylar hocha la tête.

— Ils sont aussi grands que toi ?

Cette fois, elle eut un petit rire.

— Je suis le plus petit.

— Oh, Seigneur ! souffla Skylar.

Carson observa sa classe, et elle retint sa respiration. C'était fou de vouloir qu'il soit impressionné par cette pièce. Mais elle y avait consacré beaucoup de travail. Elle l'avait rendue confortable et accueillante pour ses élèves, tout en leur donnant une atmosphère où ils pouvaient apprendre de manière efficace.

— Il y a beaucoup de camions, observa-t-il.

Skylar sourit.

— Oui, ma classe cette année adore les camions de toutes sortes. Ils sont un peu obsédés. Je leur ai lu *Le Petit Camion bleu* au début de l'année, et maintenant ils ne veulent plus lire que ça. Les véhicules de pompiers, ceux à benne, les dix-huit roues, même les gros pick-up… Ils les adorent tous.

— Est-ce qu'ils… ou tu… serais intéressée si Silverstone apportait certaines de nos dépanneuses ici pour qu'ils puissent les voir de leurs propres yeux ? suggéra Carson. Je ne sais pas comment ça se passe ni de quelles autorisations nous aurions besoin. Mais nous pourrions les garer sur le parking derrière, et ils s'assiéraient dans les cabines. Nous pourrions même accrocher une automobile pour leur montrer ça aussi… si tu penses que ça leur plairait.

Skylar fixa Carson avec de grands yeux.

— Sérieusement ?

— Eh bien, oui, affirma-t-il en haussant les épaules. Je ne l'aurais pas proposé si je n'étais pas sérieux.

— Ils *adoreraient* ça ! s'exclama joyeusement Skylar. Je pourrais faire toute une leçon sur la sécurité en voiture et pourquoi les ceintures de sécurité sont importantes… tu sais, en cas d'accident. Et je pourrais expliquer que les dépanneuses sont nécessaires pour venir chercher les véhicules accidentés. Je pourrais peut-être parler aux pompiers du quartier et même à la police. Oh, je parie que les autres classes seraient intéressées aussi ! Tu pourrais aborder avec les enfants plus âgés les carrières et autres.

Skylar se rendit compte qu'elle avait été bavarde et en fut gênée, mais quand elle leva les yeux vers Carson, il ne semblait pas du tout irrité.

— Je vais en toucher deux mots à Eagle, Smoke et Gramps. Je suis sûr qu'ils seraient heureux de participer aussi.

— Ce sont tes amis ? fit Skylar.

— Oui. Et copropriétaires de Silverstone. Je te les présenterai bientôt.

— J'aimerais bien, révéla-t-elle honnêtement.

— Viens, invita-t-il en mettant une main sous son coude. Prenons tes affaires pour te ramener chez toi.

Elle se dirigea vers son bureau et attrapa son sac à main. Sa classe était en désordre. Elle avait l'habitude de la ranger avant de partir, juste pour ne pas avoir à le faire en allant travailler la fois suivante, mais elle devrait s'en occuper lundi. Pour l'instant, elle voulait passer du temps avec Carson.

Il avait attendu près de l'entrée pendant qu'elle allait chercher son sac, et elle ne pouvait s'empêcher de remarquer qu'il avait gardé les yeux sur elle tout le temps. Si ses hanches se balançaient un peu plus que d'habitude alors qu'elle revenait vers lui, elle ne l'aurait jamais admis.

Il ne l'avait pas touchée lorsqu'elle s'était approchée de lui, mais il était resté près d'elle pendant qu'ils déambulaient dans le couloir vers l'accès qui menait au parking des professeurs à l'arrière du bâtiment. Skylar pouvait sentir la chaleur qui se dégageait de son corps alors qu'il marchait à côté d'elle.

Carson poussa la porte et la tint pour elle, et elle s'esquiva sous son bras levé pour passer devant lui. Dès qu'elle redressa la tête pour regarder vers le parking, elle laissa échapper un cri de surprise.

— Ma voiture ! s'exclama-t-elle.

Se retournant pour regarder Carson, elle lui demanda :

— Comment ma voiture est arrivée ici ? Stan a indiqué qu'elle ne serait pas prête avant la semaine prochaine !

— Il a menti, lui confia Carson. Je lui ai parlé hier, et il n'y avait pas grand-chose à faire. Alors il l'a réparée, et j'ai demandé à Eagle de m'aider à la conduire ici. Je rendrai le véhicule de prêt à Stan si tu me donnes les clés.

— Mais... Je ne l'ai pas payé, lui précisa Skylar avec anxiété. Qu'est-ce qui n'allait pas ? Est-ce que ça fonctionnera maintenant ? Est-ce que je dois m'inquiéter qu'elle tombe encore en panne ?

— Tu crois que je rapporterais ta voiture si tu ne pouvais pas la conduire en toute sécurité ? questionna Carson d'un ton presque déçu.

Skylar leva les yeux vers lui.

— Eh bien... Je ne te connais pas vraiment. Et tu ne me connais pas non plus. En quoi es-tu concerné ?

— Ça me préoccupe, répondit-il immédiatement. Putain, je ne comprends pas pourquoi, alors que je ne te fréquente pas depuis longtemps, mais c'est un fait. Et ça n'a pas d'importance ce qui posait problème. C'est réparé maintenant.

Skylar rétrécit ses yeux.

— Tu n'as pas fait un de ces trucs de mâle dominant qui consistent à demander à Stan de réviser tout le moteur pour ensuite décider de m'affirmer que c'était juste un peu d'huile renversée ou quelque chose comme ça qui a causé ce bruit bizarre, n'est-ce pas ?

— Tu as besoin d'une voiture fiable, lui indiqua-t-il, sans répondre à sa question.

Pas un seul muscle de son visage ne bougeait, mais Skylar comprenait d'une certaine manière que c'était exactement ce qu'il avait fait.

Elle soupira. Elle pouvait choisir d'être furieuse, de taper du pied et d'exiger de savoir ce qui avait été fait et combien cela avait coûté, mais elle avait le sentiment que Carson ne lui dévoilerait rien.

Elle ne pouvait pas vraiment se permettre une grosse facture. Son père l'aiderait certainement à s'acquitter de la facture, mais elle détestait se reposer sur lui. Elle était une adulte, et ses parents avaient fait plus qu'assez pour elle dans sa vie.

— Je vais appeler Stan demain et le régler, déclara-t-elle à la place.

Étonnamment, Carson hocha simplement la tête.

Elle leva un sourcil.

— Tu veux dire que tu ne l'as pas déjà payé ?

Cette fois-ci, ses lèvres tressaillaient, et Skylar sut qu'elle avait un problème. Un seul sourire de sa part et elle lui pardonnait tout.

— Non. Je savais que tu serais énervée si je le faisais.

— J'apprécie que tu m'en parles, lui avoua-t-elle.

— Je me suis dit que si je te l'apportais ce soir, on ne perdrait pas notre temps demain à s'en occuper.

— En parlant de ça... où allons-nous ? À quelle heure ? Comment dois-je m'habiller ? Je dois te retrouver quelque part ? Dois-je apporter quelque chose ?

Carson éclata de rire.

— Tu t'es inquiétée de tout cela, n'est-ce pas ?

— Non, nia immédiatement Skylar, puis elle fronça le nez. Peut-être. Je suis une planificatrice. C'est ce que je fais de mieux.

— J'aimerais te surprendre avec l'endroit où nous allons, si ça ne te dérange pas. Je pensais pouvoir passer te prendre vers 11 h 30, si ça marche pour toi. Pour ce qui est de ce que tu dois porter, sois à l'aise. Et tout ce que tu dois apporter, c'est toi-même, précisa-t-il.

— Un jean, ça va ? questionna-t-elle. Comme je n'ai pas l'occasion d'en mettre au travail, j'ai tendance à m'habiller plus simplement le week-end. Mais je peux enfiler une robe ou une jupe si nécessaire.

Elle aimait le regard de Carson sur elle. Comme s'il n'arrivait pas à croire qu'elle se tenait en face de lui. Comme si elle était la chose la plus importante au monde à ce moment-là. Il ne regardait pas autour de lui, même si elle avait le sentiment qu'il était plus que conscient de chaque véhicule qui passait, de chaque papier qui virevoltait sur le parking.

— Le jean est parfait, la rassura-t-il.

— OK. 11 h 30. Je peux le faire, nota-t-elle un peu nerveusement.

Bon sang, s'il avait annoncé qu'il venait à 6 heures du matin, elle aurait accepté.

— Viens, invita-t-il en posant sa main dans le bas de son dos, l'encourageant à se diriger vers sa voiture.

Sa main semblait brûler à travers son chemisier, mais dans le bon sens du terme. En marchant à côté de lui, Skylar se sentait en sécurité. Elle n'avait pas à scruter autour d'elle, pas à se demander si quelqu'un se cachait derrière sa voiture ou s'il était entré par effraction et attendait sur le siège arrière. Elle savait qu'il la considérait comme naïve, et elle l'était à bien des égards, mais elle allait trop loin en montant dans son automobile après avoir fait des courses ou travaillé.

Il ouvrit la portière côté conducteur de sa Corolla désormais sans taches, et elle pénétra dans l'habitacle avec un sourire. Haletante, elle comprit qu'elle avait été nettoyée à l'intérieur comme à l'extérieur. Elle sentait le frais et le propre, et elle avait du mal à croire que c'était sa vieille Toyota cabossée.

— Ouah, elle est superbe ! s'exclama-t-elle.

— Démarre-la, ordonna Carson.

Elle inséra donc la clé dans le contact et sourit en constatant avec quelle facilité et quel silence le moteur se mit en marche.

— Ouah !

Skylar se tourna vers Carson.

— Est-ce que Stan a révisé *tout* le moteur ?

Il ricana.

— Pas que je sache. Il a juste nettoyé certaines choses et remplacé des bougies et d'autres pièces.

Skylar était consciente que ce n'était pas tout ce qui avait été effectué sur sa vieille auto, mais elle était plus que reconnaissante.

— Merci, souffla-t-elle.

— Je n'y suis pour rien, dévia Carson.

— Mais tu m'as amenée à Stan. Et je suis sûre que tu as eu au moins une conversation avec lui au sujet de ma voiture, et c'est pour cela qu'elle fonctionne aussi bien qu'en ce moment. Et tu me l'as apportée pour que je n'aie pas à m'occuper de la récupérer. *Et* tu vas rendre le véhicule de prêt. Alors... merci.

— De rien, lui dit Carson. Je peux te suivre chez toi pour m'assurer que tout va bien avec ta voiture ?

Skylar ne doutait pas qu'il avait déjà vérifié que son véhicule était en bon état, mais elle n'avait aucun problème à ce qu'il roule derrière elle... encore une fois.

— Oui, accepta-t-elle.

— Super. Conduis prudemment. Je te verrai demain à 11 h 30, termina-t-il avant de fermer sa portière et de se diriger vers son Altima rouge garée deux places plus loin.

Quinze minutes plus tard, Skylar fit de nouveau signe à Carson depuis le palier de son appartement. Il leva deux doigts, comme il l'avait fait la dernière fois, et quitta le parking. Lorsque Skylar ferma la porte, elle se souvint du message que Carson lui avait envoyé lorsqu'ils étaient dans sa classe. Elle l'avait oublié jusqu'à maintenant.

Se tenant juste derrière la porte fermée et verrouillée, elle sortit son téléphone.

Je suis impatient de te voir. J'ai hâte d'être samedi.

Elle sourit. Il lui avait affirmé qu'il ne voulait pas la faire paniquer en lui envoyant un tas de textos qui disaient exactement la même chose. Elle tapa une courte réponse et enregistra ses coordonnées.

Skylar : **Moi aussi.**

Sans se soucier du fait que c'était vendredi soir et qu'elle allait une fois de plus le passer seule dans son appartement, Skylar remit son téléphone dans son sac et alla enfiler son pyjama. Elle avait un rendez-vous demain. Avec un homme qui semblait être de mieux en mieux à mesure qu'elle apprenait à le connaître.

Elle savait que personne n'était parfait. *Elle* ne l'était certainement pas. Mais pour la première fois depuis longtemps, elle avait bon espoir que, peut-être, juste peut-être, les choses pourraient fonctionner avec Carson.

5

Bull entra dans le complexe d'appartements de Skylar à 11 h 15. Il était en avance, mais il avait fait tout ce qui était en son pouvoir pour ne pas arriver plusieurs heures avant l'heure convenue de leur rendez-vous. Lorsqu'il s'était réveillé ce matin-là, sa première pensée avait été de passer quelques heures avec Skylar.

Il avait reçu son message la nuit précédente, et, même s'il ne comportait que deux mots, sa réponse sur son téléphone l'avait vraiment rassuré. C'était ridicule. Elle pourrait s'avérer être une psychopathe, mais il ne le pensait pas.

Après avoir rencontré Shawn Archer la veille et l'avoir entendu raconter à quel point Mlle Reid était formidable et qu'il ne pourrait pas effectuer le travail actuel sans son aide avec Sandra l'après-midi après l'école, Bull était persuadé que son sentiment à son égard était juste.

Il n'avait pas eu le temps de parler à Archer en détail de sa situation, mais il avait brièvement mentionné que Silverstone pourrait chercher à embaucher quelqu'un qui serait un touche-à-tout. Les yeux de l'autre homme s'étaient illuminés et il avait annoncé qu'il serait certainement intéressé. Bull avait obtenu son numéro de téléphone et avait promis qu'il le

91

contacterait. Ils devaient faire des recherches sur lui, pour s'assurer qu'il n'avait pas de casier judiciaire, mais d'après ce que Skylar avait indiqué à Bull, et compte tenu du fait que l'homme travaillait dur pour donner à sa fille un toit sûr et de quoi manger, Bull avait le sentiment qu'il serait parfait pour Silverstone.

Toutefois, pour l'instant, l'idée d'engager Archer passait au second plan. Bull ne pensait qu'à Skylar. Il était nerveux pour ce rendez-vous. Lui, *nerveux*. C'était insensé. C'était un ancien agent de la Delta Force qui avait participé aux combats les plus terribles et qui avait parcouru le monde entier, face à des types totalement diaboliques.

Comment pouvait-il être fébrile à l'idée de passer quelques heures avec une femme, Bull n'en avait aucune idée. Mais cela ne changeait rien à la situation. Il n'avait cessé de douter de leurs projets pour ce jour. Il ne voulait pas donner l'impression qu'il en faisait trop ni qu'elle pense qu'il n'essayait pas du tout de l'épater.

Roulant intérieurement les yeux en voyant à quel point il était ridicule, Bull coupa le contact de sa voiture et prit une grande inspiration. Il était en avance. Il pouvait rester sur le parking pendant dix minutes avant de monter frapper à la porte de Skylar, mais c'était idiot. Il était là, et il n'avait pas envie d'attendre une seconde de plus pour la revoir.

En descendant de son Altima, Bull inspira profondément de nouveau et monta les escaliers extérieurs jusqu'au deuxième étage. Les habitations de Southpoint n'avaient que des portes extérieures. Cela ressemblait presque à un motel, avec toutes les entrées tournées vers le parking.

Alors qu'il passait devant l'une d'elles en direction de l'appartement de Skylar, celle-ci s'ouvrit et une femme hispanique d'âge moyen sortit la tête.

— Vous devez être Carson, supposa-t-elle avec un sourire.

Il lui manquait une dent de devant, mais cela ne diminuait pas l'atmosphère amicale qu'elle dégageait.

— C'est moi, acquiesça-t-il avec un signe de tête poli.

Puis la porte de l'autre côté du logement de Skylar s'ouvrit, et une femme afro-américaine apparut sur le balcon. Elle mesurait facilement un mètre quatre-vingts et était très mince.

— Vous êtes Carson ? fit-elle, un peu moins amicale que la précédente.

Bull ne savait pas trop pourquoi ni comment ces femmes semblaient le connaître, mais comme elles étaient les voisines de Skylar, il n'avait pas l'intention de faire ou de dire quoi que ce soit d'impoli. Il se souvenait que Skylar avait révélé que les gens qui vivaient dans son immeuble étaient solidaires.

— Oui, lui répondit-il.

Elle croisa ses bras sur sa poitrine plutôt large et le regarda fixement quand il s'arrêta devant la porte de Skylar.

— Sky est une femme bien, lança-t-elle, indiquant à Bull quelque chose dont il était déjà conscient. Parfois, elle ne comprend pas tout ce qui se passe autour d'elle, mais elle est bonne. Traite-la bien, ou tu devras en répondre devant *nous*.

Avant que Bull ne puisse répondre, la porte de Skylar s'ouvrit et elle sortit.

— Tiana, laisse Carson tranquille. La dernière chose dont j'ai besoin est que tu le fasses fuir avant même notre premier rendez-vous.

Puis elle se tourna vers la femme de l'autre côté.

— Maria, tu t'es bien comportée ?

Elle leva les mains.

— Hé, je n'ai fait que demander s'il était ton cavalier. C'est probablement mieux que Susan ne soit pas à la maison, déclara Maria en désignant la porte à côté de la sienne. Elle est encore plus protectrice que nous. En plus, c'est Tiana qui a mauvais caractère.

— Tu sais que tu as tout aussi mauvais caractère, se moqua Tiana.

Bull commença à avoir l'impression d'être au milieu de deux chiens qui tournaient autour d'un os juteux. Sa tête allait et venait entre les deux femmes qui se taquinaient mutuellement.

— Peut-être, peut-être pas, mais au moins je n'ai pas sauté à la gorge de l'homme de Sky dès qu'il est arrivé !

— J'essaie juste de m'assurer qu'il la traite bien. Elle n'est pas sortie avec quelqu'un depuis une éternité, et la dernière chose dont elle a besoin, c'est d'un connard qui essaie de lui baisser le pantalon dès le premier rendez-vous.

— Tue-moi maintenant, chuchota Skylar.

Bull ignora les deux voisines pour regarder celle à laquelle il ne pouvait s'empêcher de penser. Elle portait un jean qui épousait toutes les courbes de ses jambes. Une paire de sandales à lanières lui donnait une taille supplémentaire de dix centimètres. Elle était vêtue d'un chemisier vert forêt dont les épaules étaient découpées, et la vue de sa peau crémeuse, parsemée de taches de rousseur, lui donnait envie d'y frotter ses lèvres pour vérifier si elle était aussi douce qu'elle en avait l'air.

Ses cheveux auburn tombaient sur ses épaules. C'était la première fois qu'il les découvrait détachés du chignon qu'elle portait les deux dernières fois qu'il l'avait croisée. Les mèches encadraient son joli visage... et Bull avait envie d'enfoncer sa main dans ces boucles pulpeuses et de l'embrasser à mort.

Il entendit vaguement Tiana et Maria se disputer encore, mais il n'avait d'yeux que pour Skylar.

— Tu es magnifique, lui confia-t-il.

Elle leva la tête et rencontra son regard.

— Merci. Toi aussi, tu es très beau.

Bull portait un jean, ses habituelles bottes de travail noires et un polo bleu marine à manches courtes. Pour lui, c'était une tenue habillée.

Il était impatient de commencer ce rendez-vous, mais il voulait d'abord faire disparaître le malaise dans les yeux de Skylar. Il tourna la tête et interrompit Tiana au milieu d'une phrase.

— Je suppose que vous êtes proches de Skylar et que vous voulez le meilleur pour elle, lança-t-il aux deux femmes.

Elles le dévisagèrent un instant, puis hochèrent la tête.

— Bien, donc vous devez savoir que vous l'embarrassez, et ce n'est pas cool. Nous allons déjeuner, pas pour un rencard de midi dans un motel payant. On va discuter et apprendre à mieux se connaître. J'espère qu'elle appréciera notre moment et qu'elle dira oui quand je l'inviterai de nouveau à sortir. Mais si vous la mettez mal à l'aise à l'idée de se rendre à un rendez-vous avec moi, elle pourrait décider que ça ne vaut pas la peine de me voir. Je suis sûr qu'elle vous parlera de moi et de nos moments ensemble quand elle rentrera à la maison.

— Bien sûr qu'elle le fera, rétorqua Tiana.

— Nous voulions juste nous assurer que vous saviez que Sky a des gens qui veillent sur elle, ajouta Maria.

— C'est évident. Et même si je suis content qu'elle vous ait toutes les deux à ses côtés, Sky est troublée qu'on parle d'elle en sa présence. Je sais qu'elle tient à vous deux et que vous veillez l'une sur l'autre, ce que j'apprécie. Mais vous devez vous arrêter maintenant pour que je ne prononce rien qui puisse irriter Skylar et nous faire partir du mauvais pied.

Il fut soulagé quand Tiana et Maria sourirent.

— Il fera l'affaire, reconnut Tiana. Amuse-toi bien, Sky. Nous parlerons quand tu reviendras.

— Ne fais rien que je ne ferais pas, ajouta Maria.

Elles saluèrent toutes deux et disparurent derrière leurs portes respectives.

— Ouah, désolée, lui souffla Skylar quand ils se retrouvèrent seuls.

Bull savait que les deux femmes les observaient probablement à travers leurs rideaux.

— Ne le sois pas, lui répondit-il. Je suis content que tu aies de si bonnes amies pour veiller sur toi.

Elle gloussa.

— C'est ce qu'elles étaient en train de montrer ? Je pensais qu'elles allaient essayer de te voler pour elles-mêmes.

Bull était heureux qu'elle puisse se débarrasser de la gêne qu'elle avait ressentie plus tôt. Il n'hésitait pas à la rassurer en lui indiquant que ses amis ne le dérangeaient pas, mais si elle avait continué à s'excuser pour elles ou si elle avait laissé leur comportement la mettre de mauvaise humeur, cela n'aurait pas été de bon augure pour leur relation.

Eh oui, il avait déjà pensé qu'ils vivaient une relation tous les deux.

— Tu es prête à partir ? fit-il.

Skylar hocha la tête.

— Oui. Vas-tu me dire où nous allons ?

— Pas encore, éluda-t-il alors qu'elle sortait sur le palier et se retournait pour verrouiller sa porte.

Bull ouvrit la bouche pour lui rappeler que ce n'était pas très malin de tourner le dos à un homme qu'elle venait de rencontrer, qu'il pouvait facilement la pousser dans son appartement et la maîtriser, mais les mots restèrent coincés dans sa gorge. S'il pensait que son jean était beau de face, ce n'était rien en comparaison avec ce qu'il donnait sous cet angle. Ses fesses étaient rebondies et parfaites, et Bull avait dû faire tout ce qu'il pouvait pour ne pas avancer et poser ses mains sur elle.

Elle se retourna, et il comprit qu'elle l'avait surpris en train de lui reluquer les fesses. Mais il ne s'était pas excusé, et, à part un léger rosissement de ses joues, elle ne l'avait pas interpellé.

Il lui avait fait signe de marcher devant lui, et il n'avait pas pu résister à l'envie de poser sa main sur le bas de son dos alors qu'ils se dirigeaient vers les escaliers. Lorsqu'ils arrivèrent à sa voiture, il ouvrit la portière et patienta le temps qu'elle soit installée à l'intérieur avant de la refermer et de se diriger vers le côté conducteur.

Une fois assis, au lieu de démarrer immédiatement, il se tourna pour regarder Skylar.

— Désolé d'être en avance, dit-il. Je ne pouvais plus attendre.

Elle lui sourit.

— Ce n'est pas grave. J'étais prête il y a environ une heure et demie, et je faisais les cent pas dans mon appartement en me languissant que tu arrives.

Soupirant de soulagement, Bull hocha la tête.

— Pour ce que ça vaut, j'aime bien tes amies.

Skylar secoua la tête.

— Elles sont un peu effrontées, mais elles ont le cœur sur la main.

— Tu as de la chance d'être proche de tes voisins.

— Oui, enfin, on ne traîne pas ensemble ou quoi que ce soit. On se parle plutôt quand on se voit en passant et on s'informe quand il se produit quelque chose dans le complexe.

— Je ne connais même pas mes voisins, lui opposa Bull. Je crois que l'un d'eux est un homme âgé et que l'autre est une femme qui travaille beaucoup trop, parce que je ne la vois jamais, littéralement.

— Carson ?

— Oui ?

— Tiana avait raison sur un point… Ça fait longtemps que je n'ai pas eu de rendez-vous. Je passe la plupart de mon temps avec des enfants de 5 ans. Si je fais ou dis quelque chose d'inapproprié, pourras-tu passer outre et ne pas me prendre pour une folle ?

Bull ne put s'empêcher de ricaner.

— Ça fait longtemps pour moi aussi. Je me suis promis que j'allais rester discret aujourd'hui. Pas d'extravagances, pas d'efforts pour t'impressionner. Il y a un restaurant pas très loin du travail qui sert la meilleure cuisine que j'ai jamais mangée. J'ai pensé qu'on pourrait y aller, puis, si tu es intéressée, je te ferai visiter Silverstone. Mais si tu as besoin de rentrer directement à la maison, c'est bon aussi.

Il constata qu'elle se détendait visiblement sur le siège à côté de lui.

— Ça a l'air super.

Ne désirant rien d'autre que de rester assis là à la regarder, Bull se força à démarrer le moteur et à quitter sa place de stationnement. Il était bien conscient que Skylar et lui étaient probablement observés par ses voisins. C'était un peu comme lorsqu'il était au lycée et qu'il voulait embrasser sa copine dans la voiture, mais qu'il savait que son père ou ses frères les observaient de l'intérieur de la maison.

Ils firent la conversation pendant qu'il conduisait vers le restaurant. Il se gara sur le parking et grimaça à la vue de l'endroit. Le toit avait besoin d'être réparé, et l'enseigne au-dessus de la porte avait connu des jours meilleurs. Des détails dont il ne se souciait pas ou qu'il ne remarquait pas en temps normal. Et il n'avait pas menti, Rosie's Diner faisait partie des meilleurs restaurants du coin. Il avait passé plus que sa part de temps dans le restaurant.

Il sortit et courut autour de la voiture à temps pour prendre le coude de Skylar quand elle se leva. Il ferma la portière et, après avoir jeté un coup d'œil pour s'assurer qu'aucun vagabond ne traînait sur le parking, marcha légèrement derrière elle jusqu'à la porte. En l'ouvrant, Bull se prépara à recevoir l'accueil qu'il savait imminent.

— Bull ! cria une voix forte et turbulente après qu'il entra à la suite de Skylar.

Une femme grande et mince sortit de derrière le comptoir.

Elle l'attrapa par les bras et lui embrassa les deux joues.

— Je ne t'ai pas vu depuis une éternité... Ça fait quoi, une semaine ou plus ?

— Effrontée.

Bull sourit. Puis il effectua un geste vers Skylar.

— Rosie, je veux te présenter quelqu'un. Voici Skylar. C'est une enseignante de maternelle à Eastlake. Skylar, voici Rosie

Spencer... Elle possède cet endroit et le dirige d'une main de fer.

— Oh, toi ! lança Rosie en tapant sur le bras de Bull.

Puis elle se tourna vers Skylar. Bull se crispa légèrement ; comme les voisines de Skylar, Rosie n'était pas du genre à mâcher ses mots. Si elle aimait quelqu'un, elle ne se gênait pas pour le signaler. Mais si vous la contrariiez, c'était fini. Vous n'auriez jamais de seconde chance, et elle n'avait aucun problème à vous faire savoir que vous n'étiez pas sur la liste de ses personnes préférées.

Mais il n'avait pas besoin de s'inquiéter.

— C'est un plaisir de vous rencontrer, commença Skylar avant que Rosie ne puisse prononcer quoi que ce soit. Carson m'a fait part d'éloges merveilleux sur cet endroit. Et je ne doute pas qu'il ait été honnête à cent pour cent, car si l'on se fie aux odeurs, je vais avoir envie d'apporter un matelas et de vivre ici pour le reste de ma vie.

Rosie gloussa, et Bull put constater qu'en quelques phrases, Skylar avait une nouvelle fan.

— Carson, hein ? s'étonna Rosie.

Elle lança un regard noir à Bull avant de se tourner de nouveau vers Skylar.

— Alors vous êtes professeure ?

Skylar hocha la tête.

— Oui, à Eastlake.

— C'est un quartier difficile de la ville, fit remarquer Rosie.

— Honnêtement, pourquoi tout le monde prétend ça ? se plaignit Skylar avec bonne humeur. Je veux dire, oui, le quartier a eu sa part de déconvenues, mais les enfants ne sont pas à blâmer. Ils sont très intelligents et absorbent toutes les informations qu'ils peuvent obtenir. Si les gens pouvaient regarder au-delà de la couleur de leur peau, de l'argent de leurs parents ou de l'endroit où ils vivent, je ne pense pas qu'ils verraient une différence entre eux et ceux de Carmel où j'ai grandi.

Rosie hocha la tête et regarda Bull.

— Elle me plaît. Vas-y, Bull, choisis un siège, je t'envoie quelqu'un dès que possible. C'est un plaisir de te revoir.

— Merci, Rosie, lui répondit Bull, qui n'hésita pas à poser sa main sur le bas du dos de Skylar.

Il adorait avoir n'importe quelle excuse pour la toucher. Il était encore trop tôt pour lui tenir la main ou passer son bras autour de ses épaules ou de sa taille, alors pour l'instant, il devait se contenter de la guider vers une table à l'écart, sur le côté du restaurant.

Il attendit qu'elle s'installe d'un côté de la banquette avant de se glisser en face. Il appuya ses coudes sur la table et ne put s'empêcher de la dévisager.

— Je suppose que tu connais Rosie assez bien, extrapola-t-elle.

— Je viens ici depuis cinq ans, depuis que nous avons commencé Silverstone. Comme tu peux le voir de l'extérieur, ça ne ressemble à rien de spécial. Mais je passais en voiture et j'ai senti l'odeur la plus incroyable. J'ai dû faire demi-tour et entrer pour vérifier. J'ai été accro dès le premier repas.

— Il est comme un chien errant dont on ne peut se débarrasser, plaisanta une femme à côté de leur table.

Bull leva les yeux et sourit. Il se leva et lui fit un câlin avant de se rasseoir.

— Skylar, voici Julie. C'est l'une des nombreuses serveuses qui travaillent ici.

— Salut, dit Skylar. C'est un plaisir de vous rencontrer.

— De même, répondit Julie. Vous savez déjà ce que vous voulez ?

— Oh ! s'étonna Skylar avec surprise. Je n'ai pas eu l'occasion de regarder le menu.

— Tu devrais laisser Bull commander pour toi. Il a littéralement mangé tous les plats du menu. Il ne te donnera pas de mauvais conseils.

— Julie, c'est notre premier rendez-vous, lui confia Bull. Je suis sûr que Skylar préférerait choisir son propre repas. Je ne sais même pas encore ce qu'elle aime et ce qu'elle n'aime pas.

— Tu es allergique à quelque chose ? demanda Julie à Skylar.

— Non.

— Végétarienne ?

— Non.

— Sans gluten, pauvre en glucides, au régime ?

— Non, non et non, continua Skylar avec un sourire.

— Tu es doué, lança Julie à Bull.

Sachant que la femme plus âgée ne bougerait pas du côté de leur table tant qu'ils n'auraient pas commandé, Bull céda.

— Je voudrais une eau, et je prendrai la numéro quatre. Je pense à un numéro dix pour la dame.

— Bon choix. Et pour boire ? demanda Julie en regardant Skylar.

— Un thé glacé, s'il vous plaît.

— J'arrive tout de suite, leur annonça Julie.

Elle ne possédait pas de bloc-notes ou quoi que ce soit d'autre et se retourna pour aller donner ses ordres au cuisinier et préparer leurs boissons.

— Alors, qu'est-ce que tu as commandé pour moi ? s'inté-ressa Skylar.

— Désolé pour ça. Ce n'était peut-être pas une si bonne idée. J'aurais dû t'emmener au Chili, à TGI Fridays ou ailleurs.

Sa main traversa la table et se posa sur la sienne.

— Ça va. C'est super. Je ne suis pas difficile, et je sais que je vais aimer ce que tu as pris pour moi.

— J'ai demandé un gyros avec du tzatziki, et j'ai choisi le philly cheesesteak pour toi.

— Miam, anticipa Skylar. Tu as vraiment mangé tout ce qu'il y a au menu ?

— Oui, lui affirma Bull. Et tout est excellent.

Ils se regardèrent un moment, puis Julie arriva avec leurs boissons.

Après son départ, Bull se pencha de nouveau en avant. Il pouvait observer Skylar pour toujours. Il ne pensait pas qu'il se lasserait un jour d'étudier son visage.

— Demande-moi ce que tu désires, annonça-t-il.

— Quoi ?

— Demande-moi n'importe quoi, répéta-t-il. Je ne veux pas que ce soit bizarre. J'aimerais que tu sentes que tu peux me parler de tout ce qui te fait plaisir.

Elle gloussa.

— Ce qui me fait plaisir ? Qui a dit ça ?

— Je crois que je viens de le faire, lui fit remarquer Bull.

— Bon, alors. Pourquoi les gens t'appellent-ils Bull ? Sandra m'a demandé pourquoi tu avais un nom aussi bizarre, et j'ai dû lui répondre que je ne savais pas. J'ai promis de te poser la question et de lui établir un rapport.

Bull savait qu'il souriait comme un fou à cette question, mais il ne pouvait s'en empêcher. Il n'avait jamais autant souri que lorsqu'il était avec elle. Elle avait une capacité étonnante à le prendre au dépourvu. Il espérait que cela ne changerait jamais.

— J'ai reçu ce surnom quand j'étais dans l'armée. Je suis un bon tireur. Je fais toujours mouche.

Il haussa les épaules.

— Bullseye a fini par devenir Bull, et c'est resté.

— Je suppose que c'est mieux que les raisons que Sandra a proposées.

Après qu'elle lui avoua ce que la petite fille avait suggéré, Bull était d'accord avec elle.

— Maintenant, toi, reprit Skylar.

— Maintenant, quoi ?

— Demande-moi quelque chose. Ce n'est pas comme ça que ces choses-là sont censées se passer ?

— Ces choses-là ? Tu veux dire les rendez-vous ? reformula Bull.

— Oui.

— Eh bien, comme ça fait très longtemps que je n'ai pas eu de rendez-vous, je ne sais pas. Je ne veux pas que ça ressemble à une séance de vingt questions, admit-il.

— Si tu *m'en* poses, je me sentirai mieux pour *t'en* poser, rebondit Skylar.

— As-tu toujours voulu être professeure ? interrogea-t-il immédiatement, ne souhaitant pas qu'elle soit mal à l'aise une seule seconde.

Et avec cela, la glace fut brisée. Julie leur apporta leur repas, et pendant qu'ils mangeaient, ils répondaient à un interrogatoire réciproque, apprenant à se connaître... Et plus Bull en découvrait sur Skylar, plus il était mal à l'aise.

Elle était drôle, jolie, terre à terre, et ne semblait pas avoir de vices dangereux. Il ne trouvait rien qui ne l'intriguait pas.

De son côté, Bull lui cachait un énorme secret. Cela ne lui plaisait pas, mais il ne pouvait pas lui avouer que lui et ses amis étaient des tueurs à gages. Il avait le mauvais pressentiment que c'était le seul élément qui pouvait mettre fin à leur relation. Et il ne voulait surtout pas tout gâcher au moment où tout semblait aller si bien.

Finalement, il décida de lui dissimuler ce pan de sa personnalité jusqu'à ce qu'il fût plus sûr que les choses fonctionnaient entre eux. Qui sait, dans une semaine ou deux, ou quelques mois, ils pourraient découvrir qu'ils n'étaient pas aussi compatibles qu'ils le semblaient en ce moment. Ce n'était pas parce qu'il ne trouvait rien qui lui donnait envie de courir dans la direction opposée qu'une relation à long terme était garantie.

Il n'était pas nécessaire de lui avouer ce qu'il pensait être son véritable but dans la vie... pour le moment.

— J'ai hâte de rencontrer tes amis. Ils ont l'air hilarants. Tu peux m'en dévoiler plus sur eux ? demanda Skylar.

Bull but une longue gorgée d'eau pour faire passer le reste de son gyros avant de s'asseoir.

— Kellan, aussi connu sous le nom d'Eagle, a le même âge que moi, et nous sommes complètement opposés physiquement. Avec ses cheveux blonds et ses yeux bleus, il ressemble plus à un surfeur, tandis que moi, je tiens davantage de l'un des serviteurs de Dark Vador.

— C'est vrai que tu as l'air d'un mauvais garçon, renchérit Skylar avec un sourire. Mais les femmes ne sont pas attirées par ce genre de types ?

— Je ne sais pas, c'est le cas ? demanda Bull.

— Celle-là semble l'être, confia Skylar un peu timidement.

Ils restèrent assis à se fixer dans les yeux pendant un moment avant que Bull ne poursuive la description de ses amis.

— Eagle a la capacité unique de reconnaître n'importe qui après l'avoir rencontré ou vu en photo une seule fois. C'est vraiment troublant.

— Ouah, c'est incroyable ! Je parie qu'il serait génial dans une séance d'identification ou comme témoin d'un crime.

Elle ne savait pas à quel point elle avait raison. Bull continua.

— Smoke – dont le vrai nom est Mark – a 38 ans, et quand tu le rencontreras, tu comprendras son surnom. Il est tout à fait dans la moyenne. Avec son mètre quatre-vingt-un, ses cheveux bruns et ses yeux marron indéfinissables, il se fond dans la masse des hommes. Il semble juste disparaître dans la foule.

— Comme une bouffée de fumée, non ? supposa Skylar.

Bull acquiesça.

— Oui. Une seconde, il est là, à côté de toi, et la suivante, il a disparu. Ne joue jamais à cache-cache avec Smoke... tu perdras, prévint Bull en souriant.

— OK. Pas de cache-cache. C'est compris, plaisanta Skylar. Et Gramps ? Je suppose que c'est le plus vieux de la bande ?

— Tu as raison, confirma Bull. Il a 45 ans. Il s'est engagé tard dans l'armée, mais comme il est très difficile à secouer et qu'il reste calme quatre-vingt-dix-neuf pour cent du temps, il a excellé. Avant que tu ne le demandes, son vrai nom est Leonardo. Ses grands-parents sont arrivés du Mexique aux États-Unis et il a grandi à El Paso. Il est fier de son héritage, même si ses parents ne sont pas des Mexicains à part entière. Et tu ne peux pas le rater quand tu rencontreras tout le monde, car il est le plus grand avec son mètre quatre-vingt-dix.

— Oh, mon Dieu ! Je me sens minuscule la plupart du temps, mais parmi vous, les gars, je vais me sentir comme une crevette, gémit Skylar.

— Tu as la taille parfaite, la contredit Bull, tout à fait honnête.

— Merci. Ma mère est petite aussi, elle fait à peu près ma taille, mais mon père mesure presque un mètre quatre-vingts. Il m'a fallu du temps pour admettre que je n'allais pas grandir plus que maintenant. Que je serais petite et trapue toute ma vie.

Bull prit sa main dans la sienne et la regarda fixement dans les yeux.

— Tu n'es pas trapue, affirma-t-il avec un peu trop de fougue. Tu as des courbes. Et crois-moi, les formes, c'est bien. C'est *très* bien.

Skylar se lécha les lèvres, et Bull ne put s'empêcher de suivre le mouvement des yeux. Il dut entreprendre tout ce qu'il pouvait pour ne pas la tirer de l'autre côté de la table et découvrir par lui-même à quel point ces lèvres étaient douces et humides.

— Merci, concéda-t-elle après un moment de chaleur.

— Vous avez terminé ? demanda Rosie à côté d'eux.

Bull sentit Skylar sursauter de surprise, bien qu'il ait su que la femme s'approchait d'eux bien avant qu'elle n'arrive à leur table. C'était l'une des seules raisons pour lesquelles il n'avait pas embrassé Skylar sur-le-champ. Il lui tint la main jusqu'à ce qu'il sente qu'elle s'était calmée, puis il se pencha en arrière et attrapa son portefeuille.

— On a fini, lui confirma-t-il. Tu as notre addition ?

Comme il s'y attendait, Rosie leva les yeux au ciel.

— Tu ne vas pas payer, Bull, gronda-t-elle.

— Rosie...

— Non. C'est hors de question. Toi et Silverstone avez fait plus pour cet endroit que tu ne veux bien l'admettre. Vous nous avez aidés à nous remettre sur pied après l'incendie de la cuisine. Vous avez donné une tonne d'argent pour contribuer à nourrir les sans-abri. Et nous savons tous que toi et tes amis parlez de nous à qui veut bien l'entendre, et la plupart des affaires que nous faisons aujourd'hui sont grâce à vous. Non, tu ne paieras pas ton repas aujourd'hui, ou *n'importe quel* jour.

Bull grogna dans son souffle.

— Et tu ne me fais pas peur avec ces conneries. Dis juste « Merci, Rosie », et prends ta copine pour lui montrer un meilleur endroit que ce taudis, ordonna la femme.

— Ce n'est pas un taudis, protesta Skylar. C'est génial. L'ambiance ici est chaleureuse et réconfortante, et le service était parfait. Julie était attentive, mais pas odieuse. Tu peux être fière de cet endroit.

Rosie rayonna, et Bull sut que Skylar avait une amie pour la vie sans même essayer. Faire l'éloge du restaurant de Rosie revenait à lui déclarer que son bébé était la plus jolie petite fille qu'elle ait jamais vue.

— Bien. Allez-y, pressa Rosie. Et dites aux autres de ramener leurs culs ici. Ça fait trop longtemps qu'ils ne sont pas venus chercher leur dose de Rosie.

— Oui, madame, acquiesça Bull.

Rosie lui lança un clin d'œil, puis se retourna et se dirigea vers le comptoir. Le restaurant était assez fréquenté à présent, et Bull connaissait bien les hommes et les femmes qui y déjeunaient. La plupart étaient des commerçants de la région. Ils étaient capables de reconnaître une bonne chose quand ils la voyaient, et le Rosie's Diner en était définitivement une.

— Tu veux aller à Silverstone, ou tu en as assez de moi ? demanda Bull.

— Oh ! j'ai vraiment envie d'aller à Silverstone, clama Skylar. Tes amis seront là ?

— Probablement.

Bull était certain qu'ils seraient là. Il leur avait annoncé qu'il emmenait Skylar déjeuner et qu'il avait prévu de lui faire visiter Silverstone, et tous trois avaient affirmé qu'ils souhaitaient la rencontrer. Ils étaient curieux de savoir quel genre de femme avait autant attiré l'attention de Bull. Ils avaient chacun eu leur lot de femmes, mais aucune d'entre elles ne s'était approchée d'une relation sérieuse. L'intérêt de Bull pour Skylar les intriguait donc tous.

Il se leva et tendit la main à Skylar. Comme lors de leur première rencontre, des étincelles jaillirent lorsqu'elle mit sa main dans la sienne. Quand elle était debout, Bull fouilla dans son portefeuille et en sortit 50 dollars qu'il posa sur la table comme pourboire pour Julie. C'était son jeu à lui et à Rosie. Elle refusait de lui faire payer le moindre repas, et il faisait un geste aussi généreux que possible. Julie et les autres serveuses avaient bien besoin de cet argent supplémentaire. Toutes les personnes impliquées étaient satisfaites de cet arrangement. Bull parce qu'il avait pu manger un repas exceptionnel, les serveuses parce qu'elles savaient qu'elles recevraient un généreux pourboire, et Rosie parce qu'un employé satisfait signifiait un employé heureux. C'était une situation gagnant-gagnant-gagnant.

Skylar lui sourit quand elle vit ce qu'il avait fait, mais elle n'émit aucun commentaire.

Lorsqu'ils furent de nouveau assis dans sa voiture et en route pour Silverstone, elle dit :

— Merci pour le déjeuner.

— De rien.

— Tu as vraiment réalisé tout ce que Rosie a énoncé ? questionna-t-elle.

Bull haussa les épaules.

— Oui. Mais Eagle, Smoke et Gramps aussi. Je ne vais pas parcourir la ville en jouant les bienfaiteurs tout seul.

Skylar gloussa, et Bull adora entendre ce son.

— Et maintenant, je vais avoir cette image en tête pour le

reste de la journée. Toi en cape et collants, saupoudrant des billets de 100 dollars.

Bull ne put s'empêcher de rire avec elle.

— Je ne suis pas sûr pour les collants, plaisanta-t-il, ce qui fit rire Skylar encore plus.

Elle était tellement occupée à blaguer qu'elle ne s'était pas rendu compte à quel point ils étaient proches de Silverstone.

— C'est ici, lui indiqua Bull alors qu'ils s'approchaient du garage.

Skylar leva la tête et écarquilla les yeux en sursautant.

— Quoi ? s'enquit Bull, inquiet de sa réaction.

— Tu fais secrètement partie d'un gang de motards, n'est-ce pas ? s'exclama-t-elle.

— Quoi ? Non. Pourquoi tu dis ça ?

Skylar lança un geste vers le garage sans prononcer un mot.

Bull observa Silverstone et essaya de voir à travers ses yeux. Puis il eut un petit rire. Cela ressemblait en effet à une enceinte... qu'un club de motards pourrait utiliser pour ses activités néfastes.

— Attends de découvrir l'intérieur, rassura-t-il, puis il s'approcha de la clôture de la propriété, surmontée de fils barbelés, pour entrer un code dans le système de sécurité.

Il attendit que le portail s'ouvre avant de s'engager à l'intérieur.

6

————————

Skylar ne pouvait détacher son regard du désastre qui se déroulait devant elle. Elle avait eu l'impression que Bull et ses amis se débrouillaient plutôt bien. Avec tout ce qu'il avait dit sur les multiples dépanneuses que possédait Silverstone, la réputation de la société, la façon dont Rosie avait parlé de son bénévolat, et puis ce généreux pourboire, elle avait pensé que ses affaires semblaient prospères.

Mais ce qu'elle voyait était tout sauf ça.

Il ne s'agissait pas seulement de la formidable clôture qui entourait le grand terrain, mais aussi des mauvaises herbes et du gazon mal entretenu qui poussaient autour des différents bâtiments. C'était la peinture écaillée sur les garages. Les bâtiments austères en parpaings qui abritaient probablement les dépanneuses lorsqu'elles n'étaient pas utilisées n'aidaient pas non plus.

Un grand panneau proclamait que l'entreprise était **SILVERSTONE TOWING,** au-dessus de ce qu'elle supposait être l'édifice principal. Le deuxième S de Silverstone était tordu et semblait sur le point de tomber de l'enseigne. Il y avait une moto garée au hasard devant la porte d'entrée, mais elle ne vit aucune autre voiture. Elle supposa que les véhicules des employés étaient garés à l'arrière des bâtiments.

— C'est... grand, déclara-t-elle diplomatiquement.

Elle savait que Carson se moquait d'elle, mais elle ne pouvait rien faire pour empêcher la surprise de se manifester. Elle voulait paraître impressionnée par son entreprise, mais il était difficile de concilier ce qui semblait être un établissement délabré et sommaire avec tout ce qu'elle avait entendu sur Silverstone Towing jusqu'à présent.

Carson gara sa voiture à côté de la moto et coupa le moteur. Il se tourna vers elle.

— Tu m'as fait confiance pour commander le déjeuner pour toi. Ne peux-tu pas me faire confiance aussi maintenant ?

Skylar fit de son mieux pour lui offrir un sourire rassurant.

— Bien sûr.

Mais Carson vit manifestement clair dans sa bravade.

— Je sais que ça semble mauvais. Mais regarde autour de toi. Tu remarques le quartier dans lequel nous sommes ?

Skylar tourna la tête pour voir au-delà de la clôture et des constructions et comprit ce qu'il voulait dire. Son école n'était pas dans la meilleure partie de la ville, mais elle ressemblait à un paradis en comparaison avec l'endroit où ils se trouvaient maintenant. Il y avait une station-service abandonnée de l'autre côté de la rue, dont les pompes avaient été enlevées depuis longtemps. Le verre était cassé et les murs étaient couverts de graffitis.

— Nous ne l'avons pas mis en faillite, si c'est ta crainte, déclara Carson. Il était déjà abandonné lorsque nous avons emménagé il y a cinq ans. Tout comme les deux commerces situés de part et d'autre de ce bâtiment principal. Nous avons acheté les terrains, posé la clôture, construit les nouveaux garages pour abriter nos dépanneuses, et nous sommes là aujourd'hui.

Skylar acquiesça et tenta de mettre de côté sa première impression et d'observer autour d'elle une fois de plus. Maintenant qu'elle savait que les grands garages n'avaient que quelques années, elle pouvait constater qu'ils avaient l'air assez solides. Ils étaient fabriqués avec des parpaings et n'étaient pas peints, mais elle pouvait remarquer de gros verrous argentés sur les portes coulissantes ainsi que sur la porte du côté du bâtiment le plus proche. Il n'y avait pas de graffiti de ce côté de la clôture... et il y avait ce panneau de sécurité où Bull devait pianoter des chiffres avant de pouvoir entrer. Et il avait tapé *beaucoup* de chiffres. Au moins dix. Ce serait presque impossible à violer pour quiconque se promènerait par là et essaierait de passer la barrière entourant la propriété.

Skylar comprit qu'elle avait été extrêmement impolie et qu'elle avait tiré des conclusions hâtives. Elle avait fait ce qu'elle détestait le plus – juger Silverstone en se basant sur ce qu'elle apercevait à l'extérieur plutôt que sur ce qu'il y avait à l'intérieur.

— Je suis désolée, murmura-t-elle.

— Tu n'as pas à être désolée, contra Carson fermement. Tu as remarqué exactement ce que nous voulions que tu voies. Une entreprise délabrée et merdique... dans laquelle aucune personne saine d'esprit ne voudrait s'introduire.

Soudain, tout ce qu'elle observait prenait sens.

— Merde, souffla Skylar. C'est comme la voiture que Stan m'a prêtée. C'est ingénieux.

— C'était l'idée de Smoke. Cet endroit appartenait autrefois à son grand-père avant que son oncle n'en hérite. C'était un vrai garage, comme celui de Stan. Mais il est resté vide pendant un moment, et quand on a quitté l'armée, on a décidé d'en faire quelque chose. Comme aucun de nous ne s'y connaît en réparation de voitures, on a dû modifier un peu le plan d'affaires. Et... voilà. Silverstone Towing est née. L'emplacement est en fait parfait, puisque nous sommes proches de la 465 et de la I-65 et que nous pouvons aussi nous rendre facilement en ville. C'est un bon point d'ancrage, et les clients se fichent de savoir où nous sommes situés... Ce qui compte, c'est que nous puissions les rejoindre le plus rapidement possible.

— Très vrai.

— Allez, insista Carson. J'ai hâte de te montrer l'intérieur.

— Je suppose que ça ne correspond pas à l'extérieur ? imagina-t-elle.

— Viens voir par toi-même.

Il était déjà devant sa portière lorsqu'elle sortit de la voiture, et elle se pencha légèrement vers lui lorsque sa paume se posa sur le bas de son dos. Skylar aima la sensation de sa main. Ses doigts semblaient couvrir toute la zone au creux de ses reins. La chaleur de sa main s'infiltrait dans sa chemise, lui donnant envie qu'il la touche peau contre peau.

Secouant la tête, elle fit de son mieux pour se ressaisir alors que Carson la contournait et tapait un autre code dans le boîtier à côté de la porte. Après un clic, il l'ouvrit et lui tint la porte.

— Après toi.

Prenant une profonde inspiration, Skylar entra.

La pièce dans laquelle elle pénétra était indescriptible et ordinaire. Il y avait un canapé abîmé le long d'un mur et quelques chaises à l'aspect dur. En jetant un coup d'œil aux magazines sur la seule table de la salle, Skylar constata qu'ils étaient vieux de quelques années. Elle se tourna vers Carson et leva un sourcil.

Il sourit, mais ne prononça rien. Il se dirigea vers une porte au fond de l'enceinte et saisit une nouvelle série de chiffres sur un autre clavier. La porte s'ouvrit et, une fois de plus, il lui fit signe d'entrer.

— Pourquoi ai-je l'impression d'être une mouche invitée dans le salon de l'araignée ? plaisanta Skylar.

Elle sursauta lorsque Carson éclata de rire.

Elle ne pouvait que le dévisager avec incrédulité. Il avait ri. *Vraiment* ri. Tout haut. Et c'était glorieux.

— Je pense que tu seras agréablement surprise par ce qui se trouve de l'autre côté de cette porte.

Sachant qu'elle ferait tout ce qu'il lui demanderait tant qu'il continuerait à lui sourire, Skylar passa devant Carson et s'introduisit dans un petit foyer. Mais c'était ce qui se trouvait au-delà de celui-ci qui lui fit ouvrir la bouche en signe de choc.

— Putain de merde !

— Je t'avais prévenue, insinua Carson avec suffisance. Viens, laisse-moi te faire visiter.

Skylar ignorait où regarder en premier. C'était comme si elle s'était engagée dans une maison de plusieurs millions de dollars. Les sols étaient en bois dur, et les canapés en cuir semblaient extrêmement confortables. Il y avait une énorme télévision au mur et une photo géante d'un garage avec un panneau SILVERSTONE le long de la route. Elle supposa que c'était l'ancien garage avant que l'ami de Carson, Smoke, ne le fasse revivre.

Mais c'était la cuisine du chef sur un côté de la pièce qui la rendit vraiment bouche bée. Appareils électroménagers en acier inoxydable, comptoirs en granit... tout était haut de gamme. Une fois qu'elle avait compris que l'extérieur de l'entreprise était volontairement négligé, elle s'attendait à voir quelque chose de joli à l'intérieur, mais cela dépassait son imagination.

— C'est la salle principale, lui révéla Carson.

Il s'approcha, redressa un oreiller sur le canapé et ramassa un verre vide posé sur la table basse.

— Quand nos employés ne sont pas envoyés sur le terrain, ils traînent parfois ici. Leurs quarts sont de huit heures, et ils sont invités à regarder ce qu'ils veulent, à se servir dans la cuisine. J'aimerais dire que les fourneaux sont bien sollicités, mais malheureusement, ce n'est pas le cas, confirma-t-il en reniflant. De qui je me moque ? Aucun de nous ne sait vraiment cuisiner, alors nous mangeons beaucoup de sandwiches et de plats surgelés. Viens, il y a d'autres choses à voir, annonça-t-il en faisant un geste de la tête vers un couloir.

Skylar le suivit dans un état second. Encore ?

— En bas, il y a les petites pièces que nous avons ajoutées. Certaines ont des lits, d'autres sont équipées de PlayStation et de Xbox. Cela donne à chacun la possibilité de dormir s'il en a besoin ou de se divertir en jouant à un jeu. Lorsque nous avons ouvert, ces pièces étaient beaucoup plus utilisées que maintenant. Nous n'étions pas aussi occupés à l'époque, se rappela Carson en haussant les épaules. Au bout du couloir se trouve la salle des répartitions. Je ne suis pas sûr de savoir qui y travaille aujourd'hui, mais je veux te présenter.

La tête de Skylar tournait. Elle jeta un coup d'œil à l'intérieur d'une des petites pièces et vit que ce n'était pas une installation d'occasion. Il y avait une autre grande télévision, bien que pas aussi impressionnante que celle de la pièce principale, un fauteuil en cuir, ainsi qu'une petite causeuse. C'était un peu plus désordonné que la vaste salle. Elle pouvait apercevoir une tasse et quelques emballages de nourriture, mais ce n'était en aucun cas une porcherie.

Carson ouvrit la porte au bout du couloir et se mit en retrait pour la laisser passer. Un bureau était installé sur la droite, face à une large fenêtre, et la lumière du soleil ruisselait à l'intérieur. Une femme était assise devant trois grands écrans d'ordinateur, et, quand elle les entendit entrer, elle se retourna pour les accueillir.

— Bull ! Hé ! Je ne t'attendais pas aujourd'hui. Tout va bien ? s'enquit-elle.

— Tout va bien. Skylar, voici Leigh Coleman. Leigh, voici mon amie Skylar.

— Salut ! lança Leigh joyeusement avant de se lever et de tendre sa main.

Skylar la serra, un peu surprise par l'amabilité de l'autre femme. Ce n'était pas qu'elle pensait qu'elle serait méchante ou particulièrement grincheuse, mais c'était un beau samedi, et elle était coincée derrière un ordinateur.

— Comment ça se passe ? demanda Carson.

— Chargé comme d'habitude, déclara Leigh en se rasseyant. J'ai huit camions dehors, mais jusqu'à présent, nous ne sommes pas bloqués, ce qui est bien. Bart et Thomas sont en pause et reprennent le service dans une trentaine de minutes. Christine termine un ADC ; Rob vient de quitter la fourrière de la police et se dirige vers un pneu crevé sur la I-65 ; José a envoyé un message radio pour annoncer qu'il déposait une femme et sa fille chez elles – qu'il a récupérées sur le côté est – après avoir déposé leur voiture chez le concessionnaire Ford ; et Shane vient d'arriver sur les lieux d'un conducteur suspendu.

La tête de Skylar tourna avec toutes les informations que Leigh lui avait données. Elle ignorait ce qu'était un ADC et n'avait aucune idée de la manière dont elle gardait tout en ordre.

À ce moment-là, la radio se mit en marche, Leigh leur fit un petit sourire et se retourna vers l'ordinateur.

— Ouah, réagit Skylar en regardant Carson.

— Un bon répartiteur est au fait d'où se trouvent ses hommes à tout moment. Nous avons des traceurs dans chacun des camions, par sécurité, mais les choses peuvent déraper en quelques secondes, et si elle doit appeler à l'aide, elle doit savoir exactement où elle envoie les flics.

— Est-ce que les choses tournent mal souvent ? fit Skylar.

— Pas vraiment, trancha Carson avec un haussement d'épaules nonchalant, mais cela ne la rassura pas.

— Elle a l'air assez satisfaite de ce qu'elle fait, observa-t-elle tranquillement après un moment.

— Les chauffeurs font des allers-retours au dispatching, lui précisa Carson. Personne n'y échappe. Cela fait partie de la vie d'un conducteur de Silverstone. Il y a eu des réticences au début, mais après un certain temps, ils ont compris. Être derrière la radio fait d'eux de meilleurs chauffeurs. Et leur travail ici les rend plus patients lorsqu'ils sont au volant. C'est une situation idéale.

— Des quarts de huit heures, des pauses, ce bâtiment incroyable... Il semble que ce soit un bon endroit pour bosser, commenta Skylar plus pour elle-même que pour Carson.

Mais ce fut Leigh qui répondit.

— C'est le *meilleur* endroit où j'aie jamais travaillé.

Elle se retourna sur son siège et leur fit face de nouveau.

— Bull, Eagle, Smoke et Gramps se soucient vraiment de leurs employés. Nous ne sommes pas juste un autre nom sur un bout de papier pour eux. Ils connaissent tout de nous. N'est-ce pas, Bull ?

Il sourit.

— Comment s'est passé le contrôle de mathématiques de Larry cette semaine ?

Leigh leva les deux sourcils vers Skylar, comme pour signifier : « Tu vois ? ». Puis elle enchaîna :

— Il l'a réussi haut la main, grâce à ton tutorat de l'autre jour.

Puis elle se retourna vers Skylar.

— Grâce à mon travail ici, j'ai pu emménager dans un appartement plus sûr. Le salaire est bien plus élevé que tout ce que j'ai pu trouver sans diplôme d'études secondaires. J'ai un plan d'épargne retraite, les congés payés, les repas gratuits pendant mon service et des patrons qui en ont quelque chose à foutre. Certaines personnes pourraient me mépriser parce que je suis chauffeur de dépanneuse, mais je serai reconnaissante chaque jour de ma vie d'avoir été engagée ici.

Skylar pouvait constater que Leigh pensait chaque mot qui sortait de sa bouche. Carson n'avait pas organisé ça. Il n'avait pas prévu qu'elle dise tout le bien qu'elle pensait de son entreprise. Elle était sincèrement reconnaissante de travailler ici... et ça se voyait.

— C'est génial, claironna Skylar.

— Désolée, s'excusa Leigh avec une grimace. J'ai tendance à exagérer quand je parle de Silverstone. Je suis juste navrée pour tous ceux qui bossent comme des fous pour un salaire de merde et qui ne sont pas respectés. Comme la maîtresse de mon fils, par exemple. Elle arrive à l'école à 6 heures du matin et ne part que vers 6 heures du soir. Elle doit faire face à des enfants ingrats et des parents peu coopératifs toute la journée. Je gagne au moins dix mille dollars de plus qu'elle par an, *et* je ne travaille que huit heures par jour avec une tonne d'avantages supplémentaires.

Skylar se sentit mal à l'aise.

— Leigh, prévint Carson.

— Je débats simplement, poursuivit Leigh sans se soucier de la gêne de Skylar. Les enseignants ne sont qu'un exemple. Les parents d'un des amis de Larry sont assistants administratifs à l'IUPUI, et je gagne même plus qu'eux. Elle a un diplôme universitaire ! Je ne peux m'empêcher de jubiler un peu à l'idée que quelqu'un comme moi, qui travaillait comme serveuse dans un bar de merde, qui arrivait à peine à s'en sortir et qui ne voyait jamais mon fils, a maintenant un putain de système d'épargne et de la stabilité. Le turnover ici à Silverstone est de zéro. Aucune personne engagée ne partirait si elle le pouvait.

— Skylar est une enseignante, l'interrompit Carson sans ambages.

Le visage de Leigh perdit toute couleur.

— Oh, merde ! Je suis désolée. Je ne voulais rien dire de tout ça. J'insinuais juste que vous travaillez comme des fous et que vous devriez être mieux payés...

— C'est bon, lui répondit Skylar, qui se sentait mal que *l'autre* femme se sente mal. Je savais ce que vous aviez l'intention de faire comprendre.

— Je souhaitais juste vous expliquer que Bull est un type bien. Le meilleur. Et ses amis le sont aussi. Ils ont changé ma vie pour le mieux. Je ne m'y suis pas prise de la bonne façon, mais ma famille et mes amis m'emmerdent tout le temps en ne comprenant pas pourquoi je travaille ici au lieu d'essayer d'avoir un « vrai » boulot – ce sont leurs mots, pas les miens.

Juste à ce moment-là, la radio crépita de nouveau, et Leigh se retourna pour faire son travail.

— Viens, invita Carson.

Skylar le laissa la guider hors de la pièce.

— C'était un plaisir de vous rencontrer, appela-t-elle doucement avant que la porte ne se referme derrière elle.

Leigh leva la main en signe de reconnaissance, mais comme elle était encore aux prises avec le chauffeur à qui elle parlait, elle ne répondit pas verbalement.

Carson l'arrêta lorsqu'ils étaient devant la porte.

— Ça va ? s'enquit-il.

Skylar leva les yeux vers lui avec surprise.

— Oui, pourquoi ?

— Eh bien, mon employée vient de t'insulter à mort.

— Non, ce n'est pas ce qu'elle a fait, protesta Skylar. Elle était juste honnête. Elle aime travailler ici, et il est évident que vous vous souciez de vos employés. Je ne peux pas me sentir offensée par ça. Peut-être que je devrais postuler pour travailler à Silverstone, ajouta-t-elle en souriant.

— Non, contra Carson avec sérieux, et, pendant une seconde, Skylar *se sentit* offusquée par sa réponse rapide.

Mais ensuite, il continua.

— Tu es exactement là où tu dois être. Tu es une bonne professeure. Tu te *soucies* de tes élèves. Et la plupart d'entre eux ont besoin de ce genre d'attention. Tu passes plus de temps avec eux que leurs parents... sans vouloir les dénigrer ; il peut être difficile de gagner assez d'argent pour élever un enfant. Ça m'agace simplement que la société ne reconnaisse pas la valeur des enseignants. Vous devriez gagner deux fois plus. Peut-être que si les États commençaient à payer leurs éducateurs comme ils le devraient, les résultats des tests augmenteraient, nous pourrions garder les bons professeurs dans les salles de classe, et nos jeunes seraient plus respectueux et reconnaissants d'aller à l'école en premier lieu.

Skylar eut envie de pleurer en entendant ses mots. Elle avait depuis longtemps accepté que son travail ne soit pas reconnu à sa juste valeur. Elle s'était fait engueuler par des parents pour avoir osé leur demander de faire la lecture à leurs enfants. On lui avait rétorqué qu'elle n'honorait pas ses prérogatives lorsqu'un élève échouait à un test, alors qu'elle s'était pliée en quatre pour essayer de l'aider à apprendre. Et elle s'était même fait cracher dessus une fois ou deux par des pères en colère.

Mais au fond, elle adorait ce qu'elle faisait. Elle était reconnaissante de voir les petits visages heureux de la retrouver chaque matin. Elle appréciait ce moment où un enfant « comprenait » ce qu'elle lui enseignait. Elle aimait entendre les rires et la joie quand ses élèves jouaient. Oui, son salaire était minable. Oui, il y avait beaucoup de maux de tête dans son travail, et elle travaillait de longues heures. Mais Carson avait raison, elle avait l'impression d'être là où elle devait être.

— Merci, dit-elle sincèrement.

— Tu veux voir le reste de l'endroit et rencontrer mes amis ? Ou je peux te ramener chez toi...

— Il y en a encore ? questionna Skylar, surprise.

Une fois de plus, elle fut récompensée par le sourire de ses lèvres.

— Nous avons un sous-sol aménagé. C'est aussi un endroit où les employés peuvent aller si ça se passe mal dehors.

Les yeux de Skylar devinrent énormes.

— Ont-ils déjà eu besoin de l'utiliser ?

— Une fois, lui révéla Carson. Il y a eu une fusillade en bas de la rue dans des appartements. Les flics sont arrivés. Ça a dégénéré. Les trois employés qui étaient ici sont descendus juste au cas où. Il s'est avéré que rien n'est arrivé, mais je me sens mieux en sachant qu'ils ont un lieu sûr si les choses tournent mal.

— Je suis certaine qu'eux aussi, dit simplement Skylar.

Carson n'avait pas bougé, et elle pouvait sentir le savon qu'il avait utilisé dans la douche ce matin-là. Il la dominait, et Skylar ne désirait rien d'autre que de poser son front contre sa poitrine et de se pencher sur lui. Mais comme il ne lui avait pas encore tenu la main, se blottir contre lui semblait un peu précipité.

Comme s'il pouvait lire dans ses pensées, la main de Carson effleura son bras et se posa sur sa nuque. Il la massa doucement à cet endroit, ce qui donna à Skylar l'envie de se fondre dans une flaque à ses pieds. Elle ferma les yeux et laissa aller sous ses caresses.

— Tu te sens bien ?

Elle hocha la tête.

— Tu es tendue, marmonna-t-il.

— Ça a été une longue semaine, confirma-t-elle.

— Que ferais-tu aujourd'hui si tu ne traînais pas avec moi ? l'interrogea-t-il. C'est quoi un samedi typique pour toi ?

— Je fais la grasse matinée, puis je fais des courses avant que tous les fous ne soient de sortie. Ensuite, j'aurais probablement flâné un peu dans mon appartement, regardé la télévision ou lu un livre. Je parle généralement à mes parents au moins une fois le week-end, et parfois je vais les voir à Carmel. Dans ce cas, je dîne avec eux. Sinon, je me prépare quelque chose, je me blottis sous une couverture et je me détends. Le dimanche soir, je travaille sur mes plans de cours pour la semaine.

— Je suis désolé d'avoir perturbé ta routine.

Skylar ouvrit les yeux et leva la tête, consciente qu'il n'avait pas lâché sa main de sa nuque.

— Ne sois pas désolé. J'ai 32 ans, et ma vie est ennuyeuse. Je préfère être ici avec toi, voir où tu travailles et rencontrer tes amis, plutôt que d'aller à l'épicerie acheter trop de cochonneries et penser à regarder *Live PD* ensuite.

Ils s'observèrent pendant un long moment. Puis la tête de Carson s'abaissa d'un centimètre.

Le cœur de Skylar s'arrêta de battre dans sa poitrine. Allait-il l'embrasser ? *S'il vous plaît, faites qu'il soit sur le point de m'embrasser.*

— Sky ? chuchota-t-il.

— Oui, répondit-elle avec empressement, lui donnant l'autorisation de faire tout ce qu'il voulait.

Elle se mit sur la pointe des pieds pour montrer qu'elle était tout à fait d'accord pour ça.

Ses lèvres effleurèrent les siennes une fois dans une douce caresse. Pour un homme aussi grand, il était extrêmement prudent avec elle. Skylar en voulait plus. Cela faisait très longtemps qu'elle n'avait pas désiré quelqu'un comme c'était le cas avec Carson. Elle était peut-être petite, mais elle n'allait pas céder.

Remontant sa propre main, elle toucha sa nuque, savourant la sensation de ses cheveux courts contre sa peau, et le poussa à se rapprocher.

Il comprit le message, inclinant la tête et mordillant sa lèvre inférieure. Skylar sursauta, et il en profita pour introduire sa langue dans sa bouche.

Gémissant maintenant, elle approfondit le baiser.

Skylar n'avait aucune idée du temps qu'ils passèrent à s'embrasser à l'extérieur de la salle d'expédition, mais lorsque Carson décolla finalement son visage du sien, sa poitrine se soulevait et elle se sentait presque étourdie.

Carson Rhodes savait embrasser. *Putain*, il savait.

Passant la langue sur ses lèvres, Skylar s'amusa de constater que ses yeux suivaient le mouvement. Son pouce effleura la peau sensible de son cou, et Skylar se rendit compte que, pendant qu'ils s'embrassaient, elle s'était collée à sa poitrine. Ou peut-être l'avait-il attirée là. Elle ne savait pas, et elle s'en fichait.

Une de ses mains était derrière sa tête, l'autre était plaquée contre ses pectoraux. Il lui palpait toujours la nuque, et son autre main était sur le bas de son dos, ses doigts se posant juste sur le haut de ses fesses.

En prenant une profonde inspiration, Skylar ne pouvait que *le* sentir. Elle était tellement excitée, et tout ce qu'elle pouvait faire, c'était regarder Carson.

— Nous devons nous arrêter, lui annonça-t-il après un moment.

— Pourquoi ? lâcha-t-elle sans réfléchir, puis elle rougit en voyant à quel point elle semblait impatiente.

Carson passa le bout de ses doigts sur sa joue.

— Parce que Silverstone possède des caméras. Eagle, Smoke et Gramps sont probablement en train de regarder et de juger ma performance. La dernière chose que je voudrais faire est de t'embarrasser.

— Oh ! s'étonna Skylar, sans vraiment se soucier du fait que ses amis venaient probablement de regarder Carson l'embrasser.

— Oui, oh, réagit sérieusement Carson. Au cas où j'oublierais de le dire plus tard, j'ai passé un très bon moment lors de notre rendez-vous. Et je veux sortir de nouveau avec toi.

— OK, lui répondit-elle sans hésiter.

— Putain, lança Carson.

Skylar n'avait aucune idée de ce qu'il voulait dire, mais comme il ne semblait pas fâché contre elle, elle n'y réfléchit pas davantage.

Aucun des deux n'avait bougé. Ils restèrent juste enveloppés l'un dans l'autre dans le couloir.

7

Merde ! Bull se disait qu'il tenait Skylar dans ses bras. Elle était parfaitement à sa place. Il pouvait sentir ses seins contre sa poitrine, et elle s'était ouverte à lui avec tant de confiance qu'il avait envie de la jeter par terre et de la prendre là, dans le couloir.

Sa réaction innocente à son baiser n'avait fait qu'accentuer leurs différences. Comment cela allait-il fonctionner ? Elle était institutrice en maternelle, bordel de merde. Et il était...

Qu'est-ce qu'il était ? Copropriétaire d'une entreprise florissante, oui, mais en fin de compte, c'était un tueur à gages. Il avait plus de sang sur les mains qu'il ne pourrait jamais en laver. Il était la faucheuse, et elle, un ange innocent et magnifique.

Et tout ce à quoi il pouvait penser était de la faire sienne.

Ça ne marcherait jamais. Il devrait en finir tout de suite.

Mais Skylar posa sa joue sur sa poitrine et soupira de contentement, et il était fichu. Ses doigts s'enroulèrent dans sa chemise, comme si elle essayait de s'accrocher à lui, et il savait qu'il n'allait pas reculer devant ça. Il allait prendre tout ce qu'elle lui offrait, et quand le moment viendrait de lui avouer ce que lui et ses amis faisaient – et il le lui *dirait* –, avec un peu de chance, elle serait tellement amoureuse de lui que ça n'aurait pas d'importance. Elle accepterait qui il était, et ils vivraient heureux pour toujours.

Putain, Bull jura encore. Bon sang, il était en train d'organiser leur mariage dans sa tête dès leur premier rendez-vous. C'était un idiot. Il allait probablement faire une connerie avant qu'ils ne s'engagent trop profondément dans la relation, et ce serait fini.

— Carson ? l'interpella-t-elle timidement.

Il savait qu'il était resté silencieux trop longtemps et qu'ils devaient descendre où ses amis attendaient certainement avec impatience.

— Oui ?

— Tu es un homme bon.

Ses mots touchèrent une corde sensible. Il ne l'était pas vraiment. Mais il essayait de compenser ce qu'il accomplissait en aidant les autres autant que possible. Il ne pensait pas pouvoir effacer son ardoise suffisamment pour être qualifié de *bon*, mais il faisait ce qu'il pouvait.

— Si nous ne descendons pas, Eagle va probablement venir nous chercher, prévint-il en détournant facilement ses paroles.

Bull se retira et son estomac se serra à cause du courant d'air froid qui passait sur son corps, là où elle s'était blottie contre lui. Il laissa tomber ses bras, mais attrapa sa main. Il sourit, la lui serra et se tourna vers la porte voisine qui menait au rez-de-chaussée.

Ils descendirent la cage d'escalier ordinaire, passèrent une lourde porte de sécurité en acier et entrèrent dans le niveau inférieur de Silverstone. Il y avait des tables de ping-pong et de baby-foot, un flipper, un jeu vidéo vintage *Pac-Man* et quelques chaises confortables autour de l'espace.

Eagle, Smoke et Gramps étaient assis à une table et jouaient au gin rami. Bull l'encouragea à se diriger vers ses amis, et ils se mirent tous debout, attendant patiemment qu'il leur fasse faire connaissance.

— Skylar, j'aimerais te présenter mes meilleurs amis. Voici Eagle, Smoke, et Gramps.

Elle leur serra la main à tour de rôle.

— C'est très agréable de vous rencontrer tous.

Elle observa Gramps.

— Je pense que tu as tiré la courte paille quand il s'est agi des surnoms. La *dernière* chose à laquelle je pense quand je te regarde, c'est *vieillard*.

La glace fut brisée, et tout le monde éclata de rire.

Gramps l'attrapa et la pencha en arrière sur son bras.

— Enfuis-toi avec moi, Miss Skylar. Je peux m'occuper de toi bien mieux que ne le peut ce jeune freluquet.

Bull craignit un instant que Skylar ne panique ou ne se sente mal à l'aise d'être malmenée par son ami, mais il se détendit lorsqu'elle roula des yeux et lui donna une tape sur le bras.

— J'aimerais bien, mais j'ai peur que tu sois simplement trop grand pour moi.

Gramps ricana et redressa Skylar. Il faisait au moins trente centimètres de plus qu'elle, et elle avait l'air toute petite à côté de lui.

— Bon sang, lâcha Gramps de façon théâtrale.

Bull n'hésita pas à réclamer Skylar. Il passa son bras autour de sa taille et l'attira à ses côtés. À son grand soulagement, elle l'entoura immédiatement de son bras et lui donna un peu de son poids en retour.

— Qu'y a-t-il derrière cette porte ? demanda-t-elle en désignant le petit couloir.

Bull se crispa, mais fit de son mieux pour garder un ton décontracté.

— Une autre salle de bains, un débarras, un placard, des choses comme ça.

Ce qu'il n'avait pas révélé, c'était que l'espace situé tout au bout était une pièce sécurisée protégée par une serrure biométrique. C'était là que lui et son équipe effectuaient des recherches et discutaient des missions qu'ils accomplissaient. Il faisait confiance à Skylar, mais un premier rendez-vous n'était ni le lieu ni le moment pour le lui annoncer.

— Cool, lança-t-elle avec un hochement de tête.

— Tu joues au rami ? demanda Eagle, ramenant son attention sur eux.

— Je ne fais pas qu'y jouer, lui précisa Skylar. Je suis pratiquement une pro.

— Une pro, hein ? répéta Eagle en tirant une chaise de la table. Il faut que je voie ça.

Les autres rirent et Bull sourit.

— Tu veux boire quelque chose ? proposa-t-il avant de s'asseoir.

— Non, ça va, lui répondit-elle. Je suis prête à botter des fesses au gin rami.

Une heure plus tard, Bull savait qu'il avait un sourire stupide, mais il ne pouvait pas s'en empêcher. Il avait espéré que ses amis sympathiseraient avec Skylar, et non seulement ils s'entendaient bien, mais c'était comme s'ils s'étaient connus toute leur vie. Elle leur *bottait* les fesses au jeu de cartes et s'en réjouissait de plus en plus à chaque main qu'elle jouait.

— Comment peux-tu être aussi bonne ? se plaignit Eagle.

Skylar sourit et posa quatre huit. Bull grimaça intérieurement. Il avait espéré obtenir un huit pour compléter les six, sept et neuf qu'il tenait dans sa propre main. Merde.

— Mon père m'a appris le rami quand j'avais 9 ans, s'adressa-t-elle à Eagle avec un sourire. Nous jouons chaque fois que nous nous réunissons. Plus personne d'autre dans la famille n'aime nous affronter.

— Je comprends pourquoi, grogna Smoke.

Il posa trois deux et les regarda d'un air renfrogné.

— Bull a dit que tu avais grandi à Carmel, commenta Gramps alors que le jeu continuait.

— C'est exact.

— Que font tes parents ? questionna-t-il.

Bull savait que la question n'était pas aussi innocente qu'elle pouvait paraître. Il jeta un regard d'avertissement à Gramps, mais son ami l'ignora.

— Mon père est le directeur financier d'ADESA, et ma mère a pris sa retraite cette année à Assembly Biosciences.

Smoke siffla.

— Ouah ! Impressionnant.

Skylar haussa les épaules en guise de réponse.

— C'est vrai. Mais pour moi, ils ont toujours été simplement papa et maman.

— On a acheté un de nos camions à ADESA, révéla Smoke. Leurs ventes aux enchères de véhicules sont bien gérées, et ils cèdent à des prix raisonnables. Nous n'avons pas eu de problèmes avec ce camion non plus. C'est appréciable.

— Mon père n'est pas impliqué dans les ventes aux enchères, en soi, précisa Skylar. C'est juste le gars qui s'occupe de l'argent.

— Que faisait ta mère à Assembly Biosciences ?

— Elle n'était pas une scientifique, donc ne t'excite pas trop. Elle travaillait dans leur secteur de collecte de fonds. Elle aidait à trouver des sponsors et à organiser leurs galas, leurs fêtes et autres. Elle est heureuse de pouvoir rester à la maison, même si papa se plaint qu'elle passe tout son temps à essayer de planifier sa vie maintenant. Ils prévoient plus de réunions avec leurs amis que jamais auparavant, simplement parce que maman a besoin de faire quelque chose.

Lorsque ce fut de nouveau le tour de Skylar, elle prit une carte sur le dessus de la pile, puis sourit largement.

Elle posa son jeu et annonça avec un rictus :

— Gin.

— Putain, grogna Smoke.

— Zut, râla Eagle.

— Merde ! jura Gramps.

Bull se contenta de sourire et jeta ses cartes au centre de la table. Il aimait voir la lueur de joie dans les yeux de Skylar. Elle les avait battus pour la troisième fois, à la loyale.

Elle appuya ses coudes sur la table et demanda à personne en particulier :

— Alors, vous vous êtes rencontrés à l'armée ?

— Oui, exprima Eagle. Nous étions stationnés ensemble à Fort Bragg, en Caroline du Nord. On nous a mis dans la même unité, et quand le temps est venu pour nous de nous réengager, nous avons tous demandé à rester ensemble, et ils nous ont déplacés à Fort Hood, au Texas.

— Vous avez aimé ?

— On a adoré l'armée, lui confirma Smoke.

— Pourquoi ?

— C'est difficile à expliquer, indiqua Bull. Il y a quelque chose dans le danger qui te rapproche vraiment de tes coéquipiers. Savoir qu'ils assurent tes arrières et que tu assures les leurs est assez incroyable. Sans parler de l'objectif commun de garder notre pays en sécurité.

Elle hocha la tête.

— Je suppose que vous avez été déployés ? demanda-t-elle.

Bull échangea un regard avec ses amis avant de répondre :

— Oui, nous avons été déployés. Plus d'une fois.

— Oh ! c'est si dur. Merci à tous pour votre service. Je sais que c'est quelque chose que beaucoup de gens prétendent de nos jours, mais je le pense vraiment.

— De rien, s'exclamèrent les quatre hommes en même temps.

— Si vous l'avez tellement aimé, pourquoi en êtes-vous sortis ? demanda-t-elle.

Cette question était un peu plus difficile, et Bull ne voulait pas lui mentir. Il pouvait contourner la vérité, mais un mensonge pur et simple semblait être une mauvaise façon de commencer une relation. Et plus il restait près d'elle, plus il avait envie de cette relation.

Avant qu'il ne puisse prononcer un mot, Gramps dit :

— L'oncle de Smoke est mort. Il lui a laissé Silverstone, et on a décidé tous les quatre d'essayer de s'en sortir. L'armée est une maîtresse difficile. Elle vous mâche et vous recrache sans un regard en arrière. Et la bureaucratie prenait le dessus sur nous. Nous voulions prendre nos propres décisions, ne pas être liés à ce que nos officiers supérieurs souhaitaient que nous devions faire.

— Eh bien, je dirais que vous vous débrouillez très bien par vous-mêmes, remarqua Skylar avec un sourire, acceptant son explication sans arrière-pensée. Je crois que c'est génial que vous soyez toujours amis et que vous puissiez travailler ensemble.

— Certaines personnes affirment que c'est bizarre, rectifia Eagle.

— Pas moi, contra Skylar avec emphase. Si j'avais des copains dont j'étais aussi proche que vous semblez l'être, je voudrais me lancer dans les affaires et passer tout mon temps avec eux aussi. La famille n'est pas forcément une question de liens du sang. Ce sont les gens qui se plieraient en quatre pour vous aider, quelle que soit l'heure ou même s'ils devaient faire des milliers de kilomètres pour venir vous voir.

— Tu as des amis comme ça ? rebondit Smoke. On dirait que tu sais de quoi tu parles.

Pour la première fois, Bull vit son tempérament naturellement ensoleillé se dérober un peu.

— Malheureusement, non. Je veux dire, je suis proche des professeurs de mon école, mais ils sont occupés par leurs propres familles, et, pendant la journée scolaire, nous sommes tous accaparés par nos classes. J'aurais appelé un ami pour qu'il vienne m'assister avec ma voiture si j'avais quelqu'un dont j'étais aussi proche. Au lieu de ça, j'ai dû solliciter Silverstone.

Elle avait l'air si triste que Bull ne put s'empêcher de lui poser une main sur le bras. Il attendit qu'elle le regarde avant de lui souffler :

— Tu as appelé Silverstone et tu *m*'as eu.

Il put constater que ses mots firent mouche, car elle marqua un temps d'arrêt avant de hocher la tête.

— Je t'ai eu, répéta-t-elle.

— Et nous, ajouta Gramps. Tu vois, le truc, c'est qu'on est une sorte d'ensemble. Pas dans le sens où nous voulons échanger notre salive avec toi ou nous voir nus, mais si tu n'arrives pas à joindre Bull, tu peux contacter l'un de nous. Quelle que soit l'heure, nous sommes là pour toi.

Skylar regarda chacun des hommes à la table avec une expression étrange.

— Qu'est-ce qui ne va pas ? lui demanda Bull.

Elle croisa son regard.

— C'est notre premier rendez-vous, répondit-elle.

— Et ?

— Je suis juste… désorientée. Ce n'est pas comme ça que les choses arrivent habituellement.

— Je me fiche de savoir comment ça se passe d'habitude, rétorqua Bull avec fermeté. Nous sommes différents.

Elle déglutit et hocha la tête.

— La vie est trop courte pour ignorer ce qu'il y a entre nous, Sky. Je ne te demande pas de m'épouser. Mais nous avons déjà convenu d'un deuxième rendez-vous. On va fixer un moment où Silverstone pourra venir à Eastlake pour divertir les enfants et leur apprendre des trucs sur la sécurité automobile. Tu as rencontré ma famille, indiqua Bull en faisant un signe de tête aux hommes qui les observaient en silence, et je veux faire connaissance avec la tienne. Nous allons avancer un jour après l'autre. Mais je sais reconnaître une bonne chose quand je la vois, et je serais un parfait crétin si je ne dédiais pas à cette relation cent pour cent de mon temps et de mes efforts. Et crois-moi, Sky, je ne suis pas un idiot. Et mes amis non plus. Ils savent que c'est différent, *tu es* différente. Combien de personnes penses-tu que nous laissons entrer dans notre sanctuaire, ici, à Silverstone ?

Skylar se mordit la lèvre et observa une fois de plus, avant de revenir vers lui. Elle haussa les épaules.

— À part les membres de la famille de nos employés, qui sont les bienvenus ici à tout moment, personne d'autre ne visite le garage. Nous voulons que ce soit un endroit sûr où nos employés peuvent se retrouver sans se sentir mal à l'aise, ajouta Bull. Je ne te dis pas ça pour te faire peur, mais pour t'expliquer pourquoi Eagle, Smoke et Gramps t'offrent leur amitié et leur soutien si facilement et si rapidement. Je sais que je suis un peu pressant, et les choses entre nous semblent aller vite, mais... eh bien, j'espère que tu ressens ne serait-ce qu'un dixième de ce que je ressens quand je suis avec toi.

Gramps recula sa chaise et se leva.

— Nous allons vous laisser seuls un moment, annonça-t-il.

Eagle et Smoke se mirent debout également, mais Skylar tourna la tête vers eux et demanda :

— Combien de fois avez-vous protégé la vie de Carson ?

Les amis de Bull la dévisagèrent, surpris et confus par sa question abrupte.

— Euh... nous n'avons pas compté, éluda Gramps.

— Mais vous lui avez sauvé la vie, insista-t-elle.

— Oui. Et il a sauvé la nôtre, confirma Smoke.

— Alors en ce qui me concerne, vous avez le droit d'être ici, finit-elle.

Eagle se dirigea vers l'endroit où Skylar était assise et lui tendit la main. Elle la prit et il la tira jusqu'à ce qu'elle soit debout. Puis il la serra brièvement dans ses bras. Smoke s'approcha et fit la même chose. Puis Gramps.

— On t'aime bien, Skylar, lui confia Eagle. Tu es bonne pour Bull, et franchement, tu es bonne pour nous aussi. Ça fait longtemps qu'on ne s'est pas assis et qu'on n'a pas joué comme aujourd'hui. Alors merci d'être qui tu es.

Et avec ça, il se tourna vers les escaliers, suivi par Smoke et Gramps.

Quand ils ne se trouvèrent plus que tous les deux, Bull avança sa main et passa ses doigts sur la joue de Skylar.

— Tu es effrayée, prononça-t-il doucement.

Elle secoua la tête, puis haussa les épaules.

— Un peu. Je veux dire, je t'aime bien, Carson. Je t'aime beaucoup. Mais c'est la première fois qu'on sort ensemble. Je suis juste un peu confuse.

Bull avait envie de la prendre sur ses genoux et de la serrer contre lui, pour essayer de la rassurer, mais il savait que cela ne ferait que l'embrouiller davantage. Et la dernière chose qu'il voulait, c'était qu'elle s'éloigne de lui. Il savait peut-être à quel point elle était spéciale, et qu'il serait idiot de la laisser filer, mais elle n'avait pas vu ce qu'il avait vu. Elle n'avait pas remarqué le mal qui semblait être si répandu dans le monde. Il aimait son innocence et ferait tout ce qu'il fallait pour garder la cruauté à distance pour elle. Et si cela signifiait se retirer, lui donner de l'espace, c'est ce à quoi il consentirait.

— Je suis désolé, lança-t-il, en lâchant sa main. J'y vais trop fort, je sais. Je vais faire de mon mieux pour modérer ça.

— Ce n'est pas que je ne veux pas sortir avec toi, le rassura-t-elle. Je le veux, mais...

— Mais tu n'es pas prête à me ramener chez maman et papa... ou pour une telle intensité, termina-t-il pour elle.

Elle se mordit la lèvre et hocha la tête.

— Noté, confirma-t-il. Es-tu toujours prête à nous laisser, moi et les gars, venir à ton école pour divertir les enfants ?

— Oui, répondit-elle sans hésiter. Ils vont adorer. Je vais en parler à mon directeur et à d'autres enseignants et voir si nous ne pouvons pas organiser une « semaine du camion » ou quelque chose dans le genre.

— Bien. Et ce deuxième rendez-vous ? Je n'ai pas été trop vite et ne t'ai pas fait douter, n'est-ce pas ?

Elle secoua la tête.

— Non. J'ai envie de te revoir.

Bull poussa un soupir de soulagement et lui rendit son petit sourire.

— Il se fait tard. Je sais que tu as des choses de prévues, et j'ai assez monopolisé ton samedi.

— J'ai passé un moment merveilleux, lui intima-t-elle. Je ne me souviens pas d'avoir eu un premier rendez-vous aussi sympa.

Bull retint sa grimace. *Sympa* n'était pas exactement l'adjectif qu'il recherchait, mais il hocha quand même la tête.

— Carson ?

— Oui ?

— Je me suis brûlé les ailes dans le passé avec un homme qui semblait trop beau pour être vrai. Je suis tombée de haut. Et vite. Mon père a essayé de m'inciter à ralentir, mais je n'ai pas écouté. Je voulais être mariée, une famille, la proximité d'un mari aimant. Mais finalement, il n'était pas ce qu'il semblait être.

— Il t'a fait du mal ? grogna Bull.

L'idée que quelqu'un puisse poser ses mains sur Skylar l'insupportait.

— Non. Pas physiquement. Mais tout en lui était un mensonge. Il a prétendu qu'il était orphelin, mais que ses parents étaient bien vivants et qu'ils vivaient à Chicago... Il ne voulait pas me les présenter. Il a affirmé qu'il n'avait jamais été marié, ce qui était une autre invention. Il avait *deux* ex-femmes. Il m'a indiqué qu'il travaillait à l'usine Subaru dans la région de Lafayette, ce qui expliquait pourquoi il ne pouvait pas me voir en semaine, parce qu'il travaillait, mais c'était aussi un bobard. C'était... une pilule amère à avaler.

Bull revint vers elle et posa ses mains sur ses épaules.

— Je n'ai jamais été marié. Je ne sais pas où est ma mère et je ne voudrais pas la retrouver maintenant, pas alors qu'elle nous a abandonnés, mon père et moi. Mon père est vraiment décédé, et la dernière chose dont je veux, c'est de mendier auprès de toi. Honnêtement, je n'en ai pas besoin. Ne le prends pas mal, mais j'ai l'impression d'avoir beaucoup plus d'argent à la banque que toi.

— Tu ne ressembles à aucun des gars qui se sont intéressés à moi, et même si je ne pense pas être une mauvaise personne ou je ne sais quoi, je ne semble pas être à la hauteur. Je ne sais même pas pourquoi je te plais, répondit-elle.

— J'aimerais vraiment te serrer dans mes bras, lui déclara-t-il, ne pouvant résister plus longtemps à l'envie de la tenir contre lui.

Mais il ne voulait pas non plus faire quoi que ce soit qui puisse la mettre mal à l'aise.

Elle acquiesça, s'avança vers lui et posa sa tête sur sa poitrine. Il sentit ses bras se resserrer autour de son dos, et sa chaleur semblait s'infiltrer dans ses os.

— Je ne suis pas sûr de pouvoir l'expliquer.

— Essaie, lança-t-elle sèchement.

Bull ricana.

— Très bien. Tu m'as fait sourire et rire davantage depuis que je te connais que durant toute l'année dernière. Tu me rappelles que le monde est plein de bonnes personnes, et pas seulement de celles qui veulent profiter des autres et leur causer du tort. L'attirance physique ne gâche rien non plus. Tu as des courbes, et j'*adore* les courbes. Tes cheveux me donnent envie d'y enrouler mes mains et de ne plus les lâcher. Tu respires une innocence que j'ai envie d'emmagasiner et de cacher au monde entier. Mais surtout... tu me donnes l'impression d'être un homme meilleur quand je suis avec toi.

— Ouah, chuchota-t-elle. Je dirais que tu as bien géré.

Bull se retira un peu, mais ne la lâcha pas.

— Tout ce que je souhaite, c'est d'avoir une chance d'apprendre à te connaître. Je veux savoir ce qui te fait rire, ce qui te fait pleurer... et avoir une opportunité d'améliorer les choses. J'aimerais te voir interagir avec tes enfants à l'école et te voir battre de nouveau mes amis au rami.

Il ne pouvait pas lire dans ses yeux ce qu'elle pensait, et Bull espérait qu'il n'avait pas tout gâché.

— Tu es différent de tous ceux avec qui je suis sortie, affirma-t-elle après un moment.

— C'est bien ou c'est mal ? lui demanda-t-il.

— Je n'ai pas encore décidé, répondit-elle honnêtement. Je me sens à l'aise avec toi. Ce qui est un peu effrayant. Je veux dire, je suis là, dans le sous-sol de ton entreprise. Personne ne sait que je suis ici, et tu peux me maîtriser et faire ce que tu désires de moi, et je n'aurais absolument aucun moyen de m'échapper. Mais au lieu d'être effrayée ou incertaine, je sais pertinemment que tu ne me souhaites rien de mal.

— Ce n'est pas mon but, reprit-il avec insistance.

— Peut-être que c'est à cause de la façon dont nous nous sommes rencontrés, comment le premier conseil que tu m'avais donné était de vérifier ton identité. Même si tu as été un peu grossier à ce sujet, tu as été ouvert et honnête avec moi depuis le début. Je te fais confiance, Carson.

— Tu peux me faire confiance pour réaliser ce que je pense être le meilleur dans ton intérêt, lui assura-t-il, peu à l'aise avec son évaluation selon laquelle il était ouvert et honnête, surtout quand il savait qu'il gardait un énorme secret.

— Et pour info, je suis attirée par toi aussi. Il faudrait que je sois morte pour ne pas l'être, lâcha-t-elle avec un petit rire. Tu es tellement musclé, et savoir que tu pourrais me soulever sans me faire mal m'excite énormément. Mais je te demande d'être patient avec moi. Ce n'est pas dans ma nature de sauter au lit avec un homme, ce qui a été un problème dans le passé.

— Je ne te mettrai jamais la pression.

— Tu vois, les mecs disent ça, puis deux semaines plus tard, ils prétendent qu'ils sont en manque et que je suis une allumeuse, répliqua-t-elle un peu sarcastiquement.

— Ma chérie, j'ai une main, et je sais comment l'utiliser. J'ai passé un an sans faire l'amour, je ne vais pas me ratatiner et mourir si ça n'arrive pas bientôt.

— Un an ? s'étonna-t-elle, les yeux écarquillés.

Il acquiesça.

— Oui, j'ai été occupé. Et toi ?

Bull n'arrivait pas à croire qu'il avait posé cette question, mais il n'aurait pas pu l'arrêter si sa vie en avait dépendu.

— Hum...

Elle détourna les yeux.

Bull lui mit un doigt sous le menton et lui fit relever la tête pour qu'elle n'ait d'autre choix que de le regarder.

— Je ne te juge pas, Sky.

— Environ neuf mois. Mais ce n'était qu'une fois, et le type s'est avéré être un abruti. Il ne m'a même pas fait jouir. Il a juste fait son truc et s'est retourné quand il a eu fini.

Bull grimaça, puis promit :

— Si tu me laisses entrer dans ton lit, ou si tu me laisses t'emmener dans le mien, je te *garantis* que tu seras satisfaite.

— Pour une raison quelconque, je te crois, lui murmura-t-elle doucement.

— Je te donne ma parole que je ne te pousserai pas à faire l'amour avec moi. On ira à ton rythme. Si et quand on en arrive à ce stade de notre relation, ça veut dire que je suis à fond dedans. Que ce n'est pas juste un truc occasionnel pour moi. Je suis trop vieux pour être intéressé par le sexe juste pour le plaisir.

Elle se lécha les lèvres, et il avala un gémissement. Bull n'avait qu'une envie : se pencher et couvrir sa bouche de la sienne. Mais il venait de promettre d'avancer à sa vitesse. Il ne voulait pas qu'elle doute de lui si tôt dans leur relation.

— On va donc prendre les choses au jour le jour ? fit-elle.

— Absolument. Je sais que tu travailles tous les jours, mais j'aimerais te voir le week-end autant que possible. Je sais aussi que tu as besoin de préparer tes cours, mais je pourrais peut-être passer du temps avec toi en même temps. Et je peux porter tes sacs quand tu fais des courses, si tu me laisses t'accompagner.

— Je crois que ça me plairait.

— Moi aussi. Maintenant, il est probablement temps que je te ramène chez toi pour que tu puisses réfléchir à tout ce dont nous avons parlé. Je suis un homme intense, déclara-t-il honnêtement, mais tu dois être sûre que je te traiterai toujours avec soin. Je veux voir où les choses entre nous peuvent aller.

— OK, Carson. Je le souhaite aussi.

Hochant la tête, il laissa tomber ses mains à contrecœur. Il fit un geste vers les escaliers.

— Après vous, madame.

Elle roula des yeux, mais le précéda dans l'escalier et dans la pièce principale. Cette fois, il y avait deux des chauffeurs assis sur le canapé, regardant la télévision. Eagle et Smoke se trouvaient dans la cuisine, se disputant à propos de ce qu'ils étaient en train de préparer. On ne voyait pas grand-chose de Gramps.

— Bull ! crièrent en même temps José et Shane.

— C'est qui la meuf ? demanda Shane.

— Ma petite amie, Skylar, et je te demande d'être poli, sinon je pourrais être obligé de te battre, avertit Bull à l'autre homme.

Shane rit, mais fit un signe de tête respectueux à Skylar.

— Désolée, m'dame.

— Oh, Seigneur ! s'exclama-t-elle. J'ai l'impression d'être une antiquité. Skylar fera l'affaire.

— Vous partez déjà ? Avant que nous ayons la chance de connaître ta femme ? s'étonna José.

— Oui. Elle a des trucs à faire, lança Bull à ses employés.

— Peut-être que je peux revenir, et vous jouerez une partie de gin rami avec moi, proposa Skylar avec un sourire malicieux.

— Ooooh, je peux vous apprendre tous les trucs et comment gagner, annonça José.

Eagle et Smoke éclatèrent de rire dans la cuisine à ce sujet.

— Quoi ? Qu'est-ce que j'ai dit ? protesta José.

— Ça me plairait bien, acquiesça Skylar en faisant de son mieux pour cacher son sourire, mais sans y parvenir.

Bull l'accompagna jusqu'à la porte.

— Je reviens tout de suite, indiqua-t-il à ses amis. Dis à Leigh qu'elle peut me mettre dans la rotation quand je reviendrai.

— Je le ferai, lui confirma Eagle.

Bull raccompagna Skylar jusqu'à sa voiture, et ils prirent rapidement le chemin de son appartement.

— Tu t'entends vraiment bien avec tes employés, n'est-ce pas ? le questionna-t-elle.

— C'est vrai, répond-il. Je les aime beaucoup. Ils travaillent dur, et ce sont tous des hommes et des femmes bien.

Elle ne dit rien pendant le reste du trajet jusqu'à son domicile, mais le silence était plus confortable que gênant. Bull se gara sur une place de parking et en sortit pour l'accompagner jusqu'à sa porte.

Cette fois, ses voisines ne sortirent pas de leur logement, mais il se demanda si elles regardaient toujours.

— J'ai passé un bon moment, lui révéla Skylar en s'arrêtant sur son palier.

— Moi aussi.

Elle le regarda fixement et se mordit la lèvre nerveusement.

— Je t'appelle plus tard, si tu es d'accord, lui proposa Bull.

Elle acquiesça.

— J'en serais ravie.

— Passe une bonne fin de journée. Détends-toi, profite de ton samedi.

— Je n'y manquerai pas.

Ayant envie de la prendre dans ses bras et de l'embrasser, Bull se força à se pencher et à poser brièvement ses lèvres sur les siennes. C'était un baiser chaste, et il gémit presque quand elle se pourlécha après qu'il s'était retiré, comme pour savourer son goût.

— Sois prudente, lui intima-t-il, les mots sortant de nulle part.

Puis Bull s'éloigna et marcha à reculons, la regardant fixement pendant son départ. Comme elle ne bougeait pas, il fit un signe de tête vers sa porte.

— Entre, ma belle, que je sache que tu es bien à l'intérieur.

Elle hocha la tête et déverrouilla sa porte. Elle l'ouvrit et se retourna vers lui une fois de plus.

— Au revoir.

— Au revoir, lui répondit-il en levant le menton.

Puis il se força à se tourner et à se diriger vers les escaliers. Il voulait entrer chez elle et parler un peu plus avec elle. En savoir plus sur son enfance, si elle aimait le lycée, sa relation avec ses parents, et d'autres histoires sur les élèves de sa classe... mais il continua à marcher. Il aurait le temps d'apprendre tous ces détails par la suite. Il l'espérait.

Il monta dans sa voiture et regarda son appartement. La porte était fermée, et il ne voyait aucun signe de Skylar. Puis son téléphone vibra lorsqu'il reçut un message. Avant de sortir du parking, il baissa les yeux sur son écran.

Skylar : Merci pour ce super moment. J'ai hâte de te parler plus tard.

Il aima qu'elle n'ait pas hésité à le contacter. Qu'elle ne semblait pas jouer avec lui. Et qu'il soit passé de *sympa* à *génial*. Il lui répondit immédiatement par texto.

Bull : Meilleur premier rendez-vous de tous les temps.

Bull : Je t'appelle plus tard.

Bull : Passe une bonne fin de journée.

Puis il posa son portable sur le siège à côté de lui et sourit. Skylar Reid était la meilleure chose qui lui soit jamais arrivée... et il ferait tout pour la convaincre.

8

Dimanche soir, Skylar était assise sur son canapé, le regard dans le vide. Carson avait appelé la nuit précédente, comme il l'avait dit. Ils avaient parlé pendant environ une heure de rien en particulier. Puis il avait téléphoné de nouveau cet après-midi, puis sur FaceTime. Encore une fois, ils n'avaient pas discuté de quelque chose de spécifique, mais à aucun moment la conversation n'avait traîné, jamais elle ne s'était sentie gênée.

En fait, elle était plus à l'aise avec Carson après seulement quelques jours qu'avec certains des hommes qu'elle avait fréquentés pendant des semaines. Il semblait intéressé par son travail et lui avait demandé des nouvelles de ses élèves et ce qu'elle avait prévu pour eux cette semaine. Ils avaient parlé de la date à laquelle lui et les autres de Silverstone pourraient venir montrer leurs camions. Plus Skylar discutait avec lui, plus elle l'appréciait.

Ce matin, quand elle était revenue de l'épicerie, Tiana et Maria l'avaient coincée et avaient voulu connaître tous les détails de son rendez-vous avec Carson. Elles lui avaient aussi fait savoir qu'elles l'approuvaient. Elles ne l'avaient pas beau-coup vu, mais après avoir entendu raconter leur rendez-vous et ce qui s'était passé au restaurant avec le pourboire, elles avaient été impressionnées.

Lorsque son téléphone sonna, Skylar sursauta, tirée de ses pensées. Se moquant d'elle-même, elle vit que c'était le numéro de ses parents sur l'écran.

— Hé, maman, lança-t-elle en guise de salut.

— J'aurais pu être ton père, tu sais, répondit Dayana en gloussant.

— Maman, tu m'appelles tous les dimanches soir depuis que j'ai déménagé. Je savais que ce serait toi.

— C'est vrai. Comment vas-tu ? Tu as passé un bon week-end ?

— Je vais bien. J'ai passé un super week-end, relata Skylar à sa mère, sans pouvoir cacher le plaisir dans son ton.

— Oui ? Qu'est-il arrivé ?

— J'ai rencontré quelqu'un.

— Un garçon ? s'étonna sa mère.

Skylar eut un petit rire.

— Eh bien, oui. En fait, je l'ai rencontré la semaine dernière quand ma voiture est tombée en panne sur la 465.

— Tu vas bien ? s'inquiéta Dayana, oubliant momentanément la rencontre avec un gars. Qu'est-ce qui clochait avec ta voiture ? Pourquoi n'as-tu pas appelé ton père ?

— Maman, je me porte bien. Papa aurait mis une éternité à arriver, et il n'aurait rien pu faire de toute façon. J'ai appelé une dépanneuse.

— J'espère que ce n'était pas un de ces endroits peu recommandables, prévint sa mère. Où est ta voiture maintenant ? Tu as besoin d'emprunter l'une des nôtres jusqu'à ce que la tienne soit réparée ?

— Ce n'était pas le cas, et elle est déjà prête.

— Vraiment ? Quel était le souci ?

Skylar ne voulait pas admettre qu'elle n'était pas sûre. Quand Carson lui avait rapporté le véhicule à l'école, il n'avait pas donné de détails sur ce qui avait été effectué, et quand elle avait appelé Stan pour s'occuper de la facture, il lui avait indiqué un montant dérisoire qu'elle savait ne pas pouvoir être juste. Lorsqu'elle l'avait questionné à ce sujet, il avait continué à parler de filtres à air bouchés et d'autres trucs de bagnole dont elle n'avait aucune idée. Finalement, il était plus facile de le remercier, de payer ce qu'il demandait et de passer à autre chose.

— Rien de sérieux, répondit-elle à sa mère. Mais l'homme que j'ai rencontré est copropriétaire de la société de remorquage que j'ai sollicitée. C'est lui qui s'est présenté.

— Vraiment ? Dis-m'en plus, ajouta Dayana.

Skylar gloussa de nouveau.

— Il s'appelle Carson, et son entreprise s'appelle Silverstone Towing. Il est grand, a les cheveux noirs, est un vétéran de l'armée, et il donne de très bons pourboires.

— Hmm, tout ça a l'air fantastique, mais est-ce qu'il te traite bien ?

— Oui, indiqua Skylar à sa mère. Je m'inquiète un peu qu'il soit *trop* gentil.

— Dans quel sens ?

— Je ne sais pas. Je veux dire, nous n'avons eu qu'un seul rendez-vous jusqu'à présent, un déjeuner hier. Mais tout le monde à Silverstone semble vraiment l'apprécier et le respecter. J'ai rencontré ses amis, les gars avec qui il possède l'entreprise, et ils étaient tous très polis aussi. Grâce à papa, je leur ai botté les fesses au rami, et ils ne se sont même pas fâchés. Ils semblaient penser que c'était hilarant que je sois si forte à ce jeu. Bref, je n'ai déjeuné qu'avec Carson, mais... Maman... on a vraiment accroché.

— Tu lui as parlé depuis votre rendez-vous ?

— Oui. Il a appelé hier soir, et aujourd'hui, on a discuté par FaceTime.

Sa mère resta silencieuse si longtemps que Skylar eut peur que la connexion soit coupée.

— Maman ?

— Je suis là, assura Dayana.

— À quoi tu penses ?

— Je crois que *tu* réfléchis trop fort à propos de ce type. Tu n'as pas à décider si tu vas l'épouser tout de suite. Sors, amuse-toi, vois où les choses peuvent aller.

— Mais s'il me fait du mal ?

— Et alors ? Skylar, tu es une adulte. Ce n'est pas parce qu'un petit ami t'a causé du tort qu'ils sont tous pareils. Tu es assez grande pour utiliser tes mots pour lui dire quand il dépasse les bornes et quand il fait quelque chose que tu n'aimes pas. Tu sais aussi bien que moi que, même dans les meilleures relations, il est inévitable d'être blessée. L'essentiel est de savoir comment tu gères ça. Et je ne parle pas de blessures physiques. Si ce Carson te fait ne serait-ce qu'un bleu, tu le laisses tomber comme une vieille chaussette. Mais si le traumatisme est dû à une mauvaise communication ou un malentendu entre vous, alors vous devez en parler comme des adultes.

— Tu es terriblement encourageante à ce sujet, observa Skylar. Dans le passé, lorsque je t'ai révélé que je sortais avec quelqu'un, tu m'as conseillé d'y aller doucement, de m'assurer que je n'étais pas avec lui juste parce que je me sentais seule ou parce que tout le monde autour de moi est marié.

— Tu as raison, confirma Dayana à sa fille. Mais ce type est différent.

Choquée, Skylar l'interrogea :

— Comment tu le sais ?

— Je peux l'entendre dans ta voix, expliqua sa mère avec assurance. D'autres hommes t'ont appelée juste après un rendez-vous, et ça t'a ennuyée. Tu pensais qu'ils allaient trop vite. Que tu n'avais eu qu'un seul rendez-vous, et que tu n'étais pas sûre de vouloir les revoir. Ce Carson t'a contactée deux fois depuis hier, et au lieu d'être contrariée, tu as l'air d'être ravie.

— C'est vrai, admit Skylar.

— Qu'est-ce qui le rend différent ?

Skylar réfléchit à la question de sa mère pendant un moment, puis soupira.

— C'est difficile à dire. Il semble juste... indécis. Et ça semble bizarre, parce qu'il n'est absolument pas incertain de vouloir sortir avec moi. Je pense que s'il n'en tenait qu'à lui, je porterais son blouson et j'aurais sa bague de classe au doigt.

Sa mère gloussa et Skylar continua.

— C'est juste que je sens qu'il veut être avec moi, mais quelque chose lui dit de se retirer, qu'il ne le mérite pas ou quelque chose comme ça. Je ne sais pas.

— Que *connais-tu* sur lui ? enquêta Dayana.

— Sa mère est partie quand il était petit, et son père est mort quand il avait 17 ans. Il s'est engagé dans l'armée juste après le lycée, et il a rencontré ses amis là-bas. Ils sont sortis en même temps de l'armée et ont créé Silverstone Towing. Un de ses amis a dû hériter de beaucoup d'argent, et c'est comme ça qu'ils ont démarré. Mais, maman, tu devrais voir cet endroit. De l'extérieur, c'est affreux. Comme une entreprise délabrée et merdique. Mais à l'intérieur, c'est très joli. Je veux dire, *vraiment* bien. Cuisine complète, jeux vidéo pour les employés, chambres à coucher. Et tous les employés que j'ai rencontrés semblaient si heureux d'être là. Je ne peux m'empêcher de penser que c'est grâce à Carson et ses amis, à leur manière de diriger l'entreprise. C'est impressionnant.

— A-t-il déjà été marié ? A-t-il des enfants ?

— Il a affirmé qu'il n'a pas été marié, et je ne pense pas pour l'histoire des enfants, mais nous apprenons encore à nous connaître, déclara Skylar un peu sur la défensive.

— Je ne critiquais pas, lui reprocha gentiment sa mère. Tu sais que ton père et moi voulons que tu sois heureuse. Et ce Carson a l'air charmant. Tu es aussi consciente que je ne serais pas ta mère si je ne te mettais pas en garde pour que tu sois sûre de qui il est à l'intérieur avant d'accepter aveuglément ce que tu vois à l'extérieur. Il peut être musclé et beau, mais si ça cache un cœur noir, peu importe *s*'il est mignon.

— Je suis au courant, assura Skylar, et elle l'était.

Elle appréciait l'opinion de sa maman plus que celle de n'importe qui d'autre au monde.

— Est-ce qu'on va le rencontrer ? demanda-t-elle, surprenant Skylar au plus haut point.

— Ouah, vraiment ?

— Oui. Je ne t'ai jamais entendu être aussi excitée par quelqu'un avant. Si Carson t'a autant impressionnée après un seul rendez-vous, alors ton père et moi voulons faire sa connaissance le plus tôt possible.

— J'aimerais l'inviter à dîner un jour, mais j'ignore quand.

— Est-ce qu'il travaille beaucoup ?

Skylar réfléchit à cette question. Elle n'en était pas certaine non plus. Oui, il était venu l'aider quand elle avait appelé Silverstone, mais elle avait eu l'impression que lui et ses amis travaillaient quand ils le voulaient, qu'ils n'avaient pas d'horaire fixe.

— Je ne suis pas sûre. Je veux dire, je pense que oui, puisqu'il est copropriétaire de l'entreprise.

— OK, bien, s'il est libre un week-end, indique-le-nous, et nous l'accueillerons ici pour le déjeuner ou le dîner.

— Merci, maman.

— Bien sûr. On t'aime et on souhaite juste le meilleur pour toi. Et si c'est le cas avec Carson, alors nous serons ravis. Maintenant... comment va le travail ? Comment se portent tes adorables enfants ?

Pendant les vingt minutes suivantes, Skylar informa sa mère de ce qui se passait avec ses élèves. Elle lui indiqua que la situation de Sandra n'avait pas changé. Son père travaillait toujours un nombre incroyable d'heures pour essayer de garder un toit au-dessus de leurs têtes, ce qui signifiait qu'elle restait tard pratiquement tous les jours jusqu'à ce qu'elle puisse être récupérée. Le programme périscolaire ne durait que jusqu'à 5 heures, et Skylar traînait avec Sandra sur le terrain de jeu jusqu'à ce que Shawn vienne la chercher, ce qui était généralement le cas à 5 h 30 au plus tôt.

Elle lui raconta qu'elle avait trouvé des t-shirts assortis chez Goodwill et les avait donnés à Chad et Brodie, et qu'ils avaient été très fiers de les porter et de prouver qu'ils étaient vraiment jumeaux. Keilani enseignait à tout le monde quelques pas de hula de base qu'elle avait appris au cours de danse à Hawaï, et Zahir apprenait l'anglais si vite que Skylar pensait qu'il serait le meilleur lecteur de la classe à la fin de l'année scolaire.

— Je suis ravie que tu aies trouvé ta voie, lui révéla sa mère lorsque Skylar finit par être à court de commentaires sur ses élèves. Il est évident que tu n'es pas seulement bonne dans ce que tu fais, mais que tu aimes aussi cette profession.

— C'est vrai, confirma Skylar. Ils sont tous si innocents à cet âge. Je ne suis pas idiote, je suis consciente que l'intimidation commence de plus en plus tôt, mais dans ma classe, au moins, rien de tout cela ne se produit cette année. J'adore voir Gwen aider Zahir avec ses couleurs et j'étais si fière quand Cédric a réconforté Marisol quand elle a trébuché dans la cour de récréation la semaine dernière. Je voudrais qu'ils puissent rester candides pour toujours.

— J'espérais ça pour toi aussi, avoua la mère de Skylar.

— Je suis presque sûre que Carson croit que je suis encore complètement naïve, relança Skylar. Je suppose qu'il a vu beaucoup de choses depuis qu'il est dans l'armée et parce qu'il est devenu orphelin très jeune.

— Retour à Carson, hein ? lança Dayana avec un petit rire.

— Oh… désolée, répondit Skylar d'un air penaud.

— Ne le sois pas. J'aime l'enthousiasme que tu éprouves pour lui. Le fait d'avoir grandi là où tu as vécu et dans de bonnes conditions – avec beaucoup d'argent, de la nourriture sur la table et aucun souci d'avoir un toit au-dessus de ta tête – t'a certainement gâtée. Mais il ne faut pas s'excuser pour ça. Si Carson est un homme bon, il fera tout ce qu'il peut pour préserver la vision rose que tu as du monde.

— Je sais que le monde peut être mauvais, protesta Skylar. Je le constate tous les jours avec mes élèves.

— Tu le remarques, mais tu ne le vis pas. Il y a une différence.

— Je sais, maman, rétorqua Skylar, qui se sentait irritée.

— Tout ce que je dis, c'est que je suis contente que ton Carson comprenne qui tu es. Ça me plaît que tu discernes le bien chez les gens. Que tu éprouves de la compassion pour ton prochain. Tu as un cœur tendre. Tu l'as toujours eu.

Skylar savait que sa mère avait raison. Elle était toujours émue aux larmes lorsqu'elle voyait des familles sans-abri faire la manche. Elle faisait parfois du bénévolat dans un refuge pour sans-abri du centre-ville, mais cela la déprimait tellement qu'elle ne pouvait pas faire plus pour aider les gens. Elle essayait de donner plus de pourboires quand elle en avait la possibilité et n'hésitait jamais à consacrer de son temps pour assister les autres... comme les Archer. Elle croyait vraiment au karma, que ceux qui travaillaient dur seraient récompensés, et que ceux qui faisaient du mal aux autres auraient ce qu'ils méritaient un jour.

— Je t'aime, maman.

— Je t'aime aussi, Sky. Donne-moi des nouvelles de ton jeune homme, d'accord ?

— Oui. Dis à papa que je l'aime.

— Je n'y manquerai pas. Je sais que tu as des plans de cours à préparer puisque c'est dimanche, alors je te laisse. Passe une bonne semaine.

— Toi aussi.

— Bye.

— Bye.

Skylar raccrocha et regarda dans le vide pendant quelques minutes. Parler à sa mère la faisait toujours se sentir mieux, quoi qu'il arrive dans sa vie.

Prenant une profonde inspiration, elle posa son ordinateur sur ses genoux. Elle devait se mettre au travail et organiser les leçons de la semaine. Elle ne serait jamais capable de s'en tenir exactement à son plan – comment le pourrait-elle avec quatorze enfants en maternelle –, mais si elle n'en avait pas, les journées finissaient généralement dans le chaos. Elle avait donc appris à faire ce qu'elle pouvait pour orchestrer chaque journée et opérer de son mieux pour s'y tenir.

Pour l'avenir, Skylar pensait pouvoir convaincre les autres enseignants de son unité de se concentrer sur les dépanneuses la semaine suivante. Cela leur donnerait suffisamment de temps pour rassembler les livres à lire, préparer les tableaux d'affichage et, d'une manière générale, transformer leur salle en un centre de documentation sur les camions. Elle en parlerait à tout le monde le lendemain pour voir ce qu'ils en pensent. Puis elle discuterait avec Carson pour son emploi du temps.

Plus elle songeait aux grandes dépanneuses venant à East-lake, plus elle était excitée. Les enfants, jeunes et vieux, allaient adorer. Et elle aussi. Elle allait pouvoir fréquenter Carson en dehors des week-ends.

Réjouie par l'envie impatiente, et espérant que ce qui semblait être une relation prometteuse fonctionnerait, Skylar tourna son esprit vers son ordinateur et le planning de la semaine.

* * *

Le lendemain matin, Bull était assis dans la pièce sécurisée avec ses amis.

— Elle nous plaît, révéla Eagle sans tourner autour du pot.

Bull n'avait pas besoin de l'approbation de ses amis, mais il ne pouvait nier qu'il était quand même soulagé de l'obtenir.

— Elle a du cran, observa Smoke.

— Je vois ce que tu entends par « naïve », ajouta Gramps. Et je ne le dis pas méchamment.

— Je sais bien que non, le rassura Bull.

— C'est juste qu'elle est une telle bouffée d'air frais. Ses émotions se lisent sur son visage. Elle n'était pas sûre de vouloir nous rencontrer, mais elle était quand même amicale et ouverte. Et elle ne semblait pas mépriser Silverstone parce que c'est une entreprise de cols-bleus, poursuivit Gramps.

— Eh bien, vous n'avez pas vu sa réaction à l'extérieur, corrigea Bull avec un petit rire. Le camouflage que nous avons créé semble fonctionner.

— En parlant de ça, les mauvaises herbes sont hors de contrôle, se plaignit Smoke.

— Sans compter que l'endroit était un putain de bordel ce matin quand on est arrivés, ajouta Eagle. Personne n'a lavé la vaisselle hier soir, et la poubelle puait à mort. Quelqu'un a apporté du chinois et ne l'a pas fini. Les crevettes sentaient la merde dans la poubelle.

— Pourquoi quelqu'un a-t-il apporté des plats à emporter alors qu'on a un frigo entier rempli de trucs à manger ? demanda Smoke.

— Eh bien... on l'a rempli la semaine dernière, mais apparemment tout a été englouti, et, ce matin, il ne reste plus grand-chose, déclara Gramps.

Bull n'était pas gêné par le changement de conversation, qui tout à coup ne concernait plus Skylar. Il pensait tout le temps à elle, mais cela ne signifiait pas qu'il voulait que ses amis dissèquent leur relation.

— Putain, je déteste faire les courses, déplora Eagle.

— J'ai peut-être une solution au manque de nourriture, aux mauvaises herbes incontrôlables *et* à la négligence des chambres d'ici, rebondit Bull.

Il avait soudain trois paires d'yeux braqués sur lui.

— Ah oui ? réagit Smoke, très intéressé.

Bull continua à expliquer ce qu'il voulait mettre en place, et moins de dix minutes plus tard, ils avaient un plan. Bull était chargé de lancer les démarches, ce qu'il ferait dès que possible, et Eagle se mit à l'ordinateur pour effectuer des recherches.

Ils décidèrent de revenir l'après-midi même pour vérifier les nouvelles du week-end, mais en attendant, Gramps et Smoke allaient nettoyer les parties communes et commencer à laver les draps des chambres. Eagle se porta volontaire, à contrecœur, pour aller acheter de quoi remplir les placards et le réfrigérateur, et Bull fut chargé de s'assurer que tous les camions étaient remplis de jouets pour enfants, que les sièges auto étaient toujours bien fixés et qu'ils avaient tous suffisamment de liquide de lave-glace.

En sortant, Bull ne pouvait s'empêcher de penser une fois de plus à Skylar... et il ne le voulait pas. Il l'avait appelée deux fois ce week-end-là, et pour un homme qui ne parlait jamais au téléphone, il avait été ravi de rester assis et de discuter avec elle.

Skylar était drôle. Intelligente. Et elle lui donnait l'impression d'être normal.

Bull était conscient qu'il ne serait *jamais* ordinaire. Il savait faire semblant – il avait appris lorsqu'il était dans l'équipe Delta Force, et il s'était certainement perfectionné au cours des cinq dernières années passées dans le monde civil. Mais lui et ses amis étaient toujours à deux doigts de laisser la normalité derrière eux.

Bull savait que Skylar ne pouvait pas déjeuner en semaine ou même lui parler, mais cela ne signifiait pas qu'il ne pouvait pas l'informer qu'il pensait à elle. Plus il y songeait, plus l'idée lui plaisait.

Avant de commencer ses tâches avec les camions, il passa un appel rapide.

Il aurait assez de temps autour du déjeuner pour aller à Eastlake et lui laisser un petit cadeau, avant de revenir à Silverstone et de se mettre au travail. De plus, s'il était un peu en retard, Eagle et les autres s'en ficheraient. Ses horaires flexibles étaient l'un des nombreux avantages qu'il appréciait dans le fait de posséder sa propre entreprise.

* * *

Skylar venait de déposer sa classe à la salle de musique et avait trente minutes à elle. Elle était sur le point de retourner dans sa salle pour profiter de la paix et du calme, quand la secrétaire de l'école la surprit dans le hall.

— Vous avez une livraison dans le bureau principal.

Skylar fronça le nez.

— Vous êtes sûre ?

— Parfaitement. C'est sur mon bureau. Je vais prendre un déjeuner rapide.

Skylar remercia la femme et pivota pour aller dans la direction opposée, vers la pièce à l'entrée de l'école.

— Oh, et Skylar !

Elle fit volte-face.

— Oui ?

— Il ressemble à un garde du corps.

Sur ces mots d'adieu, la secrétaire se précipita en direction de la salle des professeurs.

Sentant des papillons dans son ventre, Skylar se dirigea vers le bureau principal. Elle vit la livraison à la seconde où elle ouvrit la porte. Un sac en papier brun avec son nom écrit en grosses lettres d'imprimerie était posé sur le bureau. Elle s'approcha et, au lieu de regarder à l'intérieur, elle délogea la petite enveloppe qui y avait été agrafée et l'ouvrit.

J'ai pensé que je pourrais aider tes élèves à s'enthousiasmer pour la semaine des camions.
~Bull

Elle avait imaginé que le cadeau venait de Carson, après l'allusion de la secrétaire, et elle avait raison. Mais sa supposition qu'il lui avait apporté un déjeuner ou un autre petit cadeau était complètement fausse. Quand elle ouvrit le sac, les larmes lui montèrent aux yeux.

Elle sortit l'un des cookies emballés dans du cellophane. Il était brillamment décoré et avait la forme d'une dépanneuse. La personne qui avait décoré les confiseries avait réalisé un travail incroyable, les rendant aussi réalistes que possible.

Carson avait apporté un cadeau à *ses élèves*. Pas à elle.

Rien n'aurait pu le rendre plus attachant à ses yeux.

Elle remit le biscuit dans le sac et le saisit pour l'apporter dans sa classe comme s'il contenait des bijoux précieux.

Il ignorait qu'Ignacio souffrait de la maladie cœliaque et ne pouvait pas manger de gluten. Ou que Karlee était diabétique. Il essayait juste de faire quelque chose de gentil pour elle... et ses enfants. Elle avait déjà eu des petits amis qui lui avaient offert des fleurs. Un homme lui avait même acheté un collier. Mais aucun cadeau ne signifiait autant que les deux douzaines de biscuits au sucre dans le sac en papier brun qu'elle tenait dans ses mains en ce moment.

Elle avait parlé aux autres enseignants ce matin-là, et ils étaient tous d'accord à cent pour cent pour la semaine du camion. Skylar n'avait plus qu'à se coordonner avec les services de police et de pompiers locaux pour voir s'ils pouvaient également venir avec certains de leurs véhicules un jour de la semaine suivante, et tout serait parfait.

Elle avertirait ses élèves de ce qui allait se passer, et ils obtiendraient des biscuits en forme de dépanneuses. Cela signifierait qu'ils seraient hyperactifs l'après-midi, mais Skylar s'en fichait.

Elle disposa les biscuits et prit un des en-cas sans gluten qu'elle avait sous la main pour Ignacio, ainsi que des en-cas aux fruits à faible teneur en sucre pour Karlee. Attendant impatiemment, Skylar regarda l'horloge. Les enfants allaient bientôt rentrer, et elle ne pouvait s'empêcher de sourire.

* * *

Bull étudiait la fiche d'information du ministère de la Justice sur Jehad Serwan Mostafa, lorsque son téléphone portable sonna. Eagle, Smoke et Gramps cherchaient également à en connaître plus sur Mostafa, un citoyen américain combattant dans une organisation terroriste basée en Somalie. Il avait grandi à San Diego, mais avait quitté les États-Unis et rejoint Al-Shabaab après que ses croyances musulmanes furent devenues de plus en plus radicales.

On leur avait rapporté qu'il avait récemment été identifié et qu'il vivrait dans une petite ville du Kenya. Il était sur la liste des personnes les plus recherchées par le FBI en raison de son implication dans cette organisation. Il avait joué un rôle actif dans des actes terroristes et continuerait s'il n'était pas arrêté. Si les dernières informations qu'ils avaient reçues se confirmaient, il était probable que Silverstone serait envoyé pour l'éliminer le plus tôt possible.

Mais lorsque Bull vit le nom de Skylar sur l'écran de son téléphone, toutes les pensées de leur prochaine cible furent effacées de son esprit.

— Tu vas bien ? s'enquit-il en guise de salutation.

— Merci, répondit Skylar immédiatement. Ton cadeau était parfait.

Bull fit de son mieux pour que son cœur s'arrête de battre si vite. Il n'aurait pas dû être si inquiet lorsqu'il avait lu son identité sur son portable, mais pour une raison quelconque, il l'était.

— Je t'en prie.

— Sérieusement. Je n'avais pas encore prévu de parler aux enfants de la semaine des camions, mais les biscuits étaient un moyen parfait d'introduire le sujet et de les passionner. Et crois-moi, ils sont enthousiastes.

— Bien. Nous avons aidé une dame qui possède une boutique de biscuits il n'y a pas si longtemps, et j'ai pensé qu'elle pourrait en concevoir en forme de nos dépanneuses. Elle m'a consenti une grosse remise puisque c'était la première fois qu'elle essayait, mais si tu veux mon avis, ils étaient plutôt bons.

— Ils étaient parfaits, lui dit-elle doucement.

— Où es-tu maintenant ? demanda-t-il en regardant sa montre.

Il était 6 h 15. Il ne s'était pas rendu compte que lui et les autres étaient restés si longtemps dans la chambre forte, à étudier les informations qu'ils avaient obtenues sur Mostafa.

— Je suis toujours à l'école. Plus précisément, je regarde Sandra jouer dans la cour de récréation. Son père a appelé pour dire qu'il serait là encore plus tard que d'habitude aujourd'hui. Il avait une réunion qui a duré longtemps, puis il a essayé de finir un travail d'aménagement paysager.

Bull faillit avouer ce qu'il avait fait ce jour-là, mais il décida de garder le secret jusqu'à ce que l'affaire soit conclue.

— Je suis désolé que tu sois encore à l'école.

— Ça fait partie du boulot, lança-t-elle sans avoir l'air d'être énervée.

Et Bull se rendit compte qu'elle ne l'était probablement pas. Honnêtement, ça ne la dérangeait pas de rester tard pour s'assurer qu'un de ses élèves était en sécurité.

— J'ai terminé tout mon travail de planification quand Sandra était au programme extrascolaire. Traîner un peu avec elle après 5 heures n'est pas un problème. Je voulais juste t'appeler et te remercier. Tu n'avais pas besoin de faire ça.

— Je sais. J'en avais envie, lui avoua Bull.

— Et tu as fait une sacrée impression à la secrétaire, répliqua Skylar.

— Je ne lui ai pas dit grand-chose, admit Bull. Elle a dû regarder dans le sac pour s'assurer que je n'apportais pas d'explosif, mais sinon, je lui ai indiqué que c'était pour toi et elle a répondu qu'elle s'assurerait que tu l'aies. C'est tout.

— Eh bien, ce n'est pas tous les jours que quelqu'un apporte quelque chose à l'école pour toute une classe comme ça. Qui n'est pas de la famille d'un des enfants, je veux dire.

— Tes élèves sont importants pour toi. Par conséquent, ils le sont pour moi.

Elle ne répondit rien pendant un long moment.

— Sky ?

— Je suis là. C'est juste que… tu me fous la trouille, Bull.

Bull leva les yeux et vit ses amis qui le regardaient, sans même faire semblant de lui laisser de l'espace. L'un d'entre eux sortait sérieusement avec quelqu'un, c'était *nouveau*… pour eux tous.

— Tu n'as rien à craindre de moi, lui confia-t-il honnêtement.

— C'est vrai, souffla-t-elle dans un rire. Seulement d'avoir le cœur brisé quand tu en auras assez que je travaille autant et que je sois le second violon d'une bande d'enfants de 5 ans.

— Je bosse aussi, lui rappela-t-il. Et je n'ai pas de mots pour exprimer à quel point je suis impressionné par ta détermination à donner à ces enfants un bon départ dans la vie. La plupart du temps, c'est l'enfance qui détermine le devenir d'une personne à l'âge adulte. Et avec toi dans leur environnement, ils ont un sacré bon exemple.

— Merci, Carson.

— De rien. Je sais que tu es occupée à surveiller Sandra, et Archer sera probablement bientôt là pour la récupérer. Conduis prudemment, et préviens-moi quand tu rentres.

— Je le ferai.

— Tu es d'accord pour parler un peu ce soir ?

Il ne put s'empêcher de demander.

— Je ne vais pas te faire veiller tard. Je souhaite juste qu'on discute dans la soirée.

— J'aimerais bien, acquiesça-t-elle. D'habitude, je me couche vers neuf heures et demie, alors… peut-être pourrions-nous parler vers 9 heures ?

Bull fit de son mieux pour ne pas imaginer Skylar au lit.

— C'est parfait. Je t'appelle plus tard.

— D'accord. Au revoir, Carson.

— Au revoir, ma jolie.

— C'était malin, commenta Smoke après que Bull avait raccroché.

— Des cookies pour sa classe. Putain, tu sais y faire, mon frère, enchérit Eagle avec un sourire en coin.

— Allez vous faire foutre, grogna Bull à ses amis.

— Qu'est-ce que tu as prévu d'autre ? demanda Gramps.

Bull n'était pas surpris que son ami ait posé la question. Gramps semblait toujours avoir de l'avance et il connaissait Bull mieux que lui-même. Il sourit.

— Oh ! un peu de ci et un peu de ça.

— Putain, je devrais prendre des notes, balança Eagle. J'aurais probablement dû lui envoyer des fleurs ou autre chose.

— Je voulais proposer quelque chose de différent, notifia Bull.

— Elle sait pour Archer ? demanda Smoke.

Bull secoua la tête.

— Non. Je ne veux pas lui donner de faux espoirs avant que ce ne soit une affaire réglée.

— Mais il avait l'air intéressé quand tu lui as parlé aujourd'-hui, non ? rebondit Gramps.

— Oh oui ! Surtout quand je lui ai indiqué qu'il travaillerait huit heures par jour, quarante heures par semaine, qu'il gagnerait le double de ce qu'il gagne dans les trois emplois qu'il occupe en ce moment, et *qu'il aurait* des avantages. Il est vraiment motivé. Il a signé les papiers de vérification des antécédents aujourd'hui et m'a affirmé qu'il était clean. Je le crois. Personne ne peut travailler aussi dur que lui et se droguer ou boire jusqu'à l'oubli tout le temps.

— L'avenir nous le confirmera avec la vérification des anté-cédents et les enquêtes que nous avons menées auprès de ses patrons, déclara Smoke.

— Exact. Il a demandé s'il pouvait rester à son poste actuel pour le moment. Il souhaitait donner un préavis approprié. Il ne voulait laisser personne dans l'embarras, surtout au restaurant. Il semblait très inquiet de laisser son patron sans cuisinier pour le petit-déjeuner.

— Travailleur acharné et loyal. Une bonne combinaison, nota Gramps.

— C'est ce que je pense aussi. Je lui ai précisé que ce ne serait pas un problème. Qu'il pouvait continuer à travailler jusqu'à ce qu'ils trouvent ses remplaçants, peu importe le temps que cela prendrait, et qu'il était le bienvenu ici à tout moment. Même s'il n'était pas employé officiellement, il ferait toujours partie de la famille de Silverstone Towing, déclara Bull. Nous pourrons déterminer les horaires qui lui conviendront le mieux une fois qu'il aura obtenu l'autorisation d'être embauché.

— Skylar voudra probablement t'offrir un cadeau de remerciement *très* personnel pour avoir recruté le père de son élève, suggéra Eagle en agitant les sourcils de manière suggestive.

— Je n'ai pas proposé ça pour essayer d'entrer dans ses bonnes grâces, argumenta Bull. Je l'ai fait parce que c'est la meilleure solution... pour Silverstone Towing, Archer *et* sa fille. Elle ne devrait pas être seule autant qu'elle l'est. Le week-end dernier, Skylar m'a expliqué qu'il réveillait Sandra à trois heures et demie du matin pour l'amener chez sa voisine quand il partait au restaurant. Elle prépare la petite fille et la conduit à l'arrêt de bus pour qu'elle puisse aller à l'école. Elle ne voit jamais son père, et ce n'est pas juste.

— Je suis d'accord, approuva Smoke. Je pense aussi que c'est la meilleure décision que de ne rien révéler à Skylar avant que l'affaire ne soit conclue.

Bull acquiesça. Il savait que c'était le cas. Il n'avait pas menti non plus en affirmant qu'il n'essayait pas d'engager Archer chez Silverstone Towing pour essayer d'entrer dans les bonnes grâces de Skylar... ou entre ses cuisses.

— Je ne sais pas pour vous, les gars, dit Gramps, mais mes

yeux se croisent en regardant cette merde. Le tuyau sur Mostafa a l'air d'être vrai.

— Cela m'énerve qu'il ait été élevé aux États-Unis, qu'il soit allé à l'université à San Diego, et que *maintenant* il donne des instructions à des terroristes sur la façon de tuer des Américains, déclara Eagle, dégoûté.

— Le fait qu'il soit impliqué jusqu'au cou dans des affaires là-bas, qu'il conspire avec d'autres groupes terroristes et qu'il ait été filmé sur cette vidéo qui a été divulguée, utilisant allègrement des explosifs dans l'un de leurs camps pour faire sauter ses propres compatriotes, c'est de la merde, ajouta Smoke.

— Nous sommes donc d'accord pour décréter qu'il doit être arrêté ? demanda Bull.

Ses trois amis hochèrent la tête.

— Je vais parler à Willis, annonça Gramps. Je vais voir ce qu'il peut nous obtenir d'autre. Si nous devons aller en Afrique pour trouver ce connard, nous avons besoin de beaucoup plus d'informations. On ne peut pas se balader là-bas sans objectif. On entre, on sort. C'est le but de cette opération.

— Ce n'est pas la finalité de toutes les opérations ? demanda Eagle avec un rictus.

— Oui, mais tu sais ce que je veux dire, lança Gramps avec un sourire en coin.

— Oui. Et il n'y a rien d'autre que nous puissions faire ce soir. Rentrons à la maison, et nous commencerons demain après-midi, après que Gramps aura eu le temps de contacter Willis, suggéra Smoke.

Debout, Bull posa ses mains sur le bas de son dos et se pencha en arrière en gémissant. Il était assis depuis longtemps, et son corps le lui faisait savoir.

Il exprima ses adieux à ses amis et se dirigea vers le sous-sol pour monter les escaliers. Il avait hâte de parler à Skylar ce soir. Il espérait que ce serait le début d'une routine pour eux. Il ne pouvait rien imaginer de mieux que d'entendre sa voix juste avant d'aller se coucher.

* * *

Jay Ricketts gisait immobile dans le feuillage dense des bois bordant le parking de l'école primaire d'Eastlake. Il n'avait pas peur d'être repéré. Il portait son pantalon et sa chemise de camouflage. Et d'ailleurs, cela faisait deux semaines qu'il surveillait le terrain de jeu, et personne ne l'avait remarqué.

Il savait qu'il ne devrait pas se trouver là, mais il ne pouvait pas s'en empêcher. Il fixa l'enseignante aux cheveux roux qui était sur le terrain de jeu tous les jours avec la petite fille noire. La femme venait de raccrocher son téléphone portable et de le glisser dans sa poche, et poussait maintenant la fille sur les balançoires. Toutes deux riaient, et le cœur de Jay se serra littéralement face à ce spectacle.

Elle était magnifique. Il ne pouvait pas détacher ses yeux d'elle.

Cela faisait longtemps qu'il n'était pas tombé amoureux de quelqu'un, et elle avait attiré son attention un jour où il passait devant l'école. Il avait été hypnotisé par sa beauté. Puis il l'avait entendue rire... et c'était tout.

Il la voulait.

Et ce que Jay voulait, il l'obtenait. Il fallait juste regarder et attendre le bon moment.

La femme consulta sa montre et arrêta de pousser la fille. Elles retournèrent ensemble vers les portes de l'école, et Jay regarda sa montre. Il sortit lentement le petit carnet qu'il avait toujours sur lui et nota l'heure.

La plupart du temps, le duo quittait la cour de récréation plus tôt que ce soir. Il fronça les sourcils. Il n'aimait pas les changements d'horaires.

Il n'y avait que quelques voitures sur le parking, et Jay pouvait voir la porte à l'arrière du terrain de jeu sans problème.

Elle était cassée. Il était venu à l'école à 2 heures du matin une nuit et s'était assuré qu'elle s'ouvrirait facilement sans avoir l'air de mal fonctionner. Il avait plié le mécanisme de la serrure, de sorte que le portail se fermait, mais ne se verrouillait pas.

Son plan devait être parfait, sans erreur de calcul, si elle devait être sienne.

Mais l'heure tardive à laquelle elles occupaient encore la cour de récréation le dérangeait. Il avait besoin d'être *sûr* de son timing. S'il devait la kidnapper, il devait être capable de prendre en compte toutes les variables. Il n'allait pas retourner en prison. Il ne survivrait pas à un deuxième séjour en taule. Il devait être plus malin que les flics, plus malin que tout le monde.

Jay resta exactement où il était jusqu'à ce que la petite enseignante sorte de l'école et entre dans le petit parking. Il la regarda jeter un coup d'œil autour d'elle à la recherche de quelque chose qui pourrait constituer un danger pour elle. Elle était loin de se douter qu'il se trouvait à proximité – et s'il le voulait, il pouvait la neutraliser en quelques secondes.

Mais ce n'était pas le moment. Pas encore.

Elle ouvrit sa vieille Corolla et y monta.

Jay attendit qu'elle soit partie pour sortir lentement de sa cachette. Il traversa le petit bois en direction de la maison abandonnée qu'il s'était appropriée pour l'instant. Son plan était d'y ramener sa prise, de faire profil bas pendant quelques jours, puis de se tirer de Dodge avec sa nouvelle épouse.

Son membre frémit dans son pantalon, et Jay ne put s'empêcher de sourire.

S'assurant que personne ne le voyait, il se glissa sous la planche clouée horizontalement au-dessus de la porte arrière de son logement temporaire. Il ne dérangea pas les toiles d'araignées qui pendaient dans les pièces du premier étage en se dirigeant vers le sous-sol.

Il avait trouvé un matelas dans la poubelle qui ne semblait

pas trop sale et l'avait apporté à l'intérieur. Il vérifia la chaîne qu'il avait attachée au sol et fut satisfait quand elle n'eut pas bougé. La menotte à l'extrémité passerait autour de sa cheville, et elle serait bel et bien capturée. À lui de faire ce qu'il voudrait.

Allongé sur le matelas installé pour son confort, Jay dirigea sa main entre ses jambes. Alors que la lumière déclinante du soleil traversait la pièce par la petite fenêtre située en haut du mur, il ferma les yeux et fantasma sur celle qui serait à lui.

— Bientôt, gémit Jay en se faisant plaisir.

9

———

Deux semaines. C'était le temps qui s'était écoulé depuis leur premier rendez-vous. Skylar n'arrivait pas à croire que cela ne faisait que quatorze jours.

Il lui semblait qu'elle connaissait Carson depuis toujours. C'était probablement parce qu'ils avaient parlé tous les jours depuis qu'il l'avait emmenée au restaurant et lui avait fait visiter Silverstone Towing.

Parfois, ils ne discutaient que dix minutes, mais la plupart du temps, ils restaient au téléphone pendant au moins une heure. Il la contactait souvent alors qu'elle rentrait du travail, et ils bavardaient pendant qu'elle préparait le dîner et mangeait, pendant qu'elle décidait de ce qu'elle allait porter le lendemain, et après qu'elle s'était installée sur son canapé. Parfois, il rappelait même quand elle avait vérifié ses leçons pour s'assurer qu'elle était toujours sur la bonne voie pour la semaine et une fois qu'elle s'était mise au lit.

C'étaient les moments qu'elle préférait. Cela semblait très intime de lui parler quand elle était blottie sous ses couvertures. Un soir, il lui avait demandé de la joindre par FaceTime, et bien qu'elle ait été réticente, elle l'avait laissé la convaincre. Elle avait posé le téléphone sur l'oreiller à côté d'elle, et elle s'était assoupie pendant qu'il causait. Elle s'était réveillée une heure plus tard pour constater qu'il n'avait pas coupé l'appel. Il l'avait regardée dormir.

Skylar savait que si elle le racontait à quelqu'un, il déclarerait que c'était effrayant, mais elle ne s'était pas sentie bizarre le moins du monde. Quand elle avait ouvert les yeux, il avait dit :

— Si c'est possible, tu as l'air encore plus innocente quand tu dors. Je ne voulais pas me déconnecter et que tu te réveilles en étant gênée de t'être assoupie sur moi. Je te parle demain, d'accord ?

Carson la connaissait si bien, même après seulement deux semaines. Elle *aurait* été gênée de s'assoupir sur lui.

Leurs échanges quotidiens avaient probablement créé un lien plus profond entre eux que s'ils étaient sortis ensemble ces deux dernières semaines. Ils discutaient souvent de tout et de rien, mais elle en avait aussi appris davantage sur sa proximité avec ses amis.

Carson lui avait expliqué que lui et son équipe avaient fait l'objet de mesures disciplinaires, ce qui les avait poussés à quitter l'armée. Elle ne connaissait pas les détails, car il avait prétendu qu'ils étaient confidentiels, mais que leur départ avait été la meilleure décision qu'ils aient prise. Elle savait également que lui et ses amis avaient été capturés par un ennemi et torturés. Elle avait pleuré en entendant cette histoire, et il lui avait rapidement assuré qu'ils avaient été secourus quelques jours plus tard et précisé qu'ils allaient tous bien.

Skylar lui avait raconté sa première année d'enseignement, à quel point elle était horrible. Elle n'avait pas été préparée du tout, et elle craignait de blesser ses jeunes protégés plus que de les aider. Bien sûr, il n'était pas d'accord et avait essayé de la rassurer en lui relatant que la première année d'activité de Silverstone avait été un désastre. Chaque employé avait démissionné à un moment ou à un autre de l'année. Ils avaient appris de leurs erreurs et avaient compris que la force de Silverstone, c'étaient les employés eux-mêmes. Pas le fait que les camions étaient sophistiqués ou que les propriétaires étaient des vétérans.

Ils étaient sortis le week-end dernier. Carson était venu la chercher vers 10 heures du matin le samedi, et ils avaient passé toute la journée ensemble. Ils avaient déjeuné, joué aux cartes à Silverstone, regardé un film dans l'une des petites salles de repos. Elle s'était allongée contre lui et avait simplement apprécié d'être tenue pendant que le film passait. Il l'avait ramenée chez elle et l'avait embrassée à pleine bouche dans sa voiture avant de la raccompagner à son appartement.

Puis il lui avait apporté un plat chinois à emporter le dimanche. Il n'était pas resté, indiquant qu'il savait que les week-ends étaient le seul moment qu'elle avait pour faire ses courses et planifier sa semaine, mais il voulait s'assurer qu'elle mangeait bien.

Et presque chaque jour, il avait livré quelque chose à l'école. Parfois, c'était une friandise pour toute la classe, d'autres fois, c'était juste pour elle.

Cela ne faisait que deux semaines, mais Skylar savait qu'elle était folle de Carson. Oui, elle était tombée rapidement amoureuse, mais comment aurait-il pu en être autrement ? Tout ce qu'il effectuait semblait sincère.

Pourtant, de temps en temps, elle entrevoyait... quelque chose... dans son intonation. Comme s'il attendait juste que l'affaire suive son cours, et qu'elle lui avoue qu'elle n'était pas intéressée.

Elle ne savait pas pourquoi quelqu'un comme Carson avait si peu d'estime de soi, mais elle détestait ça. Il était prévenant, patient, drôle, protecteur et très intelligent. Il avait de très bons amis, et tout le monde à Silverstone Towing semblait le respecter et l'apprécier.

Aujourd'hui, c'était vendredi, et Carson allait la chercher à l'école. Elle avait laissé ses clés à la secrétaire un peu plus tôt pour qu'il puisse récupérer sa voiture et la conduire à son appartement. Un de ses amis devait le récupérer là-bas et le ramener à Silverstone Towing jusqu'à l'heure de leur rendez-vous. Ils sortiraient dîner, et elle ne pouvait pas attendre. Normalement, elle aurait voulu rentrer à la maison pour se changer et se pomponner, mais Carson avait promis qu'il ne serait pas nécessaire de s'habiller.

Le père de Sandra devait récupérer sa fille vers 17 h 30, puis Skylar était libre pour le reste du week-end.

Elles étaient dehors dans la cour de récréation, comme d'habitude, quand Skylar crut voir quelque chose bouger dans les arbres derrière le parking des professeurs. Il n'y avait qu'une seule voiture sur le parking, celle de la secrétaire, car Carson avait déjà récupéré la sienne.

Inclinant la tête et plissant les yeux pour essayer de mieux discerner, Skylar ne remarqua rien d'anormal. Le vent soufflait sur les feuilles des arbres, et elle décida que ce devait être ce qu'elle avait entrevu. Et elle savait que parler à Carson la rendait un peu paranoïaque. Il lui disait constamment d'être prudente, d'être à l'affût de quelqu'un qui pourrait lui faire du mal pendant qu'elle vaquait à ses occupations quotidiennes. Elle avait même une bouteille d'insecticide pour guêpes sur l'une des hautes étagères de sa chambre, hors de portée des petites mains, mais toujours disponible, juste au cas où.

Apercevant du mouvement du coin de l'œil, elle se retourna pour voir le véhicule déglingué de Shawn se garer sur le parking des invités.

— Sandra ! Ton père est là !

La fillette se précipita hors des barres de singe et courut vers sa professeure aussi vite que ses courtes jambes pouvaient la porter. Elles rentrèrent, prirent son sac à dos rempli de livres et de snacks que Skylar avait empaquetés plus tôt, et descendirent au bureau pour rencontrer son papa.

Skylar sourit à l'accueil enthousiaste que Sandra fit à son père. Elle était toujours heureuse de le voir, ce qui donnait du baume au cœur de Skylar.

— Je voulais vous remercier encore une fois, dit Shawn.

— Pour quoi ? demanda Skylar.

— Eh bien, pour le dérangement quand je suis en retard pour venir chercher Sandra.

— C'est bon, Shawn. On en a déjà parlé. Ça ne me dérange *vraiment pas*. Ça me permet de rattraper mes devoirs pour ne pas avoir à m'en occuper quand je rentre à la maison.

— Eh bien, je voulais aussi vous annoncer que, dans un avenir proche, ce ne sera plus un problème.

— Qu'est-ce que vous voulez dire ? fit Skylar.

— J'ai trouvé un nouveau boulot. Un *bon* boulot, précisa Shawn. Je travaillerai de 8 heures à 16 heures, comme ça je pourrai être là pour récupérer Sandra à temps.

— C'est une excellente nouvelle ! s'exclama Skylar, sincèrement heureuse pour l'homme, et pour Sandra.

— Et je dois *vous* remercier pour cela.

— Moi ? demanda-t-elle avec confusion.

— Oui. Je sais que vous avez dû raconter quelque chose à Bull. Quand je l'ai rencontré il y a quelques semaines, il m'a expliqué qu'il avait entendu parler de moi en bien et qu'il avait une proposition à me faire. Quand il m'a présenté le boulot, j'ai failli tomber à la renverse ! Ça semblait trop beau pour être vrai, si je suis honnête. Je ne connais rien aux voitures, mais il s'en fichait.

Skylar était stupéfaite. Carson avait offert un travail à Shawn ?

— Quel genre de travail ? questionna-t-elle.

Shawn ricana.

— Eh bien, ce que je fais maintenant. Nettoyer, aménager et cuisiner.

Il se pencha vers elle et glissa doucement :

— Avec des *avantages*. Il me paie plus que ce que je gagnais en faisant trois boulots ! C'est un miracle, et je dois *vous* remercier. Alors, en mon nom et en celui de Sandra, merci.

Skylar déglutit fortement et mit sa main sur le biceps de l'homme et le serra. Elle était ravie pour Sandra et son père.

C'était un miracle pour eux, et son cœur avait l'impression qu'il allait éclater.

— Je suis si heureuse pour vous.

— Je ne voulais pas démissionner sans préavis, donc je serai encore en retard pour récupérer Sandra pendant deux semaines environ, si c'est d'accord.

— Ce n'est pas un problème, lui assura Skylar. Sandra et moi nous entendons très bien, et c'est un plaisir de m'occuper d'elle jusqu'à ce que vous puissiez venir la chercher. Je suis ravie pour vous, Shawn. Je sais combien vous avez travaillé dur.

— Merci.

Shawn regarda sa petite fille.

— Tu veux t'arrêter et prendre des nuggets de poulet pour le dîner ? On va fêter ça !

— Ouiii ! cria Sandra joyeusement.

Shawn lui envoya un signe de tête, puis se retourna et sortit du petit bureau.

— Je savais que votre homme était un ange gardien dès le premier sac de biscuits qu'il a déposé, dit la secrétaire.

Skylar se tourna vers elle et sourit.

— Il est assez étonnant.

— Et en parlant du loup, rebondit l'autre femme, en désignant de la tête la grande fenêtre de la pièce.

Skylar regarda dans le couloir et vit Carson parler avec Shawn. Ils se serrèrent la main avant que Bull ne se tourne vers le bureau. Il l'aperçut par la fenêtre et sourit.

Elle avait le sentiment que ce sourire ferait toujours fléchir ses genoux. Skylar afficha un rictus en retour, dit au revoir à la secrétaire et sortit pour le rejoindre.

— Salut, lança-t-il, mais elle ne lui laissa pas la chance de prononcer autre chose.

Elle se mit sur la pointe des pieds, posa une main sur l'arrière de sa tête et le tira vers elle. Il ne résista pas, et ses lèvres rencontrèrent les siennes dans un baiser féroce. Sans se soucier du fait qu'ils se trouvaient au milieu du hall d'une école primaire, Skylar lui montra sans mots à quel point elle le trouvait génial.

Elle haletait quand elle s'éloigna de lui. Il l'avait entourée de ses deux bras et la tenait contre lui.

— C'était pour quoi ça ? demanda-t-il. Non pas que je me plaigne, remarque.

En gloussant, Skylar déclara :

— Parce que tu es incroyable. Je viens d'apprendre ce que tu as fait pour Shawn.

Carson haussa simplement les épaules.

— Tu as indiqué qu'il était un travailleur acharné, et que les emplois qu'il occupait étaient tous exactement ce dont nous avions besoin à Silverstone.

Tenant sa joue, elle ne trouva pas les mots pour lui exprimer à quel point elle était heureuse. Skylar savait qu'elle était fichue. Tout ce que cet homme lui demanderait, elle le donnerait avec plaisir. Sans poser de questions.

— Tu es prête à partir ? interrogea-t-il.

— Je dois prendre mon portefeuille et mon sac.

Sans un autre mot, Carson passa son bras autour de sa taille et la fit tourner en direction de sa classe. Ils marchèrent dans le couloir bras dessus bras dessous, et Skylar savait qu'elle n'avait jamais été aussi joyeuse.

Quand ils arrivèrent dans sa salle, elle se dirigea vers son bureau pour récupérer ses affaires. Elle avait hâte de passer du temps avec Carson. Elle adorait lui parler au téléphone, mais elle aimait encore plus être avec lui en personne. Elle espérait ne jamais perdre cette sensation de vertige qui l'envahissait chaque fois qu'elle le voyait.

— Tu es sûr que j'ai l'air bien pour l'endroit où nous allons ? Si tu passes par chez moi, je peux me changer très vite. Ça ne prendra pas plus de cinq minutes.

— Tu es parfaite, lui dit Carson. J'ai pensé, si tu es d'accord, que nous pourrions aller chez moi. Et je te promets que ce n'est pas une occasion pour moi de te mettre la pression pour quoi que ce soit. J'ai juste pensé qu'après une longue semaine de travail, tu aimerais te détendre un peu et ne pas te soucier de ce que tu portes ou des autres. J'ai commandé chez Mama Carolla. Eagle a affirmé que ça ne le dérangeait pas d'aller y chercher les plats et de les apporter à mon appartement. Je sais que l'italien n'est plus à la mode, avec les glucides et tout ça, mais je te garantis que tu n'as jamais mangé de meilleur italien que chez Mama Carolla.

La bouche de Skylar se mit à saliver rien qu'en y pensant.

— J'adore cet endroit, rétorqua-t-elle. Je n'y ai pas mangé depuis une éternité.

— Donc tu es d'accord pour aller chez moi ? Je te jure que je n'essaie pas de chercher à coucher avec toi. On peut sortir si tu préfères.

— Je ne peux rien imaginer de mieux que de me détendre avec toi, lui avoua-t-elle honnêtement.

Son sourire revint.

— Bien.

— Carson ? l'interpella Skylar.

— Oui ?

— Je suis en train de tomber amoureuse de toi, lâcha-t-elle. Elle remarqua son regard surpris, mais continua avant de perdre son sang-froid.

— Je sais que cela ne fait que quelques semaines et que nous n'avons pas beaucoup traîné ensemble, mais j'ai l'impression de bien te connaître grâce à toutes nos conversations téléphoniques. Mais... je suis un peu en train de flipper.

— De quoi ?

— Je veux juste... S'il te plaît, ne te moque pas de moi. Si tu me fais m'éprendre de toi et qu'ensuite tu te révèles être un agresseur refoulé, ou si tu te donnes en spectacle, ça va me détruire.

Il posa ses mains de chaque côté de son cou et inclina sa tête vers le haut pour qu'elle n'ait pas d'autre choix que de le regarder dans les yeux.

— Je ne suis pas un agresseur, lui affirma-t-il sérieusement. Je préférerais m'arracher les ongles à la racine plutôt que de faire quoi que ce soit qui puisse te blesser. Et je suis dans le même bateau que toi. Je suis devenu un observateur de l'horloge... attendant impatiemment que cinq heures et demie arrivent pour pouvoir entendre de nouveau ta voix. Je ne suis pas parfait, mais être avec toi me donne envie d'être un homme meilleur. Je souhaite parfois être plus digne d'être *ton* homme. Mais si tu tombes... Sky, moi je suis déjà tombé. Je n'arrive pas à croire que personne ne t'ait déjà enlevée, mais tant pis pour eux.

— Carson, murmura-t-elle, ses mots lui donnant la chair de poule sur les bras.

— J'ai des secrets, admit-il. Certaines personnes prétendraient que tu devrais rester loin, très loin de moi. Mais je te jure que rien de ce que j'ai réalisé, et rien de ce que j'effectuerai à l'avenir, ne te touchera jamais. Tu es en sécurité avec moi.

Skylar n'était pas sûre de ce qu'il voulait dire, et elle se sentait un peu mal à l'aise à la fois avec ses mots et l'intensité derrière eux. Mais tout malaise sur ce qu'il voulait dire disparut avec ses *prochains* mots.

— Pendant longtemps, c'était seulement moi et mon père contre le monde. Il représentait tout, et je l'ai perdu. Je pensais que je ne ressentirais plus jamais ce type de connexion. Puis j'ai rencontré Eagle, Smoke et Gramps. J'avais trouvé une nouvelle famille. Je ferais n'importe quoi pour ces gars-là. Mais t'avoir dans ma vie ces dernières semaines m'a fait comprendre que s'ils sont importants pour moi... tu l'es encore plus. Je veux être le genre d'homme que tu admires et respectes. J'ai envie d'être *tout* pour toi, tout comme tu commences à être tout pour moi.

Skylar déglutit, ne sachant pas trop quoi répondre.

— Merde, c'est vrai. C'est trop tôt. Je suis désolé. Sois juste certaine que je ne te considère pas pour acquise. Tu peux me faire confiance. Je serai là quand tu auras besoin de moi, toujours.

De bien des façons, il avait raison. *C'était* trop tôt. Mais au fond de lui, il se sentait bien.

Après avoir profondément inspiré, elle proposa :

— Que dirais-tu de manger italien ce soir et de voir où les choses vont aller à partir de là ?

Pendant une seconde, la prise de Carson sur elle se resserra, puis il hocha la tête et effleura sa joue avec le dos de ses doigts.

— Marché conclu, dit-il.

Il attrapa son sac et le fit passer par-dessus son épaule, et ils marchèrent main dans la main hors de sa classe et vers le parking des visiteurs.

Skylar le reluquait alors qu'il contournait l'avant de la voiture pour se placer du côté conducteur après s'être assuré qu'elle était confortablement installée, émerveillée qu'il soit à lui. Tout dans leur relation avait été accéléré, mais comme promis, il ne lui avait pas mis la pression. Pas une seule fois. En fait, il lui avait rappelé plus d'une fois qu'ils avanceraient à la vitesse qui lui conviendrait.

Mais assise à côté de lui alors qu'il les conduisait à son appartement, Skylar était plus certaine que jamais que Carson était l'homme qu'elle avait attendu toute sa vie. Elle avait commencé à penser qu'elle ne le trouverait jamais, mais un bruit de voiture plus tard... il était là.

Posant sa tête sur le siège derrière elle, Skylar prit une profonde inspiration. Elle était impatiente de voir l'appartement de Carson. Elle ne savait pas quel genre de secrets il pouvait avoir, mais à quel point pouvaient-ils être mauvais ? Il était copropriétaire d'une entreprise de remorquage avec ses amis. Ses employés le respectaient, et elle savait de source sûre que c'était un type bien.

Il était probablement inquiet de ce qu'il avait réalisé à l'armée et pensait qu'elle pourrait le juger pour ça. Eh bien, elle ne le ferait pas. Être militaire était honorable, et s'il imaginait qu'elle allait s'enfuir à cause de ce qu'il avait commis dans son passé, il découvrirait qu'elle était constituée d'une matière plus solide que cela.

Jusqu'à ce qu'il soit prêt à partager ses secrets, elle allait apprécier de passer du temps avec lui et d'apprendre à mieux le connaître.

* * *

Quatre heures plus tard, Bull était assis sur son canapé avec une Skylar somnolente, blottie contre lui. Elle lui avait dit à quel point elle aimait son appartement spacieux. Il comportait trois chambres et un immense salon ouvert sur la cuisine. Il était moderne, et elle avait commenté les nombreuses mesures de sûreté mises en place simplement pour entrer dans l'immeuble. Il y avait un code pour entrer dans le parking, puis un autre pour accéder au hall. Un vigile y était posté et vérifiait l'identité de chacun avant de l'autoriser à prendre l'ascenseur. Enfin, Bull utilisait une carte magnétique pour accéder à son appartement du dernier étage.

Bien sûr, il avait ensuite plusieurs serrures sur la porte de son appartement.

Vu ce qu'il avait entrepris pour Silverstone, Bull ne prenait aucun risque avec sa sécurité. Ou celle de Skylar. Il savait qu'elle pensait que c'était exagéré, mais il s'en fichait. Personne ne lui ferait de mal quand elle était avec lui. Personne.

Eagle était arrivé peu de temps après leur entrée dans la maison et avait livré le repas de Mama Carolla. Bull n'était pas certain de ce que Skylar pouvait désirer, il avait donc commandé beaucoup trop, mais l'italien était toujours meilleur le lendemain. Ils s'étaient gavés de raviolis frits, de veau marsala, de poulet involtini, et de tiramisu pour le dessert. Il avait aimé que Skylar ne chipote pas avec la nourriture. Elle avait plongé dedans, comme si elle n'avait pas mangé depuis des semaines.

Et la conversation n'était jamais retombée. Pas une seule

fois. Ils avaient parlé de ses élèves, de ce qu'elle avait prévu pour la semaine du camion qui commençait lundi, des emplois qu'il avait occupés et de la façon dont Archer était devenu le nouvel employé de Silverstone Towing.

Il avait suggéré qu'ils regardent un film, et elle avait accepté avec enthousiasme. Ils s'étaient gentiment disputés pour savoir ce qu'ils allaient visionner, mais Bull n'en avait franchement rien à faire. Il était heureux de s'asseoir à côté de Skylar et de s'étonner qu'elle soit là.

Finalement, elle avait choisi *Central Intelligence* avec Kevin Hart et Dwayne « The Rock » Johnson. Il l'avait vu plusieurs fois et l'avait apprécié. Mais il aimait encore plus le regarder avec Skylar. Elle gloussait et haletait librement… et à la fin, elle était pratiquement assise sur ses genoux.

Il était 22 heures, et même si elle essayait de faire semblant, il était évident que Skylar était épuisée. Bull avait envie d'être égoïste et de continuer à lui parler, peut-être même de lui faire visionner un autre film pour qu'elle s'endorme sur lui. Il détestait l'idée de la renvoyer dans son complexe d'appartements pourris, mais il savait qu'il n'avait pas le choix.

— Tu es fatiguée ?

— Hmm.

Après un petit rire, Bull embrassa le sommet de sa tête.

— Je devrais te ramener chez toi.

— Carson ?

— Je suis là, ma belle.

— Tu veux venir chez mes parents avec moi le week-end prochain ?

— Veux-tu que je vienne chez tes parents avec toi le week-end prochain ? lui répliqua-t-il.

Elle leva le regard vers lui, et même dans la faible lumière, il pouvait voir à quel point ses yeux verts étaient beaux. Pour l'instant, ils semblaient avoir une teinte de forêt sombre. Mais à la lumière du soleil, ils s'éclaircissaient et devenaient plutôt de couleur jade.

— J'aimerais ça.

— Alors rien ne pourrait me retenir.

Elle lui sourit, et Bull se jura de faire tout ce qu'il pourrait pour qu'elle ait toujours ce regard.

— Ce n'est rien de spécial. Juste un déjeuner le samedi. J'essaie d'aller à Carmel au moins une fois par mois.

— Tu as prévu que Silverstone se rende à l'école vendredi prochain, n'est-ce pas ? demanda-t-il.

Elle acquiesça.

— Oui. Les pompiers viennent mercredi, la police jeudi, et vous terminez la semaine.

— Et si tu rentrais avec moi après l'école, vendredi prochain ? suggéra-t-il. Je ramènerai le camion à Silverstone, puis on fera comme cette semaine... On dînera ici, on se détendra, puis je passerai samedi, je viendrai te chercher et on ira à Carmel.

— C'est parfait, acquiesça-t-elle, puis elle se lécha les lèvres.

Et juste comme ça, Bull était fichu. Il bougea avant même d'avoir réfléchi à ce qu'il faisait. Il baissa la tête et la dévora.

Elle s'ouvrit à lui immédiatement, et il sentit ses ongles s'enfoncer légèrement dans la peau sensible de sa nuque. Elle gémit, et il la tira vers le haut et sur ses genoux jusqu'à ce qu'elle soit à califourchon sur lui.

Bull posa une main sur le bas de son dos et la rapprocha jusqu'à ce que son corps soit pressé contre son membre. Puis il inclina la tête et l'embrassa comme si sa vie en dépendait. Pendant une seconde, il ne s'était pas concentré sur ce que Sky pouvait vouloir. Il s'emparait de ce dont il avait besoin. Elle.

Quand elle se tordit contre lui, Bull recouvra ses esprits et retira sa bouche. Il baissa les bras, honteux d'avoir été si agressif. Il craignait de l'avoir effrayée.

Bull prit une grande inspiration et se força à la regarder.

Ce qu'il vit fit palpiter son érection dans son jean.

Les lèvres de Skylar étaient roses et gonflées, et, sous son regard, elle les léchait sensuellement. Elle se pencha vers lui, baladant ses mains sur sa poitrine et dans ses cheveux. Ses tétons étaient visibles sous le chemisier bleu clair qu'elle portait, et il jura qu'il pouvait sentir la chaleur entre ses jambes le brûler.

Il fit glisser lentement ses mains le long de ses jambes et les posa sur ses hanches. Il s'était affolé pendant une seconde en dérobant juste ce qu'il voulait plutôt que de s'assurer qu'elle était sur la même longueur d'onde. Il était un grand garçon et pouvait facilement dominer quelqu'un d'aussi petit que Skylar.

— C'était tellement mieux que dans mes rêves, chuchota-t-elle timidement.

Bull grogna, ses doigts se resserrèrent.

— Tu as rêvé de moi ? lui demanda-t-il.

Elle rougit, mais acquiesça.

— Dis-moi, lui ordonna-t-il.

Elle hésita, et il se tapa mentalement sur la tête.

— Enfin... si tu veux, rétropédala-t-il.

— Tu sais que tu es sexy quand tu es grognon et exigeant, hein ? minauda-t-elle au lieu de lui répondre.

— Je ne souhaite pas te faire peur, déclara Bull honnêtement. Je refuse que tu penses que je prendrais l'initiative de quelque chose dont tu n'as pas envie.

— Je sais. Et crois-moi, le fait que tu m'aies tirée sur toi et que tu m'aies embrassée ne m'a pas effrayée.

Bull soupira de soulagement et se laissa glisser une main sur le côté de son corps, effleurant sa poitrine au passage. Il sourit de satisfaction lorsque son mamelon perla à nouveau.

— Révèle-moi ce dont tu as rêvé, exhorta-t-il à nouveau.

Il espérait qu'elle ne plaisantait pas quand elle prétendait qu'elle aimait son côté autoritaire.

Ses joues étaient encore roses, et il pouvait voir des taches de la même couleur sur le haut de sa poitrine, mais il ne recula pas. Il voulait entendre ce qu'elle avait à avouer. Il *avait besoin* de l'entendre.

La pièce était semi-obscure, avec seulement une lueur provenant de la cuisine et l'éclairage de la télévision. Avec Skylar sur ses genoux et ses bras autour d'elle, l'atmosphère était intime – et il n'avait jamais eu autant envie de quelqu'un que de Skylar. Entendre ses fantasmes sexuels pourrait le tuer, mais il n'allait pas la prendre ce soir. Il la voulait désespérément, mais ce n'était pas le bon moment.

— Nous étions dans mon appartement, dont je sais que tu n'as pas encore vu l'intérieur, mais comme je n'avais pas découvert *ton* appartement, c'est là que je t'imaginais. Quoi qu'il en soit, tu m'as fait reculer dans ma chambre – nous étions déjà tous les deux nus pour une raison quelconque –, et quand je suis tombée sur mon lit, tu t'es glissé entre mes jambes, tu les as écartées et tu as immédiatement commencé à me faire l'amour.

— Putain, jura Bull, ses mots lui donnant envie de réaliser exactement ce qu'elle décrivait.

Skylar détourna son regard de lui, se concentrant sur un point derrière sa tête.

— J'étais déjà trempée, alors tu ne m'as pas fait mal du tout. Tu étais vraiment passionné, presque autoritaire, et tu m'as fait bouger comme tu voulais en entrant et sortant. Personne ne s'est jamais vraiment soucié de savoir si ce qu'il entreprenait me donnait du plaisir, mais tu as continué à vérifier que tu ne me faisais pas mal et que j'aimais ça. J'ai eu un orgasme une fois, et j'ai pensé que c'était fini, mais tu as continué. Sans me laisser redescendre. C'était incroyable.

Le membre de Bull était si dur qu'il avait l'impression qu'il allait sortir de son pantalon. Il mit une main à l'arrière de sa tête et enroula ses cheveux autour de son poing. Elle bascula la nuque en arrière et il attendit qu'elle le regarde avant de parler.

— Je vais *adorer* te faire l'amour, prononça-t-il d'un ton bas et rauque. Je vais te faire jouir encore et encore jusqu'à ce que tu me supplies d'arrêter.

— Carson, souffla-t-elle en respirant.

— Quand on est ensemble, tu passes en premier. Chaque fois. Toujours. Tu comprends ? Tout homme qui ne s'assure pas que sa femme est satisfaite au lit est un idiot. Et Skylar... Je ne suis pas un idiot.

Elle déglutit et acquiesça.

Tout en gardant sa main dans ses cheveux, Bull utilisa l'autre pour passer ses doigts sur sa poitrine. La respiration de Skylar s'accéléra, mais elle ne se retira pas.

— Tu es très réactive et je vais adorer te déballer, murmura Bull en détournant les yeux de ses petits tétons durs. N'aie pas peur de moi. Quand on sera ensemble, ça va être puissant. Je prendrai peut-être des initiatives inédites pour toi, mais je m'assurerai toujours que tu es partante. D'accord ?

— D'accord, répondit-elle immédiatement.

À contrecœur, Bull démêla ses doigts et caressa sa nuque avant de déplacer sa paume vers son dos.

— Merci d'avoir partagé cela avec moi.

Skylar haussa les épaules.

— Avec toi, j'ai l'impression que je peux tout te dire.

— Bien, déclara-t-il avec satisfaction. Parce que tu peux le faire.

— Merci de ne pas rendre les choses plus bizarres... ou encore plus étranges qu'elles ne le sont déjà.

— Viens ici, invita Bull en la tirant doucement vers l'avant jusqu'à ce qu'elle soit allongée contre lui.

Son poids sur sa poitrine était agréable. Bien. Ses cheveux lui chatouillaient la mâchoire, elle était chaude et détendue, et rien ne l'avait jamais rendu plus heureux. Bull se demandait bien ce qu'il avait accompli pour mériter ça. *La* mériter.

Il avait envie de lui parler de Silverstone à l'instant même, de ce que lui et ses amis avaient commis. Mais plus encore, il ne voulait pas que la proximité qu'il ressentait avec elle cesse. Il était trop égoïste.

Et il savait que ça se *terminerait*. Avouer à quelqu'un que vous avez tué d'autres personnes pour vivre n'était pas exactement une parole chaleureuse et floue. Elle serait choquée et confuse... et il pourrait la perdre.

Il n'était pas prêt à la perdre.

Bull ne sait pas combien de temps il est resté assis sur le canapé à câliner Skylar, mais il avait fini par se rendre compte qu'il devait la ramener chez elle. Il s'était déplacé et s'était mis debout avec elle dans ses bras. Elle n'avait même pas bronché, ce qui lui avait donné l'impression de mesurer trois mètres de plus. Elle lui faisait confiance pour ne pas la laisser tomber, et cette confiance signifiait tout.

Peut-être, juste peut-être qu'elle serait capable de faire face à ce qu'il réalisait. Peut-être qu'elle le considérerait comme lui... qu'il protégeait son pays, le monde, du mal qui y résidait.

— Je vais te voir demain ? demanda Skylar en dormant alors qu'il l'emmenait vers sa porte.

Il la posa soigneusement sur ses pieds et la serra contre lui pour qu'elle ne tombe pas.

— Tu en as *envie* ?

— Oui.

— Alors, oui, tu me verras demain.

— Et dimanche ?

Les lèvres de Bull tressaillirent.

— Oui.

— Bien. Tu me manques pendant la semaine. Tu pourrais peut-être venir dîner à la maison un jour ? Je veux dire, on se parle au téléphone, alors autant être là en personne, non ?

Le cœur de Bull se gonfla.

— Oui.

Elle lui sourit.

— Carson ?

Il aimait sa façon de réitérer ça régulièrement. Prononcer son nom comme une manière d'obtenir la permission de lui demander quelque chose. Comme s'il allait le lui refuser.

— Oui, Sky ?

— Je suis heureuse.

Ces trois mots eurent presque raison de Bull.

— Moi aussi, lui répondit-il honnêtement.

Jusqu'à ce qu'il la rencontre, il ne s'était pas rendu compte à quel point il n'avait fait que subir les aléas de la vie. Il n'était pas *malheureux* avant, mais il n'avait pas vraiment trouvé de raison de sourire. Jusqu'à Sky.

Il ne lui fallut qu'une minute ou deux pour mettre ses chaussures et prendre ses affaires, puis ils redescendirent dans le hall et dans le garage.

Bull l'accompagna jusqu'à son appartement, en remarquant qu'au moins il y avait plusieurs lumières dans le parking, et que tout le monde autour de chez elle avait ses lumières extérieures allumées. Elle ouvrit la porte de son logement et proposa timidement :

— Tu veux entrer ?

Son membre tressaillit, mais Bull l'ignora.

— Non. Pas ce soir. Tu as besoin de dormir un peu. Tu es épuisée. Je peux voir les cernes sous tes yeux.

Il en traça une avec son doigt.

Elle fronça le nez.

— Merci de me le faire remarquer, s'emporta-t-elle.

— Tu es belle avec ou sans ces cernes, rétorqua Bull honnêtement.

Puis il se pencha vers elle et lui murmura doucement :

— Quand nous nous coucherons pour la première fois, nous serons tous les deux bien réveillés et pas fatigués d'avoir travaillé toute la journée. Je veux voir ton appartement, mais nous avons le temps. Je ne vais nulle part.

Elle hocha la tête.

— J'ai passé un bon moment ce soir. Merci pour tout.

— De rien.

Il se rapprocha encore plus et prit le temps de l'embrasser pour lui dire au revoir. Bull avait envie de la pousser contre le mur et de la prendre comme il l'avait rêvé, mais il se força à se retirer.

— Dors bien.

— Toi aussi, lâcha-t-elle à bout de souffle.

— Je t'appellerai demain matin, et nous pourrons décider de ce que nous souhaitons faire. D'accord ?

— Ça me paraît bien.

Bull l'embrassa une nouvelle fois sur le front, puis s'éloigna d'elle.

— Rentre, ferme et verrouille ta porte, ordonna-t-il.

Skylar roula les yeux, mais fit ce qu'il lui demandait.

Ce n'était qu'ensuite que Bull se dirigea vers les escaliers pour retourner au parking.

Sur le chemin du retour, il réfléchit beaucoup aux raisons pour lesquelles il était si attiré par Skylar. C'était en partie à cause de son innocence, qui lui donnait envie de l'envelopper et de la protéger du monde, mais aussi à cause de son enthousiasme pour la vie. Elle n'hésitait pas non plus à dire ce qu'elle pensait – il n'arrivait pas à croire qu'elle lui avait parlé de ses rêves érotiques. Rien que d'y penser, son sexe redevint dur.

Il avait eu une érection plus souvent au cours des quinze jours écoulés qu'au cours des deux dernières années. Et c'était juste en l'écoutant *parler*. Il ne pouvait pas imaginer ce que ça ferait d'être peau contre peau avec elle. D'être à l'intérieur d'elle.

Se forçant à prêter attention à la route, Bull pensa plutôt à la semaine à venir. Lui et les autres étaient sur le point d'obtenir les informations dont ils avaient besoin pour se rendre en Afrique et trouver Mostafa. Si cet homme pensait pouvoir s'en sortir en entraînant des terroristes à tuer ses propres compatriotes, il se trompait.

Mais Bull devait réfléchir à ce qu'il allait dire à Skylar concernant l'endroit où il allait. Ils avaient tous deux pris l'habitude de discuter tous les jours. Il ne pouvait pas vraiment lui révéler qu'il quittait le pays sans lui expliquer pourquoi. Il n'avait pas voulu lui annoncer ce qu'il faisait si tôt dans leur relation, mais il commençait à croire qu'il n'aurait pas le choix.

Peut-être que c'était mieux comme ça. Si elle ne pouvait pas accepter qui il était et ce qu'il réalisait, ils n'avaient aucune chance d'entretenir une relation à long terme.

Cette pensée lui donna envie de frapper quelque chose, mais il prit une profonde inspiration après avoir garé sa voiture. Ce qu'il craignait le plus était de se savoir déjà engagé à cent pour cent dans cette relation. Il allait rencontrer ses parents, et il ne pouvait pas imaginer passer un seul jour sans lui parler. Si elle ne pouvait pas accepter Silverstone, il avait le sentiment qu'il ne s'en remettrait jamais.

Décidant qu'il n'avait pas d'autre solution que de gérer les événements au jour le jour, Bull sortit de son véhicule et rentra dans son appartement. Il allait pouvoir la voir demain et dimanche. Puis, à son invitation, il s'efforcerait d'aller dîner chez elle au moins deux fois la semaine prochaine. Vendredi, il passerait la majeure partie de la journée avec elle... et sa classe... mais il l'aurait pour lui tout seul ce soir-là. Il rencontrerait ses parents, ferait bonne impression... et s'inquiéterait ensuite de lui parler de Silverstone.

Il avait le temps.

Il l'espérait.

———

10

Skylar regarda ses quatorze élèves de maternelle avec affection. Aujourd'hui, ils étaient très motivés et hyperactifs. Après quelques jours de leçons sur les différents types de camions, ils étaient enchantés de pouvoir monter sur celui des pompiers mercredi après-midi. Ils purent s'asseoir dans une ambulance et monter dans la nacelle du véhicule de pompiers. Jeudi, ils avaient eu l'occasion de déclencher la sirène d'une voiture de police et d'explorer un camion du SWAT.

Aujourd'hui, c'était le jour de Silverstone Towing. Carson et ses amis apportèrent deux de leurs dépanneuses les plus récentes pour les montrer aux enfants. Skylar passa en revue le programme avec Carson, et il ne sembla pas inquiet du tout à l'idée de divertir une classe pleine d'enfants. Elle ne savait pas s'il ignorait à quel point ils pouvaient être turbulents ou s'il était vraiment sûr de *sa* capacité à les gérer.

— Rappelez-vous, les filles et les garçons, indiqua Skylar à ses élèves, vous ne pouvez rien toucher sans permission, et vous devez mettre vos oreilles sur écoute, d'accord ?

Tout le monde acquiesça, et tout ce que Skylar pouvait faire était d'espérer le meilleur.

La semaine précédente avait été incroyable. Samedi,

Carson était venu la chercher, et ils étaient allés se balader à vélo le long du Monon Trail. C'était une ancienne voie ferrée qui avait été transformée en piste cyclable et piétonne. Bien entendu, Carson avait été informé qu'elle n'était pas une grande cycliste et lui avait loué un vélo électrique. Elle n'aurait jamais pensé qu'elle pourrait autant aimer en faire... mais c'était parce qu'elle avait été avec Carson. Ensuite, elle l'avait ramené à son appartement, et ils avaient passé le reste de l'après-midi à bavarder, à dîner et à regarder un autre film.

Skylar avait été déçue lorsqu'il était parti sans oser plus que l'embrasser, même s'il s'agissait d'une séance de pelotage de trente minutes.

Dimanche, il était venu la chercher et l'avait emmenée au Rosie's Diner pour le petit-déjeuner. Puis il l'avait ramenée à contrecœur à la maison pour qu'elle puisse faire ses courses du week-end.

Mais ce qui avait rendu sa semaine encore meilleure, c'était quand il lui avait demandé s'il pouvait la rejoindre et dîner avec elle le mardi. Puis il avait recommencé le mercredi.

Skylar s'était avoué librement qu'elle était accro à cet homme. Elle voulait être avec lui tout le temps et vivait pour parler au téléphone quand elle ne pouvait pas le voir en personne.

Il l'avait attirée, hameçon, ligne et plomb, et elle ne pouvait pas être plus heureuse.

Un coup à la porte la sortit de ses pensées, et, après s'être retournée, elle vit Carson debout avec Eagle, Smoke et Gramps.

— Les enfants, interpella-t-elle, nos invités sont là. Que diriez-vous de leur montrer combien nous pouvons être polis et accueillants ?

— Bienvenue dans notre classe ! crièrent les quatorze petites voix en même temps.

Skylar se précipita vers les hommes.

— Entrez, leur intima-t-elle.

Puis elle baissa la voix et ajouta :

— Ils ne mordent pas... du moins pas très fort.

Les quatre hommes étouffèrent un rire et Skylar se détendit. Tout allait bien se passer.

Elle avait parlé aux gars avant leur arrivée. Ils avaient tous accepté de s'asseoir avec des petits groupes d'élèves, de leur lire des histoires et d'en discuter avant de sortir dans les camions. Elle avait trouvé quelques livres appropriés pour l'occasion. Carson lit *Joe le camion*, Eagle *Sunny le camion sauve la situation !*, Smoke *Petit camion vert* et Gramps *Les camions de la dépanneuse*.

Skylar était consciente qu'elle affichait un sourire niais en regardant les hommes grands, musclés et très masculins raconter ces récits stupides à ses élèves. Elle prit même quelques photos en cachette, car elle savait qu'elle ne voulait jamais oublier ce jour.

Sandra, Brodie et Chad étaient avec Carson, et il avait toute leur attention. Il était naturel avec les enfants, et Skylar avait l'impression que ses ovaires allaient exploser à tout moment – ce qui était un choc. Elle supposa que son horloge biologique *devrait* faire tic-tac maintenant, mais même à 32 ans, elle n'avait jamais ressenti un énorme besoin de procréer. Elle passait presque tous les jours avec des gamins, et elle appréciait de ne pas en retrouver quand elle rentrait chez elle.

Cependant, en voyant Sandra poser sa petite main sur le genou de Carson et se pencher sur lui, le regardant avec des yeux adorateurs qui montraient clairement qu'elle était suspendue à chacun de ses mots, Skylar pouvait imaginer Carson avec ses propres enfants.

Secouant la tête devant son ridicule, elle se promena dans la salle, écoutant les petits groupes et encourageant les élèves à poser des questions. Quand il devint évident qu'ils étaient plus que prêts à sortir et à découvrir les camions par eux-mêmes, elle les rassembla autour d'elle sur le tapis spécial de sa classe.

— OK, tout le monde. Dans une minute, nous allons sortir et regarder de près une dépanneuse. Mais avant de partir... qui peut nous dire quand on peut avoir besoin d'une dépanneuse ?

Presque toutes les mains se levèrent, ce que Skylar adora. Elle voulait que chacun de ses élèves se sente confiant dans ses réponses et s'habitue à parler non seulement devant ses camarades de classe, mais aussi devant les étrangers présents dans la salle.

— Ignacio ?

— La voiture de maman est à plat !

— Bien, loua Skylar. Quoi d'autre ? Gwen ?

— Quand papa oublie de mettre de l'essence dans la voiture et qu'elle s'arrête.

— C'est vrai. Tomber en panne d'essence, ce n'est pas bon. Ensuite ?

Elle obtint quelques réponses supplémentaires de ses enfants avant qu'ils ne puissent penser à d'autres raisons.

— Nous avons parlé aux gentils officiers de police hier. Pensez-vous que nos invités d'aujourd'hui travaillent avec eux ?

— Oui ! s'écrièrent tous ses élèves.

Souriante, Skylar acquiesça.

— Vous avez raison. Quand il y a un accident, les policiers appellent parfois une dépanneuse. Devriez-vous avoir peur des hommes et des femmes qui se présentent avec leurs *gros* camions pour remorquer votre voiture ?

Les quatorze bambins secouèrent la tête.

— Exactement. Ils sont là pour aider.

Skylar baissa la voix et se courba en avant, comme pour révéler un secret à ses élèves. Ils déglutirent et se penchèrent vers elle en réponse.

— Mais parfois, reprit-elle doucement, les adultes n'aiment pas qu'une dépanneuse doive venir. Vous savez pourquoi ?

— Parce que c'est de l'argent, tenta Zahir.

— Parce que ça veut dire que notre voiture est cassée, ajouta Karlee.

— Parce que le conducteur est grand et effrayant, osa timidement Marisol.

Skylar hocha la tête.

— Oui à tout ça. Mais vous savez quoi ?

— Quoi ? demandèrent les enfants.

— La personne qui conduisait la dépanneuse n'a pas causé l'accident, et la voiture est peut-être cassée, mais *tu* n'es pas blessé, et nous avons beaucoup parlé du fait que l'apparence de quelqu'un ne dit rien sur le genre de personne qu'il est à l'intérieur, n'est-ce pas ?

Tout le monde hocha la tête.

— Nos invités – ils sont grands, non ?

Tous les enfants tournèrent la tête pour regarder Carson, Eagle, Smoke et Gramps. Ils reconnurent tous que les quatre hommes étaient effectivement imposants.

— Je sais de source sûre qu'ils sont tous très gentils. Non seulement ça, mais ils gardent des petits cadeaux pour les enfants effrayés quand ils sont appelés sur un accident.

Elle pouvait voir que ça avait attiré leur attention. Elle n'aurait probablement pas dû dévoiler quoi que ce soit, parce que maintenant ils s'attendaient tous à recevoir un jouet si leurs parents devaient appeler pour un remorquage, mais il était trop tard pour revenir en arrière maintenant.

— Qui est prêt à voir une grosse dépanneuse ?

Les quatorze enfants levèrent les mains en l'air, et Skylar gloussa. Elle se leva et les plaça en deux lignes devant la porte. Elle jeta un coup d'œil à Carson et faillit trébucher devant le regard qu'il lui lançait. Elle perçut du respect et de l'admiration… mais aussi ce qu'elle imaginait être du désir.

Ce qui était fou. Elle savait que ses cheveux sortaient du chignon dont elle s'était parée ce matin-là, qu'elle n'était pas maquillée et qu'elle était en mode « professeure ».

Mais elle ne pouvait pas nier la chaleur qu'elle discernait dans son regard.

Il était impossible d'ignorer Carson – elle savait parfaitement où il se trouvait chaque seconde –, mais elle fit de son mieux.

Gramps et Smoke allèrent à l'arrière de la file, et Eagle et

Carson à l'avant avec elle. Ils traversèrent le hall et sortirent par la porte en direction du parking des enseignants, où le personnel avait bloqué quelques places pour les camions.

Ils traversèrent la cour de jeu, puisque c'était plus rapide, et se dirigèrent vers le portail à l'arrière du grand terrain herbeux. Il s'ouvrit facilement lorsque Skylar poussa dessus ; le loquet s'était cassé il y a un certain temps, et il n'avait toujours pas été réparé.

Ses élèves étaient enthousiastes, et elle ne pouvait pas les blâmer. Ils s'étaient tellement amusés avec les camions de pompiers et les véhicules de police qu'ils s'attendaient à un autre moment incroyable avec les dépanneuses. Il y en avait deux garées dans le parking, et elles semblaient énormes par rapport aux voitures.

Skylar divisa les enfants en deux groupes. Gramps et Eagle en prirent sept, et Carson et Smoke les sept autres.

La professeure s'attarda pendant un moment, s'assurant que les hommes maîtrisaient la situation, et lorsqu'il était plus qu'évident que c'était le cas, elle se retira et regarda simplement les amis de Silverstone Towing charmer ses élèves.

Les gamins voulaient bien sûr actionner tous les interrupteurs et voir les dépanneuses en action. Carson la convainquit de le laisser arrimer sa voiture pour que tout le monde puisse constater comment ça se passe. Skylar ne l'aurait pas deviné au début de la semaine, mais les dépanneuses étaient le clou du spectacle... plus que les voitures de police ou les camions de pompiers.

Lorsque la démonstration se termina, c'était la fin de la journée d'école. Skylar ramena les enfants gonflés à bloc dans le bâtiment et les dispatcha. Ceux qui étaient récupérés par leurs parents, ceux qui prenaient le bus, et ceux qui allaient au programme extrascolaire.

Eagle, Smoke et Gramps partirent avec les camions, et Carson s'attarda avec elle. Sandra resterait encore un peu à l'établissement. Elle reviendrait dans la classe pour attendre son père après la fin du programme.

Soupirant de soulagement devant le silence béni de la classe, Skylar jeta un coup d'œil à Carson. Il était debout sur le côté de la salle, appuyé contre le mur. Il avait les bras croisés sur sa poitrine... et dardait sur elle le même regard qu'elle avait aperçu plus tôt.

Dès qu'il avait vu qu'il avait son attention, il se détacha de la cloison et s'approcha d'elle.

Pendant une seconde, Skylar voulut reculer, tant son intensité était forte, mais elle tint bon et inclina la tête pour le dévisager alors qu'il s'avançait.

Il ne dit rien, prit simplement son visage dans ses mains et se pencha pour l'embrasser. Le baiser ne fut pas long, une pression dure de ses lèvres contre les siennes, mais il ne se retira pas quand il termina. Il la regarda fixement pendant un long moment avant de déclarer :

— Tu es incroyable.

Skylar savait qu'elle était probablement en train de rougir, mais elle se leva et attrapa ses poignets, non pas pour l'éloigner, mais pour ressentir une connexion plus profonde avec lui.

— Pourquoi ?

— Pourquoi es-tu incroyable ? répéta-t-il.

Puis, ne lui laissant pas la chance de répliquer, il continua.

— Parce que tu offres à ces enfants un excellent départ dans leur expérience scolaire. Tu es patiente avec eux, tu réponds à toutes leurs questions sans irritation, tu leur donnes de l'affection sans contrepartie, et il est clair que tu aimes ce que tu entreprends.

— Je ne fais que mon travail, protesta-t-elle.

— Non. C'est plus que ça. J'ai eu beaucoup de professeurs en grandissant qui ne faisaient manifestement que suivre le mouvement. La bureaucratie de l'enseignement les avait terrassés, et ils se contentaient d'exister, passant à travers chaque jour pour pouvoir gagner leur salaire. Je suis sûr que tu es sous-payée, que tu as peut-être même du mal à régler tes factures, mais ne crois pas que je n'ai pas remarqué la réserve de snacks derrière ton bureau pour ceux qui n'ont pas les moyens de manger, ou la pile d'autocollants et de petits jouets que tu distribues sûrement pour un exercice bien réalisé. Sans parler des marqueurs, des livres, du papier coloré et des innombrables autres choses que tu as achetés toi-même pour faire de ta classe un endroit accueillant et joyeux.

— Carson, il y a des milliers d'enseignants comme moi dans le monde, soutint Skylar. Nous dépensons tous notre propre argent parce qu'il n'y en a tout simplement pas assez dans les budgets des écoles.

Il secoua la tête.

— Mais tu te sens *concernée*. Tu sais ce que Sandra m'a dit aujourd'hui ?

Skylar déglutit et secoua la tête. Elle les avait vus parler tout à l'heure, et ils avaient l'air bien ensemble, mais elle avait été occupée et n'avait pas eu l'occasion d'aller voir ce dont ils discutaient si intensément.

Elle était au fait que Sandra lui avait demandé son surnom. Même si Skylar en avait parlé à son élève, elle n'avait pas été surprise qu'elle veuille l'entendre de sa bouche. Elle était aussi au courant que Carson avait minimisé l'importance de « Bullseye » – il ne pouvait pas vraiment dire à une petite fille qu'il était un excellent tireur –, mais elle ne craignait pas qu'il ait expliqué quelque chose d'inapproprié. C'était une merveilleuse surprise, mais il semblait être vraiment bon avec les enfants.

— Elle m'a raconté que, parfois, elle était triste de ne pas avoir de maman, mais que lorsqu'elle venait à l'école, elle pouvait prétendre que *tu* étais sa maman, confia Carson, la sortant de ses pensées.

Les yeux de Skylar se mirent à sangloter en entendant ses paroles.

Mais il n'avait pas fini.

— Elle m'a rapporté qu'elle était sûre que c'était toi qui avais obtenu un nouvel emploi pour son père. Parce qu'il était triste de ne pas pouvoir être avec elle autant qu'il le voulait. Elle a ajouté qu'elle avait peur la nuit quand elle était seule, mais qu'elle savait que si elle disait quelque chose à quelqu'un, on l'enlèverait à son père. Elle était tellement heureuse qu'il travaille à Silverstone Towing, qu'il puisse rester à la maison avec elle le soir. Et elle croyait que c'était grâce à *toi*. Elle a déclaré que tu étais son ange.

Skylar était en train de pleurer. Les larmes abondaient sur ses joues.

Carson les balaya sous son pouce.

— Je n'ai pas trouvé ce travail pour son père. J'ignorais totalement que Silverstone embauchait, protesta-t-elle.

— Mais tu étais inquiète pour Sandra. *Et* pour son père. Tu ne te doutais peut-être pas qu'il serait parfait pour nous, mais tu te souciais suffisamment d'eux pour exprimer ton tourment. Cette empathie est ce qui fait de toi non seulement une bonne professeure, mais aussi quelqu'un dont je n'ai pas pu m'éloigner. J'ai envie d'emmagasiner ta nature bienveillante et de l'emporter avec moi pour m'en servir lorsque je rencontrerai le pire que le monde ait à offrir.

La façon dont il avait prononcé cette dernière partie fit froncer les sourcils de Skylar, angoissée.

— Les clients avec lesquels tu es en contact sont-ils vraiment si mauvais ? demanda-t-elle.

Sa question sembla l'extirper du moment intense dans lequel il se trouvait, car Carson ferma les yeux et prit une profonde inspiration.

— Sandra est spéciale. Tous tes enfants sont spéciaux. Et tu as fait une énorme différence dans leurs vies, qu'ils le sachent ou non. Tu es une professeure extraordinaire, Skylar. J'espère que tu t'en rends compte.

Se sentant un peu gênée par ses louanges excessives, Skylar haussa simplement les épaules.

— Que puis-je faire pour t'aider pendant que nous attendons que 5 heures arrivent et que Sandra revienne jusqu'à ce qu'Archer vienne la chercher ?

Skylar se dit que déclarer « Embrasse-moi jusqu'à ce que je ne puisse plus respirer » n'était pas vraiment approprié pour le moment ou l'endroit, alors elle soupira.

— Si tu souhaites vraiment aider, tu peux remettre toutes les chaises sous les tables et les nettoyer pour moi pendant que je tape un bref compte rendu de la semaine pour la directrice. Elle désire le partager dans son rapport mensuel à la commission scolaire.

— C'est comme si c'était fait, annonça-t-il, puis il ne s'éloigna pas d'elle.

— Carson ?

— Oui ?

— Tu dois me lâcher si tu veux que j'écrive quelque chose.

— Je sais, répondit-il, mais il ne se détacha toujours pas de ses mains.

Si elle était honnête avec elle-même, Skylar aimait qu'il ne désire pas arrêter de la toucher. Elle ressentait la même chose pour lui.

Et soudain, elle en souhaitait plus. Plus de ses caresses. Plus de ses baisers.

Elle convoitait tout ça.

Il n'avait été qu'un gentleman depuis leur rencontre, ce qu'elle avait apprécié, mais elle en avait officiellement fini avec ça. Ce soir, elle allait s'assurer qu'il sache qu'elle était prête pour la prochaine étape. Pour qu'il arrête de se retenir.

— C'est quoi ce regard ? demanda-t-il en inclinant la tête, voyant manifestement sur son visage une partie de ce qu'elle pensait.

Skylar sourit.

— Rien.

— Que Dieu aide un homme quand sa femme dit « Rien », mais sourit ensuite comme ça.

Elle aimait être appelée *sa femme.*

Carson se pencha et l'embrassa de nouveau. Cette fois, c'était plus doux, plus respectueux. Puis il laissa tomber ses mains et engagea un pas en arrière. Il la regarda dans les yeux pendant un moment avant de se tourner pour prendre une chaise.

Skylar alla s'asseoir à son bureau et ouvrit son ordinateur portable. Elle n'avait rien moins qu'envie d'écrire un résumé de la semaine, mais elle savait que si elle s'en occupait maintenant, elle n'aurait pas à s'en soucier plus tard... et qu'elle pourrait concentrer toute son attention sur Carson.

Alors, pendant qu'il nettoyait sa classe et la remettait en ordre, elle rédigeait rapidement et efficacement un compte rendu de la semaine du camion.

* * *

Un peu après 5 heures, Bull se tenait avec Skylar sur le terrain de jeu et regardait Sandra courir. C'était une petite fille extrêmement comblée. En la regardant, on ne pouvait pas savoir combien elle et son père possédaient peu. Certains pourraient éprouver de la peine pour elle, étant une minorité vivant dans un quartier peu prospère d'Indianapolis, mais Bull avait le sentiment qu'elle deviendrait une femme incroyable. Elle était déjà intelligente et empathique envers les autres. Son père était prêt à faire n'importe quoi pour elle, et son parcours éducatif débutait de façon idéale avec Skylar comme première professeure.

— Elle est heureuse, constata Skylar à côté de lui. J'adore ça.

— Elle l'est, acquiesça Bull avant de lui demander :

— Et toi ?

Elle se retourna pour le regarder.

— Et moi, quoi ?

— Es-tu heureuse ?

Au lieu de répondre immédiatement, elle réfléchit à sa question pendant un moment.

— Je le suis. J'occupe un travail que j'aime et qui paie suffisamment pour que je puisse manger et avoir un toit sur la tête. J'ai des parents extraordinaires qui m'ont appris à discerner le meilleur des gens et qui m'aiment inconditionnellement. J'ai des voisins formidables qui veillent sur moi, et même si nous ne sommes pas les meilleurs amis du monde, je sais que si j'avais besoin d'eux, je pourrais les appeler et ils seraient là.

Puis elle rougit et ajouta :

— Et j'ai un petit ami incroyable. Oui, Carson, je suis heureuse. L'es-tu ?

Il aurait dû le voir venir, mais pour une raison quelconque, il ne l'avait pas perçu.

Bull fronça les sourcils. Était-il heureux ? Si on lui avait posé cette question il y a un mois environ, il aurait haussé les épaules et déclaré qu'il était satisfait de sa vie. Ce n'est pas qu'il était *malheureux*, mais il ne débordait pas non plus de joie.

Mais maintenant ? Il se réveillait excité de commencer chaque journée parce qu'il savait qu'il allait pouvoir parler à Skylar et, avec un peu de chance, la voir. Elle était comme un rayon de soleil dans sa vie autrement terne. Même consulter des rapports sur les rebuts de la société et lire les choses horribles qu'une personne peut affliger à une autre ne l'affectait plus comme avant. Et tout cela grâce à la femme qui se tenait en face de lui.

— Oui, Sky. Je le suis, confirma-t-il simplement.

Elle lui sourit et glissa sa main dans la sienne. Ils restèrent là à observer Sandra pendant un moment avant que la petite fille n'appelle.

— Venez me pousser, Mademoiselle Reid !

— On dirait que le devoir m'appelle, lui lança-t-elle en souriant.

Bull la lâcha à contrecœur.

— Je vais attendre ici.

— D'accord.

Skylar lui adressa un rictus et se dirigea vers Sandra et les balançoires.

Bull enfonça ses mains dans ses poches et la regarda s'éloigner. Plus il passait de temps avec Sky, plus il tombait amoureux d'elle. Elle était si *bonne* qu'il en avait mal au cœur.

Il savait qu'il devait rompre avec elle. Il allait la contaminer. Il n'y avait aucun doute là-dessus. Ce n'était pas comme s'il pouvait garder ce qu'il faisait secret pour toujours. Il ne voulait jamais être dans une relation où il devait mentir à sa femme.

Malheureusement, le moment approchait rapidement où il devrait s'asseoir et avoir une discussion sérieuse avec Skylar. Il n'était pas prêt. Il n'avait pas l'impression qu'ils avaient été ensemble assez longtemps. Il y avait toutes les chances qu'elle apprenne ce que lui et son équipe réalisaient, et qu'elle le quitte sur-le-champ.

Il semblait que la semaine suivante, Silverstone se dirigerait vers l'Afrique. Les rapports précédents avaient été confirmés. Mostafa s'y *trouvait*, se préparant prétendument à former un nouveau groupe de terroristes pour attaquer des Américains sur leur propre sol. Si Bull et les autres pouvaient empêcher un autre 11 septembre, ils s'en occuperaient. Il était évident qu'ils accepteraient le travail.

Alors qu'il observait Skylar pousser Sandra sur la balançoire et qu'il les entendait rire toutes les deux, son ventre se serrait d'angoisse. Il avait consciemment fait de son mieux pour se détendre, essayant de penser au week-end à venir. Sky venait à la maison avec lui, ils allaient dîner et passer du temps ensemble. Puis il irait la chercher le matin, et ils se rendraient au nord d'Indy à Carmel pour déjeuner avec ses parents.

Il allait pouvoir passer presque tout le week-end avec elle. Il devait se concentrer sur cela la semaine prochaine, et non sur la mort et la destruction qu'il allait apporter à un homme qui le méritait amplement.

* * *

Jay Ricketts observait le terrain de jeu depuis son point de vision dans les arbres et fronçait les sourcils. Il ne savait pas qui était l'homme qui se tenait près du bâtiment, mais il ne l'aimait pas du tout. Il regardait sa femme avec beaucoup trop d'intérêt. Il constituait une complication dont Jay n'avait ni besoin ni envie.

Jay l'avait surveillé toute l'après-midi. Il avait vu flirter *tous* les hommes de l'entreprise de remorquage. Ils s'étaient rapprochés de *sa* copine, et la jalousie rongeait Jay de l'intérieur.

Il voulait être celui à qui elle souriait. Celui qu'elle admirait.

Et maintenant un des gars restait derrière. Lui et la professeure étaient définitivement amoureux l'un de l'autre. Ce type pouvait mettre un sacré bâton dans les roues de ses plans.

Il savait qu'il devait se ressaisir et avancer son emploi du temps. Il ne pouvait pas se cacher ici et l'espionner pour toujours. Il devait agir. Et vite. Il devait encore régler certains détails sur le moyen de se rendre à Chicago avec elle, mais une fois que tout serait au point, il opérerait.

Il n'avait pas pensé qu'elle manquerait à quelqu'un, mais en regardant maintenant, il savait que ce serait peut-être le cas. Ils devraient faire profil bas pendant un petit moment. Il y aurait probablement des recherches, mais ils pourraient se cacher ici sous leur nez, et quand la voie serait libre, ils quitteraient Indianapolis et retourneraient à Chicago.

Elle serait réticente au début. Elle pleurerait probablement et le supplierait de la laisser partir, mais il ne céderait pas. Il ne la laisserait *jamais* s'en aller. C'était ce qui lui avait valu des ennuis la première fois. Il l'avait alors crue quand elle avait promis de ne révéler à personne ce qu'il avait fait. Il n'allait pas retourner en prison. Pas question.

Il garderait celle-là. Elle serait à lui pour toujours. Elle finirait par apprendre qu'elle lui appartenait, et elle lui obéirait et exécuterait tout ce qu'il lui demanderait.

Il devrait partir avant que l'homme ne le repère. Il avait le même air que les matons, scrutant constamment la zone, en quête d'un danger. Mais si Jay se levait maintenant, il serait certainement attrapé. Sa meilleure chance était de rester où il était jusqu'à ce qu'ils quittent tous le terrain de jeu.

— Elle est à moi, grogna Jay quand le regard de l'homme revint sur le couple à la balançoire. Tu ne peux pas l'avoir. Je l'ai vue en premier.

11

———————

Skylar était nerveuse. Elle était blottie contre Carson sur son canapé. Ses genoux étaient relevés, et l'un de ses bras était posé sur eux. Son pouce caressait doucement sa peau alors qu'il la tenait contre lui.

Ils avaient dîné et feignaient de regarder la télévision, mais Skylar ne pensait qu'à l'envie qu'elle avait de lui. Décidant que la meilleure façon de faire avancer les choses entre eux était de lui dire ce qu'elle voulait, elle prit une profonde inspiration.

— Carson ?

Ses lèvres tressaillirent. Elle savait qu'il trouvait ça drôle quand elle prononçait son nom comme une question alors qu'elle voulait demander quelque chose.

— Oui, Sky ?

— Je suis prête, lâcha-t-elle.

Ses sourcils s'abaissèrent en signe de confusion.

— Pour quoi ?

Merde, c'était embarrassant. Skylar savait qu'elle était probablement rouge comme la braise, mais elle était allée de l'avant. Elle avait 32 ans. Pas quinze. Ils étaient tous les deux adultes, ils tenaient une conversation d'adultes sur le sexe. Elle pouvait y arriver.

— Faire l'amour.

Les trois mots avaient semblé résonner dans l'air autour d'eux, et elle avait grimacé.

Mais elle avait définitivement retenu son attention désormais.

— Je veux dire, nous avons parlé tous les jours. Je te connais mieux que tous les hommes avec qui j'ai couché. Non pas qu'il y en ait eu tant que ça, et ça fait un moment, comme tu le sais. Mais tu m'as assuré qu'on avancerait à mon rythme, et, eh bien, je suis prête. Enfin, si tu es toujours intéressé.

Une seconde, elle était contre lui, et la suivante, elle était sur le dos, sur le canapé. Il la surplombait, son poids pesant sur son corps. Elle leva les yeux vers lui avec surprise.

— Tu es sûre ? lui demanda-t-il.

— Oui, acquiesça Skylar. Je ne l'aurais pas annoncé si je ne l'étais pas.

— Si tu changes d'avis, fais-le-moi savoir, lui intima sérieusement Carson.

— Cela ne se produira pas, rétorqua-t-elle avec confiance.

— Une contraception ?

— Je prends la pilule... pour contrôler mes règles, mais je pensais que tu mettrais aussi un préservatif. Je te fais confiance, mais...

— C'était prévu.

— Est-ce que tu... Je n'en ai pas sur moi.

Parler de sexe sans risque était plus difficile qu'elle ne l'imaginait.

— J'en ai un avec moi depuis quelques jours après t'avoir rencontrée, lui révéla Carson avec un petit sourire.

Skylar leva les yeux au ciel.

— Tu en as ?

— Oui. Je savais que je te désirais dès que je t'ai déposée à ton appartement de merde et que tu t'es retournée pour me faire signe avant d'entrer. Je veux dire, qui fait ça ? Saluer un étranger qu'on vient de rencontrer comme s'ils étaient ensemble depuis des heures et des heures.

Skylar haussa les épaules.

— Je suppose que moi oui.

— Oui, ma belle, tu le fais. Et c'est vraiment adorable. Je te convoitais alors, et je te veux maintenant. Mais si à tout moment tu changes d'avis, tu n'as qu'un mot à prononcer, et tout s'arrête.

Skylar inclina la tête et réagit :

— Tu essaies de m'avertir que tu as un pénis d'alien avec des barbes, des crêtes et tout, et que ça pourrait m'effrayer, pour que j'annule tout quand je le verrai ?

En réponse, Carson éclata de rire, et Skylar se contenta de le dévisager. Il était beau les jours ordinaires, mais rire si fort qu'il ne pouvait pas s'arrêter le rendait absolument magnifique.

Une fois qu'il s'était maîtrisé, Carson baissa les yeux vers elle une fois de plus. Ses cheveux noirs étaient ébouriffés et ses yeux bruns pétillaient de gaieté.

— Je déteste te décevoir, mais j'ai juste un sexe normal, Sky. Ce n'est pas un monstre énorme, mais ce n'est pas petit non plus. Tu ne vas pas quitter mon lit insatisfaite.

— Nous ne sommes pas dans ton lit, rectifia-t-elle.

Sans un mot, Carson se dégagea de sur elle, puis se pencha pour la soulever du canapé.

En poussant un petit cri de surprise, Skylar enroula ses bras autour de son cou, s'accrochant à sa vie. En quelques secondes, ils se dirigèrent dans le couloir vers la chambre principale. Elle l'avait vue la première fois qu'elle était venue dans son appartement lorsqu'il lui avait fait visiter.

Carson ouvrit la porte d'un coup de hanche et se dirigea vers son grand lit. Le drap et la couette étaient rejetés en arrière, comme s'il venait de sortir de sous les couvertures. Skylar eut le temps de remarquer qu'il y avait une pile de livres sur la table à côté du lit et que le panier à linge dans le coin débordait de vêtements avant d'être déposée sans cérémonie sur le matelas.

En riant, Skylar leva la tête pour observer Carson en train de retirer le polo de Silverstone Towing qu'il avait porté toute la journée. Son regard croisa le sien et, sans le détourner, il desserra sa ceinture et son jean, et le fit glisser le long de ses jambes.

Les yeux de Skylar parcoururent son corps, et elle sentit son cœur s'accélérer.

Carson « Bull » Rhodes était l'incarnation de la perfection masculine.

Il avait un peu de poils sur la poitrine qui lui donnait envie d'y passer ses doigts. Ses biceps étaient saillants, et il ne semblait pas accuser une once de graisse sur lui. Il n'était pas aussi musclé que les bodybuilders qu'elle avait vus à la télévision, mais il avait manifestement gardé la forme après avoir quitté l'armée.

Ses yeux s'arrêtèrent sur son aine, et elle avala de travers. Skylar savait qu'il avait expliqué que son surnom venait de son aptitude au tir, mais elle ne pouvait s'empêcher de remarquer qu'il était également monté comme un taureau.

Il portait un boxer en coton noir qui soulignait parfaitement son membre. Les muscles de ses cuisses se contractèrent, puis il monta sur le matelas. Il rampa au-dessus d'elle. Même si elle était encore entièrement habillée, Skylar se sentait vraiment désavantagée.

Carson se mit à cheval sur ses cuisses et posa ses mains sur le matelas, près de ses épaules. Il se pencha jusqu'à ce qu'elle puisse sentir sa poitrine frôler la sienne. Skylar ne pouvait nier qu'elle aimait la sensation d'être sous son corps. Elle s'accrocha à ses bras et attendit qu'il prenne l'initiative. Elle semblait s'être essoufflée après avoir lancé les conversations sur le sexe et la contraception.

— Tu vas bien ? s'enquit-il doucement.

Skylar hocha la tête.

— Tu es nerveuse ?

Elle acquiesça de nouveau de la tête.

— Un peu.

— Pourquoi ?

— Pourquoi ? reprit-elle, légèrement confuse.

— Oui. Pourquoi ? répéta-t-il. Je ne vais pas te faire de mal. En fait, tout ce qui va se passer dans ce lit va te faire te sentir vraiment bien. De quoi es-tu inquiète, en particulier ?

Maintenant, elle se sentait un brin stupide. Elle baissa les yeux et fixa le pouls qu'elle pouvait voir battre sur le côté de son cou.

— Je ne sais pas.

— Regarde-moi, exigea Carson.

Se léchant les lèvres, Skylar rencontra son regard.

— Je te trouve belle, lui dit-il doucement. Et c'est plus que physique. J'ai été attiré par toi depuis que je t'ai vue pour la première fois. Tes cheveux roux sont magnifiques, et l'éclat de tes yeux verts, quand tu es excitée, c'est quelque chose que j'aimerais pouvoir capturer sur une photo pour la garder avec moi. Je n'ai pas pu m'empêcher de vouloir contempler et toucher ton corps pulpeux. Mais je suis encore plus attiré par ce que tu es en tant que personne. Tu as une belle âme. Tu es compatissante, généreuse, attentionnée, et je ne doute pas que tu céderais ton dernier dollar à quelqu'un d'autre s'il en avait besoin. Tu *me* donnes l'impression d'être une belle personne, simplement en étant près de toi.

— Carson, chuchota Skylar, bouleversée par ses paroles.

— Si tu es nerveuse de te trouver nue avec moi, ne le sois pas. Si tu l'es à l'idée de me faire plaisir, ne le sois pas. Si tu l'es à propos de ma taille, *ne le sois pas*. Et si tu l'es à cause de la perspective de faire l'amour parce que ça fait longtemps que tu n'as pas été avec quelqu'un… Je suis à tes côtés.

Les mots de Carson firent disparaître toute l'anxiété qu'elle avait ressentie. Elle se sentait moins seule maintenant qu'il avait admis qu'il n'était pas aussi sûr qu'il le semblait de ce qu'ils allaient réaliser.

Elle lui sourit.

— C'est un peu difficile de faire l'amour quand je suis complètement habillée, glissa-t-elle doucement. Il me semble me souvenir que nous devions être tous les deux nus pour que ça marche.

Sans un mot, Carson bougea. Il s'assit et, tout en maintenant son poids sur elle, mais en chevauchant ses hanches, il posa ses mains sur l'ourlet de son chemisier. Cambrant le dos et levant les bras pour l'aider, Skylar respira à peine lorsqu'il souleva son haut et le fit passer par-dessus sa tête. Il jeta le tissu sur le côté sans quitter son corps des yeux.

Skylar avait porté le soutien-gorge noir à dentelles aujourd'hui sur un coup de tête. D'habitude, elle préférait les confortables en coton pour le sport. Mais ce matin, alors qu'elle se préparait pour le travail, sachant qu'elle rentrerait chez elle avec Carson et voulant faire tout ce qui était possible pour se donner confiance, elle avait mis le joli sous-vêtement.

Elle était très heureuse de ce choix.

Les yeux de Carson étaient rivés sur sa poitrine. Son décolleté était plus impressionnant lorsqu'elle n'était pas sur le dos, mais elle n'était pas déçue de sa réaction.

Il plaça ses mains sur son ventre avant de les tirer lentement vers le haut. Elles passèrent au-dessus de ses seins et caressèrent ses épaules. Puis il se pencha en avant, et ses paumes allèrent dans son dos. Se cambrant une fois de plus, Skylar lui donna accès au fermoir. En quelques secondes, elle était nue à partir de la taille.

Pour une raison quelconque, vu la lenteur avec laquelle Carson avait évolué avec elle, elle pensait qu'il agirait avec prudence une fois qu'ils seraient arrivés à ce stade. Mais elle avait tort. Vraiment tort. Une seconde, elle le regardait fixement dans les yeux, les pupilles dilatées par l'envie, et la suivante, elle haletait quand il se pencha et prit un de ses tétons dans sa bouche.

— Carson ! s'exclama-t-elle à bout de souffle.

Il ne répondit pas, mais suça son téton encore plus fort. Skylar se cambra et l'une de ses mains s'enfouit dans ses cheveux et s'y raccrocha. L'autre se dirigea vers le second sein qu'il ne suçait pas, pressant le globe charnu. Ses doigts commencèrent à jouer avec le mamelon, le pinçant et le faisant rouler, tandis qu'il s'évertuait à lui faire perdre la tête par ses lèvres et sa langue.

— Putain de merde, lâcha Skylar haletante, alors que son cerveau essayait de traiter ce qu'elle ressentait.

Sa bouche sur elle lui faisait presque mal, mais pas exactement. Ses jambes s'ouvraient le plus possible avec lui à califourchon sur elle, et elle poussait son bassin vers le haut, en voulant plus.

Carson relâcha son téton avec un bruit sec, et il leva les yeux pour pouvoir distinguer son visage.

— Dis-moi si je t'ai fait mal, demanda-t-il, d'une voix plus rauque et plus grave qu'elle ne l'avait jamais entendue.

Elle secoua la tête.

— Non, ça va.

— Je te veux tellement, Sky, admit-il avant de serrer le sein qu'il tenait toujours dans sa main.

Skylar ne put qu'opiner du chef. Sa peau était comme en feu, et elle le voulait en elle. Maintenant.

Lorsqu'elle acquiesça, il la lâcha et se redressa. Ses mains se dirigèrent vers le bouton de son jean et ouvrirent la fermeture éclair. Il ne bougea pas de sa position, se contentant de tirer son pantalon et ses sous-vêtements sur ses hanches.

Skylar l'aida du mieux qu'elle pouvait, faisant tout son possible pour enlever le pantalon sans lui assener de coups de pied. Carson se posa sur ses genoux, baissa son boxer, puis, aussi vite qu'un éclair, roula sur une hanche à côté d'elle et le retira avant de se déplacer à nouveau sur elle.

Elle ne put qu'apercevoir son sexe dur avant qu'il ne s'allonge entre ses jambes cette fois. Il appuya sur l'intérieur de ses cuisses avec ses mains jusqu'à ce qu'elle soit ouverte juste devant lui.

— Carson, s'il te plaît, j'ai besoin de toi.

— Et tu m'auras. Quand je saurai que je peux te prendre sans douleur.

— Je ne sais pas... Je ne suis pas à l'aise avec ça.

À ses mots, Carson resta immobile, mais il ne bougea pas d'entre ses jambes.

— Avec quoi ? demanda-t-il, confus, en étudiant son visage.

Désormais embarrassée, Skylar fit un geste de la main entre ses jambes.

— Tu sais, ça.

— Que je te regarde ? Que je te goûte ? Ou que tu jouisses pendant que je te regarde ? Quoi ?

— Oui ! clama-t-elle avec exaspération. Tout ça.

— Pourquoi ?

— Bon sang, pas encore..., se plaignit-elle.

— Je suis sérieux. Pourquoi ? répéta Carson. As-tu eu une mauvaise expérience ? Quelqu'un t'a fait du mal ?

— Non, rien de tel, indiqua-t-elle, en s'allongeant, les yeux au plafond. J'ai juste... Je n'ai jamais connu ça. Aucun des autres gars n'a pris cette peine. Et c'est embarrassant que tu m'observes de si près.

— Tout d'abord... Est-ce qu'on peut éviter de parler d'autres hommes quand tu es dans mon lit ? grogna Carson. Deuxièmement, je dois admettre que j'aime bien que tu sois embarrassée. Ton innocence est une putain d'excitation.

— Je ne suis pas innocente, protesta-t-elle.

— Si, tu l'es, et je vais te corrompre en un claquement de doigts.

Pendant une seconde, Skylar n'était pas sûre de l'avoir bien entendu, mais quand elle comprit ses mots, elle ne put s'empêcher de glousser.

— Sérieusement ? Si tu me corromps, je ne le serai plus.

— Si, tu le seras toujours, rétorqua-t-il. Mais tu auras envie de moi et *seulement* de moi. Personne d'autre ne sera en mesure de te faire ce dont je suis capable.

Il avait l'air terriblement sûr de lui, et très prétentieux, mais Skylar découvrit qu'elle s'en fichait. De plus, il avait probablement raison. Elle avait *déjà* envie de lui, et ils s'étaient juste embrassés. Après qu'il lui aurait fait l'amour, elle savait que tout serait différent entre eux. Plus intense.

Skylar n'était pas certaine de savoir quoi répondre, et elle ignorait ce qu'il attendait. Il s'allongea patiemment entre ses jambes, ses pouces caressant l'intérieur de ses cuisses, la dévisageant avec impatience.

Après s'être léché les lèvres, elle demanda :

— Pourquoi me regardes-tu comme ça ?

— J'attends que tu me donnes la permission de te dévorer. De t'offrir un orgasme qui te fera tout oublier sauf le plaisir que tu ressens. Si tu es vraiment mal à l'aise, j'arrêterai. Mais j'ai rêvé de ça pendant des semaines. De t'avoir sous moi et d'entendre tes gémissements pendant que je te goûte.

Comment pourrait-elle dire non à ça ? Elle ne pouvait pas.

— D'accord, chuchota-t-elle.

— D'accord quoi ? insista-t-il.

Merde, il prenait cette histoire de consentement au sérieux.

— Tu peux me lécher là, si je peux te rendre la pareille.

À ses mots, ses hanches ondulèrent tandis qu'il se frottait au matelas sous lui. Ses yeux se fermèrent pendant une fraction de seconde avant de se rouvrir et il la dévisagea.

— Tu veux me sucer ? demanda-t-il.

À ces mots, son estomac se noua. Elle hocha la tête.

— *Putain.* J'ai fantasmé *là-dessus* aussi, lui révéla Carson. Tes lèvres étendues sur moi, léchant et pompant.

Les fellations n'étaient pas ce qu'elle préférait, mais Skylar avait le sentiment que ce serait une expérience complètement nouvelle avec Carson. Tout comme ce qu'il s'apprêtait à lui faire.

Puis, sans un mot de plus, la tête de Carson se baissa, et comme lorsqu'il lui avait suçoté le téton, il ne fit pas dans la dentelle. Ses lèvres se refermèrent sur son clitoris et sa langue taquina le petit paquet de nerfs.

Skylar se trémoussa sous son emprise. Elle ne fut pas surprise lorsqu'il remonta un peu sur le matelas, passant un bras sur son bas-ventre pour la maintenir immobile et continuer à la rendre folle.

Sa langue était comme un vibromasseur et lorsqu'il alternait les coups de langue, la succion et le mordillement de son clitoris, Skylar se sentait ruisselante d'excitation. Elle était si mouillée qu'elle pouvait se sentir. Pendant une seconde, elle s'inquiéta de son odeur et de son goût, mais lorsque sa main libre s'aventura entre ses replis, elle oublia tout sauf ce qu'il lui faisait ressentir.

Son doigt était doux en comparaison avec ce que sa langue faisait à son clitoris. Il appuya à l'intérieur de son corps, puis se retira pour caresser chaque centimètre de son intimité. Puis il ajouta un deuxième doigt.

Gémissant à l'idée qu'il la remplissait, Skylar appuya à la fois sa main et son visage alors qu'il continuait à l'entraîner vers l'orgasme.

Skylar ne savait pas combien de temps il l'avait gardée à la limite. Elle baissa les yeux lorsqu'il cessa de la lécher. Ses doigts persistaient à entrer et à sortir de son corps, et elle venait avidement à sa rencontre, tandis que Carson la regardait se tordre sous son corps comme s'il n'avait jamais vu quelque chose d'aussi incroyable de toute sa vie.

Son menton et ses lèvres luisaient de ses fluides, et il n'avait même pas cherché à s'essuyer le visage. Il semblait fasciné par son corps et ce qu'il lui faisait subir. Il avait capté son regard, et Skylar ne pouvait même pas voir les iris bruns de ses yeux, ses pupilles étant tellement dilatées.

Puis il observa de nouveau entre ses jambes et abaissa la main qui était sur son ventre jusqu'à ce que son pouce appuie sur son clitoris.

— Mon Dieu ! s'exclama-t-elle.

Il n'avait pas prononcé un mot, et la dernière chose qu'elle avait remarquée avant que sa tête ne descende, c'était Carson se lécher les lèvres.

Puis il avait recommencé à la sucer. Mais cette fois, il était évident qu'il n'essayait pas seulement de l'exciter. Il n'y avait pas de taquinerie. Ses doigts avaient pénétré en elle, et il avait tourné sa main pour qu'elle soit la paume vers le haut. Puis il commença à appuyer sur ses parois internes, comme s'il cherchait...

Skylar haleta lorsqu'il toucha son point G du bout des doigts, et son corps subit une forte secousse.

Elle le sentit sourire contre elle, mais il ne leva pas les yeux. La succion contre son clitoris devint presque douloureuse alors qu'il la caressait au plus profond d'elle-même.

L'orgasme envahit Skylar sans prévenir. Elle était sur le point de repousser sa tête et ses mains parce qu'elle ne pensait pas pouvoir supporter une seconde de plus cette torture érotique, mais tous ses muscles se tendirent et son dos se courba lorsqu'elle jouit.

Carson ne s'était pas arrêté. Ses doigts commencèrent à entrer et sortir d'elle plus rapidement, touchant son point G à chaque poussée, et Skylar savait qu'elle se frottait à sa main, comme si elle n'en avait jamais assez.

Il releva finalement la tête, mais son pouce se remit en mouvement, exerçant une pression sur son renflement nerveux, prolongeant son orgasme jusqu'à ce qu'elle pense que son cœur allait exploser dans sa poitrine.

Ses cuisses tremblaient encore, et elle haletait quand elle sentit Carson se soulever et la quitter. Elle l'avait à peine vu attraper son pantalon, qui était toujours sur le bord du lit. Il roula un préservatif sur son sexe impressionnant, puis revint entre ses jambes. Se déplaçant sur ses genoux, il écarta ses jambes plus qu'elles ne l'étaient auparavant.

Skylar savait qu'elle aurait mal demain matin, car elle n'avait pas étiré ses muscles de la sorte depuis très longtemps, voire jamais. Mais pour l'instant, elle ne pouvait penser à rien d'autre qu'à Carson en elle. Elle se sentait vide sans lui.

L'air de la pièce était vif contre ses replis détrempés, mais elle ne se souciait pas de cela non plus. Skylar était incapable de détacher ses yeux du membre de Carson. Sous cet angle, avec lui au-dessus d'elle, son sexe à la main, il semblait énorme.

— Ça va ? s'enquit-il une fois de plus.

— Baise-moi, murmura Skylar, qui avait besoin de lui en elle plus que tout autre chose.

— Je ne t'ai jamais entendue parler comme ça, remarqua-t-il en passant le bout de son membre entre ses replis pour se lubrifier. C'est tellement sexy.

Skylar enfonça ses ongles dans les cuisses de Bull et supplia :

— S'il te plaît, Carson !

Puis, comme il l'avait fait pour tout le reste de la soirée, il se pencha en avant et n'hésita pas à la prendre. Il s'enfonça dans son corps sans faire de pause pour la laisser s'adapter.

Même si elle était trempée, il y avait encore une petite douleur lorsqu'il toucha le fond en elle. Mais une fois qu'il était complètement entré, il ne bougea plus, lui laissant le temps de s'habituer à sa taille.

Haletant et s'accrochant à lui pour la vie, Skylar leva les yeux vers le visage de Carson.

Sa tête était rejetée en arrière, et un muscle de sa mâchoire tiquait furieusement. Il était plus qu'évident qu'être en elle était une extase absolue pour lui.

Et juste comme ça, Skylar ne ressentit plus de douleur. Avoir cet homme à sa merci était aussi enivrant que tout ce qu'elle avait jamais vécu dans sa vie.

— Je suis à toi, glissa-t-elle doucement. Prends-moi.

* * *

Bull n'avait jamais rien ressenti d'aussi bon que d'être à l'intérieur de Skylar.

Il était à bout de nerfs depuis qu'il avait vu ses seins parfaits pour la première fois. Son sexe avait palpité contre le matelas pendant qu'il la dévorait. Quand Skylar avait commencé à baiser sa main, il crut qu'il allait perdre la tête.

Il n'avait pas menti ; la corrompre était follement excitant. Il savait sans le demander qu'elle n'avait jamais été aussi excitée qu'à ce moment-là. Elle avait trempé sa main, et quand il avait trouvé son point G, il avait été évident qu'elle n'avait jamais été touchée à cet endroit.

Après son orgasme, il avait tâtonné pour mettre le préservatif.

Quand elle avait ordonné « Baise-moi », il s'était rendu compte qu'il ne l'avait jamais entendue jurer. Il avait entrepris tout ce qu'il pouvait pour se distraire de l'envie qu'il avait de la pénétrer, mais elle l'avait imploré...

C'était tout. Il lui avait donné toutes les chances de lui dire non, de lui dire qu'elle avait changé d'avis. Qu'elle ne voulait pas faire l'amour. Mais elle ne l'avait pas fait. Elle l'avait *supplié* de la baiser.

Et il s'était exécuté.

Il voulait y aller doucement, mais dès que sa chaleur s'était refermée sur le bout de son sexe, il était fichu. Il s'était poussé à fond, se détestant chaque seconde, mais il n'avait pas été capable de s'arrêter.

Il avait vu Skylar grimacer, et Bull s'était accroché à son désir avec toute la force intérieure qu'il détenait. Il était resté immobile, lui laissant le temps de s'accoutumer, même si c'était un peu trop tard. Il avait rejeté sa tête en arrière, grinçant des dents pour essayer d'obtenir le contrôle dont il savait avoir besoin pour ne pas blesser cette précieuse femme.

— Je suis à toi, l'entendit-il déclarer. Prends-moi.

Ses hanches bougèrent sans réfléchir. Bull recula et la pénétra. Quand elle ne hurla pas de douleur ou n'essaya pas de le repousser, il recommença. Et encore.

Alors ils baisaient. Ils ne faisaient pas l'amour. Il baisait sa femme si fort que ses seins rebondissaient de haut en bas avec leur mouvement. Mais avec un seul regard sur le visage de Skylar, Bull sut qu'elle adorait ça. Elle serra ses bras si fort qu'il aurait les marques de ses ongles.

À chaque poussée, elle gémissait et poussait ses hanches vers lui, le stimulant. L'encourageant.

À ce moment-là, Bull sut qu'il l'aimait.

Il n'avait jamais ressenti ça pour une femme auparavant. Jamais. Skylar Reid était faite pour lui.

Il attrapa une de ses fesses pour l'ouvrir un peu plus. Elle geignit d'extase.

— Tu es *à moi*, grogna Bull en la prenant encore plus fort.

— À toi ! intima-t-elle.

Bull voulait la sentir jouir sur son sexe. Stoppant ses poussées par la seule force de sa volonté, il s'assit sur ses talons et ramena les fesses de Skylar sur ses cuisses. La position forçait son bassin à remonter, et il ne pouvait pas vraiment s'engager en elle, mais pour le moment, il avait davantage besoin de la voir et de la sentir jouir à nouveau que de la prendre.

Son pouce se glissa entre eux, recueillant un peu de sa moiteur, et il appuya fort sur son clitoris. Elle faillit sauter de sa prise à ce contact.

— Carson ! s'insurgea-t-elle. Trop sensible.

— Viens pour moi encore, Sky, lui intima-t-il. Tu peux y arriver. Laisse-moi te sentir serrer ma queue.

Ses tétons étaient dressés et Bull aurait aimé avoir quatre mains pour pouvoir la toucher partout.

— Je ne peux pas ! hurla-t-elle.

— Si, tu peux.

Il n'était pas sûr à cent pour cent qu'elle *puisse* jouir à nouveau, mais il allait la pousser à fond. Elle était *à lui*. À lui de la corrompre.

Bull gémit lorsque ses muscles internes se resserrèrent autour de lui, au point d'être douloureux. De sa main libre, il pinça un de ses tétons sans ménagement.

Ça avait fonctionné. Skylar explosa si fort en orgasme qu'elle faillit rebondir sur ses genoux. Bull l'attrapa et la serra contre lui alors qu'elle tremblait et faisait de son mieux pour étrangler son sexe. Il n'avait jamais rien ressenti d'aussi incroyable de toute sa vie. Il jurait qu'il pouvait sentir son plaisir comme si c'était le sien.

Puis le besoin impérieux d'enfoncer l'engin le saisit. Bull la fit descendre de ses genoux, attrapa ses jambes, accrocha ses genoux à ses bras et se pencha sur Skylar, qui était épuisée. Elle était presque pliée en deux, mais il ne s'arrêta pas pour lui demander si ça allait. Il prit ce qu'il voulait.

Et ce qu'il voulait, c'était Skylar.

Les bruits qu'émettaient leurs corps pendant qu'il la baisait étaient forts, éclipsant presque tout ce qu'il ressentait. Le frottement de leurs peaux, lorsque ses cuisses se heurtaient à ses fesses, accentuait l'expérience.

Bull sentait ses testicules remonter et savait qu'il allait exploser.

Il poussa dans Skylar deux fois de plus, puis s'enfonça le plus profondément possible et explosa. Il se sentit presque étourdi en jouissant. C'était comme s'il n'allait jamais *s'arrêter* de jouir. Il se demanda si la capote pouvait contenir tout le putain de sperme qu'il éjaculait, mais il décréta qu'il s'en fichait.

Quand il put respirer de nouveau, Bull se rendit compte qu'il écrasait pratiquement Skylar sous son poids. Il se pencha rapidement en arrière et l'aida à baisser ses jambes. Il ne se retira pas d'elle, cependant. Il savait qu'il devait le faire. Il devait s'occuper du préservatif, mais il ne pouvait pas encore se résoudre à la quitter.

Il s'installa sur elle, en prenant soin de ne pas lui faire supporter tout son poids. Ses coudes étaient posés à côté de sa tête, et il caressa son visage en sueur du bout des doigts. Ses yeux étaient fermés, et elle haletait fortement. Il pouvait sentir son cœur battre contre sa poitrine.

— Sky ? l'interpella-t-il.

— Hmmm ? répondit-elle sans ouvrir les paupières.

— Je suis désolé.

À ce moment-là, ses yeux s'ouvrirent, et elle le regarda avec confusion.

— Je suis désolé d'avoir été si... brutal. Je voulais te faire l'amour gentiment et lentement la première fois.

Les lèvres de Skylar se retroussèrent et elle secoua la tête.

— J'ai expérimenté la lenteur. J'ai reçu de la douceur. C'était... Je n'ai jamais connu *ça*, et je ne suis pas sûre de pouvoir revenir en arrière. Je crois que j'ai parlé aux anges, j'ai joui si fort.

Bull éclata de rire. Une fois encore, il se sentait tellement grand.

— Alors... Je t'ai corrompue ?

— Oui, Carson. Tu m'as définitivement corrompue. Je n'étais pas... C'était bon pour toi aussi ?

Il la regarda fixement, incrédule.

— Tu veux rire ? J'avais hâte d'être en toi, et je sais que je t'ai fait du mal en y allant. Ensuite, je n'ai pas tenu plus de deux poussées parce que la sensation était si bonne que j'ai failli craquer. Un peu plus et j'en serais mort.

Elle sourit à ce moment-là. Un large sourire honnête qui fit presque souffrir le cœur de Bull. Il n'arrivait pas à croire qu'elle avait eu des doutes pendant une seconde. Il s'était promis de toujours lui faire savoir combien elle lui plaisait à l'avenir. Il était inacceptable qu'elle n'ait pas confiance en sa capacité à l'exciter.

Elle soupira avec plaisir et ses yeux se fermèrent.

— Je dois m'occuper du préservatif. Je reviens tout de suite, prévint Bull en se retirant lentement de son corps.

Ils gémissaient tous les deux à l'idée qu'il la quitte. Skylar se tourna sur le côté, et Bull redressa la couverture et le drap pour la recouvrir. Puis il se rendit dans la salle de bain et jeta la capote avant de revenir en vitesse.

Il s'arrêta au milieu de la pièce et observa la femme dans son lit.

Elle était toujours sur le flanc. Ses cheveux étaient sortis du chignon dans lequel elle les gardait et étaient étalés sur son oreiller. Il pouvait voir ses épaules nues dépasser du drap, et son cœur lui faisait littéralement mal à cette vue. Mettant une main sur sa poitrine, Bull savait que Skylar avait le pouvoir de le blesser plus que quiconque dans sa vie.

Il n'avait jamais souhaité que cela arrive. Pas avant de lui avoir parlé de Silverstone. Il avait voulu protéger son cœur pour pouvoir s'en aller sans être meurtri si elle ne pouvait pas le supporter. Mais c'était trop tard. Il était trop impliqué. Tout s'était passé si vite, *si vite* qu'elle s'était faufilée sous ses boucliers.

Bull prit une grande inspiration et fit le reste du chemin jusqu'au lit.

Il se glissa sous les couvertures, et Skylar se blottit contre lui. Elle posa sa tête sur son épaule et enroula un bras autour de son ventre. Une jambe se leva et se posa sur sa cuisse. Il se sentait réclamé, et c'était génial, putain.

— Tu veux que je te ramène chez toi ce soir ? lui demanda-t-il.

Bull sentit Skylar se raidir contre lui avant de s'étonner :

— Tu souhaites que je parte ?

— Non ! se défendit-il immédiatement. Mais si tu préfères t'en aller, je ne te forcerai jamais à rester.

— J'ai envie de rester, répondit-elle en se détendant contre lui. Si tu es d'accord.

— Je suis plus que d'accord.

— Je dois retourner chez moi demain avant de me rendre chez mes parents pour me changer et me doucher.

— Tu peux le faire ici. Et tu sais, pour économiser l'eau, on devrait probablement se doucher ensemble.

Il sentit son sourire contre sa poitrine.

— Bien sûr, accepta-t-elle. Carson ?

Bull ne put contenir un rictus, comme toujours.

— Oui ?

— Merci d'être aussi incroyable. Pas seulement au lit, mais en général. Tu es l'un des meilleurs hommes que j'aie jamais rencontrés, et parfois je pense que tu es trop beau pour être vrai.

Le cœur de Bull se serra. Pendant une fraction de seconde, il avait envisagé de tout lui révéler sur Silverstone. Et il aurait dû le faire. Il avait besoin de lui parler avant que lui et les autres ne partent pour l'Afrique. Mais pour l'instant, en ce moment, il allait profiter de la femme détendue et rassasiée dans ses bras... peut-être pour la dernière fois.

— Dors, ma belle, lui dit-il en l'embrassant sur le front.

Il sembla qu'elle se soit endormie en quelques secondes.

Bull resta éveillé pendant au moins une heure, essayant de trouver la meilleure façon de lui avouer qu'il n'était pas l'homme qu'elle croyait. C'était un tueur. Purement et simplement. Et il n'en était pas désolé pour autant.

Ce serait la partie la plus difficile à admettre. Qu'il serait heureux de réaliser ce boulot aussi longtemps que possible parce que cela rendait les femmes comme elle plus en sécurité.

Bull serra Skylar contre lui et fit de son mieux pour oublier la conversation qu'il devait avoir avec elle. Demain, il devait rencontrer ses parents, ce qui, il le savait, la rendait nerveuse. Ils avaient fait passer leur relation au niveau supérieur ce soir. Non seulement ils avaient été aussi intimes que deux personnes pouvaient l'être, mais ils dormaient ensemble. *Ils dormaient.* Il pouvait compter sur les doigts d'une main le nombre de femmes avec qui il avait passé une nuit entière.

Il allait profiter de ce moment et de ce week-end autant que possible, car il était conscient que le bonheur et la justesse d'être avec Skylar pouvaient lui être arrachés dès la semaine suivante.

12

Skylar avait du mal à croire que c'était sa vie. Elle s'attendait à ce que la matinée soit gênante avec Carson. Mais quand elle ouvrit les yeux, il était déjà réveillé et l'observait tranquillement.

— Comment est ta routine matinale ? fit-il.

— Qu'est-ce que tu veux dire ?

— Tu aimes te doucher immédiatement, ou tu as besoin de te détendre et de te relaxer un peu avant ? Est-ce que tu bois du café ? Tu regardes les nouvelles ? Je sais ce que tu aimes manger au petit-déjeuner puisque je l'ai constaté plusieurs fois, mais je ne connais pas ta routine.

C'était vrai. Elle en connaissait beaucoup sur Carson aussi, mais pas nécessairement les mêmes informations qu'il venait de demander sur elle.

— En général, je me douche en premier. Ça m'aide à me réveiller. Je fais la grasse matinée le plus tard possible, pas de bouton « sieste » pour moi, puis je me lève et me prépare pour le travail. Après m'être lavée et habillée, je prends mon café et vérifie mes messages et autres. Je n'aime pas lire ou regarder les infos, c'est trop déprimant.

Elle n'avait pas pu remarquer l'expression de son visage, mais elle s'était détendue quand il avait hoché la tête.

— J'aime aussi me laver tout de suite, et je ne fais pas non plus la sieste. La plupart du temps, grâce à l'armée, je n'ai pas besoin d'alarme. Je me réveille quand il le faut. Alors... tu es prête à te lever et à te doucher ?

Skylar hocha la tête, et cinq minutes plus tard, elle était sous la douche avec Carson.

Il l'avait embrassée comme si c'était la première fois, puis il avait utilisé sa main pour lui donner un orgasme. C'était une bonne chose qu'il soit là, car ses genoux avaient complètement flanché lorsqu'elle avait joui, et elle serait tombée par terre s'il ne l'avait pas soutenue.

Voulant lui rendre la pareille, elle se mit à genoux et le prit dans sa bouche. Il essaya de lui indiquer qu'elle n'était pas obligée, mais Sky en *avait envie*. Elle voulait le voir perdre son incroyable contrôle. À la fin, elle avait dû employer sa main pour l'achever, mais lorsqu'il s'était vidé sur ses seins, le regard qu'il lui avait lancé valait bien ses genoux douloureux et l'incertitude quant à ce qu'elle avait réalisé.

Ils se lavèrent et s'habillèrent, et il leur prépara le petit-déjeuner. Puis il la conduit à son appartement pour qu'elle puisse se changer. Tiana avait sorti la tête de son logement et l'avait mise dans l'embarras, formulant des commentaires sur le fait que Sky n'était pas rentrée la veille et répétant qu'elle était fière d'elle.

Carson avait simplement souri tout au long de leur conversation. Il n'avait pas semblé mal à l'aise le moins du monde, et cela n'avait fait que rendre Skylar encore plus amoureuse de lui. La plupart des hommes avec qui elle était sortie auraient été déroutés par les taquineries de sa voisine... et son regard. Mais Carson s'était contenté d'un rictus et avait laissé Tiana s'amuser.

Maintenant, ils étaient en route pour Carmel, au nord d'Indy.

— Carson ?

Son visage s'éclaira.

— Oui ?

Elle avait essayé d'arrêter de faire ça. D'arrêter de commencer chaque question par son prénom, comme si elle requérait la permission de parler. Mais depuis qu'elle savait que ça l'amusait, qu'*elle* l'amusait, elle le faisait exprès.

— Mon père est un peu protecteur. Je sais que j'ai plus de 30 ans, mais il ne peut pas s'empêcher de trouver un moment pour prendre à part les gars que je fréquente et les avertir que s'ils me font du mal, ils auront affaire à lui.

Carson n'avait pas l'air déconcerté le moins du monde.

— Combien de gars a-t-il rencontrés ?

— Hum... Je pense uniquement trois avant toi.

Il la regarda alors.

— Seulement trois ?

Skylar rougit.

— Oui, enfin, l'un d'entre eux était au lycée, donc je ne suis pas sûre qu'il compte complètement, mais papa l'a tellement effrayé qu'il m'a à peine touchée de toute la soirée. Il ne m'a pas proposé de sortir une deuxième fois. L'autre était un mec que je pensais être le bon. Je l'ai rencontré à la fac et je l'ai ramené à la maison pendant les vacances de Thanksgiving. Mon père pensait que c'était un con, et j'étais dévastée qu'ils ne s'entendent pas. Il a rompu avec moi après les vacances de Noël, en expliquant qu'il se remettait avec sa petite amie du lycée, avec qui il passait beaucoup de temps quand il était chez lui.

— Trou du cul, marmonna Carson.

— L'autre type est quelqu'un que j'ai connu il y a quatre ans. Je suis sortie avec lui pendant environ six mois avant de l'inviter à la maison.

— Que s'est-il passé ?

Skylar haussa les épaules.

— Mes parents l'aimaient bien tous les deux. C'était un type bien, mais...

— Mais ça n'a pas fonctionné, termina Carson pour elle.

— En gros, oui. Il était gentil. Vraiment gentil. Presque *trop*. Je veux dire, je refuse de sortir avec un connard, mais je n'ai pas non plus envie d'avoir à prendre toutes les décisions dans notre relation. Je lui demandais constamment quand on pourrait se revoir et où il désirait aller. En plus de ça, j'ai juste… Laisse tomber.

— Non, quoi ? Ça m'intéresse, insista Carson.

Elle prit une grande inspiration.

— Bien. Je ne me sentais pas *en sécurité* avec lui. J'ai toujours eu l'impression que c'était moi qui devais être vigilante quand on était dans des parkings et autres. Il ne m'a jamais accompagnée jusqu'à mon appartement, je pense que c'est parce qu'il avait peur. Un jour, il y avait des flics partout dans notre quartier parce qu'une femme sous le coup d'un mandat d'arrêt pour meurtre avait abandonné sa voiture après une poursuite et était en liberté. Il m'a simplement recommandé d'être prudente et m'a déposée dans le parking. Ça m'a un peu fait flipper.

— Ce sont des conneries, grogna Carson. Je ne ferais *jamais* ça. Bon sang, si ça ne tenait qu'à moi, tu déménagerais de ton complexe d'appartements pour un endroit plus sûr.

C'était une déclaration audacieuse, mais étrangement, Skylar apprécia le sentiment. Il ne lui ordonnait pas de déménager, et ce n'était pas comme si elle ne savait pas déjà que son appartement ne se trouvait pas dans le meilleur quartier de la ville.

— Je me sens protégée avec toi. Depuis le moment où nous nous sommes rencontrés, tu m'as harcelée à propos de ma sécurité personnelle. Et quand nous sommes ensemble, tu dépasses presque les bornes à ce sujet.

— C'est parce que tu es importante, se justifia Carson en haussant les épaules. Si je ne peux pas protéger la femme avec qui je suis, alors je ne la mérite pas.

— Je n'ai pas besoin d'être protégée tout le temps, ressentit-elle le besoin de préciser.

— Je sais que tu n'en as pas envie. Tu es une adulte qui a prouvé qu'elle pouvait prendre soin d'elle. Mais ça ne signifie pas que je vais laisser n'importe quoi se produire sous ma surveillance.

— C'est juste ce que tu es, dit Skylar avec confiance.

Carson hocha la tête.

— Mon père va t'adorer, murmura-t-elle dans un souffle.

— Bien. Non pas que je me soucie de *moi*. Il y a beaucoup de gens qui ne m'aiment pas. Mais c'est important pour toi, alors j'espère que tout se passera bien aujourd'hui.

Skylar l'avait senti aussi. Elle avait parfois l'impression que Carson était trop parfait, et elle voulait vraiment parler de lui à sa mère. Découvrir quelles vibrations *elle* ressentait à son égard. À ce stade, Skylar pensait qu'elle était trop partiale pour voir autre chose que l'homme extraordinaire qu'il paraissait. Il devait avoir des défauts, mais jusqu'à présent, elle avait du mal à les déceler.

Cela faisait un moment qu'elle n'était pas rentrée chez elle, et quand ils arrivèrent dans son quartier, Skylar prit un moment pour être reconnaissante d'y avoir grandi. Après avoir vécu dans son appartement pendant quelques années, elle était plus que consciente du privilège blanc dont elle avait bénéficié en vivant à Carmel. Personne ne la dévisageait lorsqu'elle faisait ses courses à l'épicerie ni ne la suivait en se demandant si elle allait voler quelque chose. Elle entretenait une relation positive avec la police.

Les différences étaient encore plus marquées depuis qu'elle était à Eastlake. Elle pouvait facilement trouver des livres pour enfants avec des personnages blancs, mais elle devait fournir des efforts pour dénicher des ouvrages de qualité avec des personnages principaux hispaniques, noirs, asiatiques, arabes et d'autres ethnies. Et surtout, elle avait l'avantage d'être isolée des conséquences quotidiennes du racisme. Elle pouvait mener sa vie sans craindre d'être victime de discrimination ou de profilage racial. Elle ne pouvait pas en dire autant de ses élèves ou de leurs parents, ce qui lui brisait le cœur.

Skylar était consciente qu'elle n'était pas parfaite. Elle s'efforçait de ne pas tenir compte de l'apparence des gens, mais il lui arrivait encore d'essayer délibérément d'éviter quelqu'un qu'elle voyait dans la rue à cause de son apparence.

Grandir à Carmel avait été bien. Super, vraiment. Elle aimait ses parents, et ils avaient travaillé dur pour lui offrir un bon départ dans la vie. Mais rentrer à la maison la mettait parfois mal à l'aise, car elle ne pouvait s'empêcher de comparer son enfance à celle des élèves de sa classe.

— C'est joli, déclara Carson en s'engageant dans l'allée.

Skylar acquiesça.

— C'est vrai.

— Tu vas bien ? lui demanda-t-il.

Elle prit une profonde inspiration.

— Oui. Je veux juste que cette journée se déroule bien.

Carson défit sa ceinture de sécurité, posa sa main sur sa nuque et l'attira contre lui.

— Ça va être génial. Tu veux savoir comment je le sais ?

Elle hocha la tête.

— Parce que ce sont tes parents. Ils t'ont élevée pour devenir la belle personne que tu es aujourd'hui. Comment pourrais-je ne pas m'entendre avec eux ?

Skylar lui sourit.

— Merci.

Puis Carson l'embrassa légèrement. C'était un baiser décontracté, qui démontrait plus d'intimité que tout ce qu'il aurait pu entreprendre. Elle aimait qu'il la touche autant. Qu'il ne se sente pas gêné de lui tenir la main ou de l'attirer dans ses bras. Ou de l'embrasser dans sa voiture dans l'allée de ses parents.

Il la regarda dans les yeux pendant un long moment, puis, voyant manifestement ce qu'il cherchait, il hocha la tête.

— Viens. Ensuite, tu pourras te détendre.

Carson contourna la voiture et lui prit la main quand elle sortit. Il marcha avec assurance jusqu'à la porte d'entrée.

— On frappe ?

La question surprit Skylar. Elle sourit et attrapa la poignée.

— Non. Maman se demanderait probablement qui est là sinon.

Ils entrèrent dans la maison de son enfance, main dans la main, et elle cria :

— Maman ? Papa ? On est là !

En quelques secondes, Dayana et Cory Reid apparurent.

Skylar vit le regard de son père se poser sur les mains entrelacées de Carson et d'elle-même, puis elle se retrouva dans son étreinte.

— Hé, baby girl, glissa-t-il doucement à son oreille.

— Salut, papa, lui répondit-elle.

Être dans ses bras ne manquait jamais de lui procurer un sentiment de sécurité. Il avait été protecteur quand elle était petite, et Skylar n'avait jamais oublié un seul des câlins qu'il lui avait donnés pour l'aider à se sentir mieux quand elle était contrariée.

Elle se tourna vers sa mère et lui fit également un gros câlin, et quand elle se retourna, elle remarqua que Carson était en train de lâcher sa main après avoir serré celle de son père.

— Maman, papa, voici Carson Rhodes. Carson, voici mes parents. Dayana et Cory Reid.

— C'est un plaisir de vous rencontrer, leur affirma Carson en serrant la main de Dayana. Skylar n'a que de bonnes choses à dire sur vous deux.

— Alors elle ment, plaisanta Cory avec un sourire.

— Papa, prévint Skylar.

— Quoi ? Tu ne peux pas rester là et prétendre à ton jeune homme qu'il n'y a jamais eu de moments où tu étais furieuse contre moi. Et la fois où tu...

— Est-ce qu'on peut oublier les histoires embarrassantes

jusqu'à ce qu'on ait au moins déjeuné ? l'interrompit-elle en roulant les yeux.

— Allez, invita sa mère, toujours prête à maintenir la paix. J'ai des amuse-bouches pour le moment, jusqu'à ce que le repas soit prêt.

Skylar voulut secouer la tête. Qui avait parlé d'offrir des amuse-gueules avant le déjeuner ? Mais elle hocha simplement la tête et fit avec. Elle sentit la main de Carson frôler la sienne, et elle la prit volontiers. Elle appréciait qu'il n'ait pas peur de montrer un peu d'affection envers elle. Ce serait différent, et trop, s'il la tirait contre lui et passait son bras par-dessus son épaule. Mais tenir sa main, c'était agréable... et juste.

Deux heures plus tard, après un délicieux déjeuner, se produisit ce que Skylar avait prévu.

Sa mère lui dit :

— Chérie, ça fait belle lurette que je n'ai pas entendu parler de tes élèves. Pourquoi ne laisses-tu pas ton père et Carson bavarder un peu pendant que nous rattrapons le temps perdu ?

C'était la façon pas si subtile de Dayana de donner à Cory l'occasion de discuter avec son petit ami en tête à tête. Cela l'agaçait un peu, mais comme elle savait que cela allait arriver, Skylar se tourna simplement vers Carson et leva les sourcils en signe d'interrogation. Elle ne le laisserait pas seul avec son père s'il était mal à l'aise.

Mais il hocha simplement la tête.

— Vas-y. Ça va aller. On va s'en sortir.

— Tu es sûr ?

— Oui, répondit Carson avec un sourire. Tu as peur que ton père sorte les albums photos et me montre tous tes clichés d'ado ?

Skylar grimaça.

— Euh... s'il le fait, promets-moi d'être un gentleman et de refuser de regarder.

Carson ricana.

— Je te le promets.

Elle savait qu'il mentait comme un arracheur de dents. Il sauterait sur l'occasion de voir à quoi elle ressemblait quand elle était adolescente. Elle se tourna vers son père.

— Tiens-toi bien, prévint-elle.

Il écarquilla les yeux innocemment, comme pour signifier : « Qui, moi ? ».

Skylar soupira et secoua la tête en signe d'exaspération, mais elle se leva pour suivre sa mère hors de la pièce. Elle se retourna juste avant de partir pour voir Carson aussi détendu qu'il l'avait été toute la journée, tandis que Cory se penchait en avant, comme pour commencer l'interrogatoire.

Espérant que Carson n'avait pas menti lorsqu'il avait prétendu que cela ne le dérangeait pas que son père lui fasse subir le troisième degré, elle suivit sa mère.

* * *

Bull était presque impatient d'avoir cette conversation avec le père de Skylar. Il était un peu ridicule que cet homme veuille interroger le petit ami de sa fille alors qu'elle avait la trentaine, mais là encore, *s'il* avait un jour une fille, il savait qu'il ressentirait la même chose. Donc ça ne le dérangeait pas que Cory ait son mot à dire. Bull n'avait pas l'intention de faire du mal à Skylar, et il le ferait savoir à son père de façon très claire.

Cory n'avait pas fait attendre Bull. Dès qu'ils entendirent une porte se refermer à l'étage, l'autre homme se tourna vers lui.

— Tout d'abord, je conçois que ma fille est une femme adulte et qu'elle prend ses propres décisions depuis très longtemps. Mais elle est toujours mon bébé. Donc je vais dire ce que j'ai à dire, et nous pourrons passer à autre chose. Skylar a toujours été le genre de femmes qui sautent aux yeux avant de regarder. Elle a le cœur tendre et ne s'arrête parfois pas pour réfléchir aux motivations derrière les actions des autres. Elle n'hésite pas à aider ceux qu'elle pense être dans le besoin. Elle donne de l'argent à des sans-abri qui ne le sont pas. Elle a payé l'épicerie de personnes qui prétendaient avoir perdu leur carte de crédit et qui avaient probablement les moyens de se nourrir. Ma fille peut aussi prétendre qu'elle est parfaitement heureuse d'être célibataire et de vivre une vie insouciante, mais ce n'est pas ce qu'elle souhaite au fond d'elle-même. Elle veut quelqu'un à elle. Quelqu'un qu'elle peut retrouver à la maison, qu'elle peut faire rire. Parfois, je me dis qu'elle est née dans le mauvais siècle. Elle désire un homme dont elle peut s'occuper. Cuisiner pour lui, faire sa lessive, et plus généralement faire tout ce qu'elle peut pour lui faciliter la vie. Ça ne signifie pas qu'elle préfère ne pas travailler, parce qu'elle en a envie. Elle est une sacrée bonne professeure, et sa compassion la rend inestimable pour ses élèves.

— Vous ne m'apprenez rien que je ne sache déjà, déclara Bull lorsque le père de Skylar s'interrompit. Enfin, excepté le fait qu'elle désire un homme, peut-être. D'après ce que j'ai remarqué, elle est parfaitement heureuse toute seule.

Cory haussa les épaules.

— Je pense que c'est parce qu'elle a appris sa leçon un peu trop souvent avec des connards qui ont profité de sa nature généreuse. Tout ce que je dis, c'est que dans le passé, Skylar est rapidement tombée amoureuse des hommes avec qui elle est sortie, et certains ne méritaient pas une seconde de son temps et de son énergie. Elle a été blessée, et chaque fois, tout ce que sa mère et moi pouvons faire, c'est nous asseoir et lui rappeler que, quelque part, il y a un gars qui est fait juste pour elle. Il faut simplement qu'elle soit patiente.

Les mots de Cory firent se redresser Bull. Il aimait bien cette idée. Beaucoup plus que ça.

— Nous lui expliquons qu'il y a un homme qui a besoin de sa bonté. Quelqu'un qui la laissera être qui elle est... un peu naïve et très généreuse. Si tu es avec ma fille pour t'amuser ou parce que tu crois qu'elle est une cible facile, tu peux franchir la porte tout de suite. Elle sera beaucoup moins blessée si tu arrêtes maintenant qu'après qu'elle sera tombée raide dingue de toi. Je refuse de rester assis et de laisser un type profiter d'elle encore une fois. Si tu n'es pas prêt à ce que Skylar tombe amoureuse de toi, tu dois repenser à tout ça. Parce qu'en tant que père, je peux affirmer avec certitude qu'elle y est presque.

Bull avait l'impression que son cœur allait exploser. Il ne pouvait s'empêcher de resonger à la nuit dernière et à ce matin. À quel point il s'était senti insouciant et heureux avec Skylar dans ses bras. Il aimait que Cory s'imagine qu'elle était amoureuse de lui, parce qu'*il* était sûr d'en être déjà là.

Il se pencha en avant, posa ses coudes sur ses genoux et regarda Cory dans les yeux.

— Ce qui se passe entre Skylar et moi n'est pas occasionnel, déclara-t-il prudemment.

Il n'allait pas révéler au père de Skylar qu'il l'aimait avant de le *lui* avoir dit.

— Je reconnais que votre fille est naïve. Elle a grandi à l'abri, mais ce n'est pas une mauvaise chose. Elle a plus de compassion dans son petit doigt que la plupart des gens dans leur corps entier. Vous et sa mère avez réalisé un travail incroyable pour l'élever.

Cory secoua la tête.

— Ce n'était pas nous, protesta-t-il. C'est juste elle.

Bull hocha la tête en signe de reconnaissance, puis poursuivit.

— Votre fille et moi ne sortons pas ensemble depuis très longtemps, et je ne sais pas ce que l'avenir nous réserve, mais je ne me suis jamais senti aussi heureux dans une relation. Skylar est tout ce que vous avez décrit et plus encore. Je ne veux pas la changer. Je trouve que prendre du recul et la regarder interagir avec le monde, tout en la protégeant de ceux qui pourraient vouloir en profiter, est l'une des choses les plus excitantes et les plus intéressantes que j'aie jamais faites dans ma vie. Je préférerais m'arracher les yeux plutôt que de commettre quoi que ce soit qui puisse la blesser. Elle est en sécurité avec moi.

Cory le regarda pendant un long moment, puis opina finalement du chef.

— Elle avait un petit ami à l'université qui la frappait.

Bull se redressa en entendant cela.

— Elle ne nous l'a jamais avoué, elle nous a prétendu qu'elle s'était heurtée à une porte, mais ma fille n'est pas maladroite. Pas du tout. Je crois qu'elle était gênée de s'être intéressée autant à ce connard. Elle est peut-être naïve, mais Skylar n'est pas idiote. Elle n'allait pas supporter ça, pas une seconde de plus. Elle nous a affirmé que les choses ne marchaient pas entre eux et que c'était pour ça qu'ils avaient rompu, mais elle n'a plus été la même pendant très longtemps après cette relation, soupira l'homme plus âgé. Je ne veux plus jamais ça pour ma fille.

— Je ne lèverai jamais la main sur Skylar sous le coup de la colère. Cette seule pensée me rend physiquement malade, avança Bull honnêtement. Je ne peux pas vous promettre que nous n'aurons jamais de désaccord ou qu'elle ne sera pas en colère contre moi pour une raison ou une autre, mais je *peux* vous promettre que j'aurai toujours son bien-être à l'esprit.

Les deux hommes se regardèrent pendant un long moment avant que Cory n'acquiesce de nouveau.

— Merci.

Bull soupira mentalement de soulagement. Il n'avait pas eu besoin de l'approbation de Cory, mais il l'avait souhaitée. Et cela faisait longtemps qu'il n'avait pas requis la bénédiction de *quelqu'un*. Savoir que le père de Skylar était d'accord pour qu'il voie sa fille lui faisait du bien. Beaucoup de bien.

À bien des égards, il lui rappelait son propre père. Et il aimait vraiment qu'il soit féroce dans sa protection de Skylar.

— Vous possédez une belle maison, dit-il à Cory, changeant de sujet.

— Merci.

— Je n'ai pas pu m'empêcher de remarquer, cependant,

qu'il y a quelques petites choses que vous pourriez mettre en place pour la rendre plus sûre.

La tête de Cory s'inclina.

— Ah oui ?

— Oui.

— Comme quoi ?

— Les buissons autour des fenêtres en face sont énormes. Ils sont très beaux, ne vous méprenez pas, mais ils sont assez grands pour dissimuler un homme de ma taille. Il pourrait s'y cacher et doubler quelqu'un qui s'arrêterait devant la porte pour la déverrouiller et entrer.

Bull n'avait pas vraiment l'intention de prodiguer à l'autre homme des conseils de sécurité, mais quand il avait pensé à *Skylar* qui aurait été saisie par surprise par quelqu'un tapi dans le fourré, il n'avait pas pu s'empêcher d'en parler.

— Hmm. J'avais l'intention de faire appel à un paysagiste pour les tailler, révéla Cory. Quoi d'autre ?

— Le clavier de commande de votre système d'alarme est situé à un endroit où il est visible depuis l'une des fenêtres du garage, lui indiqua Bull.

— Et ? demanda Cory.

— Et quiconque veut savoir si l'alarme est activée n'a qu'à regarder par la vitre pour le vérifier. Elle était éteinte lorsque nous avons visité la maison, et le gros bouton rouge de l'appareil permet à quiconque espionne par le carreau de le remarquer.

— Ouah, OK, je n'avais même pas pensé à ça, avoua Cory, les sourcils froncés.

— Votre jardin est magnifique, mais le portail de la clôture est situé sur le côté de la maison, au lieu d'être à l'avant, où il serait plus en évidence pour les voisins si quelqu'un essayait d'entrer. Je vous suggère également d'installer un meilleur verrou sur cet accès. Et vous avez une échelle stockée sous votre terrasse à l'arrière. Les voleurs utilisent tout ce qu'ils peuvent pour se faciliter la vie... Pourquoi leur donner un moyen d'atteindre le deuxième étage ?

Cory n'avait rien dit pendant un moment, et Bull pensa qu'il avait dépassé les bornes. Aucun homme ne voulait admettre qu'il avait fait une erreur, que la maison qu'il croyait sûre ne l'était pas.

Puis le père de Skylar hocha la tête.

— Je vois que ma Sky est entre de bonnes mains, déclara-t-il. Merci pour les conseils. Je vais voir ce que je peux mettre en œuvre pour réparer ces bévues et faire venir quelqu'un pour trouver ce que nous pourrions faire d'autre pour nous sécuriser davantage.

Après cela, la conversation s'orienta vers des sujets plus généraux. Cory voulut savoir depuis combien de temps Bull travaillait à Silverstone Towing, et ils discutèrent un peu de l'armée avant que Skylar et Dayana ne reviennent.

Bull se leva pour les accueillir.

— Tu es encore là, plaisanta Skylar avec un sourire. Je suppose que ça signifie que papa n'a pas eu le temps de sortir mes photos prépubères.

Bull ne put s'empêcher de la tirer contre lui et d'embrasser sa tempe en guise de réponse. Elle le regarda fixement, comme s'ils étaient les deux seules personnes dans la pièce.

— Tu as bien parlé ? lui demanda-t-elle doucement.

— Bien sûr, lui répondit Bull. J'ai entendu dire que tu étais dans le club de théâtre au lycée.

Skylar gloussa.

— J'étais une piètre actrice. Je n'avais jamais de rôle principal et j'étais toujours un « civil » ou un autre personnage au hasard dans les pièces.

Bull aimait apprendre de nouvelles choses sur Skylar. Bien qu'il ait été furieux de découvrir que quelqu'un qu'elle avait fréquenté et en qui elle avait confiance avait levé la main sur elle sous le coup de la colère, il était fier qu'elle ne lui ait pas trouvé d'excuses et qu'elle ait mis fin à leur relation.

— Je parie que tu étais adorable, lui confia-t-il.

Skylar secoua la tête et roula les yeux.

— Je ne l'étais pas, mais merci. De quoi avez-vous bavardé avec papa ? s'intéressa-t-elle.

— De trucs de mecs, intervint Cory.

Bull sentit Skylar se secouer légèrement contre lui, comme si son père lui avait fait peur. Pour être honnête, il avait lui-même oublié qu'ils avaient un public. Il resserra sa main autour d'elle et la maintint alors qu'elle se retournait.

— Peu importe, lui répliqua-t-elle. Dis-moi au moins que tu n'as pas sorti le fusil et menacé Carson. J'ai oublié de te préciser que son surnom à l'armée était Bull, un diminutif de Bullseye... parce qu'il était un très bon tireur.

Bull avait envie de rire devant le profond respect dans le regard de Cory. À l'évidence, ses talents au tir ne le déran-geaient pas... tant qu'il s'en servait pour protéger sa petite fille.

— Merci pour votre service, ajouta Dayana.

Bull hocha la tête. À une époque, cette phrase l'aurait dérangé. Si les gens savaient ce que lui et son équipe avaient fait en tant que Deltas, ils ne seraient peut-être pas si prompts à le remercier. Cela l'irritait de commettre la même chose main-tenant, mais il serait vu très différemment si cela s'ébruitait. Bien qu'il ait appris au fil des ans que lorsque les gens le remer-ciaient pour son service, c'était plus parce qu'ils voulaient montrer leur soutien à l'armée en général. Les citoyens n'avaient pas toujours traité les vétérans avec respect, alors il avait appris à accepter leur reconnaissance avec gratitude.

Il fit un signe de tête à Dayana.

— Nous devons y aller, prévint Skylar dans l'accalmie de la conversation qui suivit les mots de sa mère.

— Oh ! mais vous venez juste d'arriver, protesta sa mère.

— Maman, ça fait des heures qu'on est là, s'exclama Skylar en riant.

— Pas assez longtemps, fit remarquer Dayana.

Skylar s'éloigna de Bull et alla l'enlacer.

— Je serai bientôt de retour, et tu sais que je suis toujours à portée de téléphone.

Elle embrassa ensuite son père, et Bull serra la main de ses deux parents.

— Merci de m'avoir laissé empiéter sur le temps passé avec votre fille, leur dit-il.

— Tu es toujours le bienvenu ici, lui fit savoir Dayana.

— Une fois que j'aurai effectué les changements que tu as suggérés, je ne verrai pas d'inconvénient à ce que tu reviennes jeter un coup d'œil, lui intima Cory.

Bull acquiesça.

— Prévenez-moi quand ce sera finalisé, et j'arriverai.

— Quels changements ? demanda Skylar.

— La prochaine fois, je réaliserai le gâteau au chocolat dont j'ai parlé, annonça Dayana avec un grand sourire.

Bull poussa Skylar vers la porte. Il aimait bien ses parents, mais il avait hâte de l'avoir de nouveau pour lui tout seul. Il aimait passer du temps avec elle. Jusqu'à présent, les seules personnes avec lesquelles il s'était senti à l'aise étaient Eagle, Smoke et Gramps. Et maintenant Sky. C'était l'une des manières de s'assurer que ce n'était pas juste une relation occasionnelle.

Il la regarda embrasser ses parents une fois de plus et leur dire au revoir. Il la suivit ensuite jusqu'au côté passager de sa voiture et s'assura qu'elle était bien installée avant de faire le tour du côté conducteur. Alors qu'il s'éloignait, Bull ne put s'empêcher de rire devant le salut vigoureux de Skylar... comme si elle allait se trouver à des milliers de kilomètres d'eux dans un avenir proche, au lieu de seulement une heure ou deux.

— Quels changements ? demanda-t-elle encore une fois quand ils arrivèrent au bout de la rue.

— Rien de majeur. J'ai juste émis quelques suggestions pour rendre la maison plus sûre.

— Ouah. Très bien, alors je dois te prévenir que papa va

probablement devenir un peu fou en demandant plus de conseils à ce sujet.

— C'est cool. Je suis heureux d'aider.

Un silence confortable s'installa entre eux.

Quand ils furent à mi-chemin du retour vers le sud-ouest de la ville, Bull observa :

— Tu es proche d'eux.

— Je le suis, reconnut-elle. Je ne suis jamais passée par cette phase d'adolescence difficile où les parents sont les ennemis. J'ai toujours su qu'ils avaient mes intérêts à cœur.

— Parle-moi de ce connard qui t'a frappée à la fac.

La question jaillit de Bull avant qu'il n'ait pu y réfléchir.

Mais Skylar ne s'énerva pas. Elle soupira simplement.

— Je te jure, mon père me parle toujours de ça quand j'ai un nouveau petit ami.

— Il s'inquiète pour toi.

— Je sais, mais, Carson, je suis assez grande pour prendre soin de moi. Et je tiens à préciser que ce connard ne m'a frappée qu'une fois avant que je le largue.

Bull n'esquissa même pas un sourire.

— Qu'est-ce qui s'est passé ?

— Tu ne vas pas laisser tomber, hein ? demanda-t-elle.

— Non.

Sky secoua la tête en signe d'exaspération.

— Il était ivre. Nous étions à une fête. Je parlais à un gars que je connaissais d'un de mes cours. Mon petit ami est devenu follement jaloux et m'a attrapé le bras, me faisant sortir de la maison au pas de course. J'étais très embarrassée parce que tout le monde avait vu la scène, et il me faisait aussi du mal. Je l'ai laissé me conduire dans la cour, mais j'ai refusé d'aller plus loin. Il m'a crié dessus, m'a dit que j'étais « à lui » et que je l'avais humilié. J'ai essayé d'expliquer que j'étais seulement amie avec l'autre mec et que nous parlions du devoir à rendre la semaine suivante, mais il n'écoutait pas. Avant même que je sache quelles étaient ses intentions, il a retiré son bras et son poing s'est approché de mon visage. Je me suis retournée à la dernière seconde, et heureusement, il m'a touché à la tempe et non au nez, ce qu'il visait. Je suis tombée dans l'herbe, et je l'ai regardé en état de choc, mais il n'avait même pas l'air désolé de son acte. Il était ivre et encore énervé. Il a essayé de me donner un coup de pied, mais trois types de la fête l'ont plaqué et l'ont tabassé. Le lendemain, quand ses amis lui ont raconté ce qu'il avait fait, il a essayé de me parler, de s'excuser, mais j'ai refusé de l'écouter. Je lui ai dit que c'était fini entre nous et que je ne voulais plus jamais lui parler.

Les doigts de Bull se crispèrent sur le volant. Il avait envie de revenir en arrière et de casser la gueule de ce petit voyou. Mais il se força à rester calme quand il demanda :

— Et il est resté à l'écart ?

Skylar soupira.

— Non. Il m'a supplié de l'écouter. De le laisser s'expliquer. Il a prétendu qu'il était ivre et qu'il ne savait pas ce qu'il faisait. Qu'il ne m'avait jamais fait de mal intentionnellement. Que j'étais la meilleure chose qui lui soit arrivée.

— Tu ne lui as pas donné de seconde chance… Pourquoi ? questionna Bull.

Il était *content* qu'elle n'ait pas laissé à ce connard une autre occasion de la frapper, mais il voulait entendre son raisonnement.

— Voilà le truc. Je sais qu'il était bourré. Mais si j'étais si importante pour lui, si j'étais la « meilleure chose » qui lui soit jamais arrivée, alors je me dis qu'il aurait su qui j'étais, même inconsciemment. Qu'il aurait dû me protéger *d'autres* personnes qui auraient pu me blesser alors qu'*elles* étaient ivres.

Elle haussa les épaules.

— Ça semble stupide, maintenant que j'y pense.

— Ce n'est pas stupide, lui opposa Bull avec force. Tu as tout à fait raison. Il était à une fête avec toi, une fête où il y avait de l'alcool, et il n'aurait pas dû se mettre dans un état tel qu'il n'aurait pas pu garder la tête sur les épaules. Être saoul n'est pas une excuse pour blesser quelqu'un que tu aimes. Jamais. Tu as réagi comme il fallait, et je suis fier de toi pour t'être défendue.

— Je suis peut-être naïve et désemparée parfois, déclara Skylar avec regret, mais c'est comme tu me l'as indiqué une fois. Je mérite d'être avec quelqu'un qui se pliera en quatre pour me garder en sécurité et me protéger. Pas parce que je suis faible, mais parce que je suis assez importante pour lui pour qu'il ne puisse pas faire autrement.

Il se souvenait de lui avoir dit cela, et Bull imaginait encore son père le faire asseoir et lui expliquer comment cela devait être entre un homme et sa femme. Lui enseignant que lorsqu'il rencontrerait celle avec laquelle il désirerait passer le reste de sa vie, il comprendrait ce qu'il voulait dire.

— Et tu sais quoi ? J'ai envie de trouver quelqu'un pour qui je ressens la même chose. Je suis consciente que je suis une fille, et que les mecs sont généralement plus forts et tout ça, mais quand les choses se gâtent, je mettrai en œuvre tout ce qu'il faut pour protéger mon homme aussi. Ce ne sera peut-être pas avec mes poings ou avec la force brute, mais je trouverai un moyen. Je peux être assez sournoise si c'est nécessaire. Je suis juste persuadée que je le soutiendrai dans tout ce qu'il veut faire de sa vie.

Bull eut la chair de poule sur les bras. Ses mots avaient fait mouche et étaient tout ce qu'il avait toujours voulu entendre de quelqu'un. Il était conscient qu'il avait de la chance. Son père avait été formidable. Et son équipe de Silverstone le suivrait jusqu'en enfer s'il le leur demandait. Mais il n'avait jamais trouvé une femme qui avait ce même niveau de loyauté féroce.

Il ne s'était pas rendu compte qu'il avait souhaité ça.

Jusqu'à maintenant.

Jusqu'à *elle*.

— Et maintenant je me sens stupide, regretta-t-elle en fronçant le nez.

— Non ! s'exclama Bull avant de prendre une inspiration et d'essayer de ne pas paraître aussi fou. C'était génial. Je suis fier de toi, car tu as su reconnaître ta propre valeur, même lorsque tu étais à l'université. Trop de femmes n'y parviennent pas. Elles trouvent des excuses à leurs hommes et croient qu'elles ont dû faire quelque chose pour être abusées. Et tu as tout à fait raison, tu n'es pas faible. Tu es probablement la femme la plus forte que j'ai jamais rencontrée. Tu vis ta vie comme tu l'entends, et tu ne laisses pas les autres te dicter ce que tu dois penser ou faire. C'est magnifique. *Tu es* magnifique.

Bull avait envie de se garer et de l'embrasser, mais il savait que ça ne suffirait pas. Et s'arrêter maintenant signifiait simplement qu'il faudrait plus de temps pour la ramener à son appartement et dans son lit.

— Tu as quelque chose à faire sur le chemin du retour ? demanda-t-il avec une idée derrière la tête.

— Tu veux dire... comme... des courses ?

— Oui.

— Non. Ce que je souhaite, c'est que tu me ramènes chez toi pour que je puisse te montrer à quel point c'est important que tu sois venu avec moi pour rencontrer mes parents. Et que tu n'aies pas paniqué quand mon père t'a déclamé son discours sur la nécessité de protéger sa petite fille, déclara-t-elle avec une lueur dans les yeux.

— Mon appartement *est* sûr, répondit Bull avec un petit rictus.

— Mon Dieu, soupira Skylar. J'adore te voir sourire. C'est tellement sexy, d'autant plus que ce n'est pas souvent.

— Je n'avais pas beaucoup de raisons de sourire jusqu'à ce que je te rencontre, avoua Bull, se sentant un peu idiot d'admettre cela, mais à la joie sur son visage, s'ouvrir à elle en valait la peine.

Il se pencha et entrelaça ses doigts avec les siens.

Il roula aussi vite qu'il le pouvait pour rentrer à son appartement. Lui et ses amis entretenaient de bonnes relations avec les forces de l'ordre. Ils ne connaissaient pas la nature exacte de ce que réalisait Silverstone, à part le remorquage, mais certains *savaient* qu'ils travaillaient d'une certaine manière avec le FBI et la Sécurité intérieure. Ils avaient même été appelés à aider dans des situations de fusillade dans le passé. Mais Bull ne voulait pas forcer la chance en prenant une amende pour conduite dangereuse.

Skylar et lui n'avaient pas prononcé grand-chose sur le chemin du retour, mais le silence était anticipé, pas tendu. La tension sexuelle dans la voiture était intense, et Bull se surprit à apprécier cette sensation.

Dès qu'il se gara, Skylar et lui sautèrent de la voiture. Elle le rejoignit à l'avant de celle-ci.

— Tu es pressée ? la taquina-t-il.

— Oui, lui répondit-elle, puis elle lui prit la main et l'entraîna jusqu'à la porte de son complexe.

Bull ne considérait jamais la sécurité comme acquise, mais pour une fois, il aurait aimé qu'il soit plus facile de se rendre à son appartement.

Dès qu'il ferma la porte derrière lui, il se retourna et prit Skylar dans ses bras.

Elle gloussa et enroula ses jambes autour de ses hanches, et Bull mit ses mains sous ses fesses pour la porter jusqu'à sa chambre. Elle commença à déboutonner sa chemise pendant qu'il marchait, et quand elle pinça légèrement ses tétons, il tituba et se cogna l'épaule contre le mur.

— Attention, le taquina-t-elle en se penchant en avant et en frottant son cou près de son oreille.

— Merde, exprima-t-il dans son souffle.

— Je vais te faire moins mal.

Bull poussa la porte et se dirigea directement vers son lit. Il avait ses propres projets pour sa femme, à savoir lui montrer à quel point elle comptait pour lui.

13

Skylar s'était réveillée tôt dimanche matin, plus détendue qu'elle ne l'avait été depuis longtemps. Elle regarda et fut surprise de voir Carson encore endormi.

Après l'avoir prise rapidement et durement en rentrant à la maison hier, il s'était donné pour mission d'embrasser chaque centimètre de sa peau. Il avait été tendre et aimant, et quand il s'était finalement glissé de nouveau dans son corps, elle n'avait rien voulu d'autre que d'être baisée brutalement encore une fois, mais au lieu de cela, il lui avait fait l'amour avec douceur et respect.

Au moment où elle avait joui, elle avait su que s'il rompait avec elle, elle serait dévastée.

Il avait commandé une pizza pour le dîner, et après avoir mangé, ils avaient regardé la moitié de la troisième saison de *Stranger Things*. Puis elle avait décidé de *lui* faire l'amour, et étonnamment, il le lui avait autorisé. Il l'avait laissée le sucer pendant un moment, mais sans le pousser à bout. Elle l'avait chevauché et l'avait pris dans son corps, mais ils savaient tous les deux qu'elle n'était pas celle qui contrôlait. Carson avait tenu ses hanches et l'avait aidée à monter et descendre sur son membre jusqu'à ce qu'ils explosent tous les deux.

C'était aussi naturel que de respirer pour passer la nuit de nouveau. Skylar était consciente qu'elle ne devait pas s'y habituer, mais elle ne pouvait pas s'en empêcher. Elle aimait dormir à côté de lui.

Même dans son sommeil, Carson avait l'air féroce. Sa bouche était froncée, et Skylar voulait le voir sourire. Elle se déplaça lentement, se redressa sur un coude et expira de frustration lorsqu'il ouvrit immédiatement les yeux.

Mais elle fut récompensée par un lent sourire qui se forma sur ses lèvres. Ses yeux brillaient de bonheur.

— Bonjour, dit-il en se réveillant.

— Bonjour. Tu entends ça ? demande-t-elle doucement.

Ses sourcils se froncèrent alors qu'il écoutait attentivement.

— Tu entends quoi ?

— Le silence, lui murmura-t-elle. Ce n'est jamais calme dans mon appartement. Je m'y suis habituée, mais il y a toujours des klaxons, des voitures et des camions qui passent dans la rue, des sifflets de train, des gens qui se crient dessus, des bébés qui pleurent. Jour et nuit, ça ne s'arrête jamais. Parfois, je me sens vivante. Comme si j'étais au cœur de l'action. D'autres fois, c'est un peu effrayant, surtout quand j'entends des coups de feu. Mais je n'ai jamais vraiment compris *à quel point* c'était bruyant jusqu'à ce matin, quand je me suis allongée ici et que je me suis rendu compte que la seule chose que je pouvais entendre était ta respiration à côté de moi.

Elle ne voulait pas que ses mots soient alarmants, mais apparemment ils l'étaient. Au moins pour Carson.

— Je déteste l'endroit où tu vis.

— Je sais.

Il n'y avait pas grand-chose d'autre à ajouter. Elle savait qu'il n'aimait pas ça. Ses parents non plus. Mais c'était ce qu'elle pouvait se permettre. Et elle avait des voisins formidables, ce dont Carson, sa mère et son père avaient conscience.

Décidant qu'elle aurait probablement dû se taire – parce

que Carson était maintenant tout sauf détendu et qu'il ne souriait certainement pas –, elle changea de sujet.

— Quels sont nos plans pour aujourd'hui ?

Et son rictus revint.

— Nos plans ?

Elle haussa les épaules et essaya de prétendre qu'elle ne rougissait pas.

— Oui, eh bien, nous sommes ici ensemble, et bien que j'aie des trucs à régler plus tard cet après-midi, je me demandais ce que nous allions faire ce matin.

— Je dois passer à Silverstone, lui indiqua Carson. Je dois rencontrer Eagle, Smoke, et Gramps et m'assurer que les choses pour la semaine à venir sont bonnes.

— Quelles choses ?

— Le planning, l'entretien des camions, les courses, ce genre de trucs.

— Oh ! c'est logique.

— Je peux te déposer chez toi avant d'aller là-bas, ou tu peux venir avec moi.

— J'adorerais t'accompagner. Je peux m'occuper pendant que tu gères tes affaires. Ce n'est pas comme si traîner à Silverstone était une difficulté, le taquina-t-elle.

— C'est vrai. Nous avons vraiment essayé d'en faire une maison loin de la maison. Un endroit où nos employés aiment se rendre.

— Vous avez réussi, lui confirma Skylar.

— Merci. Bref, alors j'ai pensé qu'on pourrait aller déjeuner avant que je te ramène chez toi. Je sais que tu as des trucs de prévus.

— Est-ce que tu...

La voix de Skylar s'éteignit. Serait-ce trop collant de lui proposer de rester avec elle ? De passer la nuit chez elle ? Elle était bien consciente que son appartement n'était pas aussi luxueux ou sûr que le sien, mais elle ne pouvait nier qu'elle le voulait dans son espace. Dans son lit.

— Quoi ? interrogea Carson, en se retournant jusqu'à ce qu'elle soit sous son corps.

Elle aimait quand il se permettait ça. Elle se sentait entourée par lui, comme si rien ni personne ne pouvait lui faire du mal quand il était ainsi au-dessus d'elle.

— J'allais juste te demander si tu voulais rester avec *moi* ce soir. Ce n'est pas grave si tu n'en as pas envie – mon appartement est un peu petit, surtout en comparaison avec ici. Mais c'est près de mon travail, et je n'aurais pas à me lever aussi tôt si on restait là-bas. Tu pourrais regarder la télé par exemple pendant que je prépare mes plans de cours pour la semaine, puis je pourrais préparer le dîner ou nous pourrions commander.

Elle savait qu'elle bafouillait, mais elle avait presque peur d'arrêter de parler, parce qu'il pourrait alors décliner.

Carson se pencha et l'embrassa pour la faire taire. Quand il s'était retiré, il avait un petit sourire.

— J'aimerais rester. Merci.

— N'hésite pas à apporter ce que tu souhaites. Tu peux laisser des choses là-bas aussi. Ma douche n'est pas aussi grande que la tienne, mais le chauffe-eau est vraiment bien. Il y a beaucoup d'eau chaude.

Carson l'étudia pendant un long moment. Puis il passa une main sur ses cheveux – qu'elle supposait être probablement en désordre – et caressa sa joue avant de poser un doigt sur ses lèvres.

— Ma Sky est si douce.

Elle avala de travers. Elle ne savait pas trop quoi répondre à cela.

— Une dame douce et innocente en public et ma femme sauvage au lit, poursuivit Bull, toujours souriant.

Il se souleva un peu, et sa main glissa entre eux, ses doigts jouant avec l'un de ses tétons.

— Carson, murmura-t-elle en arquant le dos, s'offrant à tout ce qu'il voulait lui faire.

C'était difficile de croire qu'elle avait trouvé un homme si bon. Un qu'elle ne pouvait pas imaginer lui faire du mal. Un qui savait exactement où et comment la toucher pour la rendre folle.

* * *

Après un départ tardif à cause des trois orgasmes que Carson lui avait donnés, Skylar entra dans Silverstone avant son homme. Elle aimait penser à lui de cette façon. Le week-end avait été parfait jusqu'à présent, et elle avait vraiment apprécié de passer du temps avec lui.

— Hé !

Carson les interpella alors qu'ils entraient dans la grande salle. Skylar n'avait jamais cessé de s'étonner que l'extérieur du bâtiment puisse paraître si délabré, alors que l'intérieur était absolument beau et élégant.

Aujourd'hui, c'était encore plus charmant parce qu'il n'y avait rien de désordonné. Les oreillers étaient parfaitement placés sur les canapés et les chaises, les couvertures étaient pliées et se trouvaient dans un panier à côté de l'un des fauteuils, les DVD étaient soigneusement rangés sur le support à côté de la télévision, et il n'y avait pas un grain de poussière nulle part.

— Hé ! retentit une voix grave de la cuisine.

Levant les yeux, Skylar vit exactement pourquoi Silverstone Towing était si bien rangé. Shawn Archer était debout devant la cuisinière, vêtu d'un tablier. Sandra était également avec lui.

— Bonjour, mademoiselle Reid ! Monsieur Carson ! s'écria la petite fille en sautant de l'escabeau sur lequel elle se tenait à côté de son père et en courant vers lui.

Skylar l'attrapa et la serra dans ses bras.

— Hé, Sandra ! Qu'est-ce que tu fais ?

— Moi et papa avons fait des courses ! s'exclama-t-elle.

— Papa et moi, corrigea Skylar avant de vérifier si c'était vrai.

— Oui. Et nous avons payé avec de l'*argent*, répondit Sandra avec sérieux.

Skylar leva les yeux vers Carson, confuse.

— Nous nous occupons de la majeure partie des courses de la semaine le dimanche. Même s'il n'a pas encore officiellement intégré nos effectifs, Archer s'est porté volontaire pour le faire cette semaine parce qu'Eagle déteste fortement les épiceries. Il a demandé s'il pouvait amener Sandra avec lui, bien sûr. Et on lui a donné des espèces à utiliser.

Le cœur de Skylar était presque blessé que Sandra ait été si enchantée à l'idée d'utiliser des billets en papier pour payer la nourriture au lieu d'une carte de crédit ou de bons d'alimentation.

Tirant sur sa chemise, Skylar baissa les yeux vers Sandra.

— On a acheté tellement de choses à manger ! Et maintenant, papa est en train d'en préparer.

— Je me suis dit que les gens ne seraient pas contre un bon repas quand ils rentreront de leur travail, se justifia Shawn un peu penaud.

— Quand tu veux cuisiner, n'hésite pas, lui indiqua Carson avec gratitude. Encore une semaine avant que tu ne sois à plein temps.

Shawn hocha la tête.

— Yep, une semaine de plus avant que je n'aie terminé *tous* mes emplois. J'ai hâte de travailler ici uniquement.

Il regarda ensuite Skylar.

— Ce qui signifie que cette semaine devrait être la dernière où vous serez contrainte de rester tard pour vous occuper de Sandra.

— Ça va me manquer de m'occuper d'elle, lui confia-t-elle.

— Je comprends. Vous avez été une bénédiction de Dieu. Et, Bull, monsieur, vous n'avez pas idée de ce que ça représente pour moi d'avoir ce travail. Je ne vais pas le gâcher.

— Je sais que vous ne le ferez pas. Vous n'étiez vraiment pas obligé de venir ce week-end, Archer. Mais vous n'imaginez pas combien c'est important pour nous de ne pas devoir cuisiner et d'avoir quelqu'un pour aider à garder cet endroit propre. Nos employés sont d'excellents conducteurs de dépanneuse, mais pas si bons quand il s'agit de ramasser derrière eux. Et si nous ne souhaitons pas que Silverstone soit trop engageant pour la racaille, nous ne souhaitons pas non plus qu'il ressemble à un dépotoir.

— Que veut dire racaille ? s'enquit Sandra, en regardant Skylar.

— Méchant ou maléfique, précisa Skylar à la petite fille.

— Oh ! OK. Papa ! Attends ! Je veux le faire ! s'exclama Sandra, en courant dans la cuisine et en grimpant sur son tabouret.

Shawn lui donna la cuillère qu'il utilisait pour remuer la viande et les légumes qui devaient entrer dans la composition de son hachis parmentier.

— Il a déjà commencé à travailler ? demanda doucement Skylar à Carson.

— Pas officiellement, mais il est venu ces deux derniers week-ends de son plein gré. Il est génial. Nous n'avons jamais aussi bien mangé, et sérieusement, regarde cet endroit. Je mangerais par terre si je le devais.

Skylar gloussa.

— Je ne suis pas sûre que tu aies besoin d'en faire autant.

Elle aimait la façon dont Carson la regardait. Avec un mélange de tendresse, de désir et de convoitise.

— Je vais descendre pour parler aux autres. Ça va aller ? s'enquit-il.

— Oui. C'est bon. Je vais juste prendre de l'avance sur mes leçons pour la semaine.

Carson acquiesça, l'embrassa sur le front et se dirigea vers les escaliers.

Elle marcha vers la cuisine et s'assit sur l'un des tabourets de bar. Elle ne savait pas combien de temps Carson allait se réunir avec ses amis, mais elle pensait qu'elle avait tout le temps de socialiser et de travailler.

— C'est un homme bon, affirma Shawn.

— Je sais.

— Ils le sont tous. Peu importe ce qu'ils manigancent dans leur mystérieuse chambre sécurisée, personne ne pourra jamais me convaincre du contraire.

Ses sourcils se froncèrent.

— Une pièce sécurisée ? Qu'est-ce que vous voulez dire ?

Shawn regarda Sandra, puis se rapprocha de Skylar. Il baissa la voix pour que sa fille ne l'entende pas.

— Cette pièce au sous-sol avec la serrure à empreinte digitale sur la porte. Ces quatre-là sont plus que les propriétaires de Silverstone, énonça-t-il sans l'ombre d'un doute. Il y a assez de sécurité dans cet endroit pour garder le président des États-Unis sain et sauf. Sans parler du temps qu'ils passent à regarder les informations et à discuter entre eux à huis clos. Je n'ai travaillé que quelques week-ends, mais je ne serais pas surpris qu'il s'agisse d'espions ou de quelque chose du genre.

Ses soupçons ne convenaient pas à Skylar. Elle n'avait pas du tout pensé à l'autre pièce du sous-sol, celle qu'il ne lui avait pas montrée quand il lui avait fait visiter.

— Il y a beaucoup à faire pour gérer une entreprise comme celle-ci, se défendit-elle. Et c'est bien de se tenir au courant de l'actualité. Je n'aime pas regarder les infos moi-même, c'est trop déprimant, mais tout le monde n'est pas comme moi.

Shawn la dévisagea un moment.

— Je suis sûr que vous avez raison.

Skylar fronça de nouveau les sourcils. Elle détestait que les gens lui fassent plaisir. Et il était plus qu'évident que le père de Sandra ne croyait pas un mot de ce qu'elle racontait.

— Ce ne sont pas des espions, insista-t-elle fermement.

Shawn ouvrit la bouche pour répondre, mais Sandra l'interrompit.

— Papa, et après ?

Il lança un signe de tête à Skylar et reporta son attention sur sa fille.

Soupirant, Skylar prit son sac et alla s'asseoir sur le canapé. Elle n'aimait pas que Shawn parle de Carson et de ses amis dans leur dos… mais ce qu'elle détestait *vraiment*, c'était de l'avoir amenée à se demander ce qu'ils faisaient dans la pièce fermée du sous-sol.

Elle n'y *avait* pas réellement réfléchi avant. C'était vraiment une salle sécurisée ? Comme dans les films ? Mais maintenant qu'elle y songeait… pourquoi auraient-ils besoin de quelque chose comme ça ici ? Oui, des tornades frappaient parfois Indianapolis, mais c'était rare. Et bien que le crime soit possible dans ce quartier, pourquoi quelqu'un s'en prendrait-il à une société de remorquage ? Ce n'était pas comme s'ils avaient des rentrées d'argent régulières qui étaient gardées dans les locaux.

Carson *cachait-il* quelque chose ?

N'avait-elle pas pensé depuis le début qu'il était trop beau pour être vrai ?

Comprenant où ses pensées avaient mené, Skylar secoua la tête en signe d'exaspération.

Pourquoi cherchait-elle toujours le mauvais côté des hommes qu'elle fréquentait ? Peut-être parce que, jusqu'à présent, elle avait toujours été déçue par ses petits amis. Elle ne voulait pas envisager que Carson pourrait lui cacher quelque chose. Se rappelant à quel point elle avait été heureuse ce matin-là, Skylar fit de son mieux pour mettre de côté les doutes que Shawn avait involontairement semés.

Carson était un homme bon. Il ne cachait rien. Il était simplement copropriétaire d'une entreprise de remorquage. Et c'était tout.

Elle se força à sortir son agenda de son sac et à se concentrer sur ce qu'elle voulait enseigner à ses élèves la semaine prochaine.

* * *

— Donc nous sommes sûrs que l'information est exacte à cent pour cent ? demanda Smoke aux autres.

Les quatre hommes étaient assis autour de la table circulaire dans la pièce sécurisée de Silverstone, lisant les derniers renseignements qu'ils avaient reçus du FBI et de la Sécurité intérieure. Ils auraient pu attendre jusqu'au lendemain pour se rencontrer, mais Gramps avait insisté pour qu'ils se parlent immédiatement.

— Oui, affirma Gramps avec un hochement de tête et un regard sombre. Mostafa s'est rendu en Somalie, et une nouvelle session d'entraînement a commencé. Il est probable qu'il y sera au moins toute cette semaine.

L'estomac de Bull se retourna. Il n'était pas nerveux à l'idée de se rendre en Afrique et d'éliminer Mostafa, mais il avait une peur bleue à l'idée de révéler à Skylar qu'il quittait le pays et ce qu'il allait faire. Il savait qu'il pouvait mentir et prétendre qu'ils devaient assister à une conférence ou autre, mais il ne voulait pas lui faire subir ça. À elle. Il voulait être honnête. Il savait qu'il pouvait lui faire confiance.

Mais il n'était pas aussi certain qu'elle serait capable de l'accepter comme il l'était.

— Et Shekau ? demanda Smoke.

— Le connard de leader de Boko Haram ? reprit Eagle.

— Oui. Aux dernières nouvelles, ils prévoyaient un autre raid sur une école. Où en est ce projet ? clarifia Smoke.

— C'est en standby, les informa Gramps. L'école primaire a appris qu'un raid était prévu, et ils ont mis des mesures en place pour atténuer le risque.

— Quelles mesures ? voulait savoir Eagle.

— Des gardes armés, principalement.

— Ça ne va pas empêcher Boko Haram de s'attaquer à ces filles, insista Eagle.

— Je sais, mais pour l'instant, nous avons d'autres opérations sur lesquelles nous concentrer, leur dit Gramps. Les plans sont de partir mardi matin. Nous nous rendrons au camp et y serons jeudi matin, heure locale. On frappera au milieu de la nuit, on tuera Mostafa, et on se tirera. Nous serons de retour chez nous vendredi en début de soirée.

Ce serait un travail rapide, si tout se passait comme prévu. Bull savait qu'il ne serait éloigné de Skylar que pendant quatre jours, mais il avait quand même un pressentiment.

— Quelqu'un a un problème avec ce délai ? demanda Gramps en regardant Bull.

— Non, affirma Eagle.

— Pas moi, ajouta Smoke.

— Ça me va, indiqua Bull à son ami.

— Tu vas lui annoncer ? demanda Gramps.

Bull sentit le regard de tous ses amis sur lui. Il acquiesça lentement.

— Il le faut.

— Et si elle ne peut pas le supporter ? s'inquiéta Smoke.

— Alors je la laisserai partir, lança Bull, les mots étant comme de l'acide dans sa bouche.

— Juste comme ça ? rétorqua Eagle, incrédule.

— Quel autre choix aurai-je ? se plaignit Bull. Je ne quitterai pas Silverstone. Je suis *fier* de ce que nous accomplissons. Nous rendons la société plus sûre, pour tout le monde.

— Je pense que tu devrais te battre pour elle, soutint Gramps. Elle va être choquée. Tu ne peux pas lâcher une bombe du genre « Hé, je tue des gens pour vivre, ça te va ? » et t'attendre à ce qu'elle soit tout de suite d'accord.

Bull passa une main dans les cheveux.

— Je veux juste... Je ne veux pas la blesser.

— La vie est pleine de blessures, argumenta Smoke. Et nous savons tous que tu préférerais mourir plutôt que de la mettre en danger.

Oui, bien sûr qu'ils le savaient. Ces hommes le connaissaient mieux que quiconque au monde.

Smoke continua.

— Skylar te rend heureux. Et aucune autre femme, depuis qu'on te connaît, n'en a été capable. Tu es plus décontracté, plus détendu. Si tu ne luttes pas pour elle, tu commets une grosse erreur, Bull.

Il était conscient que son ami avait raison.

— Si elle peut accepter ça, si elle peut *t'*accepter, alors j'ai l'impression que nous avons peut-être tous une chance de trouver une femme à nous, ajouta doucement Eagle.

Bull hocha la tête.

— En plus, elle nous aime bien, renchérit Gramps avec un sourire. Qui d'autre vas-tu trouver pour nous supporter tous les trois ?

Tout le monde éclata de rire, y compris Bull.

— Je lui parlerai demain soir, annonça Bull.

— Si tu as besoin d'aide, dis-le-nous, reprit Gramps. Tu sais que nous te soutenons.

— J'apprécie, les remercia Bull.

Et il appréciait vraiment. Il ne ferait appel à aucun de ses amis pour cela, mais il savait sans aucun doute qu'ils laisseraient tout tomber s'il le faisait.

Les discussions portèrent sur d'autres sujets, notamment sur les performances d'Archer jusqu'à présent. Tous étaient extrêmement satisfaits de leur nouvelle recrue et avaient hâte qu'il soit disponible à plein temps.

Mais Bull ne songeait qu'à Sky. Pour la première fois de sa vie, il avait peur d'une mission. Non pas à cause de ce qu'il allait rencontrer en Somalie... mais de ce que Skylar penserait de lui après qu'il lui a avoué ce qu'il avait fait.

14

Pour la première fois de sa carrière, Skylar n'avait pas envie d'aller travailler. D'habitude, elle adorait les lundis. Elle voyait ses élèves après le week-end, s'assurait qu'ils allaient bien, écoutait ce qu'ils avaient fait les deux derniers jours, et se reconnectait.

Mais aujourd'hui, elle n'avait envie de rien d'autre que de s'allonger au lit avec Carson.

Il était resté à son appartement, et c'était tout ce dont elle avait rêvé. Son matelas n'était pas aussi grand que le sien, mais cela n'avait pas vraiment d'importance puisqu'ils dormaient enroulés l'un autour de l'autre.

Ils s'étaient couchés tôt, et il lui avait montré à quel point il pouvait être dominant. Il l'avait fait jouir encore et encore jusqu'à ce qu'elle le supplie de la baiser. Et quand il l'avait pénétrée, elle avait senti une sorte de désespoir en lui qu'elle n'avait pas remarqué auparavant. Cela l'avait inquiétée... mais ensuite il l'avait fait basculer sur les mains et les genoux et l'avait prise par-derrière, puis elle s'était convaincue qu'elle avait juste imaginé ça.

Ce matin, il s'était levé avant que le réveil ne sonne et avait préparé le petit-déjeuner. Il l'avait réveillée avec un doux baiser et une tasse de café fumant.

Elle ne voulait pas que la matinée se termine, mais bien sûr, l'heure était venue pour elle de partir à l'école.

— J'aimerais venir dîner chez toi, si tu es d'accord, suggéra Carson.

— Oui ! Tu es toujours le bienvenu ici, lui répondit Skylar.

Mais elle eut immédiatement l'impression qu'il n'était pas aussi enthousiaste qu'elle à l'idée de passer la soirée ensemble.

— Qu'est-ce qui ne va pas ? s'enquit-elle doucement.

Au lieu de lui dire qu'il allait bien, Carson prit une profonde inspiration, ce qui terrifia Skylar. Était-il sur le point de rompre avec elle ? Il l'avait mise dans son lit, et maintenant il en avait fini ?

Elle essaya de contrôler sa panique. Il ne s'abaisserait pas à ça. Il n'était pas ce genre d'hommes. Elle avait parié tout ce qu'elle possédait là-dessus.

— Nous devons avoir une discussion sérieuse ce soir, annonça-t-il, faisant s'arrêter son cœur dans sa poitrine. Ne panique pas, ordonna-t-il, voyant manifestement sa détresse.

— Carson, quand quelqu'un dit à un autre : « Nous devons avoir une discussion », ça ne présage rien de bon.

Elle sursauta quand il tendit la main et la prit par la nuque. Il l'attira contre lui, et Skylar se laissa faire, passant ses bras autour de lui et croisant ses doigts dans le bas de son dos. Sa joue reposait sur sa poitrine, et elle pouvait entendre son cœur battre la chamade. Une main caressa ses cheveux, et l'autre la serra contre lui.

— Il y a des détails sur moi que je dois t'avouer, reprit-il sérieusement. Mais ce que tu dois te rappeler, c'est que tu es en sécurité avec moi. Tu seras *toujours* en sécurité avec moi.

L'esprit de Skylar tourbillonna. Elle ignorait ce qu'il avait besoin de lui dire, et cela la mettait mal à l'aise. Elle releva la tête et l'inclina en arrière pour le regarder dans les yeux. Il avait l'air plus sérieux qu'elle ne l'avait jamais vu.

— Je sais, murmura-t-elle.

— Tu le sais ? répéta-t-il.

Fronçant les sourcils, Skylar acquiesça.

— J'espère que tu ne fais pas que le prétendre, marmonna-t-il.

Puis il prit une autre grande inspiration, plaça ses mains de chaque côté de son visage et se pencha pour l'embrasser sur le front. C'était un baiser chaste et tendre, et cela donna à Skylar l'envie de pleurer. Elle n'avait aucune idée de ce qui se passait dans la tête de Carson, mais il était manifestement nerveux à l'idée de lui dévoiler quelque chose.

Voulant apaiser son inquiétude, elle lui déclara :

— Je n'ai jamais ressenti pour quelqu'un ce que je ressens pour toi. Je sais que les choses sont allées vite entre nous, mais je ne doute pas que nous soyons faits pour être ensemble. Je ne peux pas me sentir aussi bien et en sécurité qu'avec toi et ne pas croire que tu es entré dans ma vie pour une raison.

Mais au lieu de l'amener à se sentir mieux, ses mots semblaient le rendre plus anxieux.

— Carson ? Tu me fais peur.

— Il n'y a pas lieu d'avoir peur, lui répondit-il. Peu importe ce que tu entendras de moi ce soir, souviens-toi que je suis le même homme que tu as appris à connaître au cours du mois écoulé. Je suis le même gars que tu as vu sur FaceTime les deux premières semaines.

— Tu ne vas pas m'avouer que tu es marié avec une autre famille à l'autre bout du pays, n'est-ce pas ? répliqua Skylar.

— Non. Je ne t'ai jamais menti. Jamais. C'est pourquoi j'ai besoin de te parler ce soir.

Rien dans l'ambiance qu'il dégageait en ce moment ne poussait à l'optimisme.

— OK, capitula Skylar d'un air inquiet.

— Putain, marmonna-t-il. Maintenant je t'ai fait peur. Je n'aurais rien dû dire.

— C'est bon, répéta-t-elle en enroulant ses doigts autour de ses poignets et en s'accrochant. Je déteste juste te voir si bouleversé.

Il partit d'un rire sans joie. Puis il se pencha et l'embrassa sur les lèvres.

— J'ai passé un chouette moment ce week-end.

C'était un changement de sujet abrupt, mais Skylar l'accepta.

— Moi aussi.

— Et tu as raison, ton appartement est bruyant comme pas possible.

Elle sourit.

— Je m'y suis surtout habituée.

— Il se fait tard, remarqua-t-il. Il faut que tu te remues les fesses pour être prête pour tes élèves quand ils arriveront à l'école. Tu sais qu'ils voudront tous te raconter leurs week-ends.

Tout ce qu'il avait raconté était vrai, mais Skylar ne désirait *définitivement* pas partir maintenant. Elle souhaitait connaître ce qu'il avait à lui annoncer. Elle était persuadée qu'elle y penserait toute la journée, et qu'elle ne travaillerait probablement pas beaucoup. Six heures ne pouvaient pas arriver assez vite.

Il se pencha et prit son sac de voyage, elle attrapa sa sacoche avec ses plans de cours, et ils se dirigèrent tous les deux vers la porte. Maria sortit la tête de son appartement quand ils passèrent et leur dit bonjour.

Carson l'accompagna jusqu'à sa voiture, la tête en bas, à l'affût des dangers qui les entouraient. Bien qu'il soit si tôt le matin, Skylar savait que la plupart des fauteurs de troubles locaux étaient probablement endormis dans leur lit.

— Je passerai vers 18 h 30 ce soir, si c'est d'accord, indiqua Carson après qu'elle eut ouvert la portière de sa voiture.

— C'est bien. Ça devrait être la dernière semaine où je dois rester jusqu'à 6 heures. Ça va être bizarre de ne pas avoir à m'occuper de Sandra quand le programme extrascolaire sera terminé pour la journée. Je sais qu'elle et son père sont ravis qu'il ne doive plus travailler si tard.

— Nous sommes heureux de l'avoir à Silverstone, déclara Carson. C'est un travailleur acharné, et nous avons de la chance.

Skylar aimait qu'il ressente cela. C'était un excellent employeur, et il était évident qu'il appréciait ses employés.

— Conduis prudemment, et je te verrai ce soir, reprit Carson.

Puis, au lieu de son habituel baiser sur les lèvres, il inclina légèrement sa tête et l'embrassa comme si c'était le dernier baiser qu'ils partageaient.

Cela l'inquiétait autant que cela l'excitait.

Fermant les yeux, Skylar laissa Carson prendre ce dont il avait visiblement besoin. Une minute plus tard, il se retira, mais ne l'avait pas lâchée. Elle ouvrit les yeux et vit qu'il la fixait, comme s'il essayait de mémoriser son visage. Le malaise l'envahit une fois de plus.

— Carson ?

— Hum ?

— Ça va aller, dit-elle doucement.

Ses mots semblèrent briser la transe dans laquelle il se trouvait, car il lâcha ses mains et fit un pas en arrière.

— Passe une bonne journée, ma chérie.

— Toi aussi.

— À plus tard.

— Bye.

Skylar s'assit sur son siège, et il ferma la portière de la voiture. Elle le salua, et il lui envoya un coup de menton en retour. Il resta là où il était jusqu'à ce qu'elle ait fait demi-tour et se soit dirigée vers la sortie. Elle regarda dans le rétroviseur avant de sortir du parking, et la dernière image qu'elle vit, c'était Carson qui se passait une main dans les cheveux dans une détresse évidente.

Les papillons roulaient dans son ventre. Quelque chose

n'allait vraiment pas, et elle n'était pas contente qu'il lui ait lâché une bombe relationnelle aussi vague avant qu'elle ne parte au travail. Maintenant, elle allait s'inquiéter de ce qu'il voulait lui annoncer toute la journée. Il *aurait dû* se taire et ne rien dire.

Elle secoua la tête. Les hommes. On ne peut pas vivre avec eux, on ne peut pas vivre sans eux.

* * *

Plus tard dans l'après-midi, alors que Bull arrivait à l'appartement de Skylar, il s'en voulait pour ce qui lui semblait être la centième fois de la journée. Il n'aurait pas dû ouvrir sa grande gueule ce matin-là. Il savait que Skylar s'était probablement inquiétée toute la journée de découvrir de quoi il voulait discuter. Il avait lui-même ruminé.

Même si lui parler de Silverstone était la bonne chose à faire, cela lui laissait un goût amer dans la bouche. Eagle, Smoke, et Gramps étaient également inquiets du déroulement de la conversation.

Mais c'était Skylar. Il lui expliquerait que lui et ses amis faisaient exactement ce qu'ils faisaient quand ils étaient dans l'armée comme agents de la Delta Force. Elle comprendrait, ils passeraient la nuit ensemble au lit, et il partirait le matin avec la conscience tranquille. En plus de cela, le fait qu'elle connaisse sa vie secrète les rapprocherait.

Il l'espérait.

Il monta les escaliers deux par deux pour arriver au deuxième étage et frappa à sa porte. Elle s'ouvrit presque immédiatement, et Bull se réprimanda encore une fois mentalement. Sky se mordait la lèvre et avait l'air très anxieuse.

Il agit sans réfléchir, l'attira dans ses bras et l'embrassa, comme s'il ne l'avait pas vue depuis des mois et non des heures.

Elle fondit en lui, et la boule dans ses tripes se desserra un peu. Il aimait cette petite femme avec tout ce qu'il avait en lui. Elle avait le pouvoir de le ruiner, et elle ne le savait même pas.

Il la poussa à l'intérieur et ferma derrière lui.

— Salut, dit-il quand il souleva finalement ses lèvres des siennes.

— Salut, lui répondit-elle à bout de souffle.

— Comment était l'école ? Tous tes enfants vont bien ?

— C'était cool. Mouvementé, comme tous les lundis. Il leur a fallu un peu de temps pour se remettre dans le bain, mais ce n'est pas nouveau. Ils vont tous bien. Karlee est tombée et s'est écorché le genou, et Ignacio a appris à faire du vélo pendant le week-end. Je ne suis pas sûre que Marisol ait eu beaucoup à manger, et je dois m'assurer de mettre de quoi manger dans son sac à dos vendredi, mais sinon, tout le monde semble avoir fait une bonne pause.

— Parfait.

Il était toujours facile de constater qu'elle aimait ses élèves. Ils n'étaient pas seulement un moyen pour elle de gagner de l'argent. Elle se souciait et s'inquiétait sincèrement pour eux. Il savait que leur vie commune tournerait probablement autour de « ses enfants » tant qu'elle serait enseignante. Et il était plus que d'accord avec ça.

— Quelque chose sent bon, reprit-il.

— Oui, j'ai préparé des tacos. C'était rapide et facile. Tu préfères qu'on discute d'abord ?

L'estomac de Bull vacilla. Non, il ne voulait pas parler en premier. Il avait une peur bleue et souhaitait que les choses restent simples entre eux le plus longtemps possible.

— Je suis affamé, mentit-il.

Ce serait un miracle s'il arrivait à avaler quelque chose.

— Archer a concocté une casserole à l'odeur incroyable pour le déjeuner, mais je préférais ne pas me couper l'appétit pour le dîner avec toi.

Elle lui sourit.

— Bon, allez.

Pendant tout le repas, Bull ne put pas quitter Skylar des yeux. En rentrant chez elle, elle avait enfilé un pantalon de coton ample et un t-shirt. Ses cheveux auburn tombaient en vagues autour de ses épaules, et il avait l'impression d'être l'homme le plus chanceux du monde à partager son espace.

Il voulait prolonger la nuit, oublier de lui parler de Silverstone, mais après le dîner, ils s'assirent sur son canapé... et il sut qu'il était temps.

Se disant que tout irait bien, qu'elle comprendrait et serait fière de lui pour ce qu'il entreprenait, Bull lui prit les mains lorsqu'elle se tourna vers lui.

— Ce que je vais te révéler, je ne l'ai avoué à aucune autre femme avec qui je suis sorti. Et tu ne dois le répéter à personne. Ni à tes parents, ni à tes voisins, ni à personne. Tu as compris ?

Le sourcil de Skylar se fronça, mais elle acquiesça.

— C'est important, Sky, continua-t-il sérieusement. C'est une question de sécurité nationale, et la vie de beaucoup de gens est en jeu.

Ses yeux s'agrandirent.

— Je ne dirai rien à personne.

Bull inspira profondément et hocha la tête.

— Tu sais que j'étais dans l'armée. Eagle, Smoke, Gramps et moi étions tous dans la Delta Force. Tu sais ce que c'est ?

— Oui. Ce sont les forces spéciales, non ? demanda-t-elle.

— Exactement. La Delta Force, c'est la crème de la crème. On nous a envoyés dans des situations trop dangereuses pour les unités régulières. Nous étions bons dans ce que nous faisions, Sky. Avec la capacité d'Eagle à se souvenir des noms et des visages de tous ceux qu'il avait rencontrés ou sur lesquels il avait consulté de la documentation, les talents de négociateur de Gramps, la capacité de Smoke à entrer et sortir de situations sans être repéré, et ma précision avec les armes, nous étions presque invincibles. Aucune des missions que nous avons accomplies ne sera jamais évoquée – elles sont maintenant enterrées dans des rapports au Pentagone –, mais nous avons plus que servi notre pays.

— Je suis fière de toi, dit doucement Skylar.

Bull hocha la tête, puis poursuivit.

— Notre dernière mission pour l'armée a été l'une de nos meilleures. Nous avons réussi à éliminer deux des pires terroristes du monde... mais nous n'avions pas reçu l'autorisation d'éliminer le second homme. On nous a réprimandés, et notre équipe a été dissoute. On allait être séparés et virés de l'armée à la fin de notre engagement.

Skylar resta bouche bée.

— Ils peuvent faire ça ?

— Oui. Ils le peuvent et ils l'ont fait.

— Je suis désolée.

— Nous n'étions pas contents, admit Bull. Et puis quelqu'un nous a offert la possibilité de rester ensemble. De continuer à faire ce pour quoi nous avons été formés. L'argent dont Smoke avait hérité nous a permis de venir à Indianapolis et de mettre Silverstone Towing sur pied. Après quelques années, Gramps, Eagle et moi avons acheté notre part de l'entreprise. Et nous sommes fiers de ce que nous avons accompli.

Skylar fronça les sourcils.

— Mais... ce n'est pas ce qu'on t'a appris à faire à l'armée...

— C'est vrai. Silverstone Towing est notre passion, mais ce n'est qu'une partie de ce que nous accomplissons. L'autre partie de Silverstone, c'est de reprendre là où on s'est arrêtés avec Delta. Le type qui nous a aidés à mettre fin à notre engagement dans l'armée travaille avec nous quand on part en mission. Il nous fournit des informations et nous aide à entrer et sortir de pays étrangers sans être détectés. Mais il y a des risques. Si nous sommes capturés en pleine action, ou si quelque chose tourne mal, le gouvernement ne nous renflouera pas. Nous sommes livrés à nous-mêmes. Donc, nous recevons un soutien et des fonds, mais quand les affaires se gâtent, nous ne pouvons compter que les uns sur les autres. Ce qui est rassurant, parce que je sais que les gars couvrent mes arrières, tout comme je couvre les leurs.

À en juger par l'air confus de Skylar, Bull comprit qu'il n'expliquait pas très bien les choses. Il tournait autour du pot, et il le savait.

— Qu'est-ce que tu racontes ? demanda Skylar. Crache le morceau.

Il n'était pas surpris qu'elle lui reproche son manque de clarté. Alors il mit le paquet.

— Silverstone n'est pas qu'une société de remorquage, répondit Bull sans ambages. Eagle, Smoke, Gramps et moi partons toujours en mission pour assurer la sécurité du monde. On part cette semaine, demain, pour trouver un autre méchant. Enfin, pas *trouver*, car nous savons où il est… mais l'éliminer en tant que menace.

Les mains de Skylar se détachèrent des siennes, et Bull sentit la bile remonter dans sa gorge. Elle ne le prenait pas bien.

Merde.

— Tu… tu *tues* des gens ? murmura Skylar.

Bull grimaça, mais acquiesça.

— Tu es *payé* pour tuer des gens ? précisa-t-elle.

Bull opina de la tête.

Elle prit une grande inspiration, et le regard choqué qu'elle affichait fit mal à la poitrine de Bull.

— Tu ne les fais pas comparaître devant un tribunal pour qu'ils paient pour ce qu'ils ont commis, légalement ?

— Non, confirma Bull.

Il aurait pu en dévoiler beaucoup plus, mais il avait déjà assez gâché cette explication. Il n'avait pas envie d'en rajouter.

Skylar se leva brusquement et commença à faire les cent pas. Il était évident qu'elle était bouleversée par ce qu'il lui avait annoncé, et Bull ne pouvait pas lui en vouloir. Il chercha quelque chose de rassurant à dire, mais ne trouva rien qui puisse lui faciliter la tâche. Il détestait la voir se mordre les lèvres. Comment son front était tout froissé.

Et il détestait *vraiment* que lorsqu'il se leva et lui tendit la main, elle l'ignore.

Il l'aimait. Et il ne pouvait pas supporter que la femme pour laquelle il mourrait ne veuille pas qu'il la touche. Ne pose pas plus de questions. Qu'elle se soit simplement retirée de lui.

Bull eut froid dans le dos. Il refoula la douleur qu'il ressentait et lâcha sa main. La seule chose à laquelle il pouvait penser était la confusion et la peur sur le visage de Skylar. *Il en était responsable.* Il avait promis de ne pas la blesser, et il avait l'impression de l'avoir fait de la pire façon possible.

Il voulait affirmer qu'il était désolé. Qu'il pensait qu'elle comprendrait. Qu'il voulait l'épouser un jour, et que ce qu'il avait fait ne l'impacterait jamais... mais il ne pouvait pas prononcer un mot. C'était comme s'il était gelé.

Si elle n'arrivait pas à surmonter ça, il allait la perdre. Merde.

* * *

Skylar ne pouvait pas croire ce qu'elle entendait.

— Tu es un *assassin* ? demanda-t-elle à Carson, incrédule.

Ils se tenaient à environ un mètre cinquante de distance, mais cela aurait tout aussi bien pu être cent.

— Nous n'aimons pas ce mot, corrigea-t-il sur un ton qui ressemblait à celui d'un robot.

Son visage était vide de toute émotion.

Mais Skylar était trop choquée par ce qu'il lui avait révélé pour que ce soit vraiment enregistré. Elle avait du mal à concilier l'homme qu'elle connaissait avec le rôle de tueur.

— Tu sors vraiment pour tuer des gens ? C'est même légal ? Pas étonnant que tu aies insisté pour que je n'en parle à personne ! Est-ce que je vais me faire arrêter parce que je sais ce que vous faites ? Suis-je maintenant une complice ?

— Respire, Sky, recommanda Carson. Nous travaillons avec le FBI.

Elle remarqua qu'il n'avait pas répondu à sa question de savoir si ce qu'il faisait était légal. Bien sûr que ça ne l'était pas. Elle s'était sentie faible.

— Assieds-toi avant de tomber, ordonna Carson.

Il tendit la main vers elle une fois de plus, mais Skylar évita son contact.

— Putain, marmonna Carson. Tu vas me laisser t'expliquer ?

Skylar secoua la tête. Elle ne voulait pas en entendre davantage. Si le gouvernement était prêt à les pendre pour les sécher s'ils étaient pris, cela devait signifier que ce qu'ils commettaient n'était pas vraiment sanctionné. C'était un énorme drapeau rouge pour elle. *Tout* ce que lui et ses amis faisaient était discutable.

Et soudain, la chambre secrète dans leur sous-sol prenait tout son sens.

Elle s'effondra sur une des chaises de sa petite salle à manger. Comment elle en était arrivée là, elle ne le savait pas. Elle dévisagea Carson, qui l'avait suivie, mais qui gardait ses distances.

— Tu as répété que tu ne me ferais jamais de mal, énonça-t-elle d'une petite voix. J'avais confiance en toi, et tu viens de me faire plus de mal que quiconque dans toute ma vie.

Elle constata une nouvelle fois que Carson n'affichait pas une once d'émotion. Il apparaissait comme elle l'imaginait lors d'une de ses missions secrètes. Froid. Dur. Insensible.

Elle posa une main sur sa poitrine, comme si cela pouvait empêcher son cœur de se briser en mille morceaux.

— J'ai besoin de réfléchir à tout ça, réussit-elle à sortir.

Elle ne voulait pas pleurer devant lui, mais elle savait qu'elle était à deux doigts de craquer.

Pendant un moment, Carson campa sur ses positions,

comme s'il allait peut-être essayer de rationaliser le fait qu'il tue des gens pour vivre.

— Carson, chuchota-t-elle. J'ai besoin de temps.

— Je ne pense pas avoir très bien expliqué la situation, dit-il calmement. S'il te plaît, laisse-moi rester. Discutons-en ensemble.

Skylar secoua la tête, les larmes lui piquant les yeux.

— Tu n'es pas l'homme que je pensais que tu étais. La première fois que je t'ai rencontré, tu ne parlais que de ma sécurité. Et plus tu insistais, plus j'acceptais que c'est ce que tu es. Maintenant… t'entendre raconter que, toi et tes amis, vous vous baladez *en tuant* des gens est tellement loin de l'idée que je me faisais de toi que ce n'est même pas drôle. J'ai besoin de temps pour digérer tout ça, pour décider de la suite. S'il te plaît.

Il grimaça, sa seule manifestation d'émotion, et incroyablement, Skylar se sentit un peu mal pour lui. Mais elle serra les lèvres, refusant de céder et de lui affirmer que ce qu'il faisait en dehors de sa présence chez Silverstone Towing n'avait pas d'importance.

C'était important. Beaucoup même.

— Je vais t'en donner… mais ce n'est pas fini, Sky, lui annonça Carson après un moment. Je refuse de te laisser partir sans me battre. Tu es la meilleure chose qui me soit jamais arrivée, et je ne suis pas prêt à renoncer à nous si facilement. Je te contacterai dès que je le pourrai.

Puis il fit ce qu'elle avait demandé. Il se retourna et se dirigea vers la porte.

La première larme coula quand il attrapa la poignée. Sans se retourner, il déclara :

— Ferme la porte derrière moi.

Puis il s'en alla.

Skylar, debout, comme en transe, marcha vers l'entrée et tourna le verrou. Puis elle s'effondra sur le sol et pleura comme jamais auparavant.

Son gentil et protecteur Carson, l'homme qu'elle aimait de tout son cœur, était un meurtrier.

Elle n'arrivait pas à s'y faire.

Il s'était assis à côté d'elle et lui avait expliqué comme si ce n'était pas grave. Comme si ce que lui et ses amis commettaient était parfaitement normal.

Ce n'était pas le cas. C'était *loin* d'être normal.

Une partie d'elle voulait être impressionnée qu'il ne lui ait pas menti, au moins. Mais pour l'instant, elle ne ressentait que de la douleur. L'homme qu'elle avait cru absolument parfait était si loin de l'être qu'il lui faisait tourner la tête.

15

Lorsque Skylar se retourna et regarda l'horloge, elle vit qu'il était quatre heures et demie du matin, qu'elle n'avait pas dormi du tout, et elle sut qu'elle devait se faire porter pâle. Il n'y avait aucun moyen pour elle d'aller au travail et d'être heureuse et extravertie avec ses enfants. Elle se sentait comme une morte-vivante et pouvait à peine ouvrir les yeux, tellement ils étaient gonflés par les pleurs.

Elle rampa hors du lit et prit son ordinateur portable, envoyant un message au directeur et ses plans de cours pour le remplaçant assigné à sa classe. Puis Skylar se remit au lit et se roula en boule.

Inspirant profondément, elle pouvait encore sentir Carson sur ses draps.

Elle avait réfléchi toute la nuit à ce que Carson lui avait avoué. Lui et ses amis avaient fait partie de la Delta Force. Ils avaient éliminé des *terroristes*, sans jamais recevoir d'éloges ou de reconnaissance.

Elle se remémora l'époque où Oussama Ben Laden avait été tué. L'équipe de Navy SEAL qui l'avait fait avait été félicitée et avait reçu une bonne presse. Bon sang, elle croyait qu'il existait même un livre et un film sur cette mission.

Elle se creusa la tête pour essayer de réfléchir à un film qu'elle aurait vu sur une équipe de la Delta Force. Elle pensait qu'il y en avait avec Chuck Norris, mais elle ignorait s'ils étaient inventés ou basés sur des faits réels. Puis elle se souvint que *Black Hawk Down* traitait des événements de Mogadiscio, et que les hommes décrits dans ce film étaient de l'armée... Delta. Elle se souvint du film et fut impressionnée par la bravoure de ces hommes. Songer à Carson effectuant la même chose pour leur pays, pour des gens comme *elle*, terrifiait Skylar et la rendait plus fière qu'elle ne pouvait l'être de quelqu'un.

Mais il avait admis que le gouvernement ne leur viendrait pas en aide s'ils étaient arrêtés en dehors du pays. Cela *devait signifier* que leurs actions étaient mauvaises... n'est-ce pas ?

Et Carson avait révélé qu'il partait aujourd'hui pour une mission. Lui et ses amis allaient poursuivre un autre terroriste.

Juste comme ça, la crainte envahit son corps.

Et pas la peur *de* Carson, mais *pour* lui.

Où allait-il exactement ? Est-ce que ça allait être dangereux ?

Bien sûr que oui !

Mon Dieu ! Comment pouvait-elle être en colère contre Carson, furieuse qu'il soit un tueur à gages, puis morte de peur qu'il soit blessé lors d'une de ses missions d'infiltration ?

Elle était épuisée de ne pas avoir dormi, elle avait mal à la tête à force de pleurer, et son cœur souffrait pour l'homme qu'elle pensait connaître.

Elle se rendit compte qu'elle ne saurait jamais s'il avait été tué pendant qu'il était à l'étranger, surtout si le gouvernement les avait laissé tomber, lui et son équipe. Il serait juste une autre « personne disparue », et nul ne saurait où commencer à le chercher. Peut-être serait-il fait prisonnier et gardé pendant des décennies dans une fosse sombre et profonde quelque part.

Skylar était consciente qu'elle réagissait de manière excessive, mais elle ne pouvait pas s'en empêcher. Les pensées de Carson blessé ou mourant ne quittaient pas son esprit.

Elle avait besoin de lui parler. Elle avait besoin de plus d'informations…

Mais elle lui avait demandé de partir. Elle l'avait traité d'*assassin,* n'est-ce pas ? Ou était-ce en boucle dans sa tête ? Elle n'était même pas sûre de ce qu'elle avait dit hier soir. Elle avait été si bouleversée par sa confession que tout ce qui avait suivi était un peu flou.

Quelque chose d'autre l'avait vidée presque aussi profondément que son aveu. Elle s'était tellement habituée à le voir sourire, il le faisait tout le temps maintenant. Mais la nuit dernière, elle avait aperçu le même regard vide qu'il avait porté quand elle l'avait rencontré pour la première fois. Ses yeux étaient complètement inexpressifs. *Elle* avait causé ça. Et ça faisait plus mal que tout le reste.

Mais il *avait tué* des gens ! Comment pouvait-il être si généreux, drôle et attentionné avec elle et tous ceux qui l'entouraient, puis aller assassiner quelqu'un ?

Rien de tout cela n'avait de sens, et Skylar était plus confuse que jamais.

Elle était si épuisée. Profondément fatiguée, mais chaque fois qu'elle fermait les yeux, elle voyait Carson piégé dans une sombre cellule de prison, cherchant de l'aide, mais personne n'était là pour lui en apporter. Elle perdait pied. Elle perdait complètement pied.

Quand son portable sonna, elle eut si peur qu'elle poussa un petit cri.

Sachant que si elle ne se reprenait pas, elle allait avoir une crise cardiaque, Skylar se pencha pour décrocher son téléphone. Il était encore très tôt. Trop tôt pour les appels de télémarketing.

C'était peut-être Carson, qui appelait pour annoncer qu'il avait dit à ses amis qu'il démissionnait. Qu'elle était plus importante que son « travail », et qu'il ne partait pas aujourd'hui, finalement.

Mais le numéro qui clignotait sur son écran était *inconnu.*

Pensant que ça pouvait être le district scolaire, Skylar répondit.

— Allô ?

— Skylar, c'est Gramps.

Ses épaules se crispèrent, et elle se mit en boule sous ses couvertures. Elle ne savait pas quoi raconter à cet homme. Elle pensait l'avoir connu, mais apparemment, c'était aussi un tueur... tout comme son petit ami. Ou son ex-petit ami. À ce stade, elle n'avait aucune idée de ce qu'était Carson.

Mais elle n'eut pas à prononcer quoi que ce soit. Gramps commença à parler sans attendre qu'elle lui demande pourquoi il la contactait.

— Bull ne sait pas que j'appelle. Il me botterait le cul s'il l'apprenait. Mais j'avais cinq minutes avant de prendre l'avion, et je devais te parler. Je suppose que les choses ne se sont pas bien passées hier soir.

Skylar voulait grogner, mais elle resta allongée à écouter.

— Tu sais, on a tous prévenu Bull que tu serais choquée quand il t'expliquerait pour nous. Aucun de nous ne pensait que ça se passerait bien. Comment cela se pourrait-il ? Comment quelqu'un pourrait-il admettre ce que nous faisons ? Mais il avait la plus grande confiance en toi. Il a affirmé qu'avec la connexion que vous partagiez tous les deux, il était impossible que tu ne comprennes pas. Ou au moins que tu allais écouter ce qu'il exposait. Mais quand nous l'avons vu ce matin, nous avons su que les choses ne s'étaient pas passées comme il l'avait espéré. Écoute, Bull est l'un des meilleurs hommes que je connaisse. Je l'ai vu donner *littéralement* sa chemise à quelqu'un qui en avait plus besoin que lui. Non seulement il m'a sauvé la vie plus d'une fois, mais il a aussi sauvé celle d'Eagle et de Smoke. Quand il s'est engagé dans l'armée, il n'avait personne. Sa mère l'avait quitté, et son père était mort peu de temps auparavant. Il n'avait pas de famille, pas d'amis, et essayait de se trouver. Je n'avais pas une très bonne opinion de lui lors de notre premier contact, mais une fois que j'ai appris à le connaître, je me suis rendu compte qu'il vivait pour servir les autres. Certaines personnes sont juste câblées de cette façon. Elles veulent aider tous ceux qu'elles croisent. Il est aussi un peu brut de décoffrage et ne montre pas très bien ses émotions, mais au fond, il veut être aimé comme tout le monde. Il n'en a parlé qu'une fois, mais son plus grand souhait est de rencontrer une femme qu'il puisse chérir et réciproquement. Nous savons qu'il a trouvé ça avec toi.

Les mots de Gramps firent couler des larmes dans les yeux de Skylar une fois de plus. Mais il n'avait pas fini.

— As-tu entendu parler de Fazlur Barzan Khatun ?

Avalant difficilement, Skylar répondit :

— Oui. Qui ne le connaît pas ? Je ne regarde pas les infos, mais tout le monde sait qu'il est responsable de la mort de tous ces soldats en Afghanistan.

— C'est lui. Il a été tué peu de temps après, et on a découvert qu'il préparait une attaque de grande envergure sur le sol américain.

— Je m'en souviens, dit Skylar.

— C'est la balle de Bull qui a mis fin à sa vie, affirma Gramps sans ambages.

Le souffle de Skylar la quitta sur un coup de tête.

— Nous avons également abattu son commandant en second ce jour-là, Nabeel Ozair Mullah. Mais nous n'étions pas censés le faire. Ces satanés politiciens ont eu la frousse, inquiets parce que, officiellement, nous n'étions même pas censés être au Pakistan. Mais ils nous ont envoyés chercher Khatun, et Eagle a reconnu Mullah, alors nous l'avons éliminé. Au lieu d'être félicités pour nous être débarrassés de deux des hommes les plus dangereux du monde, nous avons été réprimandés et notre équipe a été dissoute.

Skylar se rappelait que Carson lui avait raconté ça la nuit dernière, mais elle n'en avait pas connu les détails. Elle n'avait pas demandé et ne lui avait pas donné l'occasion de les partager.

— Pourquoi me racontes-tu tout ça ? Ce n'est pas censé être top secret ?

— C'est le cas, mais Bull t'a fait assez confiance pour te parler de Silverstone, alors moi aussi. Je ne sais pas ce qui a été rapporté hier soir ni si Bull a bien expliqué ce que nous réalisons. Et je n'essaie pas de te faire changer d'avis ou de te dire que tu as eu tort de le mettre à la porte, mais... tu *as eu* tort, déclara Gramps sans ménagement.

L'homme n'avait été que drôle et gentil avec elle auparavant, mais il n'était pas gentil en ce moment.

— Le type qui est venu nous voir après avoir appris que l'armée allait nous mettre dehors travaille pour le FBI et la Sécurité intérieure. Nous ne sommes pas un groupe de voyous qui volent dans le monde entier pour tuer des gens au hasard. Nous poursuivons les pires des pires. Les terroristes, les trafiquants de sexe, les tueurs en série, les barons de la drogue... des gens qui ne méritent pas de respirer le même air que les civils innocents et respectueux des lois. Nous travaillons *avec* le gouvernement, Skylar.

— Mais Carson a raconté qu'ils n'aideraient pas si vous étiez pris.

— C'est vrai. Le département de la justice a quelque chose appelé le « budget noir ». C'est un fonds alloué aux opérations classées et secrètes. Nous tombons dans cette catégorie. Ce que nous faisons est top secret, et nous ne serons jamais crédités de quoi que ce soit, mais nous ne voulons pas de cette merde de toute façon. L'essentiel, c'est que Bull est un putain de héros. Ce que nous réalisons éloigne les croque-mitaines. On ne demande pas de remerciements, on ne veut pas de médailles. On le fait pour protéger ceux qu'on aime. Pour garder nos compatriotes en sécurité. Pour permettre à des enfants comme ceux de ta classe de grandir sans avoir à se soucier de savoir si leur école va être détruite par un terroriste. Nous faisons ce que nous faisons, en étant conscients que si nous mourons en mission, personne ne sera jamais au courant, ignorant pour toujours ce que nous avons essayé de réaliser : préserver le monde du mal qui l'habite. Bull t'aime, Skylar. Il n'a pas eu beaucoup d'amour dans sa vie, et il se plierait en quatre pour protéger ceux qu'il aime. Il m'a accepté sans sourciller, moi, un jeune homme hispanique qui avait une énorme puce sur son épaule. Je ferais tout pour lui, et je sais qu'il me rendrait la pareille. Tout ce que je souhaite, c'est que tu réfléchisses à ce que tu ressens *vraiment* pour lui. Je conçois que ce qu'il fait est difficile à comprendre ou à accepter. Mais s'il était encore dans l'armée, ressentirais-tu la même chose à propos de ses actes ? Parce que, crois-moi, ce qu'on réalise maintenant n'est pas différent de ce qu'on nous ordonnait de faire quand on travaillait pour l'armée. Rien n'a changé, sauf l'uniforme. *Et* nous sommes sûrs à cent pour cent que les gens que nous poursuivons sont coupables. On ne pouvait pas en dire autant quand on était à la Delta.

— Gramps…, commença Skylar, ne sachant pas trop quoi dire.

Le discours de l'homme l'avait coupée dans son élan.

Elle avait jugé Carson sévèrement. Elle ne lui avait pas donné la chance de s'expliquer, pas vraiment. Mais pour sa défense, il n'avait pas mentionné qu'il avait été recruté par le FBI. Ou peut-être que si… Peut-être qu'elle ne l'avait pas entendu à travers sa colère et son angoisse.

— Je dois partir, lui annonça Gramps. On devrait être rentrés vendredi soir si tout va bien.

Une fois de plus, elle se rendit compte de ce que Gramps, Carson et les autres étaient sur le point d'accomplir. Ils allaient vers le danger et elle ne les reverrait peut-être jamais.

— Soyez prudents ! lança-t-elle presque désespérément.

Skylar ignorait si elle pouvait accepter ce que Carson avait commis, mais elle savait qu'elle ne pouvait pas supporter l'idée qu'il soit blessé ou tué.

— Nous le sommes toujours. Nous sommes conscients ce que nous faisons, répondit Gramps avec confiance. Ça devrait être un travail relativement facile. Entrer et sortir. Pense à ce que tu veux, lui intima-t-il. Parce que je vais te dire ceci : si tu choisis Bull, tu ne passeras jamais un jour de ta vie sans être persuadée que tu es aimée. Tu seras toujours en sécurité et protégée. C'est une sacrée garantie. Je ne vois personne d'autre qui puisse te chérir autant que lui.

Puis la ligne se tut.

— Gramps ? appela Skylar.

Aucune réponse. Il lui avait raccroché au nez.

Se tournant sur le dos, Skylar fixa le plafond. Elle était encore plus confuse.

Aimait-elle Carson ? Oui. Il n'y avait aucun doute.

Pouvait-elle vivre en sachant qu'il était là quelque part à tuer un autre être humain ? Qu'il était juge et partie ? Un tueur était un tueur, mais si Bull et son équipe avaient l'aval du FBI et étaient financés par le gouvernement, est-ce que ça ne posait pas de problème ?

Elle ne connaissait pas la réponse à ces questions.

* * *

Après avoir enfin dormi quelques heures, Skylar sortit du lit et se doucha. Elle ne se sentait pas vraiment mieux, et les cernes sous ses yeux indiquaient clairement que quelque chose n'allait pas, mais elle ne pouvait plus rester couchée. Elle essaya de travailler un peu, mais n'arriva pas à se concentrer. Elle prépara quelque chose à manger et, après seulement quelques bouchées, se rendit compte qu'elle n'avait pas faim.

Elle faisait les cent pas dans son appartement, essayant de se remettre les idées en place, quand elle entendit Tiana rire dans l'allée. Elle se précipita vers sa porte et saisit la poignée.

Sa voisine venait juste d'éteindre son portable. Elle sursauta et posa une main sur sa poitrine quand la porte de Skylar s'ouvrit soudainement.

— Tu m'as fait une peur bleue, déclara Tiana en riant.

— Je peux te parler ? demanda Skylar.

Remarquant manifestement à quel point elle avait l'air échevelée et mal en point, Tiana hocha immédiatement la tête.

— Bien sûr. Tu veux venir chez moi ?

— Oui.

Skylar avait besoin d'une pause avec son appartement. Partout où elle regardait, elle voyait Carson. Il n'était pas dans sa vie depuis très longtemps, mais son souvenir imprégnait chaque coin de son petit espace de vie.

Elle suivit sa voisine à l'intérieur. Elle ne s'était pas souvent rendue dans l'appartement de son amie, mais c'était une réplique exacte du sien. Tiana posa son sac à main sur une table après la porte, déjà débordante d'autres bricoles, et fit un geste vers le salon.

— Assieds-toi. Je vais prendre les shooters.

— Oh, mais je...

— Non. Je peux voir que tout ce que tu as en tête nécessite de l'alcool. Et puisque tu es ici et pas à l'école un jour de travail, rien ne t'empêche de te faire plaisir. Va t'asseoir, et je serai là dans une seconde.

Considérant que lorsque Tiana avait quelque chose en tête, elle pouvait être extrêmement têtue, Skylar alla se poser sur le bord du canapé. En étudiant son environnement, elle se souvint du peu qu'elle connaissait de sa voisine. Son appartement était encombré, mais pas sale. Tiana avait une cinquantaine d'années et des enfants adultes. Elle vivait seule, gardait un fusil de chasse près de sa porte d'entrée et travaillait à des heures irrégulières... Mais c'était tout ce que Skylar savait.

— Tiens, dit Tiana, en tendant un verre d'alcool.

Skylar le prit et fronça le nez.

— Qu'est-ce que c'est ?

— Ne demande pas. Bois-le, c'est tout, lui conseilla Tiana.

Après avoir pris une profonde inspiration, Skylar s'exécuta... et manqua de s'étouffer à cause des brûlures dans sa gorge lorsque l'alcool descendit.

— Putain de merde, siffla-t-elle.

Tiana se contenta de rire. Elle but son propre verre, puis le posa sur la table devant elles.

— OK, raconte. Je sais qu'il se passe quelque chose, puisque tu n'es jamais à la maison en plein milieu de la journée un mardi. Tu es malade ? J'aurais probablement dû te demander ça avant de te faire la piqûre, hein ?

Skylar sourit à l'autre femme.

— Je ne suis pas malade.

— Bien, alors commence à parler.

Maintenant qu'elle était là, Skylar ne savait pas trop par où commencer. Même si elle était désorientée, elle n'allait pas trahir la confiance que Carson lui accordait. Si elle avait désespérément besoin de quelqu'un à qui se confier, elle devait trouver un moyen d'obtenir les réponses dont elle avait besoin sans se mettre à table comme Silverstone.

— Carson m'a annoncé quelque chose hier soir qui m'a fait vaciller, avoua-t-elle finalement. L'image que j'avais de lui en tant que personne s'est brisée en mille morceaux.

— Je suppose que la lune de miel est terminée, hein ? rebondit Tiana avec un petit rire.

Skylar ne comprit pas l'humour.

— C'est juste que... il a toujours été formidable. Il donne de gros pourboires, c'est un excellent employeur, il me traite avec respect... mais apprendre ce truc... Je n'arrive pas à m'y faire.

Tiana se pencha en avant, l'humour ayant disparu de son visage.

— Tout d'abord, personne n'est parfait.

— Je sais, lâcha Skylar avec impatience.

— Et toi ? répliqua Tiana. Écoute, je t'aime bien. Beaucoup même. Tu es une voisine géniale, tu ne cuisines pas des plats malodorants qui traversent les murs et me donnent envie de vomir. Tu es propre – il n'y a pas de cafards qui passent de ton appartement au mien. Tu es calme, polie, tu emmènes toujours tes déchets jusqu'aux bennes à ordures...

mais tu es complètement ignorante quand il s'agit de certaines choses.

Skylar fronça les sourcils.

— J'essaie de m'améliorer.

Tiana gloussa.

— N'essaie pas trop fort. Honnêtement, ça fait partie de ton charme. Tu aimes voir le bien chez les gens, ce qui est génial, mais tu ignores souvent complètement le mal, continua Tiana. Tu es trop confiante pour ton propre intérêt. Trop naïve. C'est mignon, mais aussi exaspérant.

Skylar souffla un peu.

— Pourquoi penses-tu que c'est si mal de se concentrer sur le bon côté des gens ?

— Ce n'est pas mauvais, mais ça peut t'attirer des ennuis. Tu te souviens du gars qui vivait au 3A il y a quelque temps ?

Skylar hocha la tête.

— Oui, que lui est-il arrivé ?

— Il a été arrêté pour possession de stupéfiants avec intention de distribuer, annonça Tiana sans détour.

— Quoi ? lança Skylar surprise. Mais... il était toujours si gentil avec moi !

— Tu vois ? C'est ce que je veux dire. Tu ne saurais probablement pas à quoi ressemble un drogué si ta vie en dépendait. Cet homme était un drogué, Skylar. Il a été arrêté avec assez de meth sur lui pour être accusé d'en vendre, mais je ne doute pas qu'il avait prévu de tout garder pour lui. Il était gentil parce qu'il essayait de t'amadouer. Je suppose qu'il t'aurait volée à un moment donné. Ta voiture. S'introduire dans ton appartement. Il est venu te demander une tasse de sucre pour voir si tu le laisserais entrer.

Skylar était sincèrement choquée.

— Je l'ignorais.

La voix de Tiana s'adoucit.

— Je sais, Sky. C'est pourquoi Maria, Susan et moi veillons sur toi. Tout le monde ici est au courant que s'ils s'en prennent à toi, ils auront affaire à nous. Et crois-moi, personne ne veut ça.

Skylar avala de travers.

— Pourquoi ?

Tiana se leva, prit le verre de Skylar et alla dans la cuisine. Elle revint avec un verre plein.

— Bois-le, la somma-t-elle sévèrement.

Surprise par le changement de ton de Tiana, Skylar fit ce qu'elle lui avait ordonné. Une fois de plus, l'alcool brûlait en descendant, mais pas autant que la première fois.

— Je ne suis pas la gentille vieille dame que tu penses que je suis, lança Tiana.

— Tu n'es pas vieille, protesta Skylar.

L'autre femme se mit à rire.

— C'est vrai. La plupart du temps, j'ai l'impression d'être une dame âgée. De toute façon, que sais-tu de mon passé ?

— Hum... rien ? reconnut Skylar avec un haussement d'épaules.

— J'ai grandi à l'est de la ville et j'ai rejoint les Seigneurs du Vice à 12 ans, expliqua Tiana sans émotion dans son ton. Je n'ai pas vraiment eu le choix, c'était les rejoindre ou en subir les conséquences. Je ne suis jamais allée à l'université, je n'ai pas terminé le lycée, je ne me suis jamais mariée. J'ai eu mon premier enfant à 17 ans et j'ai tué mon premier homme à dix-huit.

Skylar regarda fixement la femme qu'elle avait appris à connaître et à respecter, stupéfaite, la bouche ouverte.

— J'ai vécu cette galère pendant plus d'années que je ne veux l'admettre. Mais finalement, j'en ai eu marre. J'espérais plus de la vie que de courir partout en évitant les flics. J'ai déménagé ici, dans le quartier ouest, et j'ai décroché un travail. Ce n'était pas facile, et on ne quitte jamais *vraiment* la vie de gang, mais j'ai fait de mon mieux. J'ai réussi à garder mes enfants loin de cette merde et je les ai aliénés dans le processus. Ils ne viennent pas me rendre visite, mais ça va parce que je sais qu'ils sont en sécurité et qu'ils vivent de façon agréable et ennuyeuse loin d'ici. Tout le monde sait qu'il ne faut pas m'emmerder parce que je pourrais déclencher la vengeance des Seigneurs du Vice sur eux d'un simple coup de fil. Je ne suis plus un membre du gang, mais j'ai toujours des relations.

L'esprit de Skylar tournait.

— Tu es sérieuse ?

— Comme une crise cardiaque, confirma Tiana. Je ne vais plus tirer sur personne, mais je ne suis pas la sainte-nitouche que tu sembles penser que je suis.

— Je ne pensais pas que tu étais une sainte-nitouche, répéta Skylar sur la défensive.

Tiana l'ignora.

— Et Susan ? C'est une kleptomane. Elle ne peut pas s'en empêcher. Elle voit quelque chose de joli dans le magasin, et elle doit le posséder. Elle a été arrêtée une fois ou deux, mais presque tout ce qui se trouve dans son appartement a été dérobé.

— Elle m'a offert le plus joli sac à main l'année dernière pour Noël, lâcha Skylar.

— Volé, dit Tiana en hochant la tête.

— Mais…

— Tu es la destinataire d'objets volés, confirma Tiana, qui n'avait pas du tout l'air de s'inquiéter. Le type du 12B aime porter des sous-vêtements féminins… mais pour autant que je sache, il les achète en toute légalité. Le mari et la femme du 14A vendent les analgésiques qu'elle prend pour son mal de dos.

— Et Maria ? demanda Skylar, presque effrayée de savoir.

Tiana lui lança un regard intense.

— Sa mère était une prostituée, et elle a été tuée par un client un soir. Maria a été malmenée pendant toute sa scolarité et gagne à peine de quoi payer son loyer, mais elle refuse de faire des passes comme sa mère.

— Je n'en avais aucune idée, se désola Skylar en secouant la tête.

— Ce que je veux dire, mon amie naïve, c'est que *personne* n'est parfait. Tu peux soit vivre dans une indignation vertueuse et refuser de parler à quiconque te semble inférieur, ou tu peux simplement *vivre*. Et demande-toi... ce que fait Carson, est-ce que ça te fait du mal ? Parce que d'après ce que j'ai vu, cet homme est complètement dévoué. Il ne te quitte pas des yeux quand il te dépose à la maison jusqu'à ce que tu sois bien enfermée derrière ta porte. Il t'ouvre la portière de la voiture, il a toujours ses mains sur toi, prêt à se jeter devant toi si nécessaire pour te protéger. Il garde un œil sur tout le monde dans ce complexe, et s'ils font ne serait-ce qu'un geste dans ta direction – ce à quoi ils ne se risqueraient pas, car ils savent que tu es sous *ma* protection –, je ne doute pas qu'il les tiendrait en respect.

Skylar pouvait à peine croire ce qu'elle venait d'entendre. Elle ignorait tout du passé de ses voisins ou de leurs habitudes. Elle avait toujours aimé parler avec n'importe qui, et ils semblaient tous si... normaux.

Et Tiana avait raison à propos de Carson. Elle avait toujours su qu'il était en alerte quand elle était là, mais elle s'était imaginé que c'était ce qu'il faisait pour tout le monde. Quand il était à son appartement ou à Silverstone Towing, il était beaucoup plus détendu. Pas aussi vigilant.

Parce qu'il était persuadé qu'elle était en sécurité dans ces endroits ?

Son esprit tourna.

— Tout ce que je dis, c'est que si j'avais un homme comme ça, un homme qui me traitait comme si j'étais la meilleure chose qui lui soit jamais arrivée, je négligerais beaucoup de choses. Encore une fois, Skylar, personne n'est parfait. Et je suppose que ce qu'il t'a révélé était important, puisque tu n'arrêtes jamais de travailler – tu aimes trop tes enfants –, mais est-ce trop important pour que tu ne puisses vivre avec ? C'est la question.

C'était la question.

— Sais-tu qui est Fazlur Barzan Khatun ? demanda Skylar.

— Bien sûr. C'est ce putain de terroriste qui a tué tous ces gens quelque part au Moyen-Orient. Bon débarras. Cet enfoiré voulait venir ici et attaquer plusieurs villes à la fois. Les nouvelles ont expliqué que, s'il avait réussi, dix fois le nombre de personnes qui ont été tuées dans les attaques du World Trade Center seraient mortes. Celui qui l'a abattu a rendu service à l'humanité, c'est sûr. Désolée, je radote. Pourquoi cette question ?

— Je n'ai juste... aucune raison.

Bien sûr, Tiana savait qui il était. Tout le monde le savait. Et *tout le monde* était soulagé qu'il soit mort.

Est-ce que ça justifiait ce que Carson avait commis ? Elle l'ignorait.

Tiana se doutait évidemment qu'il y avait une raison pour laquelle elle avait demandé, mais elle laissa tomber.

— Les relations ne sont pas faciles, reprit-elle à la place. Chacun fait des choses stupides. Tu dois juste décider ce que tu peux pardonner et ce que tu ne peux pas. Ton homme fait partie des bons, confirma Tiana sans hésiter. Avant de le jeter, je te suggère de vraiment sonder ton cœur pour voir si tu peux vivre sans lui.

Skylar acquiesça. Elle avait l'impression de n'avoir pensé à rien d'autre qu'à ce que Carson lui avait avoué, et elle était loin d'avoir pris une décision.

— Maintenant, nous sommes d'accord ? questionna Tiana.

— Pourquoi ne le serions-nous pas ?

— Parce que maintenant tu en sais un peu plus sur moi. J'étais dans un gang. À toutes fins utiles, je le suis toujours. J'ai fait de mauvaises choses. Tu vas être d'accord avec ça ?

L'était-elle ? Skylar réfléchit à la question pendant une seconde, puis hocha la tête.

— Tu n'as été que bonne avec moi. J'aime à penser que nous sommes amies.

— Et Susan ? Tu l'apprécies moins parce qu'elle a les doigts collants ?

Skylar secoua la tête.

— Non. C'est mal, et j'ai le sentiment qu'elle le sait, mais cela ne change rien au fait qu'elle est altruiste et qu'elle veille toujours sur moi.

— C'est vrai, approuva Tiana. Tu juges les individus sur la façon dont ils te traitent, pas sur leur apparence, la couleur de leur peau ou leur passé. C'est une des choses que tout le monde ici apprécie chez toi. Alors je m'interroge... Pourquoi tu es comme ça avec tes amis, mais pas avec ton homme ?

Skylar cligna des yeux de surprise.

Tiana avait raison.

Mais... tuer des gens... ce n'est pas comme voler ou se droguer, n'est-ce pas ?

Comme si elle pouvait lire dans ses pensées, Tiana rebondit :

— Au risque de ruiner notre amitié, je répète que *j'ai tué* des êtres humains. Est-ce que ça change la perception que tu as de moi ?

Skylar ne pouvait même pas imaginer que la femme plus âgée à côté d'elle ait assassiné quelqu'un. Elle secoua lentement la tête.

— Bien. Si tu peux passer l'éponge sur *ça*, et que je ne suis que ta voisine, je suppose que tu peux pardonner à ton homme à peu près n'importe quoi.

Skylar se lécha les lèvres. Elle était éméchée par les deux verres qu'elle avait bus, mais elle avait les idées plus claires que depuis que Carson lui avait avoué ce que lui et son équipe commettaient pour vivre.

— Merci, Tiana.

— Quand tu veux.

Skylar se leva, et Tiana en fit de même. Elle accompagna Skylar jusqu'à la porte et posa une main sur son bras avant qu'elle ne puisse sortir.

— Je n'ai jamais trouvé un homme qui me regarde comme le tien te regarde, déclara doucement Tiana. Si j'avais pu, je ne l'aurais jamais laissé partir. Peut-être que ma vie aurait été différente. Laisse-lui une chance, Skylar.

Après avoir acquiescé, elle retourna à son appartement et entra. Elle verrouilla la porte, se rappelant que la dernière chose que Carson lui avait dite était de fermer le verrou derrière lui. Même après l'avoir exclu et lui avoir prié de partir, il s'était toujours inquiété pour elle. Il avait pensé à sa sécurité.

Son regard vide lui traversa encore l'esprit. Skylar l'avait blessé. C'était elle qui l'avait toujours supplié de ne pas *lui* faire de mal, mais quand la situation s'était gâtée, elle lui avait causé tout autant de tort.

Elle devait encore réfléchir, mais elle savait déjà qu'elle avait réagi de façon disproportionnée. Peut-être que le timing n'était pas bon, peut-être qu'il n'aurait pas dû partir comme il l'avait fait sans essayer de lui présenter sa version des choses. Bien qu'elle ne l'ait pas vraiment laissé s'expliquer. Elle l'avait coupé et avait érigé un mur entre eux. Elle savait qu'elle voulait, non, *avait besoin* de lui parler. Elle espérait juste qu'il rentrerait à la maison pour qu'elle en ait l'occasion.

Gramps avait raison. Si Carson était à l'armée et faisait ce qu'il faisait, elle n'y réfléchirait pas à deux fois. Elle serait fière de lui. Fière de savoir qu'il protégeait son pays. Pourquoi ce serait différent depuis qu'il était sorti ? Maintenant que l'armée les avait virés, lui et son équipe, pour avoir réalisé exactement ce pour quoi ils avaient été entraînés ? Ça ne semblait pas juste.

Avec son esprit encore en ébullition, Skylar s'assit sur son canapé. Elle voulait éteindre son cerveau, arrêter de penser à tout, mais elle en était incapable.

Tiana avait été membre d'un gang. Susan était kleptomane. Le couple sympathique du bas de la rue vendait de la drogue. Son monde avait basculé, et pourtant... la vie continuait. Elle était toujours Mlle Reid, l'institutrice de la maternelle.

Elle pensa à Shawn et à sa joie d'avoir un nouvel emploi à

Silverstone Towing. Elle songea au pourboire de 50 dollars que Carson avait laissé au Rosie's Diner lors de leur premier rendez-vous.

— Il faut qu'on parle, chuchota Skylar à son appartement vide. Reviens vite à la maison.

Il n'y eut pas de réponse, mais ces mots prononcés à haute voix lui avaient permis de se sentir mieux. Elle n'était pas sûre de ce que l'avenir lui réservait, à elle et à Carson... mais elle était prête à donner une autre chance à leur relation.

Peut-être que c'était la mauvaise décision. Peut-être qu'elle irait en enfer pour ça. Mais elle n'était pas prête à abandonner Carson. Elle l'aimait. Elle l'aimait tout entier. Elle avait juste besoin qu'il rentre à la maison pour pouvoir lui déclarer.

16

———

— Je n'arrive pas à croire que tu l'aies appelée, râla Bull à Gramps dans l'avion en rentrant dans l'Indiana.

Ils avaient trouvé Mostafa exactement là où leurs renseignements avaient indiqué qu'il serait. Au milieu d'un putain de camp d'entraînement Al-Shabaab. Ils avaient effectué de la surveillance, avaient vu l'Américain enseigner aux adolescents et aux jeunes hommes la culture américaine, et, plus tard dans la journée, comment utiliser les grenades pour causer le plus de dégâts.

Les quatre amis s'étaient glissés dans sa tente comme prévu et l'avaient tué avec l'un de ses propres couteaux.

Ils retournaient maintenant en avion à Indianapolis. Willis avait déjà été informé de la mort de Jehad Serwan Mostafa et était ravi. Leur partenariat avec lui avait bien fonctionné au fil des ans, et Bull imaginait qu'il devait ressentir une certaine satisfaction à l'idée d'avoir mis un autre terroriste hors d'état de nuire, pour ainsi dire. Mais il n'arrivait pas à ressentir grand-chose.

Si ce n'était de l'agacement à cause de l'interférence de Gramps dans sa relation avec Skylar.

— Tu étais un putain de gâchis, expliqua Gramps sans

aucun remords dans son ton. Et j'étais énervé. Je voulais juste qu'elle soit informée qu'elle avait merdé. En plus, je sais ce que c'est que d'avoir des regrets. De ne pas avoir avoué quelque chose que tu aurais dû avouer à une femme, de ne pas avoir fait plus pour que ça fonctionne.

— Ce n'était quand même pas à toi de t'en charger, rétorqua Bull.

— Peut-être, peut-être pas. Mais en tant qu'ami, je te soutiendrai toujours, déclara Gramps, sans être le moins du monde contrarié. Si ça signifie balancer à ta copine qu'elle se comporte comme une conne, c'est ce que ça veut dire.

— Ne l'appelle pas comme ça, répliqua Bull avec férocité.

— Pas cool, acquiesça Eagle.

— *Je* lui aurais téléphoné si j'y avais pensé, ajouta Smoke.

— Putain, s'indigna Bull en se passant une main dans les cheveux. On avait promis de ne jamais laisser une femme se mettre entre nous. Et je refuse de laisser ma relation nous foutre en l'air. Si Skylar ne peut pas accepter ce que nous faisons...

Sa voix s'éteignit et il haussa les épaules.

— Alors c'est tout ? demanda Eagle. Vous deux, c'est fini ?

Soupirant, Bull secoua la tête.

— Non. Pas encore. Nous avons tous les deux eu le temps de réfléchir, et je sais que je n'ai pas géré les choses aussi bien que je l'aurais pu. Je n'aurais pas dû la quitter sans au moins essayer de mieux lui expliquer les choses. Je vais voir si je peux la convaincre de me parler quand je rentrerai chez moi. Je vais aller chez elle demain et voir si elle répondra à la porte. Je l'aime. Je ne suis pas prêt à jeter l'éponge sur ce que nous avons construit. Elle est tout pour moi. Je le sens dans mes os. Mais elle doit accepter ce que je fais. D'une manière ou d'une autre.

— Tu penses qu'elle peut ? l'interrogea Smoke.

— Je ne sais pas.

— Elle t'a traité d'assassin, lui rappela Gramps.

— Tu n'es pas censé essayer de nous garder ensemble ? s'énerva Bull d'un air un peu grognon.

— Oui, mais quand quelqu'un fait du mal à mon ami, les jeux sont faits, lui répondit Gramps.

Bull regarda les trois hommes assis autour de lui dans l'avion. Il était terriblement chanceux de les avoir trouvés. Quand il s'était engagé dans l'armée, il n'avait personne. Ces types étaient maintenant sa famille et ils lui avaient prouvé à maintes reprises qu'ils le soutenaient, sur le champ de bataille, dans la salle de réunion et maintenant dans sa relation avec Skylar.

— Elle est tout pour moi, dit-il doucement. Je ne sais pas dans quelle mesure cela va changer les choses entre nous en tant qu'équipe, mais je ferais n'importe quoi pour elle.

— Y compris quitter Silverstone ? questionna Eagle.

Il n'y avait aucune censure dans son ton, juste de la curiosité.

— Je ne sais pas, répondit Bull honnêtement. Je n'en ai pas envie. Je crois en ce que nous accomplissons. Tu te souviens quand nous étions à Lima, dans l'enceinte de Del Rio, et que derrière chaque porte, nous avons trouvé des femmes et des enfants maltraités et terrifiés ?

Quand tout le monde acquiesça, il poursuivit.

— Et si nous *n'avions* pas fait ce que nous avons fait ? Si Rex n'avait pas appelé pour nous informer qu'il avait retrouvé son épouse et la personne qui l'avait kidnappée il y a dix ans ? L'homme serait encore en train de ruiner des vies aujourd'hui. Il aurait enlevé d'autres femmes, vendu des enfants à des dépravés pour qu'ils leur fassent subir des choses horribles. Mais maintenant, il est mort, et les prisonniers dans son enceinte sont tous libres. Oui, il y en aura d'autres qui essaieront de prendre sa place, et il y aura toujours ceux qui veulent gagner de l'argent sur la douleur d'autrui, mais j'ai l'impression que nous avons fait une différence. Au moins dans la vie de certaines personnes. Chaque trou du cul que nous éliminons signifie que nous avons évité à quelqu'un de souffrir. D'une certaine façon. D'une manière ou d'une autre. Je ne veux pas m'arrêter. Pas encore en tout cas. Mais si Skylar me dit qu'elle ne peut pas être avec moi si je fais partie de Silverstone, *c'est moi* qui subirai. Elle est tout pour moi. Même après une si courte période, je sais que ma vie ne sera qu'une coquille vide si elle me quitte. Je ne suis pas sûr d'être assez fort pour la laisser partir.

— Même si cela signifie que tu es malheureux ? demanda Smoke.

— Est-ce que je *serai* malheureux ? répliqua Bull. Elle me rend heureux. Je ne ris jamais autant que lorsque je suis avec elle. Elle est tellement paumée que parfois je ne peux m'empêcher de secouer la tête en signe d'exaspération. Mais elle veut sincèrement faire le bien dans le monde. Je me sens honoré d'être à ses côtés. Et si je la laisse partir, que va-t-il lui arriver ? Et si quelqu'un profitait de sa bonté ? Je ne pourrais pas me pardonner si elle était blessée et que je n'étais pas là pour la protéger.

— En gros, tu es foutu, conclut Eagle avec un petit rire.

— Pas si je lui parle et que je lui fais comprendre. Peut-être qu'il y a un moyen d'avoir à la fois elle *et* Silverstone.

— Tu penses vraiment que c'est envisageable ? fit Gramps.

— J'y compte bien, lui assura Bull. Je ne suis pas certain de pouvoir survivre sans l'un ou l'autre.

— Tu sais que nous ferons tout ce que nous pourrons pour t'aider, lui intima Eagle.

— Fais-nous savoir ce dont tu as besoin, et nous serons là, ajouta Smoke.

— Et je serais heureux de la rappeler et d'essayer de la raisonner un peu plus, renchérit Gramps.

— Merci, les gars. J'apprécie ça plus que vous ne le pensez. Je veux que vous l'aimiez, que vous l'acceptiez.

— Nous l'acceptons, répéta Gramps. Si elle est à toi, elle est à nous. C'est aussi simple que ça.

Bull sentit son cœur se gonfler. Il aimait ces hommes. Il ne le leur avait jamais déclaré et ne le ferait probablement jamais, mais le sentiment était là, tout de même.

— Merci. Quand nous serons rentrés, j'irai chez moi, je dormirai un peu, puis je me rendrai chez elle demain matin. Si elle n'ouvre pas la porte, je réfléchirai à ce que je dois décider ensuite. Mais j'espère que Sky sera au moins soulagée que je sois revenu sain et sauf, assez pour m'inviter à passer la porte. Je mûrirai ce que je vais dire en fonction de comment ça se passe.

— Ce n'est pas vraiment un plan, lança Eagle avec un petit rire.

— Attends juste de trouver *ta* femme, le railla Bull. Tu verras comme c'est facile de déterminer la bonne chose à faire quand elle est en colère contre toi.

— Touché, répondit Eagle. Tu sais qu'on est là si tu as besoin de renfort.

Bull hocha la tête, et le quatuor se tut. La vérité, c'était qu'il n'avait aucun plan en tête. Aucun. Lui faire ouvrir la porte semblait être un énorme obstacle pour l'instant. Mais il n'avait pas menti, il espérait qu'elle se souciait suffisamment de lui pour s'inquiéter de sa sécurité. Il improviserait ce qu'il dirait après être entré dans son appartement.

* * *

Jay observait depuis l'orée des bois. Le parking était presque vide. C'était sa chance. Il avait la planque toute prête. Son plan était de l'amener là-bas et d'attendre les recherches. Il se joindrait même à eux s'il pensait que la situation était sous contrôle dans sa cachette. Personne ne le suspecterait. Oui, il avait un casier, mais il n'avait pas d'adresse officielle, donc personne ne savait qu'il vivait près de l'école.

Il l'enlèverait et attendrait assez longtemps pour que les battues se raréfient, puis il l'emmènerait. Pour qu'elle l'aime. Et ils vivraient heureux pour toujours. Rien que d'y penser, le cœur de Jay battait plus vite. Il avait planifié ce jour depuis belle lurette, et il était arrivé. Tous ses fantasmes étaient sur le point de se réaliser.

Les yeux sur sa cible, il traversa rapidement le parking. Il s'était entraîné à cette tâche aux premières heures du matin. Il savait exactement combien de temps il fallait pour franchir le parking et passer la porte cassée, puis pour revenir en courant par où il était venu, à travers les bois, en bas du pâté de maisons, jusqu'à la demeure abandonnée qu'il avait déjà préparée.

Il était en train de le faire. *Enfin.*

* * *

C'était enfin vendredi, et Skylar était plus que prête pour le week-end. Même en ayant pris un jour de congé, elle avait l'impression que la semaine avait traîné. Elle ne pouvait pas s'empêcher de penser à Carson. Elle n'arrêtait pas de réfléchir à ce que Tiana lui avait dit, et elle savait que c'était aujourd'hui que Carson et les autres étaient censés revenir de leur mission. Elle n'avait aucune idée de l'endroit où ils étaient allés ou de l'identité de leur cible, mais elle ne pouvait s'empêcher de s'inquiéter.

Carson lui ferait-il savoir qu'il était de retour ?

Si elle appelait Silverstone Towing, le dispatcheur lui indiquerait-il si les gars étaient revenus ?

Et s'ils avaient été blessés ou tués ? Découvrirait-elle un jour ce qui leur était arrivé ?

Elle avait plus de questions que de réponses, et sa tête battait la chamade. Ses élèves stoïaient été inhabituellement turbulents toute la journée, et elle était prête à rentrer chez elle.

Aujourd'hui, c'était aussi la dernière fois que Sandra venait dans sa classe à la fin du programme extrascolaire. Shawn allait venir la chercher vers 18 heures, et la semaine prochaine, il commencerait à travailler de 8 heures à 16 heures chez Silverstone Towing.

Cela signifiait que Skylar pouvait arriver chez elle à 17 heures. Elle restait toujours jusqu'à la fin du programme extrascolaire, juste au cas où. Elle planifiait généralement sa journée du lendemain et pouvait se détendre en rentrant à son appartement.

Skylar était appuyée contre le bâtiment, perdue dans ses pensées, quand un mouvement attira son attention. Elle se retourna pour regarder vers l'endroit où Sandra jouait sur les barres de singe et ne put croire ce qu'elle voyait.

Un homme traversait l'aire de jeu en courant avec la petite fille dans ses bras. Il avait sa main sur sa bouche et était presque à la porte cassée menant au parking.

Courant plus vite que jamais auparavant, Skylar se lança à leur poursuite. Elle faillit crier à l'aide, mais elle savait qu'il n'y avait personne. Il valait mieux qu'elle garde son souffle.

Heureusement qu'elle portait des chaussures plates. Skylar franchit le portail, ses pieds lui faisant mal lorsqu'ils frappaient l'asphalte du parking.

Elle n'avait même pas hésité à suivre l'homme et Sandra dans les arbres. Une branche lui gifla le visage, elle l'écarta avec impatience – et s'arrêta juste à temps pour ne pas foncer sur l'homme.

Il tenait toujours Sandra d'une main de fer. La petite fille se trémoussait dans sa poigne, mais cela ne semblait pas perturber le type. Il était grand, au moins trente centimètres de plus que Skylar. Et il était *gros*. Il avait un ventre de bière qui dépassait de façon grotesque sous le t-shirt qu'il portait. Il avait de longs cheveux bruns gras qui lui pendaient dans les yeux, son jean était sale et sa peau pâteuse brillait de sueur.

Les doigts qui étaient sur la bouche de Sandra étaient également sales, et Skylar aperçut des cicatrices dessus. Le simple fait de constater ses mains sur la petite fille suffisait à la rendre malade.

— Laissez-la partir, grogna-t-elle de la manière la plus menaçante possible.

Mais l'homme se contenta de rire.

— Je ne pense pas.

Skylar faisait tout son possible pour cacher sa frayeur. Elle effectua un pas de plus, et le bras autour de la taille de Sandra tomba, faisant atterrir ses pieds sur le sol herbeux. Mais l'homme ne lui laissa pas l'occasion de s'enfuir. Il sortit un couteau de quelque part derrière lui. Skylar ne pouvait que supposer qu'il avait une sorte de fourreau attaché à sa ceinture.

Une main était toujours pressée sur sa bouche alors qu'il approchait la lame de la gorge de Sandra.

— Voilà le marché. Si tu émets un bruit, je l'étripe d'ici à ici, rugit-il en pointant le canif sur sa gorge.

Il fit lentement glisser la lame le long de son corps pour la pointer sur son ventre.

— Compris ?

Skylar était convaincue qu'il bluffait. Il n'aurait pas parcouru tout ce chemin pour kidnapper Sandra s'il avait juste voulu la blesser... n'est-ce pas ?

Elle n'allait pas jouer avec la vie de la fille.

Sans quitter Skylar du regard, il serra le visage de la petite Sandra dans sa main.

— Et si *tu* fais un bruit, je vais éventrer ta jolie maîtresse de la même manière. Tu te tais, tu fais ce que je dis, et elle vit. Ta maîtresse se tait, et *tu* vis. Compris ?

Sandra hocha frénétiquement la tête.

L'homme retira lentement sa main du visage de la fillette.

— Bonne fille. Je savais que tu étais intelligente. Toi et moi, on va bien s'entendre.

Puis il commença à reculer, à travers les arbres, le couteau appuyé sur la gorge de Sandra.

Skylar le suivit, se sentant impuissante. Elle voulait le bousculer et arracher son élève de son emprise, mais le couteau l'empêchait de tenter quoi que ce soit de stupide. La lame était rouillée mais dentelée, donc même si elle était émoussée, il pouvait occasionner tellement de ravages à la petite fille qu'elle n'y survivrait pas.

Elle envisagea de courir dans la direction opposée pour trouver de l'aide, mais elle ne voyait personne dans les environs immédiats, et l'idée que l'homme disparaisse avec Sandra n'était pas un risque qu'elle était prête à courir. Menacer la petite fille était tout aussi efficace que s'il tenait une arme sur la tête de Skylar. Elle ne pouvait pas maîtriser le type, mais elle n'était pas non plus prête à s'enfuir.

Elle savait que cela n'allait pas bien se terminer pour elle, mais elle n'avait littéralement pas l'impression d'avoir d'autre choix. Elle était fichue si elle ne le faisait pas, mais dans l'autre cas aussi.

— Monte ici et marche devant moi, ordonna-t-il.

Skylar ne voulait pas lui tourner le dos, mais elle espérait qu'en faisant ce qu'il voulait, elle pourrait gagner du temps et trouver un plan.

— Quel est ton nom ? demanda le gars à Sandra.

Quand Sandra resta silencieuse, Skylar se retourna et vit le regard frustré du type. Il appuya la pointe du couteau sur le cou de la petite fille, et une perle de sang jaillit.

— Je t'ai posé une question, insista-t-il d'un ton grave. Tu me réponds quand je te parle, ordonna-t-il.

— S-Sandra.

— Sandra, répéta-t-il dans un souffle. Un beau prénom pour une belle demoiselle.

Puis il passa une main sur ses cheveux, son regard glissant le long de son corps.

Skylar ressentit une douleur au ventre, et son adrénaline monta en flèche. Elle n'allait pas laisser ce monstre faire du mal à son élève. Pas sous sa surveillance.

— Et *toi*, quel est *ton* nom ? demanda-t-elle doucement.

Il leva les yeux, et Skylar frissonna. Ses yeux renvoyaient le mal absolu. Elle pouvait y deviner l'intention de blesser.

— Moi ? Je m'appelle Jay. Jay Ricketts, indiqua-t-il en regardant Sandra. Tu entends ça, chérie ? Je suis Jay, et tu m'appartiens maintenant. Je peux prendre soin de toi. Pour t'élever. Pour que tu te sentes bien. Tout comme ton devoir est de faire ce que je dis et de *me* faire *me* sentir bien.

Skylar avala la bile qui était montée dans sa gorge. Elle mémorisa le nom de l'homme. Si c'était la dernière chose qu'elle effectuait, elle allait faire savoir à quelqu'un qui les avait kidnappés.

Ils marchèrent jusqu'à ce qu'ils débouchent de l'autre côté du bosquet d'arbres, et les espoirs de Skylar de voir quelqu'un, d'attirer l'attention sur eux, furent anéantis. La rue était déserte. Ne devrait-il pas y avoir plus de gens dehors un vendredi après-midi ?

Ils avançaient entre une rangée de maisons délabrées. Skylar pouvait entendre des gens parler et rire par les fenêtres ouvertes devant lesquelles ils passaient, mais elle n'osait pas faire de bruit. Jay avait attrapé Sandra dans ses bras et la portait sur sa hanche. Il tenait le couteau dans sa main libre, et bien qu'il ne soit plus pressé contre la gorge de Sandra, Skylar savait qu'il pouvait encore blesser mortellement la petite fille avant qu'elle ne puisse la libérer de sa prise.

Elle était frustrée et terrifiée, mais essayait désespérément de se contenir.

Ils progressèrent pendant encore une dizaine de minutes jusqu'à ce que Jay les arrête devant la porte arrière d'une maison en enfilade à moitié debout. Une odeur nauséabonde se dégageait de l'intérieur de l'immeuble et Skylar dut faire tout ce qu'elle pouvait pour ne pas s'étouffer.

— Entre, exigea Jay, en donnant un coup de couteau à Skylar.

Elle haleta de douleur et appuya son dos à l'endroit où il l'avait piquée. Elle baissa les yeux sur sa main et vit que sa paume était couverte de sang. Bien que sachant que si elle effectuait un pas à l'intérieur du bâtiment condamné, il y avait de fortes chances qu'elle n'en ressorte jamais, elle obéit aux ordres de Jay. Elle n'avait littéralement pas le choix.

S'agrippant au montant de la porte, elle se glissa sous la planche qui la bloquait, Jay sur ses talons. Il la toucha encore avec la lame, et elle poussa un petit cri.

— Silence ! siffla Jay.

Skylar se retourna pour voir qu'il avait remis le canif sous la gorge de Sandra. Les larmes coulaient des yeux de la petite fille et la rage montait en Skylar.

— Je me tairais si tu arrêtais de me faire du mal ! lança Skylar en direction de l'homme.

Elle savait qu'elle ne devait pas le pousser, mais elle ne pouvait pas s'en empêcher.

Au lieu de se mettre en colère, le type sourit. Ses dents pourries lui rappelaient le Grinch. C'était une pensée étrange et fugace.

— Elle a du cran, adressa Jay plus à lui-même qu'à Skylar. Ça pourrait être amusant, après tout. Descends, ordonna-t-il.

Skylar prit une profonde inspiration par la bouche, essayant de ne pas inhaler plus que nécessaire la puanteur nocive de la pièce.

Elle descendit prudemment les marches, qui tombaient en ruine. L'une des lattes se brisa sous son pied, et elle s'empêcha juste de crier d'effroi en tombant presque la tête la première. L'homme derrière elle ne dit pas un mot. Il tenait toujours Sandra dans ses bras, et Skylar pria pour qu'il ne chute pas, l'emportant avec lui et les blessant tous.

Elle atteignit le bas de l'escalier et entra dans le sous-sol. L'odeur était pire en bas qu'en haut. Ne voulant pas savoir ce qui était mort ici, Skylar se retourna vers Jay. Il indiqua une porte à leur droite. Se frayant un chemin entre les vieux pneus et les tas d'ordures, et essayant de ne pas marcher dans les flaques de liquide inconnu qui l'entouraient, elle se dirigea docilement vers la porte qu'il avait indiquée.

Elle poussa dessus, mais celle-ci ne bougea pas.

— Fais un effort, salope, ricana Jay. Ce n'est pas si lourd.

Skylar ravala la réplique qu'elle avait sur le bout de la langue. Elle regrettait d'avoir suivi Jay sagement. Elle aurait dû hurler et attirer l'attention de quelqu'un. Peut-être qu'elle aurait dû courir pour trouver de l'aide... Mais dans les deux cas, elle aurait perdu Sandra de vue. Il y avait trop de cas d'enfants enlevés et disparus à jamais. Quoi qu'il arrive, elle était mieux avisée de rester avec Sandra et de faire tout ce qui était en son pouvoir pour aider la petite fille.

Quand elle réussit finalement à ouvrir la porte, l'estomac de Skylar se retourna. Tout cela avait manifestement été prémédité. Ce n'était pas une décision impulsive de la part de Jay.

La pièce dans laquelle ils se trouvaient avait probablement été une sorte d'entrepôt à un moment donné. Il y avait une minuscule fenêtre en haut d'un mur, et Skylar ne voyait que de mauvaises herbes devant la vitre.

Il y avait aussi un matelas sur le sol et du linge de lit crasseux par-dessus. À part ça, contrairement au reste du sous-sol, cet endroit était complètement vide. Jay avait manifestement enlevé tout ce qui pouvait être utilisé comme arme ou pour aider Sandra à s'échapper.

— Va t'asseoir sur le matelas, ordonna Jay à Skylar.

Ne voulant pas être aussi loin de Sandra, elle dit :

— Tu n'as pas à faire ça. Il n'est pas trop tard pour s'en aller.

Jay rit encore. Un petit gloussement qui énerva Skylar.

— Mais je ne veux pas partir, lui répondit-il. J'ai attendu très longtemps pour trouver la fille parfaite. Et quand j'ai vu la petite Sandra jouer, j'ai su qu'elle était à moi. Maintenant... *vas-y. Assieds. Toi.*

Sa voix devint méchante, et Skylar eut envie de pleurer. Elle marcha lentement vers le matelas et s'exécuta.

— Mets ça, dit Jay en désignant quelque chose à sa gauche avec sa tête.

En regardant là où il avait indiqué, Skylar vit quelque chose qui dépassait de la couverture grise à côté d'elle. Après l'avoir soulevée, elle eut un sursaut de surprise alors que deux cafards s'enfuyaient en courant lorsque leur sanctuaire fut dérangé.

Sous la couverture, elle découvrit une vieille chaîne rouillée. Et au bout de celle-ci, il y avait une manille.

Elle leva les yeux vers Jay, horrifiée.

— Tu m'as entendu, reprit-il, en levant le couteau et en l'utilisant pour caresser le côté du visage de Sandra.

La petite fille recula d'un coup, mais elle ne fit pas de bruit.

Sachant que si elle mettait cette chaîne, elle était comme morte – et que Jay pouvait disparaître avec Sandra, sans qu'elle puisse la suivre –, Skylar hésita.

— Ce n'est pas encore l'heure pour moi de partir, déclara Jay, comme s'il pouvait lire dans ses pensées. Sois sage, mets ça, et tout ira bien.

Skylar savait que ça n'irait pas bien, mais franchement, elle n'avait pas le choix. La chaîne sonna quand elle la prit, et le son la fit grimacer. Elle en étudia l'extrémité et se rendit compte que Jay avait récupéré une paire de menottes quelque part et l'avait attachée à la chaîne.

— Passe-les autour de ta cheville, ordonna-t-il.

— Ça va être trop petit, protesta Skylar.

— Ce n'est pas mon problème, lâcha Jay sans aucune sympathie. Elle n'a pas été prévue pour un adulte.

Et *ça* lui glaça le sang. Penser à la pauvre Sandra avec ce truc autour de son pied la rendait malade.

Se déplaçant lentement, Skylar enroula l'anneau autour de sa cheville. Peut-être qu'elle pouvait juste faire semblant de l'attacher. Et quand Jay la laisserait tranquille, elle pourrait l'ouvrir et se tirer de là.

Elle baissa les yeux sur sa jambe et dès qu'elle quitta Jay des yeux, il bougea.

Il se précipita vers elle avec Sandra dans les bras et attrapa la boucle de menottes, en serrant fort. Le métal cliqua quand il se verrouilla et creusa dans sa chair.

Skylar glapit de nouveau de douleur lorsque l'anneau serra sa cheville.

— Je sais à quoi tu pensais, gronda Jay. Je suis plus intelligent que toi, et j'ai planifié ça depuis longtemps. *Rien ni personne* ne va tout gâcher.

Il lâcha alors Sandra d'un coup, et elle atterrit sur ses fesses sur le matelas à côté de Skylar.

Ignorant la douleur dans sa cheville, la professeure tendit immédiatement la main vers son élève. La fillette se réfugia dans ses bras et posa sa tête contre son épaule. Elle tremblait comme une feuille, et cela rendit Skylar encore plus furieuse.

— C'est quoi ton plan exactement ? demanda-t-elle un peu agressivement, se sentant plus courageuse maintenant que Sandra n'était plus sous la menace d'une lame.

— Eh bien, je suppose qu'il n'y a pas de mal à te le révéler, puisque tu ne vas certainement nulle part, dit Jay avec un rire diabolique.

Il faisait les cent pas devant elle, jouant avec le couteau, le faisant tourner dans tous les sens tandis qu'il exposait son « plan ».

— Je m'attends à ce qu'il y ait une battue. Il y en a souvent. Ma Sandra était censée être récupérée vers 6 heures. Si elle n'est pas là, les gens vont paniquer. Les flics seront appelés. En une heure, toute la cour de l'école grouillera de monde. Ils marcheront sur mes traces, donc les chiens seront inutiles. Ils distribueront des prospectus, offriront des récompenses... en vain. Je pourrai même participer aux recherches. Mais dans quelques jours, quand il n'y aura plus aucun signe de la pauvre fille disparue, les gens commenceront à retourner à leur vie normale.

Skylar était horrifiée. Pas à cause de ce qu'il avait dit, mais parce qu'il avait probablement raison. Elle avait regardé suffisamment de séries policières pour savoir que les chiens pisteurs travaillaient avec leur nez au sol. Ils suivaient une trace d'odeur humaine, mais si trop de temps s'était écoulé ou si la zone avait été contaminée par un nombre important de policiers, de chercheurs et d'autres passants bien intentionnés, les chiens ne seraient pas en mesure de faire leur travail.

— Et ensuite ? demanda-t-elle, voulant découvrir où il comptait emmener Sandra.

Parce qu'il était évident qu'il ne pouvait pas la garder dans cette maison pour toujours. Non, elle était certaine qu'il avait un endroit en tête.

— Tu sais, si tu es là, c'est ta faute, répliqua Jay, sans répondre à sa question. Si tu étais allée chercher de l'aide à la place, tu ne serais pas dans cette situation. Tout ce qui *t'*arrive n'est pas de mon fait. Bien que je doive reconnaître que t'avoir ici est en réalité une bonne chose. Je m'attendais à plus d'ennuis de la part de ma fille. Mais elle est aussi calme qu'une souris.

Puis il s'élança et attrapa la main libre de Skylar. Il tint le couteau à la base de son auriculaire et regarda Sandra dans les yeux.

— Si tu cries, si tu fais quelque bruit que ce soit, je couperai le doigt de ta professeure. Je le ferai devant toi, et ce sera *ta* faute. Même si je ne suis pas dans la salle, je le saurai. J'ai des caméras dehors, et elles le verront si tu essaies de te faire remarquer. Sans compter que personne ne réfléchira à deux fois à un cri. Ils sont plus susceptibles d'aller dans la direction opposée. J'ai fait mes devoirs, et ce quartier est merdique. Personne ne se soucie de personne, et ils ne lèveront pas le petit doigt pour t'aider. En fait, ils pourraient décider de te faire du mal. *Je* ne vais pas te faire de mal, Sandra, pas si tu ne me donnes pas une raison. Je t'aime.

Skylar avait envie de vomir. Elle ignorait si la petite fille avait compris tout ce que Jay disait, mais *elle*, si. Et c'était horrifiant. Mais elle restait aussi immobile que possible ; la lame était extrêmement menaçante contre sa peau.

Sans bouger le couteau, Jay se concentra sur elle.

— Et si *tu* fais quelque chose qui ne me plaît pas, je n'utiliserai pas le couteau sur elle... non, je ne souhaite pas gâcher ce beau visage.

Il caressa la joue de Sandra avec le dessus de ses doigts, et Skylar frissonna de dégoût.

— Je prendrai ce que je désire d'elle devant toi et tu ne pourras rien y faire, menaça-t-il.

Skylar savait que c'était ce qu'il avait prévu pour Sandra depuis le début, mais cela la faisait quand même reculer d'horreur.

— Je n'essaierai pas d'être gentil, je n'essaierai pas de lui faire plaisir... si tu vois ce que je veux dire. Alors sois gentille, et ta précieuse élève ne sera pas blessée.

Il était malade. Dément. Sandra n'avait *que* 5 ans ! Ce qu'il disait était incompréhensible et terrifiant.

— Je ne tenterai rien, dit-elle doucement, voulant juste que Jay recule.

Qu'il arrête de la toucher et surtout qu'il arrête de toucher Sandra.

Jay sourit et se releva.

— Rappelle-toi, même quand je ne suis pas là, je sais ce qui se passe. Alors, ne fais pas de bêtises. Prends soin de ma Sandra pour moi, et tout ira bien. Je reviendrai plus tard avec un dîner.

Sur ces mots d'adieu, Jay retraversa la pièce. Il se faufila à travers la porte, la fermant derrière lui. Skylar entendit une sorte de verrou, et son cœur s'arrêta.

— Soyez sages ! héla Jay avant qu'elle n'entende ses pas remonter les escaliers.

Sandra frissonna dans ses bras une fois de plus, et Skylar resserra son emprise sur la petite fille.

Elles avaient de gros problèmes et elle n'avait aucune idée de ce qu'il fallait faire.

* * *

Une heure après l'atterrissage de l'avion, Bull se trouvait à l'appartement de Skylar. Il avait essayé de se persuader qu'il fallait attendre, qu'il fallait y aller demain matin, mais il ne pouvait pas. Il avait besoin d'arranger les choses entre eux. Il ne savait même pas s'il en était capable, mais il devait essayer.

L'épuisement le tenaillait. Il n'avait jamais réussi à dormir dans les avions, surtout après une mission. Jusqu'à présent, il n'avait rien regretté de ce qu'il avait réalisé pour Silverstone, mais il ne pouvait s'empêcher de repenser à chaque étape que lui et son équipe avaient franchie après coup. Un examen mental après action pour voir où ils pouvaient s'améliorer afin que la prochaine mission se déroule encore mieux.

En frappant, Bull fronça les sourcils lorsqu'il n'entendit aucun mouvement à l'intérieur de l'appartement. En regardant sa montre, il vit qu'il était 8 heures. Skylar devrait déjà être rentrée du travail. L'idée désagréable qu'elle était peut-être en tête à tête avec quelqu'un surgit en lui. Mais Bull chassa cette idée. Elle ne lui ferait pas ça. Même si elle pensait que c'était fini entre eux, il ne pensait pas qu'elle se retrouverait avec un autre homme en moins d'une semaine.

— Tu cherches Sky ? demanda une voix à sa gauche.

Bull sursauta et jura mentalement. Il devait être fatigué s'il avait laissé quelqu'un s'approcher furtivement de lui comme ça. Il se retourna et vit Tiana dans l'embrasure de sa porte. Ses sourcils étaient froncés et elle semblait préoccupée.

— Oui. Vous savez où elle est ? demanda-t-il.

Elle secoua la tête.

— Je n'ai rien entendu depuis qu'elle est partie travailler ce matin, mais ça ne lui ressemble pas de rentrer si tard.

— Elle pourrait être en train de faire des courses ?

Tiana haussa les épaules, mais il pouvait voir qu'elle ne pensait pas que c'était probable.

— Écoute, elle a été bouleversée cette semaine. Je sais que

vous vous êtes disputés tous les deux. Elle ne m'a pas dit de quoi il s'agissait, mais elle n'était pas heureuse. Nous avons parlé, et j'ai fait de mon mieux pour qu'elle se sente mieux, mais j'ai dû lui faire peur.

Bull se redressa.

— Vous lui avez fait peur ?

Il ne voulait pas être si dur, mais il détestait l'idée que Skylar soit effrayée par quoi que ce soit, surtout de quelqu'un qu'elle pensait être son amie.

— Détends-toi, Hulk, lança Tiana sans paraître contrariée le moins du monde. Elle parlait de comment elle avait décou-vert quelque chose sur toi et n'était pas très heureuse. J'ai essayé de l'aider en lui indiquant que tout le monde avait des secrets, y compris moi. Je lui ai révélé que je fréquentais les Seigneurs du Vice.

L'expression de Bull ne changea pas à l'extérieur, mais à l'intérieur, il était déjà en train de déplacer mentalement Skylar hors de cet appartement.

— Je les ai quittés, ajouta Tiana, mais sa voix était plus grave. En grande partie. Mais j'ai encore quelques contacts. Si quelque chose est arrivé à Sky, fais-le-moi savoir, et je m'occu-perai de celui qui lui a fait du mal.

Maintenant, Bull était surpris.

— Vous pensez qu'il lui est arrivé quelque chose ?

— Sky n'est jamais en retard. Elle a une routine prévisible. Il se passe un je-ne-sais-quoi.

Bull était d'accord. Il hocha la tête.

— Je vais à Eastlake. Voir si elle y est encore.

Tiana passa la main sous sa chemise et en sortit un bout de papier.

— Mon numéro. Si tu as besoin d'aide, appelle-moi. Je sais que les Seigneurs du Vice ne sont pas exactement le genre de soutien que la plupart des gens recherchent, mais je te donne ma parole qu'ils feront tout ce qu'il faut pour retrouver notre Sky... ou faire la justice de la rue à ceux qui lui ont fait du mal.

Bull prit le numéro. Il avait appris à ne jamais refuser de l'assistance, qu'elle vienne d'un ancien membre d'un gang, d'un parent d'un terroriste qui en avait assez des meurtres ou d'un simple civil dans la rue.

— Merci.

— Ne me remercie pas, ramène juste Sky à la maison, trancha Tiana d'un ton dur avant de se retourner et de claquer sa porte.

Avec un sentiment de malaise dans les tripes, Bull dévala les marches deux par deux et remonta dans son véhicule. Il roula beaucoup trop vite en direction de l'école de Skylar, et il sut que ça n'allait pas du tout lorsqu'il arriva à quelques rues de là. Il appuya sur le Bluetooth dans sa voiture et appela Eagle.

— Yo, quoi de neuf ? s'enquit Eagle en répondant.

— Je ne trouve pas Sky, j'approche d'Eastlake, et il se passe quelque chose.

— Attends, dit Eagle sur un ton que Bull reconnut comme étant sa « voix de travail ».

Il avait l'appelé parce qu'il savait qu'Eagle possédait un scanner de police. Si un événement se produisait, il pouvait l'écouter et le découvrir. Il entendit des voix discrètes provenant de l'appareil alors qu'il s'engageait dans un terrain vague situé en face de l'école primaire. Il y avait des voitures garées partout. Il n'avait jamais vu autant de monde ici, même en journée.

Puis il aperçut des groupes de personnes errant avec des lampes de poche et son adrénaline monta en flèche.

Bull remarqua celui qu'il pensait être Shawn Archer devant les portes de l'établissement, il attrapa son téléphone et coupa le moteur.

— Merde, lança Eagle à travers le combiné. Il y a un enfant disparu. Les flics ont reçu un appel de l'école vers 18 h 15. Un père est venu chercher sa fille, et elle n'était pas là.

— C'est Sandra, affirma Bull, qui se sentit immédiatement mal. Archer est ici.

Puis il pensa à quelque chose, et, en sortant de sa voiture, il regarda vers le parking des professeurs.

— Et la voiture de Sky est toujours là.

— Donc elle y est probablement pour aider aux recherches, supposa Eagle calmement.

— Oui, acquiesça Bull, mais il avait l'estomac noué.

— Je vais appeler les autres, et on se retrouve à l'école, annonça Eagle.

— Merci.

Il savait que ses amis étaient aussi fatigués que lui, mais ils n'auraient pas hésité à sortir pour aider à tenter de retrouver une enfant disparue. Même s'il ne s'agissait pas de Sandra, le temps était un facteur essentiel dans le cas d'un enlèvement.

Après avoir raccroché le téléphone, il se dirigea vers Archer.

Dès que l'autre homme le vit, il interrompit sa conversation avec son interlocuteur et se mit à courir vers Bull.

— C'est Sandra ? demanda Bull sans détour.

— Oui, confirma Archer, sa voix se brisant sur ce seul mot. Quand je suis arrivé, elle n'était pas ici. La secrétaire est descendue dans sa classe et il n'y avait personne.

— Qu'a dit Skylar ?

Archer avait l'air confus.

— Rien. Elle n'est pas là non plus.

Et voilà la confirmation que le malaise qu'il ressentait n'était pas déplacé.

Bull savait sans aucun doute que celui qui avait enlevé Sandra avait probablement kidnappé Skylar aussi. Sa Sky n'aurait pas laissé l'une de ses élèves se faire séquestrer sans se battre ou sans se faire ravir volontairement.

Après avoir tourné sur ses talons, il commença à marcher vers sa voiture. Il avait besoin de récupérer certains matériels dans son véhicule avant de commencer la chasse à Sandra et à sa femme. À savoir, son arme.

— Bull ! l'appela Archer.

Carson se retourna pour lui faire face.

— Elle est tout ce que j'ai, dit-il d'une voix misérable et désespérée.

— Nous allons la trouver, répondit Bull avec confiance.

Il ne savait pas comment, mais il n'allait pas abandonner tant que la petite fille et sa professeure ne seraient pas rentrées saines et sauves.

Refusant de se laisser submerger par l'inquiétude, Bull se dirigea vers son véhicule. Son équipe de Silverstone serait bientôt là, et ils se mettraient en chasse. *Personne* ne prenait ce qui lui appartenait.

Personne, putain.

* * *

Il était minuit passé, et Skylar était épuisée, mais elle ne pouvait pas dormir. Sandra avait somnolé ici et là, mais elle avait trop peur pour fermer l'œil plus de dix minutes d'affilée. Chaque petit bruit les faisait sursauter toutes les deux.

— Vous croyez que quelqu'un va nous trouver ? chuchota Sandra.

Jay était revenu une fois, et il avait forcé Sandra à s'asseoir sur ses genoux de l'autre côté de la pièce. Il lui avait parlé de leur nouvelle vie et de combien elle allait être géniale. Il avait passé sa main sur ses cheveux et lui avait frotté le dos.

Skylar n'avait jamais été aussi soulagée que lorsqu'il les avait laissées seules de nouveau. Il avait relaté que les recherches avaient commencé et qu'il devait monter la garde.

— Oui, acquiesça Skylar avec toute la confiance qu'elle pouvait avoir.

Elle se demandait si Carson était revenu de sa mission. Il avait déclaré qu'il devait rentrer ce soir, mais elle se doutait que si les choses ne se passaient pas comme prévu, il pouvait se passer des jours avant son retour. Elle essaya de ne pas y penser.

— Tu as entendu Jay. Tout le monde est déjà à ta recherche. Ils vont nous trouver.

— Je n'aime pas quand il me touche, gémit Sandra. Papa dit toujours que si quelqu'un me touche et que je n'aime pas ça, je dois crier et m'enfuir. Mais je ne peux pas faire ça, parce qu'il va vous faire du mal !

Skylar eut le cœur brisé. Jay n'était pas aussi stupide qu'elle l'avait espéré. En proférant ses menaces, il les avait pratiquement paralysées toutes les deux. Elle n'était pas prête à le prendre au mot et à risquer qu'il fasse des choses innommables à Sandra, et la petite fille n'était pas disposée à faire quoi que ce soit pour le mettre en colère, parce qu'elle ne voulait pas que sa professeure soit blessée.

— Je sais. Pourquoi ne fermes-tu pas les yeux et n'essaies-tu pas de te rendormir, ma chérie ? l'apaisa Skylar, qui voulait que son élève échappe à l'horreur dans laquelle elle s'était retrouvée, au moins pour un moment.

— Mademoiselle Reid ?

— Oui, Sandra ?

— Je suis contente que vous soyez là avec moi.

— Moi aussi, Sandra. Moi aussi.

Et elle l'était. La pensée de la peur que la petite fille aurait eue si elle avait été seule avec Jay était trop horrible à imaginer.

Skylar se déplaça sur le lit et grimaça lorsque la menotte s'enfonça dans sa cheville. Chaque fois qu'elle bougeait, cette satanée chose semblait se resserrer. Jay ne l'avait pas verrouillée deux fois, donc il *était probable* qu'elle se resserrait. Son pied avait picoté plus tôt comme s'il avait été endormi, mais maintenant Skylar pouvait à peine le sentir. Elle avait essayé de briser la chaîne, mais en vain. Elle était solidement attachée à un tuyau dans le mur de l'autre côté de la pièce. Elle était bel et bien coincée.

Mais Sandra ne l'était pas.

Si Skylar pouvait se débarrasser de ce que Jay voulait le plus, il ne pourrait pas utiliser Sandra contre elle. Après avoir regardé autour d'elle, elle se concentra sur la fenêtre dans le mur. Elle était trop petite pour qu'elle puisse sortir, même si elle trouvait un moyen d'enlever les menottes ou de casser la chaîne, mais Sandra était menue. *Elle* pouvait sortir.

Mais était-ce la bonne solution que d'envoyer la fillette de 5 ans errer dans un quartier étrange et dangereux ? Elle ne se pardonnerait jamais si quelqu'un d'autre s'emparait de Sandra pour ses propres raisons infâmes. Mais bon, avec les battues en cours, la petite fille pourrait tomber sur quelqu'un qui la cherchait. Plus il y avait de gens qui fouillaient, plus il y avait de chances qu'on trouve Sandra.

Cependant, Skylar avait constaté par elle-même à quel point ils étaient loin de l'école. Oui, ce n'étaient pas des kilomètres et des kilomètres, mais pour une enfant de 5 ans, ça pourrait aussi bien être de l'autre côté de la ville. Et il n'y avait aucune garantie que les recherches iraient dans cette direction. En plus de ça, Jay n'avait pas menti. Là où ils se trouvaient, ce n'était pas sûr. Même s'ils n'étaient là que depuis quelques heures, Skylar avait entendu plusieurs coups de feu.

Frissonnant, elle décida que, pour le moment, elles étaient mieux où elles étaient. Jay avait expliqué lui-même qu'il allait attendre quelques jours pour laisser les battues se calmer. Il les surveillait aussi beaucoup trop souvent. Si Skylar voulait faire sortir Sandra par la fenêtre, elle devait avoir assez d'avance pour pouvoir s'échapper. Si Jay les surprenait en pleine action, ou trop tôt après le départ de la fillette, il était possible qu'il la retrouve. Ce qui serait mauvais.

Donc Skylar devait attendre exactement le bon moment pour agir.

Et si le moment idéal n'arrivait pas... il était possible qu'elle perde son élève pour toujours.

Serrant l'enfant plus fort, Skylar ferma les yeux et pria pour que quelqu'un tombe sur elles avant que Jay ne puisse mettre en place son plan pour emmener Sandra.

17

———————

— Putain ! jurait Bull méchamment alors qu'il se tenait au milieu d'un autre pâté de maisons autour de l'école primaire d'Eastlake.

Eagle, Smoke et Gramps étaient à côté de lui, et il voyait la frustration qu'il ressentait se refléter sur leur propre visage.

C'était dimanche soir. Ils avaient chassé non-stop pendant quarante-huit heures.

Et jusqu'à présent, ils n'avaient rien. C'était comme si Sandra et Skylar avaient disparu dans la nature.

Les chiens pisteurs qui avaient été amenés n'avaient pas été capables de capter leurs odeurs parce que trop de gens avaient fouillé la zone, contaminant les lieux et rendant les compétences des canidés inutiles.

Pour la première fois, il avait eu une idée de ce que son ami Rex avait dû ressentir il y avait dix ans lorsque sa femme avait été kidnappée. Une seconde, elle avait été là, et la suivante, elle avait simplement disparu.

Bull savait que les quarante-huit premières heures étaient les plus importantes dans tout enlèvement, mais ils n'avaient rien trouvé qui leur donnait des indices sur l'endroit où le couple avait pu aller.

La seule piste qu'ils avaient trouvée était une végétation rabougrie dans les arbres de l'autre côté du parking des professeurs. Celui qui avait enlevé Skylar et Sandra les avait manifestement espionnées de là. C'était le point d'observation idéal. Quand Bull s'était allongé à cet endroit précis, il avait pu voir la cour de récréation, les portes du bâtiment et tous ceux qui entraient et sortaient.

Ça le rendait fou d'imaginer que l'homme aurait pu être à l'affût lorsque lui et les autres de Silverstone Towing étaient présents pour montrer leurs camions aux enfants.

Smoke s'était souvenu que le portail avait été cassé, et ils avaient tous pensé que ça avait facilité l'accès du kidnappeur.

Après que son équipe en eut discuté, ils avaient conclu que Sandra avait probablement été enlevée sur le terrain de jeu, et que Skylar était partie à sa poursuite, se faisant kidnapper au passage.

Bull ne voyait aucune autre raison pour qu'elles aient disparu en même temps. Skylar se serait battue comme une folle si ça n'avait concerné qu'elle, mais si la vie de Sandra était en danger, il savait qu'elle n'aurait rien tenté pour menacer davantage la petite fille.

Alors, où les avait-il laissées ?

Nulle part.

— Nous devons nous regrouper, suggéra Gramps tranquillement. Apporter plus de ressources. Nous ne faisons rien de bon à errer sans but.

— Sky est toujours là, quelque part, rebondit Bull avec fermeté. Je ne pense pas qu'elle ait quitté la région.

— Il y a eu des équipes de recherche dans tout le secteur, renchérit Eagle. Ils ont frappé à toutes les portes dans un rayon de 800 mètres. Il est très peu probable qu'elles soient encore là.

— Elles sont là, insista Bull en regardant ses amis. Je sais que vous pensez que je suis fou, mais elle est ici. Elle attend que je la trouve, mais son temps est compté. Je peux le sentir.

— Que suggères-tu ? demanda Gramps.

— Je n'en sais rien ! grogna Bull de frustration.

— Et si on faisait comme ça, suggéra Smoke. On retourne à Silverstone et on récupère les drones. On les installe et on voit si on remarque quelque chose d'anormal.

Puis il baissa la voix.

— Tu as aussi dit que la voisine de Skylar s'est portée volontaire pour impliquer les Seigneurs du Vice dans cette affaire... Je pense qu'il est temps de l'envisager.

Bull acquiesça. Il n'avait pas voulu être redevable au gang de rue, mais s'ils pouvaient trouver la moindre information sur l'endroit où se trouvait Skylar ou sur ce qui lui était arrivé, il était prêt à l'accepter. Il ferait tout ce qu'il fallait pour ramener Sky à la maison.

* * *

Le temps était compté.

Skylar avait espéré que quelqu'un les trouverait avant. Mais Jay était venu plus tôt et avait déclaré que personne ne savait où ils étaient, et les recherches avaient été réduites, comme il l'avait prédit. Il était temps de passer à la partie suivante de son plan... emmener Sandra quelque part très loin.

Et Skylar n'allait pas le laisser faire. Pas question.

Elle avait faim. Plus que jamais été dans sa vie. Elle n'avait pas mangé plus que quelques bouchées de hamburger depuis qu'elle avait été kidnappée vendredi soir. D'après ce qu'elle savait, il était maintenant très tôt dans la journée de lundi.

Jay avait apporté un Happy Meal de chez McDonald's à Sandra le samedi matin, et la petite fille avait proposé de le partager.

— Quand j'avais faim, vous avez partagé votre nourriture avec moi, avait-elle argumenté.

Skylar se demanda si le repas avait été drogué, mais elle avait trop faim pour s'en soucier. Elle n'avait pris que quelques bouchées du hamburger. Même froid, c'était l'une des meilleures choses qu'elle ait jamais mangées.

Mais il était temps de sortir Sandra de ce cauchemar. Tout était calme depuis des heures, et Skylar savait que c'était maintenant ou jamais.

Elle secoua la petite fille doucement.

— Réveille-toi, Sandra.

Il faisait nuit noire dans la pièce, ce qui, selon Skylar, rendait les choses un peu plus faciles. La fillette ne pouvait pas voir à quel point sa professeure était effrayée.

— Tu es réveillée ?

— Oui.

— Il est temps de voir si tu peux passer par cette fenêtre.

Elles en avaient parlé et avaient convenu que c'était la seule solution. Skylar était si fière de son élève. Elle avait visiblement peur, mais était prête à entreprendre ce qu'elle pouvait pour obtenir de l'aide.

— Tu te souviens de ce qu'il faut faire ?

— Courir, énonça Sandra doucement. Rester dans le noir. Voir si je peux trouver un commerce ouvert. Ou un officier de police. Ou quelqu'un qui a l'air sympathique.

— Bien, félicita Skylar. Et je sais que c'est difficile, mais j'ai besoin que tu essaies de te rappeler où se situe cet endroit. Avant de t'enfuir, regarde en arrière vers la maison. Mémorise tous les numéros des bâtiments que tu vois. C'est vraiment, *vraiment* important.

Sandra hocha la tête.

— Parce qu'ils doivent vous retrouver aussi, baissa-t-elle la voix encore plus. J'aimerais que vous puissiez venir ! pleurnicha-t-elle.

— Moi aussi, mais je crois en toi. Tu es intelligente, Sandra, et je sais que tu peux le faire. Mais quoi qu'il arrive, ne reviens *pas*. Tu comprends ? Peu importe ce que tu entends.

La dernière chose que Skylar souhaitait, c'était que Jay la

voie et menace de tuer sa professeure pour faire réapparaître la petite fille.

— Une fois que tu es dehors, continue.

— Je le ferai, promit Sandra.

— Et je suis sûre que celui que tu trouveras pour t'aider appellera ton papa, et il viendra tout de suite. Allez, on y va.

Skylar désirait avertir la fille un peu plus, mais elle ne voulait pas non plus la faire paniquer. Jay l'avait touchée de plus en plus ces deux derniers jours, et elle savait que ce n'était qu'une question de temps avant qu'il ne fasse quelque chose qui marquerait Sandra à vie.

Elle savait aussi que si Jay descendait et trouvait Sandra partie, il *la* tuerait. Non pas qu'il n'avait pas déjà prévu de le faire. Il n'allait pas l'emmener quand il partirait. Elle le pressentait au plus profond de ses os. Sa vie était déjà perdue.

Tant que Sandra était libre, c'était tout ce qui comptait.

Elle se leva et ignora la douleur dans sa cheville. Elle ne sentait plus son pied, et la dernière fois qu'elle l'avait regardé, quand il faisait encore jour, ses orteils étaient bleus. Ce n'était pas bon signe, mais c'était le cadet de ses soucis pour le moment.

Elles marchèrent vers la fenêtre. La chaîne n'était pas assez longue pour aller jusqu'au mur, mais elle pouvait s'approcher suffisamment pour que Sandra puisse se tenir sur ses épaules et se pencher pour atteindre l'ouverture. Skylar s'accroupit pour laisser Sandra grimper. Elle se balança et mit une main contre le mur pour trouver son équilibre. Elle ne voulait pas tomber et blesser Sandra par la même occasion.

Elles s'étaient entraînées plus tôt, et c'était une bonne chose, car dans l'obscurité, Skylar ne pouvait rien voir.

— Prête ? demanda-t-elle doucement.

— Prête, répondit Sandra.

— C'est comme grimper sur les barres de singe, la rassura Skylar. Il suffit de faire glisser la fenêtre, je tiendrai tes pieds et je t'aiderai à passer.

Le bruit du cadre qui grinça en s'ouvrant semblait extrêmement fort dans l'air calme de la nuit.

— Avant de partir, regarde dehors. Est-ce que tu vois quelqu'un ? chuchota Skylar.

Elle pensait qu'il était très peu probable que Jay ait des caméras dehors, comme il l'avait prétendu. Il avait porté les mêmes vêtements tout le temps qu'il les avait retenus prisonniers, et il sentait comme s'il n'avait pas pris de douche depuis au moins quelques semaines. Si l'homme avait de l'argent pour acheter des caméras, alors il aurait probablement caché Sandra et elle dans un endroit plus sûr... et plus loin de l'école. Du moins, c'était ce qu'espérait Skylar.

— Je ne vois personne, murmura Sandra.

— OK. Rappelle-toi, trouve un numéro de maison, puis cours aussi vite que tu peux, Sandra, susurra Skylar.

— Je suis prête, dit-elle, et elle commença à grimper vers la fenêtre.

Skylar se pencha en avant autant qu'elle le pouvait tout en restant debout, et elle retint sa respiration pendant que Sandra se hissait sur le rebord de l'ouverture. Elle ne pouvait distinguer que son ombre, mais une seconde son élève était sur ses épaules, et la suivante elle avait disparu.

Sandra avait oublié de fermer la fenêtre après être sortie, mais Skylar savait que cela n'avait pas d'importance. Jay découvrirait bien assez tôt que la fille n'était nulle part dans la pièce, et qu'il n'y avait qu'une seule issue puisqu'il gardait la porte verrouillée.

Skylar boitilla jusqu'au matelas et fit de son mieux pour tasser la couverture et donner l'impression que Sandra était recroquevillée dessous. Elle s'assit sur sa couche et posa sa main sur le plaid, comme si elle réconfortait la fillette. Elle ignorait quand Jay allait revenir, mais elle allait être prête pour lui.

Soit il revenait avant et comprenait que Sandra était partie, soit ses sauveteurs arrivaient. Elle ne pouvait qu'espérer que ce soit le second scénario.

* * *

Sandra était morte de peur. Il faisait vraiment noir dehors, et elle n'avait aucune idée de l'endroit où elle était. Elle avait fait ce que Mlle Reid lui avait demandé, elle avait regardé en arrière et mémorisé le seul chiffre qu'elle pouvait voir.

Quatre, un, cinq, dit-elle mentalement. Quatre, un, cinq. Quatre, un, cinq. Quatre, un, cinq.

Elle ne voulait pas l'oublier.

Elle savait qu'elle était petite, mais son père lui disait toujours qu'elle était la plus intelligente du monde. L'homme qui les avait enlevées, elle et sa professeure, était *mauvais*. Elle en était consciente aussi. Il avait menacé de blesser Mle Reid, et ça l'effrayait…

Soudain, elle s'envola dans les airs.

Elle avait trébuché sur quelque chose dans le noir. Elle atterrit sur ses mains et ses genoux et cria de douleur.

Elle voulait rentrer à la maison. Elle voulait son papa !

Sandra passa un long moment à pleurer sur le sol, mais comme personne ne venait l'aider, la ramasser et embrasser ses bobos, elle prit une grande inspiration.

Quatre, un, cinq. Quatre, un, cinq.

Elle commença à bouger, mais pas aussi vite qu'avant. Elle ne voulait pas tomber de nouveau. Et elle était si fatiguée. Et effrayée. Les ombres ressemblaient toutes à des monstres qui souhaitaient l'attraper. Quand Mlle Reid lui avait parlé de s'enfuir, ça ne lui avait pas semblé trop effrayant. Mais maintenant qu'elle était seule, dans le noir, elle était terrifiée.

Puis Sandra se demanda si ce Jay savait qu'elle était partie. Peut-être qu'il lui courait après ! Il la ferait revenir en arrière, et il la ferait s'asseoir sur ses genoux de nouveau. Elle avait horreur de ça. Elle aimait s'asseoir sur ceux de son père, mais

Jay touchait ses jambes d'une manière qui lui faisait peur. Il lui frottait aussi le dos et lui disait qu'elle était jolie. Elle adorait être jolie, mais elle détestait son regard sur elle.

Quatre, un, cinq. Quatre, un, cinq.

Sandra marchait plus lentement maintenant, essayant de trouver où aller. Soudain, elle entendit une forte détonation. Puis une autre. Et elles semblaient proches.

Tremblante de peur, elle regarda autour d'elle et vit une petite maison à sa droite. Sans réfléchir, elle courut vers elle et se mit à quatre pattes. Ça lui faisait mal, mais Sandra ne pensait qu'à se mettre en sécurité.

Elle se glissa sous le porche et se déplaça jusqu'au coin arrière. Personne ne la verrait de la route. Si Jay la poursuivait, il passerait juste à côté.

En s'accrochant à ses genoux avec ses mains, Sandra commença à pleurer doucement. Elle était perdue et effrayée, et elle désirait juste rentrer chez elle !

* * *

À 6 heures du matin, un homme promenait son chien sur le trottoir. Il avait vu sur Internet que la fille et la professeure qui avaient disparu de l'école voisine n'avaient toujours pas été retrouvées. C'était dommage. Il n'était pas exactement un saint lui-même – il avait commis sa part de méfaits –, mais il n'avait jamais fait de mal à un enfant. Il avait des scrupules.

Normalement, il n'était pas debout si tôt, mais un de ses clients réguliers voulait un contrat. D'habitude, il se foutait des besoins de ses clients, mais le type avait proposé de le payer le triple, il était si désespéré. Alors, il avait accepté de le rencontrer à quelques rues de là.

Le quartier était calme à cette heure. Non pas qu'il soit trop inquiet. Les tatouages en forme de larmes sur son visage étaient suffisants pour empêcher la plupart des gens de le croiser. Le pitbull au bout de la laisse contribuait également à renforcer son image effrayante. Bien sûr, personne ne savait que le chien lécherait probablement quelqu'un à mort plutôt que de le mordre. Son aboiement était simplement une invitation à s'approcher pour le caresser.

Lorsqu'il tourna au coin de la rue, un écureuil fila devant le trottoir, et le chien décida que c'était une incitation à jouer. Le pitbull lui arracha la laisse des mains et courut après le petit rongeur.

En jurant, l'homme poursuivit son compagnon à quatre pattes, lui criant de revenir, mais bien sûr l'animal l'ignora. Il courut droit vers une petite maison et commença à creuser sur le bord du porche, essayant de passer en dessous.

— Foutu clébard, marmonna-t-il.

Il saisit le collier du chien et tira – mais l'animal musclé recula si fort que son maître trébucha et tomba sur le derrière. Il se renfrogna et rampa vers son pitbull, prêt à lui botter le cul pour l'éloigner de l'auvent.

Mais quelque chose qui bougeait sous la terrasse attira son attention.

Au début, il pensa que c'était juste l'écureuil que son chien poursuivait... jusqu'à ce que cette silhouette cligne des yeux.

— Merde, balança-t-il, en rapprochant son visage du treillis. Allô ?

— Quatre, un, cinq, déclama la voix d'une enfant.

— Putain de merde ! s'exclama-t-il.

— Quatre, un, cinq, dit encore la petite fille. Pouvez-vous aider Mlle Reid ? Quatre, un, cinq...

Comme il venait de regarder un reportage sur la fillette disparue et son professeur, l'homme sut immédiatement qu'il avait en face de lui Sandra Archer – et que le nom de sa professeure était Skylar Reid.

Toutes les pensées concernant le trafic de drogue vers lequel il se dirigeait s'envolèrent de sa tête. Il comprit que son chien avait essayé d'élargir un petit trou que la gamine avait probablement utilisé pour passer sous le porche. Il tendit la main.

— Viens, bébé. Je ne vais pas te faire de mal. Je parie que tu as peur, hein ? Je vais t'aider.

— Quatre, un, cinq, répéta Sandra.

L'homme pencha le visage.

— Je ne comprends pas.

— C'est près de l'endroit où se trouve Mlle Reid. Quatre, un, cinq.

Le cœur battant la chamade, l'homme hocha la tête.

— OK. Quatre, un, cinq. Je l'ai. Allez, on te ramène chez toi.

Puis, à son grand soulagement, l'enfant commença lentement à ramper vers lui. Quand elle s'approcha, il put constater qu'elle était couverte de terre. Ses cheveux, autrefois si joliment tressés, tombaient et dépassaient dans toutes les directions. Ses joues portaient des traces de larmes ainsi qu'une grande quantité de saleté.

Mais il n'avait jamais rien vu d'aussi beau de toute sa vie.

Elle était vivante et, bien que se déplaçant lentement, elle semblait indemne. Il avait beau être un dealer, il détestait les gens qui faisaient du mal aux enfants. *Personne* ne devrait s'en prendre à un enfant.

Le pitbull de l'homme était maintenant assis en silence, la langue dépassant du côté de sa bouche.

— Votre chien est gentil ? interrogea la petite Sandra.

Elle l'avait rejoint à ce moment-là et l'avait laissé mettre ses mains sous ses bras et la porter.

— Il l'est, lui répondit l'homme.

Puis il prit la laisse de son animal et commença à marcher aussi vite qu'il le pouvait vers la supérette du quartier. À aucun moment son dégoût pour les flics ne lui était venu à l'esprit. Il avait même souhaité qu'il y en ait un en face de lui à cette seconde. Il devait ramener cette précieuse fille à son père. Maintenant.

* * *

Bull n'avait pas dormi plus de quelques heures ces trois derniers jours. Il n'en avait pas été capable. Chaque fois qu'il fermait les yeux, il faisait des cauchemars où il retrouvait le corps mort et mutilé de Skylar.

Ils avaient fait appel à tous les spécialistes possibles, y compris Willis du FBI. Il était venu en avion de Washington, où il vivait et travaillait, et jusqu'à présent, même avec son aide et celle d'autres agents du bureau d'Indianapolis, ils n'avaient rien trouvé.

Bull commençait à penser au pire. Que sa belle Skylar était partie pour toujours.

Lui et ses amis recommencèrent à faire du porte-à-porte dans les maisons autour de l'école, pour demander si les habitants avaient vu quelque chose. Leurs recherches avaient été frustrantes et décourageantes, mais Bull n'allait pas abandonner. Il n'abandonnerait *jamais*.

Son téléphone portable sonna.

— Ici Bull.

— C'est Willis. On a retrouvé Sandra.

Après ces quatre mots, Bull se dirigea vers sa voiture. Gramps se trouvait à ses côtés, et il fit signe à Eagle et Smoke, qui étaient à la résidence voisine. Ils emboîtèrent le pas derrière lui.

— Où ça ?

— Elle est dans une épicerie à environ 800 mètres d'Eastlake.

— Je *savais* qu'elles étaient encore dans le coin, s'écria Bull avec satisfaction. Où est Skylar ?

— Elle n'est pas là. Je suis désolé, Bull, lui annonça Willis.

— Putain !

Après qu'ils furent montés dans sa voiture, il prit le temps d'indiquer à Gramps où aller et mit le téléphone sur haut-parleur, puis serra les dents alors que l'agent du FBI continuait à parler.

— Apparemment, un dealer a trouvé Sandra cachée sous le porche d'une maison ce matin. Il prétend qu'il promenait simplement son chien, mais je ne connais personne qui fait ça dans *ce* quartier.

— Je m'en fous s'il allait vendre de la dope au putain de président. Tout ce qui m'intéresse, c'est de retrouver Skylar. Qu'a dit Sandra ?

— Nous lui donnons une chance de retrouver son père avant d'essayer de lui parler.

Bull voulait protester. Il voulait exiger de Willis que Sandra lui dévoile tout, mais il prit une grande inspiration.

— Nous serons là dans une dizaine de minutes.

— Je vous chercherai.

Puis Willis mit fin à la connexion.

— Tiens bon, ordonna Eagle.

— Oui, lâcha Bull en mentant entre ses dents.

Personne n'avait prononcé un mot alors que Gramps conduisait comme une chauve-souris de l'enfer dans les rues désertes du matin pour se rendre là où Sandra avait été trouvée.

Ils n'avaient même pas attendu que la voiture s'arrête pour descendre. Bull sortit et se dirigea vers l'intérieur de la supérette. Il vit Sandra assise dans un bureau à l'arrière sur les genoux d'Archer. Le grand homme pleurait ouvertement, mais il souriait aussi. Il était manifestement soulagé que sa petite fille soit saine et sauve, mais il ne s'était pas encore remis de ses émotions.

Un type tenant la laisse d'un pitbull à l'air extrêmement méchant se tenait sur le côté. Il lançait des regards mauvais à tous les policiers présents dans le magasin, et ces derniers le surveillaient également.

Sans se soucier de son identité ou de ce qu'il pouvait bien

fabriquer dans les rues à 6 heures du matin, Bull s'approcha de lui et lui tendit la main.

— Merci, lança-t-il sans préambule.

L'homme le dévisagea, mais finit par lui serrer la main.

— Skylar Reid est ma femme, et même si je suis ravi que vous ayez découvert Sandra, je ne peux pas me détendre tant que je ne l'ai pas retrouvée.

Le comportement du type se transforma immédiatement en empathie.

— Désolé, mec, j'ai cherché autour de moi, mais tout ce que j'ai vu, c'est la gamine.

— Où ?

L'homme donna l'adresse de la maison sous laquelle Sandra s'était cachée, et Bull hocha la tête, en prenant note. C'était sa prochaine destination, dès qu'il aurait parlé à Sandra.

Il commençait à se diriger vers le bureau, quand l'inconnu l'arrêta.

— Quand je l'ai repérée, elle répétait « Quatre, un, cinq ». Encore et encore. Je ne savais pas de quoi elle parlait, puis elle a précisé que c'était là que se trouvait sa professeure.

Bull leva les yeux au ciel, surpris.

— Vous êtes sûr ?

— Vous êtes sûr que c'est ce qu'elle a dit ? Oui, je ne suis pas sourd, putain, lança l'homme avec un peu de belligérance. Écoutez, je ne suis pas content d'être interrogé par les flics, mais je reste quand même dans le coin. Je leur ai raconté tout ce que je sais. Une partie d'entre eux sont déjà en train de prospecter la zone. Sauf ces trous du cul laissés ici pour *me* surveiller, lâcha-t-il en roulant des yeux. De toute façon, ceux qui font du mal aux enfants sont des connards.

— D'accord, acquiesça Bull. Merci d'avoir fait ce qu'il fallait.

— Je ne l'ai pas fait pour vous, rétorqua l'homme.

— C'est pareil. Merci.

Puis Bull en eut fini avec cet inconnu. Eagle, Smoke et Gramps l'attendaient à côté du bureau.

Il se dirigea vers la porte, et, dès que Sandra le vit, elle se mit à gigoter pour descendre des genoux de son père. Archer la tint fermement pendant une seconde avant de la lâcher à contrecœur. Elle courut droit vers Bull, qui posa un genou à terre pour la rattraper.

— Monsieur Carson ! s'écria-t-elle.

— Hé, ma petite, dit Bull aussi doucement qu'il le pouvait.

Il ne se sentait pas très aimable en ce moment, mais il ne voulait pas réaliser quoi que ce soit pour effrayer Sandra plus qu'elle ne l'était déjà.

— Tu vas bien ?

— J'avais très soif et très faim, mais j'ai pris des en-cas ! s'exclama-t-elle.

— C'est bien. Maintenant, j'ai besoin que tu réfléchisses très fort et que tu me racontes tout ce dont tu te souviens sur qui t'a enlevée et où tu étais ces derniers jours, sollicita sagement Bull.

— Quatre, un, cinq, déclara Sandra immédiatement.

— Qu'est-ce que c'est ? demanda Bull, en espérant que c'était vraiment l'endroit où Skylar était détenue.

— Les chiffres que j'ai vus avant de m'enfuir. Mlle Reid a failli tomber dans les escaliers de la maison quand elle est descendue. Elle tombe en ruine et sent *vraiment* mauvais ! Mais après avoir rampé par la fenêtre, Mlle Reid m'a dit que je devais regarder en arrière pour essayer de trouver des chiffres. C'étaient les seuls que je pouvais voir.

Tout en Bull voulait sortir en courant du magasin, prendre sa voiture et retrouver Skylar, mais il se força à rester là où il était.

— Quoi d'autre ? Qui t'a enlevé ? Que s'est-il passé ? Tu t'en souviens ?

Elle leva les yeux vers lui, comme s'il venait de poser la question la plus stupide qui soit.

— Je me rappelle. Je jouais sur les barres de singe. L'homme est sorti de nulle part. Il était gros, son ventre dépassait de là.

Elle mima quelqu'un avec un très gros ventre.

— Il m'a attrapée avant que je puisse crier et a commencé à courir. Il avait sa main sur ma bouche, et quand il s'est arrêté, il respirait très fort, mais Mlle Reid était là. Il lui a dit qu'il me ferait du mal si elle criait, puis il m'a dit qu'il ferait du mal à Mlle Reid si je criais. Nous avons marché, marché, marché, jusqu'à ce que nous arrivions à la maison. Il nous a fait entrer, et nous avons descendu les escaliers jusqu'à une petite pièce qui sentait mauvais. Il a mis une chaîne à Mlle Reid et nous a fait rester là. Il m'a apporté un Happy Meal une fois, mais on avait tellement faim ! Et j'ai dû faire pipi dans le coin. C'était dégoûtant ! Puis il m'a pris sur ses genoux et m'a raconté des histoires comme quoi on allait déménager et être vraiment heureux, et quand je lui ai dit que je voulais rentrer à la maison, il était en colère. Mlle Reid a dit que je devais partir. Alors elle m'a aidé à monter à la fenêtre. C'était trop petit pour elle, et elle avait la chaîne, alors j'ai dû le faire. J'ai couru, couru, couru, mais j'ai entendu des coups de feu et j'ai eu peur, je me suis cachée, et l'homme avec le gentil chien m'a trouvée et amenée ici. Quatre, un, cinq, répéta-t-elle de nouveau avec sérieux. Vous allez aller chercher Mlle Reid pour l'éloigner du méchant monsieur ?

— Oui, confirma Bull.

Son histoire était en grande partie logique. Il laisserait les flics obtenir plus de détails. Mais il avait encore deux questions à poser avant de chercher Skylar.

— Quel était le nom du méchant monsieur ? Il vous l'a donné ?

— Jay, lâcha Sandra sans hésiter.

— Tu connais son nom de famille ?

— Crickets ? hésita Sandra, en fronçant le nez, comme si elle n'était pas sûre que ce qu'elle avait répondu était correct.

Décidant que cela n'avait pas d'importance pour le moment, Bull demanda ce qu'il voulait vraiment savoir.

— Est-ce que Mlle Reid était blessée quand tu es partie ?

Sandra le dévisagea, comme si elle était beaucoup plus âgée que ses 5 ans. Elle hocha la tête.

— Le méchant homme l'a frappée plusieurs fois avec son couteau. Ça a fait mal, et j'ai vu du sang. Mais elle n'a pas pleuré. Et la chaîne autour de sa cheville est vraiment, vraiment serrée ! Ça saignait. Elle l'a gardée sous la couverture la plupart du temps et ne m'a pas laissée voir. Mais je le savais quand même, car elle gémissait dans son sommeil quand elle bougeait la jambe.

Bull dut faire tout son possible pour rester calme.

— J'ai peur, pleurnicha Sandra. L'homme a dit qu'il allait m'emmener aujourd'hui. C'est pour ça que j'ai dû sortir par la fenêtre. J'ai peur qu'il fasse du mal à Mlle Reid quand il découvrira que je suis partie. Elle ne devait pas être emmenée avec moi !

Bull toucha les joues de Sandra, ses mains recouvrant complètement les deux côtés de son petit visage. Il la regarda dans les yeux et lui annonça :

— Je vais aller chercher Mlle Reid. Est-ce que tu me crois ?

Sandra hocha la tête.

— Bien. Maintenant, tu vas retourner auprès de ton papa. Il était vraiment inquiet quand il n'a pas pu te trouver. Il a besoin de plus de bisous et de câlins.

Sandra se retourna pour regarder son père et opina du chef. Bull l'embrassa sur le haut du crâne et se leva alors qu'elle filait vers Archer.

Bull sortit du bureau, passa devant l'homme qui avait découvert Sandra, devant une demi-douzaine de policiers, et se dirigea vers sa voiture, avec Eagle, Smoke et Gramps sur ses talons.

Les yeux de Smoke étaient concentrés sur son téléphone, et à la seconde où ils se trouvaient dans la voiture, il se lança :

— J'ai six maisons dans un rayon de 800 mètres avec les chiffres *quatre, un, cinq* dedans.

— Lesquelles sont *juste* quatre, un, cinq ? demanda Bull.

— Tu sais que ce sont peut-être les seuls chiffres qu'elle a distingués. Ce n'est peut-être pas l'adresse exacte, rétorqua Eagle prudemment.

— C'est vrai, affirma fermement Bull. Je sais qu'elle n'a que 5 ans, mais Sandra est intelligente. Si elle dit qu'elle a vu quatre, un, cinq, c'est celle-là.

— Il n'y en a qu'une seule avec ce numéro, répondit Smoke.

— Allons-y, lâcha Bull.

Sans hésiter, Gramps fit démarrer la voiture et ils partirent. Bull savait qu'il devait attendre la police, mais il n'allait pas laisser Skylar une seconde de plus à la merci de l'homme qui l'avait kidnappée. Il avait Silverstone dans son dos. Tant que ce Jay ne s'était pas déjà enfui, c'était comme s'il était capturé.

Bull espérait juste que Skylar était encore en vie pour être secourue. Il était conscient que les hommes brisés commettaient des actes extrêmes, et il priait pour que Jay n'ait pas tué sa femme dans un accès de rage lorsqu'ils s'étaient rendu compte que l'objet de son obsession s'était échappé.

18

———————

Skylar retint son souffle quand elle entendit des pas dans les escaliers. C'était le moment. Jay allait découvrir que Sandra était partie, et il allait être furieux. Depuis l'évasion de la petite fille, elle avait prié pour entendre les sons de la cavalerie venant à son secours, mais à part les coups de feu occasionnels, tout était resté calme.

Elle était morte de peur pour Sandra. Que lui était-il arrivé ? Avait-elle réussi à se mettre en sécurité, ou errait-elle toujours, perdue et effrayée ? Skylar avait envie de pleurer. Si quelque chose arrivait à la petite fille, elle se sentirait coupable à vie. Mais elle n'avait pas eu le choix. L'aider à sortir par la fenêtre avait été sa seule chance.

Il n'y avait rien dans la pièce que Skylar pouvait utiliser comme arme contre Jay, mais elle n'était pas sans défense. Son père lui avait fait prendre un cours d'autodéfense quand elle était au lycée, et elle avait suivi quelques sessions de perfectionnement depuis. Elle était gênée par la chaîne autour de sa cheville, mais elle n'allait pas se rendre sans se battre.

En entendant le bruit de Jay déverrouillant la porte de la chambre, Skylar prit une profonde inspiration.

Tout à coup, elle se sentit extrêmement calme.

Si elle mourait dans les prochaines minutes, ainsi soit-il. Mais elle blesserait Jay autant que possible et s'assurerait de mettre son ADN sous ses ongles. Il ne s'en sortirait pas comme ça. Skylar savait qu'il trouverait une autre fille qui l'obséderait, et celle-là n'aurait peut-être pas la chance d'être kidnappée avec un adulte.

La porte s'ouvrit et Skylar aurait pu rire de la façon comique dont les yeux de Jay s'écarquillèrent à la vue de la jeune femme debout à côté du matelas. La masse de couvertures était toujours sous le drap fin, mais autant elle avait espéré qu'il penserait que c'était Sandra, autant il était clair que ce n'était pas le cas.

— Noooooooooon ! cria Jay.

Tremblante, Skylar tint bon.

— Espèce de *salope* ! balança son ravisseur, ses mains se transformant en poings. Où est-elle ?

— Elle est probablement retournée avec son père maintenant, railla Skylar.

Peut-être qu'elle pouvait le faire flipper assez pour qu'il panique.

— Elle est partie depuis des heures. Je suis sûre qu'elle est avec les flics en ce moment même, leur racontant exactement où elle était retenue. Si j'étais toi, je me casserais d'ici avant qu'ils ne te débusquent et te jettent derrière les barreaux.

Mais au lieu que ses mots l'effraient pour qu'il parte, ils l'enflammèrent encore plus.

— Je vais te tuer ! Puis je vais trouver ma petite fille. Tu ne peux pas l'éloigner de moi ! fulmina-t-il.

C'était le moment.

Prenant une profonde inspiration, elle resserra tous les muscles de son corps, prête à faire tout ce qu'elle pouvait pour l'empêcher de la tuer. Parce qu'il était évident, vu la rage sur son visage, que c'était son plan.

Jay traversa la pièce en quelques secondes, pour la rattraper. Elle leva le bras pour le détourner, mais il l'attrapa et la frappa au visage.

Ça fit mal. Très mal. Mais Skylar ne s'effondra pas.

Au lieu de cela, elle baissa la tête et s'élança en avant, lui assenant un coup de boule aussi fort que possible. Le choc l'assomma. Puis elle tendit rapidement le bras pour essayer de lui crever les yeux.

Malheureusement, dans tous les cours qu'elle avait suivis, les conseils communs étaient de blesser son assaillant, de faire le plus de bruit possible, puis de s'enfuir à toutes jambes. Dans son cas, elle pouvait appliquer les deux premiers, mais pas le dernier. Elle était bel et bien coincée à cause de la chaîne autour de sa cheville.

En grognant, elle faisait de son mieux pour parer les coups de Jay. Mais il avait le dessus sur elle dans presque tous les domaines. Il pesait plus lourd qu'elle, était plus grand, et était très en colère contre elle pour avoir aidé Sandra à s'échapper.

Mais Skylar n'abandonna pas. Elle frappa, envoya des coups de poing, des coups de pied, griffa, et fit tout ce qu'elle pouvait pour faire tomber l'homme.

En levant les yeux, elle vit que la fenêtre était toujours ouverte, ce qui lui donna une lueur d'espoir. Elle n'avait aucune idée s'il y avait quelqu'un à proximité, mais si c'était le cas, elle voulait qu'ils l'entendent. Bon sang, elle voulait que les gens qui vivaient *en bas de la rue* l'entendent.

Elle ouvrit la bouche pour crier, mais Jay agit avant qu'elle puisse sortir un son.

— Oh non, pas question, marmonna-t-il en l'attrapant par le cou, la faisant virer sur elle-même jusqu'à ce que son dos soit contre lui.

Sachant qu'elle était extrêmement vulnérable dans cette position, Skylar entreprit tout ce qu'elle pouvait pour s'éloigner de lui, mais c'était inutile.

Soudain, elle remarqua le même couteau avec lequel il l'avait blessée le premier jour.

Elle n'avait aucune idée de l'endroit où il l'avait rangé pendant qu'ils se battaient, mais maintenant il le tenait sur sa gorge et ricanait quand elle gémissait.

— Qu'allez-vous faire maintenant, Mademoiselle Reid ? se moqua-t-il.

Il n'y avait qu'une seule chose qu'elle *pouvait* faire.

Ignorant le fait qu'il pouvait lui trancher la gorge dès qu'elle émettrait un son, Skylar ouvrit la bouche et poussa le cri le plus fort qu'elle put, à glacer le sang.

* * *

Quelques minutes après avoir quitté l'épicerie, Silverstone s'arrêta au 415 East Forty-Sixth Street. C'était une journée nuageuse, et le soleil matinal n'avait pas encore percé les épais nuages. Tout le quartier avait l'air inquiétant, mais Bull n'hésita pas. Il sauta de la voiture et se dirigea vers la rangée de maisons délabrées.

Sandra avait relaté que les numéros étaient les seuls qu'elle avait pu voir, donc elle et Skylar avaient dû être retenues là ou à proximité. Il commença par la maison 415. Gramps n'était pas loin derrière lui alors qu'il se faufilait vers l'arrière de la structure. Il n'y avait pas de clôtures, ce dont il était reconnaissant, car cela lui facilitait la tâche.

Il examina la porte et les fenêtres intactes de la vieille demeure. Il ne remarqua rien qui l'amena à penser que la bâtisse avait été dérangée.

Jetant un coup d'œil à Eagle et Smoke, qui étaient partis dans la maison voisine, Bull vit Eagle lui faire signe. En quelques secondes, lui et Gramps étaient là. Il observa immédiatement ce que son coéquipier avait trouvé.

Une empreinte de main rouge foncé, étalée sur le montant de la porte.

En posant sa paume à côté, sans la toucher, Bull sut que c'était celle de Skylar. Sa propre main était plus petite que la sienne, mais l'empreinte n'était pas assez petite pour qu'elle puisse être celle de Sandra.

Après avoir salué ses coéquipiers d'un signe de tête, il partit devant et se faufila rapidement sous la large planche clouée en travers de la porte. Il ne fit pas de bruit en entrant dans le bâtiment. Il voulait surprendre ce Jay et le mettre à terre avant qu'il ne puisse utiliser Skylar comme bouclier.

Se rappelant que Sandra avait raconté qu'ils avaient emprunté des escaliers, il se dirigea vers le sous-sol. Leur cible pouvait être n'importe où, mais Bull avait un besoin impérieux de retrouver Skylar avant de traquer le kidnappeur.

Il avait fait un pas dans l'escalier pourri quand il entendit la chose la plus effrayante qu'il ait jamais entendue en trente-six ans. Un cri qui fit se dresser les poils de ses bras.

Skylar. Et elle avait de gros problèmes.

Serrant plus fort son pistolet, Bull abandonna toute prétention à la tranquillité. Skylar avait besoin de lui, et il serait damné s'il mettait une seconde de plus pour la rejoindre.

Son pied traversa une des marches, mais il ne trébucha pas. Il dévala la pente en quelques secondes et traversa rapidement le sous-sol en direction de la porte du fond. Il y avait un cadenas accroché à une planche à côté de l'ouverture, et, sans hésiter, Bull ouvrit la porte d'un coup de pied et fit irruption dans la pièce.

À l'intérieur, il y avait un homme avec son bras autour de la poitrine de Skylar. Il avait un couteau dans l'autre main, qu'il tenait contre son cou. Le regard de Bull croisa celui de sa femme, et il put constater qu'elle était pétrifiée. La découvrir dans cet état le rendit encore plus furieux.

Voir ce regard désespéré dans ses yeux... c'était mal. Il détestait la voir effrayée. Il détestait savoir qu'une partie de l'innocence et de la naïveté de Skylar lui avait été enlevée d'une manière si brutale.

Eagle, Smoke et Gramps se déployèrent autour de lui pour empêcher Jay de s'échapper. Mais Bull ne se souciait pas que l'homme lui échappe. Tout ce qui l'intéressait, c'était d'éloigner cette lame du cou de sa femme.

— Pose ce couteau ! ordonna Smoke.

— C'est fini, ajouta Eagle.

— Allez, mec, tu ne veux pas faire ça, renchérit Gramps.

Bull se concentra sur sa cible. Cette situation lui était familière. Lui et son équipe l'avaient déjà vécue. Les autres distrayaient Jay en lui parlant pendant qu'il se concentrait sur l'élimination de la menace.

Malheureusement, l'homme n'était pas complètement idiot. Il se recroquevilla derrière Skylar, se rendant moins vulnérable.

— Éloignez-vous de la porte ! cria Jay. Je l'emmène. Dégagez de mon chemin !

— Comment tu vas l'emmener si elle est enchaînée ? demanda Gramps, raisonnablement. Pose le couteau, et on va régler ça.

— Il n'y a rien à régler ! hurla Jay. Elle a tout gâché. *Tout* ! Si elle s'était occupée de ses affaires, moi et ma Sandra, on serait partis depuis longtemps ! Elle n'était pas censée fourrer son nez là où il ne fallait pas !

Bull n'écoutait même pas ce que disait l'homme. Il était trop concentré sur la meilleure façon de mettre fin à la menace qui pesait sur Skylar.

Son regard se tourna vers le sien pendant une fraction de seconde, et il fut totalement surpris par ce qu'il vit.

Au lieu de la terreur qu'il avait lue dans son regard quelques secondes auparavant, elle semblait presque calme. Elle était immobile dans les bras de Jay, comme si elle attendait simplement que Bull la sorte de la situation dans laquelle elle s'était retrouvée.

Mais l'homme *tenait* un couteau sous sa gorge, et Bull devait mettre fin à tout ça.

Skylar murmura son nom et le regarda avec toute la confiance du monde. Cela effrayait Bull au plus haut point, car il n'avait aucune idée de ce qu'elle préparait. Et il ne doutait pas qu'elle manigançait *quelque chose.*

Eagle venait côte dire quelque chose à l'homme, mais Bull ne l'avait pas entendu.

Il vit son bras se tordre une fraction de seconde avant de bouger.

Puis la main de Skylar vola entre les jambes de Jay.

Comme ses genoux étaient pliés alors qu'il essayait de se cacher derrière elle, elle atteignit facilement sa cible. Elle attrapa le sexe de son ravisseur et le serra aussi fort qu'elle le pouvait.

Jay poussa un cri aigu, et ses hanches remuèrent alors qu'il essayait de retirer son engin de l'emprise de Skylar. Mais quand il bougea, le couteau fit de même. Une courte ligne rouge vif de sang se forma sur sa peau, et ses yeux s'écarquillèrent sous la douleur.

Mais son petit chat sauvage ne lâcha pas prise. Au contraire, elle resserra, ses articulations devenant blanches. Les hurlements de Jay n'avaient pas cessé, mais ils étaient de plus en plus forts.

Il poussa Skylar loin de lui aussi fort que possible. Elle vola sur le côté, sa tête heurta le mur de la salle de stockage avant de s'effondrer sur le sol.

Son geste fournit à Bull ce dont il avait besoin : une vue dégagée de sa cible.

Deux coups de feu retentirent dans la petite pièce, faisant siffler les oreilles de Bull, mais il n'attendit même pas de voir si Jay était à terre. Il savait que son équipe s'occuperait de l'homme.

Bull touchait toujours ce qu'il visait – et en retirant le couteau et la main de Jay de l'équation, il ne serait plus une menace.

Ranger son pistolet était une seconde nature, et le temps d'atteindre le côté de Skylar, son arme était de nouveau en sécurité.

La faisant doucement rouler sur le dos, il pria plus fort qu'il ne l'avait jamais fait auparavant. Ce salaud aurait pu lui briser le cou en la jetant contre le mur. La vie entière de Bull défila devant lui dans la fraction de seconde qu'il lui fallut pour croiser son regard.

Des yeux verts remplis de douleur le fixèrent.

— Dans le mille, chuchota-t-elle.

— Putain, haleta Bull. *Putain.*

Il ne parvenait pas à faire sortir autre chose. Il était trop soulagé qu'elle soit en vie pour parler.

Le sang suintait d'une petite coupure sur son cou. Ce n'était pas très profond, mais Bull ne supportait pas de voir du sang sur elle.

— Tiens, dit Eagle, en passant autour de lui et en lui tendant une compresse de gaze.

Bull l'appuya contre son cou, mais elle ne broncha même pas.

— J'ai appelé la police et les ambulanciers, l'informa Gramps.

Bull acquiesça, sans quitter Skylar des yeux.

— Sandra ? demanda-t-elle doucement.

— Elle va bien, la rassura Bull. Elle a eu peur et s'est cachée sous un porche une bonne partie de la nuit, c'est pour ça que nous avons mis si longtemps à arriver jusqu'à toi.

— Mais vous êtes venus, lui murmura-t-elle.

Puis elle leva le bras et le saisit d'une poigne étonnamment forte.

— J'avais tort, chuchota-t-elle avant que ses yeux ne se ferment et qu'elle ne devienne molle.

— Putain ! jura Bull.

— Il faut qu'on lui enlève ça de la cheville pour qu'on puisse partir d'ici, déclara Gramps d'une voix sévère.

Bull regarda le corps de Skylar et vit son coéquipier à genoux près de ses jambes. Il remonta son pantalon, et Bull grogna. Sa cheville était en mauvais état. La menotte s'était enfoncée dans sa peau, elle saignait et semblait infectée. Ses orteils étaient bleus, et il était évident que le flux sanguin avait été limité pendant un certain temps.

Sans perdre un instant, Smoke fouilla dans une de ses poches et en sortit une clé de menottes.

Skylar gémit lorsque l'anneau fut déverrouillé, et les muscles de Bull se contractèrent. Il savait que cela avait dû faire mal si elle gémissait alors qu'elle était inconsciente. Une main sur son épaule l'empêcha de traverser la pièce et de tuer l'homme qui portait des liens et se plaignait d'avoir le sexe brisé.

Bull en avait assez. Il voulait que Skylar quitte cet enfer putride. Sortir de cette maison. Il se leva, puis se pencha et souleva Skylar tout doucement. Smoke marchait à ses côtés, maintenant la pression sur le bandage de sa gorge. Sa tête ne saignait pas là où elle s'était cognée contre le mur, mais cela ne signifiait pas qu'elle n'avait pas de traumatisme crânien. Il contourna l'homme qui se tordait sur le sol et se dirigea vers les escaliers.

Dès qu'ils abandonnèrent la maison, Bull prit une grande inspiration. La liberté. Il savait par expérience combien l'air était pur et frais après avoir été relâché de la captivité. Il détestait que Skylar connaisse aussi ce sentiment.

Le bruit des sirènes se dirigeant vers eux était fort, et, faisant de son mieux pour ne pas paniquer, Bull contourna rapidement la rangée de maisons délabrées. Il voyait des groupes de personnes autour d'eux, bouche bée, et il se demandait amèrement où ils avaient été quand sa femme souffrait et criait pour sa vie.

À la seconde où l'ambulance s'arrêta, Bull s'approcha et ouvrit la porte arrière, effrayant le secouriste qui s'apprêtait à sortir.

Il entra dans le véhicule et déposa Skylar sur le brancard. Il s'approcha de son visage, mais ne partit pas. Personne n'allait l'éloigner d'elle. Jamais de la vie.

Bull remarqua Jay monter dans une ambulance, escorté par deux policiers, et regretta une seconde de ne pas avoir visé sa tête. Il n'avait pas fait feu pour tuer, seulement pour désarmer et le mettre hors-jeu. Il avait tiré une balle dans la main qui tenait le couteau sous la gorge de Skylar, puis dans la cuisse, s'assurant ainsi que l'homme ne pourrait pas s'enfuir. Mais en regardant l'ambulancier qui venait d'enlever la gaze pour examiner les blessures de Skylar, Bull aurait préféré atteindre le membre de ce connard et mettre fin à sa vie une fois pour toutes.

En quelques secondes, l'ambulance était en marche. En direction de l'hôpital.

Se penchant vers elle et ignorant l'homme qui faisait de son mieux pour évaluer l'état de Skylar, il embrassa sa tempe et lui murmura :

— Je t'aime, Sky. Ne me quitte pas.

Elle ne tressaillit même pas en guise de réponse.

* * *

Skylar jeta un coup d'œil vers la porte de sa chambre d'hôpital, les yeux lourds d'épuisement. Il était tard, et le soleil s'était couché depuis longtemps. Elle s'était réveillée aux urgences alors qu'elle était examinée par un médecin et une infirmière. Elle souffrait d'une commotion cérébrale et de quelques petites plaies perforantes dans le dos, mais sa cheville avait été la pire de ses blessures. Même si l'entaille sur son cou avait l'air grave, en comparaison avec l'infection et à la disparition de la circulation dans son pied, ce n'était rien.

Elle n'avait perdu aucun de ses orteils, bien que le docteur ait indiqué qu'il s'en était fallu de peu. Si cela s'était produit ne serait-ce que quelques heures plus tard, elle aurait pu être amputée de tout son pied.

On lui avait expliqué qu'elle resterait à l'hôpital quelques jours pour que les médecins puissent la surveiller, mais elle savait qu'elle avait eu de la chance. Beaucoup de chance. Jay avait prévu de la tuer. Le fait qu'elle soit encore là la stupéfiait.

En regardant Carson parler à l'infirmière de nuit, elle soupira de compassion pour le pauvre homme. Il était à ses côtés depuis que le praticien l'avait autorisé à revenir aux urgences. Ils n'avaient pas eu un moment à eux, car Smoke, Eagle, Gramps, les flics, les médecins, les infirmières, les employés de Silverstone, ses collègues enseignants, et même quelques journalistes étaient entrés et sortis toute la journée.

Ses parents étaient arrivés presque immédiatement après qu'elle eut été admise. Ils avaient été affolés pendant toute la durée de sa disparition, et ils étaient restés dans un hôtel à proximité pour pouvoir participer aux recherches. Sa mère avait pleuré quand elle l'avait vue, et même son père avait les larmes aux yeux. Carson avait été d'une grande aide en les rassurant. Ils étaient actuellement à leur hôtel, mais allaient revenir le lendemain et probablement tous les jours jusqu'à ce qu'elle sorte. Skylar s'en moquait. Elle détestait qu'ils soient si inquiets et qu'ils viennent la visiter pour leur promettre qu'elle allait s'en tirer.

Mais voir Sandra en sécurité et heureuse fut le moment fort de sa journée. Leur relation n'était plus seulement celle d'une professeure et d'une élève. Shawn avait pleuré et lui avait affirmé qu'elle faisait désormais partie intégrante de sa famille.

Raconter à l'inspecteur de police tout ce qui s'était passé n'avait pas été difficile, même si Skylar savait que Carson n'avait pas été heureux d'entendre qu'elle s'était volontairement mise en danger. Elle avait essayé d'expliquer qu'elle n'aurait jamais laissé Jay Ricketts emmener Sandra toute seule, et, même si elle pensait que le policier avait compris, elle n'était pas sûre que ce soit le cas pour Carson.

Le clic de la fermeture de la porte attira l'attention de Skylar, et elle regarda Carson. Elle ne pouvait pas bouger la tête à cause du coup de couteau et de la commotion cérébrale, et elle ne pouvait pas s'empêcher de grimacer.

En quelques secondes, Bull était en face d'elle.

— Tu vas bien ? Tu as besoin d'un autre antidouleur ?

— Non, ça va aller, lui promit Skylar.

Son petit ami surprotecteur et attentif grogna.

Skylar lui tendit la main.

Il la fixa une seconde, mais au lieu de la prendre dans ses bras, il se pencha et commença à délacer ses bottes de combat. Il se dirigea vers le mur, éteignit l'ampoule du plafond, fit un détour par la salle de bain pour allumer cette pièce à la place. Puis il enleva sa chemise avant de la repositionner doucement dans le lit, juste assez pour lui donner la place de s'allonger à côté d'elle.

À la seconde où ses bras se refermèrent sur elle, Skylar soupira de contentement. On l'avait tripotée toute la journée. Une infirmière très bavarde lui avait prodigué une toilette au gant. Elle avait rassuré ses innombrables visiteurs en leur affirmant qu'elle allait bien, que c'était Sandra qui l'inquiétait.

Maintenant, dans la faible lumière provenant de la salle de bain, Skylar se détendait complètement pour la première fois depuis qu'elle avait repris conscience.

Sa tête reposait sur la poitrine de Carson, et son bras était passé sur son ventre. Son cou était douloureux, mais elle l'ignorait, ayant besoin de sentir Bull contre elle plus qu'elle ne se souciait d'une petite douleur dans son cou. Sa cheville était bandée, et elle réarrangea soigneusement sa jambe pour qu'elle soit toujours surélevée sur les oreillers au pied du lit. Elle se trémoussa un peu, puis soupira une fois de plus.

— Confortable ? s'enquit Carson.

— Oui.

— Tu as encore faim ?

— Non.

Après avoir appris qu'elle n'avait rien mangé depuis vendredi soir à part quelques bouchées de hamburger froid, Carson s'était assuré qu'elle avait des milkshakes et des snacks tout au long de la journée.

Skylar avait réfléchi pendant des heures à ce qu'elle désirait lui annoncer, et maintenant qu'elle l'avait pour elle seule, elle n'hésita pas.

— J'avais tort.

— Tu as dit ça à la maison, répondit Carson. Je ne savais pas ce que ça signifiait.

— J'ai fait ça ? s'étonna Skylar.

— Oui.

— Je ne me souviens pas l'avoir mentionné, mais j'y pensais beaucoup, même avant l'enlèvement, donc je ne suis pas surprise.

Elle fit rouler sa tête un peu en arrière pour pouvoir le regarder dans les yeux, en faisant attention à ses points de suture.

— J'ai eu tort de te juger si durement, clarifia-t-elle. J'ai balancé des choses que je regrette. Tu avais raison. Si tu étais dans l'armée, je ne réfléchirais même pas à ce que tu fais. Je m'inquiéterais toujours pour toi, mais je te déclarerais probablement à quel point je suis fière de toi.

Carson secoua la tête.

— Tu n'avais pas tort. Ce que nous effectuons n'est pas légal. Peut-être même pas bien.

— Conneries, rejeta fermement Skylar. Je ne vais pas mentir ici et prétendre que ça ne me fait pas peur, parce que, honnêtement, ça me fait peur. Mais... Je comprends maintenant. Les gens comme Jay Ricketts ne méritent pas de se promener en faisant ce qu'ils font. Il voulait commettre des choses terribles sur Sandra. Ça m'a rendue malade. Je suis contente que toi et votre équipe ayez été là pour nous sauver.

Carson avait un regard qu'elle ne pouvait pas interpréter, et Skylar fronça les sourcils.

— Quoi ? demanda-t-elle.

— Ma chérie, sur une échelle d'un à dix sur le spectre du mal, Ricketts se situe à peu près à trois.

— Sérieusement ?

— Oui. Il est malade dans sa tête et c'est une menace pour la société, mais Silverstone ne s'attaque pas aux trois. Nous ciblons les neuf et les dix.

Skylar haleta.

— Si Jay est un trois, je n'ose même pas imaginer ce que serait un neuf ou un dix.

— En effet, convint Carson calmement. Ce que je veux dire, c'est que nous ne sommes pas en train de tuer des gens sans discernement. Nous travaillons avec le FBI et la Sécurité intérieure et ne nous attaquons qu'aux pires d'entre eux.

— Des gens comme Fazlur Barzan Khatun, déduisit Skylar, qui comprit enfin.

— Exactement.

Puis, après un moment de silence, Carson admit :

— Mais je *désirais* buter Ricketts. Il t'a fait du mal. Il vous a prises en otage. Il vous a torturées, toi et Sandra. Je voulais tellement le descendre.

— Mais tu ne l'as pas fait, rebondit Skylar, en levant une main et en la posant sur le côté de son visage. Parce que tu es un homme bon.

— Non, insista Carson. Tu n'as pas idée du sang qui est sur mes mains.

Skylar secoua doucement la tête.

— Toi et tes amis êtes des hommes bons qui font de mauvaises choses à de mauvaises personnes.

Elle voyait bien que ses mots faisaient mouche.

— Et je t'aime, termina-t-elle doucement.

Skylar vit briller dans ses yeux l'émotion qui avait disparu de son visage ce jour terrible de la semaine dernière. Puis il lui donna le meilleur cadeau qu'elle aurait pu demander. Il sourit.

Un grand sourire qui allait d'une oreille à l'autre.

C'était magnifique. *Il* était magnifique.

— Je t'aime aussi, répondit-il sans hésiter. Tu ne sauras jamais à quel point.

— Je peux vivre avec ce que tu commets, lui confia-t-elle.

Ça m'effraie, je m'inquiète pour toi, mais savoir que tu es là pour rendre le monde plus sûr… Je peux être d'accord avec ça.

Il ferma les yeux et posa ses lèvres sur son front. Quand il les ouvrit de nouveau, elle ne put détourner le regard.

— Je te promets qu'il ne te touchera pas, ma chérie. Jamais.

— Je te crois.

— Bien.

Bien qu'elle ait essayé de se retenir, Skylar ouvrit la bouche et bâilla.

Carson ricana et le son lui donna la chair de poule jusqu'aux orteils.

— Dors, bébé.

— Tu ne partiras pas ? s'inquiéta-t-elle.

— Je ne vais nulle part, la rassura Carson.

— Je veux rentrer à la maison, gémit-elle. *Ta* maison, clarifia-t-elle rapidement.

— Tu rentreras. Dès que les médecins jugeront que tu es prête, lui confirma Carson. J'aimerais que tu y restes de façon permanente, ajouta-t-il.

— D'accord, murmura Skylar, déjà à moitié endormie.

— D'accord ? s'étonna-t-il. Tu vas emménager avec moi ?

— Oui.

— Je vais te le rappeler, prévint Carson.

Mais Skylar l'entendit à peine. Elle était au chaud, confortable, en sécurité, et son ventre était plein. Elle était dans les bras de l'homme qu'elle aimait, qui l'aimait en retour. Elle s'endormit en quelques secondes.

Une heure plus tard, la porte de la chambre d'hôpital de Skylar s'ouvrit en silence. S'attendant à ce que ce soit l'infirmière de nuit, Bull fut surpris de voir Tiana entrer.

Il était bien trop tard pour des visites, mais Bull pensa que la voisine de Skylar ne se souciait pas vraiment de respecter les règles lorsqu'il s'agissait de ses amis. Elle tira une chaise jusqu'à côté du lit et dévisagea Skylar un moment avant de croiser le regard de Bull.

— Je suis désolée que mes contacts n'aient pas pu la trouver avant qu'elle ne soit blessée, dit-elle si doucement qu'il n'y avait aucune chance que son amie se réveille.

Bull savait qu'elle avait demandé des faveurs aux Seigneurs du Vice. Il semblait qu'elle n'était pas aussi éloignée de la vie de gang qu'elle l'avait prétendu à Skylar. Même si Bull n'était pas ravi de l'affiliation de cette femme, elle était bonne avec Skylar, et c'est tout ce qui comptait pour lui.

De plus, c'était un assassin. Qui était-il pour porter un jugement ?

— C'est bon.

— Je reviendrai demain pour voir Sky, mais je voulais que tu saches que les Seigneurs du Vice ne vont pas laisser passer ça. Elle n'est pas l'une des nôtres, mais elle m'a acceptée sans condition. Le jour où elle a emménagé, elle a frappé à ma porte et m'a indiqué que les femmes devaient se serrer les coudes, et que si nous voulions être en sécurité, nous devions veiller les unes sur les autres. Elle ne me connaissait même pas. Elle ignorait mon passé. Pour elle, j'étais juste la vieille dame noire qui vivait à côté. Que pouvez-vous me dire sur Ricketts ?

— C'est un délinquant sexuel enregistré du Dakota du Sud. Il a fait quelques années de prison pour avoir abusé d'une enfant de 12 ans. Il a quitté Sioux Falls sans mettre à jour son adresse, et apparemment, il surveillait Eastlake pour trouver la victime parfaite. Il allait emmener Sandra à Chicago, puis déménager en Alaska et vivre hors réseau. Il prévoyait de lui laver le cerveau pour qu'elle l'aime et devienne sa femme.

Tiana fronça les sourcils et se pencha en avant.

— Il ne sera plus un problème pour toi, Skylar ou les autres petites filles.

—Tiana, prévint Bull.

Elle leva la main.

— Tu sais aussi bien que moi que les agresseurs d'enfants ne s'en sortent pas bien en prison. Il y a un code. On ne touche pas aux enfants. Il l'a enfreint. Je ne serais pas surprise qu'il ne reste pas longtemps derrière les barreaux.

Bull voulait protester. Il refusait de devoir une faveur aux Seigneurs du Vice, mais il serra les lèvres.

— Et *moi*, je rends service à quelqu'un qui m'est cher, enchérit Tiana. J'assure la sécurité d'autres enfants. Tu as compris ?

Bull acquiesça.

— Merci.

— Je t'ai raconté que Sky est venue me parler, ajouta Tiana pour faire la conversation. Elle était contrariée d'avoir appris quelque chose sur toi qui la mettait mal à l'aise. Je ne sais pas ce que c'est, et je ne veux pas le savoir. Je lui ai indiqué que tu étais le genre d'homme qui ferait tout pour la protéger.

— C'est le cas, interrompit Bull.

— C'est une femme chanceuse, reconnut Tiana. Spéciale.

— Elle emménage avec moi, lâcha Bull.

Au lieu de s'énerver, Tiana sourit.

— Bien.

— Maria et toi êtes les bienvenues chez elle… chez nous… quand vous voulez, lui intima Bull.

Pendant une seconde, Tiana eut l'air surprise, puis elle se redressa sur sa chaise.

— Même en sachant ce que tu sais de moi, tu m'inviterais chez toi ?

— Tout à fait, confirma Bull. *Vous.* Pas vos… euh… associés.

— Compris.

— Merci d'avoir veillé sur elle, lui confia Bull.

Tiana acquiesça.

— Si tu te fous d'elle, tu te fous des Seigneurs du Vice, lui lança-t-elle sans détour. Je voulais juste que tu saches que Ricketts n'est plus ton problème.

Bull hocha la tête, se sentant plus soulagé qu'il ne l'aurait dû.

Tiana se leva alors et se dirigea vers la porte. Elle partit sans un mot de plus.

Bull resserra son emprise sur Skylar et embrassa sa tête une fois de plus.

Elle remua.

— Carson ?

Il sourit. Il ne se lasserait jamais de l'entendre prononcer son nom avant de lui poser une question. Pendant un moment, il avait cru avoir perdu quelque chose de spécial, de précieux, lorsqu'elle avait eu du mal à accepter ce qu'il faisait. Puis il avait pensé qu'il l'avait perdue quand Ricketts avait mis un couteau sous sa gorge.

— Oui, ma chérie ?

— Rappelle-moi de préparer mes plans de cours demain. Je ne veux pas que mon absence gâche l'éducation de mes enfants.

Bull eut un petit rire. Sa Sky pensait toujours aux autres avant elle.

— Je le ferai.

— Je t'aime, murmura-t-elle.

Et il ne se lasserait jamais d'entendre ça non plus.

— Je t'aime aussi.

ÉPILOGUE

Taylor Cardin poussa un petit cri d'effroi lorsqu'une voiture du parking fit une embardée et se gara juste devant elle pour prendre une place libre. Mettant sa main sur sa poitrine, elle mit un moment pour reprendre son souffle. Elle avait été à deux doigts de se faire écraser.

Avant qu'elle ait pu retrouver son équilibre, un homme sortit d'un autre véhicule et commença à hurler sur le type qui venait de se stationner.

L'étape suivante qu'elle avait vue, c'était que les deux types étaient en train de se battre. Se donnant des coups de poing et se criant dessus.

En reculant, Taylor regarda autour d'elle et remarqua qu'il y avait plusieurs clients qui regardaient ce qui se passait.

Soulagée de ne pas être le seul témoin, Taylor recula plus loin.

Lorsque l'un des hommes sortit rapidement un couteau, ses yeux s'élargirent en signe de choc.

C'était vraiment en train de se produire ?

Apparemment, oui, ça l'était.

L'un des promeneurs aboya qu'il avait appelé la police, mais cela n'arrêta pas la bagarre.

— Putain de merde ! fulmina une femme qui se tenait à proximité. C'est dingue !

Taylor devait être d'accord.

Elle savait qu'elle pouvait emprunter une autre voie et continuer dans l'épicerie, mais elle resta sur place. Elle était le pire témoin de l'histoire des témoins, et rester ne lui apporterait que du chagrin, mais elle ne pouvait pas se résoudre à partir. Elle se sentait mal de quitter les lieux avant l'arrivée de la police.

Vingt minutes plus tard, les forces de l'ordre avaient séparé les hommes, s'étaient occupées de leurs blessures superficielles et interrogeaient toutes les personnes présentes sur ce à quoi elles avaient assisté.

— Je suis l'officier Nelson, pouvez-vous me dire ce que vous avez vu ? lui demanda-t-il.

Taylor prit une profonde inspiration et lui donna autant de détails que possible.

— Super. Je dois noter votre identité pour que vous puissiez témoigner si on en arrive là.

Taylor jeta un coup d'œil autour d'elle et remarqua que plusieurs autres personnes attendaient impatiemment leur tour pour faire leur déposition au policier... mais elle devait révéler sa pathologie.

— Je serai heureuse de vous fournir ces informations, mais je ne vais pas pouvoir témoigner.

L'officier Nelson leva les yeux au ciel.

— Pourquoi pas ?

— Je souffre de prosopagnosie. C'est un état dans lequel je n'ai aucune reconnaissance faciale. Je ne serai pas capable d'identifier quel homme est qui quand nous serons dans une salle d'audience. Je ne *vous* reconnaîtrai même pas.

Elle attendit – et bien sûr, elle eut la réaction habituelle.

— Alors, quoi... vous êtes comme cette femme dans le film *Amour et Amnésie* ? Celle qui n'avait aucune idée qu'elle allait à un rendez-vous avec un gars jour après jour ?

Taylor fit de son mieux pour calmer son irritation. Même si elle était habituée à ce que les gens soient insensibles et portent des jugements erronés sur sa maladie, c'était toujours frustrant.

— Non. Ce n'est pas ça. Je n'ai pas de problème de mémoire. Je peux raconter à un juge et à un jury ce qui s'est passé. Je me souviendrai de la couleur des voitures et même de ce que les hommes portaient, mais je ne serai pas capable de dire qui a sorti le couteau et qui ne l'a pas fait.

— Merde. *C'est* un problème, confirma l'officier. OK, restez ici pendant que je parle aux autres témoins. Ensuite, je dois en référer à mon superviseur et décider si nous pouvons quand même utiliser votre déclaration. N'allez nulle part, d'accord ?

Taylor pressa ses lèvres ensemble et hocha la tête. Elle aurait dû entrer dans le magasin au lieu de faire ce qu'il fallait en restant dans les parages. Elle regarda distraitement l'officier prendre des notes tout en discutant avec les autres témoins. Il y avait deux femmes et trois hommes. Pas que ça ait de l'importance. Elle ne *les* aurait pas reconnus non plus après leur départ. Elle s'était faite à sa condition au fil des ans, mais cela ne l'aidait pas à faire face à la curiosité des gens à son sujet.

Elle n'était pas sûre du temps qu'elle avait attendu, mais c'était assez long pour que le policier finisse de prendre les dépositions des autres témoins et ait une longue conversation avec les autres officiers sur la scène.

Elle se tenait toujours sur le côté, les bras autour du ventre, avec l'impression d'avoir été oubliée, lorsqu'elle aperçut un homme traverser le parking d'un pas assuré vers l'agent Nelson.

En raison de son état de santé, elle n'avait jamais vraiment été capable de déterminer si quelqu'un était « beau » ou non. Pour elle, les traits du visage avaient tendance à se confondre. À moins que quelqu'un n'ait un caractère distinctif qu'elle puisse reconnaître plus tard, c'était littéralement comme si tout le monde se ressemblait. Elle pouvait néanmoins apprécier un physique bien défini, et cet homme était définitivement en forme. Et un truc dans sa démarche – comme s'il n'avait peur de rien ni personne – lui procurait un sentiment de nostalgie.

Taylor n'avait *jamais* ressenti ça. Elle avait généralement peur des gens. Elle avait toujours eu l'impression d'être à la merci de son environnement. Personne n'avait jamais compris ce qu'était sa vie avec son état, et elle détestait toute forme de confrontation.

Le type s'arrêta pour parler à l'agent Nelson, et elle le vit lui jeter un coup d'œil par-dessus son épaule. Il portait un t-shirt avec SILVERSTONE TOWING écrit en grosses lettres dans le dos.

Taylor se raidit. Est-ce qu'elle le connaissait ? Est-ce qu'il la reconnaissait ? Elle n'en avait aucune idée. Le gars n'avait pas l'air contrarié, juste étrange.

Pendant un moment, elle avait souhaité avoir un homme comme lui. Un homme qui avait l'air responsable. Quelqu'un qui pourrait prendre le contrôle de n'importe quelle situation et la protéger des regards curieux des gens qui se sentaient désolés pour elle ou qui étaient trop avides pour leur propre bien.

Mais les petits amis, ce n'était pas ce que le destin avait prévu pour elle. Elle l'avait appris à ses dépens.

Lorsque l'homme se retourna et se dirigea vers elle, Taylor voulut s'enfuir, mais elle avait confirmé à l'officier de police qu'elle resterait jusqu'à ce qu'il sache quoi faire d'elle.

Les mains sur son ventre, elle prit une grande inspiration et se prépara à tout ce que le type avait à dire.

Je vous en prie, ne soyez pas un connard, pensa-t-elle en le regardant dans les yeux lorsqu'il s'approcha.

* * *

Procurez-vous le prochain livre de la Silverstone série, *Pour la confiance de Taylor,* disponible dès maintenant!

DU MÊME AUTEUR

<u>Autres livres de Susan Stoker</u>

<u>Silverstone</u>

Pour la confiance de Skylar

Pour la confiance de Taylor (1 Sept_)

Pour la confiance de Molly (1 Décembre)

Pour la confiance de Cassidy (1 Mars 2024)

<u>Sauvetage à Eagle Point</u>

Un sauveteur pour Lilly

Un sauveteur pour Elsie

Un sauveteur pour Bristol

Un sauveteur pour Caryn

Un sauveteur pour Finley (3 Oct)

Un sauveteur pour Heather

Un sauveteur pour Khloe

<u>*Le Refuge*</u>

Un soutien pour Alaska

Un soutien pour Henley

Un soutien pour Reese

Un soutien pour Cora (14 Nov)

Un soutien pour Lara

Un soutien pour Maisy

Un soutien pour Ryleigh

<u>Delta Force Deux</u>

Un refuge pour Gillian

Un refuge pour Kinley

Un refuge pour Aspen

Un refuge pour Jayme

Un refuge pour Riley

Un refuge pour Devyn

Un refuge pour Ember

Un refuge pour Sierra (1 Mai)

Forces Très Spéciales : L'Héritage

Un Sanctuaire pour Caite

Un Sanctuaire pour Brenae

Un Sanctuaire pour Sidney

Un Sanctuaire pour Piper

Un Sanctuaire pour Zoey

Un Sanctuaire pour Avery

Un Sanctuaire pour Kalee

Un Sanctuaire pour Jane

Hawaï : Soldats d'élite

Un paradis pour Élodie

Un paradis pour Lexie

Un paradis pour Kenna

Un paradis pour Monica

Un paradis pour Carly

Un paradis pour Ashlyn

Un paradis pour Jodelle (11 Juillet)

Mercenaires Rebelles

Un Défenseur pour Allye

Un Défenseur pour Chloé

Un Défenseur pour Morgan

Un Défenseur pour Harlow

Un Défenseur pour Everly

Un Défenseur pour Zara

Un Défenseur pour Raven

<u>Ace Sécurité</u>

Au Secours de Grace

Au Secours d'Alexis

Au Secours de Bailey

Au Secours de Felicity

Au Secours de Sarah

<u>Forces Très Spéciales Series</u>

Un Protecteur Pour Caroline

Un Protecteur Pour Alabama

Un Protecteur Pour Fiona

Un Mari Pour Caroline

Un Protecteur Pour Summer

Un Protecteur Pour Cheyenne

Un Protecteur Pour Jessyka

Un Protecteur Pour Julie

Un Protecteur Pour Melody

Un Protecteur pour l'avenir

Un Protecteur Pour Les Enfants de Alabama

Un Protecteur Pour Kiera

Un Protecteur Pour Dakota

<u>Delta Force Heroes Series</u>

<u>Autre</u>

<u>AUDIO</u>

À PROPOS DE L'AUTEUR

Susan Stoker est une auteure de best-sellers aux classements du New York Times, de USA Today et du Wall Street Journal. Elle a notamment écrit les séries Badge of Honor: Texas Heroes, SEAL of Protection et Delta Force Heroes. Mariée à un sous-officier de l'armée américaine à la retraite, Susan a vécu dans tous les États-Unis, du Missouri jusqu'en Californie en passant par le Colorado, et elle habite actuellement sous le vaste ciel du Tennessee. Fervente adepte des fins heureuses, Susan aime écrire des romans où les sentiments laissent place au grand amour.

http://www.StokerAces.com

facebook.com/authorsusanstoker

twitter.com/Susan_Stoker

instagram.com/authorsusanstoker

goodreads.com/SusanStoker